국경 너머의 키스

KISSING OUTSIDE THE LINES
by Diane Farr

이 도서의 국립중앙도서관 출판예정도서목록(CIP)은
서지정보유통지원시스템 홈페이지(http://seoji.nl.go.kr)와
국가자료공동목록시스템(http://www.nl.go.kr/kolisnet)에서 이용하실 수 있습니다.
(CIP제어번호: CIP2016020019)

한국 남자와 사랑에 빠진 할리우드 배우의 사랑 보고서

국경 너머의 키스

다이앤 파 Diane Farr 지음 | 이수영 옮김

문학동네

일러두기

1. 주석은 모두 옮긴이주이다.
2. 본문 중 고딕체는 원서에서 이탤릭체나 대문자로 표기한 부분이다.

승용에게.

시시한 남자였다면 처음부터 내 입에 재갈을 물렸을 거야.

사랑-애-요, 빅 대디.

저자의 일러두기

여기 실린 모든 이야기는 내가 실제로 듣고 본 것들이다.
이 책 속의 모든 커플은 실존 인물이지만,
몇몇 경우는 사생활 보호를 위해 이름과 장소를 바꿨다.
또한 배우 입장에서는 '타이밍이 생명'이지만,
저자로서는 그렇지 않기에, 몇몇 경우 시간 순서 역시 바꿨다.

차례

Prologue
“늘 우리 딸이 다른 인종과 결혼하지 않길 바랐지”

결혼하고 일 년쯤 됐을 때, 엄마가 내 남편을 보며 말했다. “늘 우리 딸이 다른 인종과 결혼하지 않길 바랐지.”

우리집 거실에는 침묵이 흘렀다. 엄마는 나와 남편의 눈치를 번갈아 봤지만 그쯤에서 멈출 생각은 없어 보였다. 내가 끼어드는 수밖에 없었다. “엄마, 승과 내가 다른 인종이라고 생각해?” 엄마가 웃으며 툴툴거렸다. “그렇진 않지.”

내 남편은 한국인이다. 서울에서 태어나 어릴 때 부모와 함께 미국으로 이민 왔다. 나도 2세대 미국인으로, 아일랜드계와 이탈리아계 이민자의 후손이다. 그러다보니 쉰여덟 살 엄마는 나와 내 남편을 다른 인종이라고 보지 않는다. 무엇보다 엄마는 뉴요커니까. 사실상 뉴요커에게 인종은 두 종류밖에 없다. 흑인이냐, 흑인이 아니냐.

흑인과 백인이라고 할 수도 있겠지만, 시댁 가족들이 나를 보고 '백인'이라고 할 때마다 엄마를 비롯한 친정 가족들은 폭소를 터트린다. 엄마는 내가 백인이 아니라고 주장한다. 독자들이 엄마를 제정신이 아니라고 오해할 수도 있지만, 나의 피부색에 관한 한 엄마가 옳다. 내 피부는 올리브색이고 머리는 짙은 색이다. 나는 대부분의 미국 여성보다 키가 크며 골격은 작다. 브라질 사람이나 러시아 사람처럼 보인다고 하는 사람도 있다. 체구는 스웨덴 사람이나 사하라사막 남쪽 아프리카 사람 같다고도 한다. 보는 기준에 따라 다른 것이다. 하지만 한국인 인척들이 보기에 나는 우선 아시아인이 아니고, 그러다보니 백인이 된다.

나는 진주 액세서리 세트나 무릎까지 오는 치마 같은 것도 없고 경마장 같은 데도 가본 적 없지만, '문화적으로 백인'이라는 의미로 하는 말일 것이다. 이것이 받아들일 수 있는 논리, 그럴 수 있는 일반화라고 하면, 남편과 내가 인종이 같다는 엄마의 신념도 틀린 것이 아니다. 승과 나는 같은 텔레비전 프로그램을 보며 자랐다. 승의 여동생과 나는 같은 인형들을 가지고 놀았고 아이라이너 사용을 금지당했다. 승은 나의 남동생들과 똑같은 운동을 하며 자랐고 남자는 울면 안 된다는 소리를 들었다. 엄마는 승에게서 이런 유사점들을 보는 것이다. 엄마가 나의 한국계 남편과 자신이 별반 다르지 않다고 생각하는 건 더 인종차별적인 걸까, 아니면 덜 인종차별적인 걸까?

아니면 남편의 부모와 내 부모 양쪽 다 시대의 한계에 따라 잘못

된 단어를 사용하고 있는 걸까? '좋은 의도'이기만 하면, 다른 세대도 이런 구식의, 부정확한 표현을 사용할 권리가 있을까? 미국에서 그 수혜를 충분히 입고 자란 젊은이들 역시 부모들과 마찬가지로 인종과 종교에 대한 '촌스러운 말'을 사용하더라도 양해해줘야 하는 걸까? 아니면 좀더 큰 질문을 해야 하나? 왜 이들은, 어떠한 세대든지, 자신을 그냥 미국인이라고 부르지 않는 걸까? 미국인이라는 것이야말로 모두를 하나로 묶어주는 가장 분명한 공통점이 아닐까?

나의 한국인 시댁에서 그러는 것은 그저 그들이 다른 미국인보다 한국계 미국인을 더 신뢰하기 때문이다. 태생적으로 어떤 사람들을 딱히 싫어해서가 아니다. 자신과 같은 종족에 가장 편안함을 느끼는 것이다. 이민 온 지 오래되었든 그렇지 않든, 다른 많은 미국인들도 마찬가지다. 반면 나의 어머니는 미국인들 가운데 특정 집단은 자신의 사돈으로 어울리지 않는다고 생각한다. 엄마 자신의 조상과는 상관없이 개인적 경험에 국한된 편향이다. 친구, 이웃, 사업 상대로는 모든 인종을 기꺼이 받아들여도, 특정 사람들과는 명절을 같이 보내기가 편하지 않을 거라고 느낀다. 양쪽 다 그럴 만한 이유는 있다고 보지만, 어느 쪽의 편견도 옹호하고 싶지 않다. 양쪽 다, 아이들에게까지 편협한 마음을 (조금이라도) 물려주려 할 때는 심각한 문제가 되니까.

오늘날 미국으로 이민 온 사람들은 보통 떠나온 나라에서 지대한 영향을 받게 된다. 예전 나라에서 전해 받은 풍습은 너무나 풍부한

데 이제 겨우 길어야 이백 년 역사의 미국인들은 그들과 관계가 확실치 않아 보이는 음식, 명절, 의복을 따르고 추구한다. 그러니 많은 고참, 신참 미국인들이 결국은 현재 거주국인 미국에서 유래하지도 않은 이런저런 나라들의 생활 방식을 각자 주장하고 있는 거라면, 이민자들이 예전 조상의 나라를 존중하는 것도 그렇게 반사회적인 행동은 아니지 않을까?

동화를 거부하는 태도는 이민자들을 미국에서 몰아내자는 논쟁에 불을 지핀다. 하지만 유대인과 그리스인의 일원이 되려면 (모국에서나 미국에서나) 혈연이 전제되어야 한다. 카타르와 몇몇 아프리카 정부, 미국의 원주민 분류도 마찬가지다. 대부분의 라오스 민족은 중국인과 섞이는 것을 싫어한다. 쿠바인들도 도미니카 사람들에 대해 마찬가지다. 그리고 티베트 사람들은 고아를 다른 민족이 입양하지 못하게 할 것이다. 그렇다면 어느 미국 라디오방송에서 순수 백인 혈통에 대해 이야기한다고 한들 역겨워할 필요가 있을까? 아마도 이런 민족들은 이웃나라에 의해 문화를 잃을 위기에 처해 있지만, 미국의 백인 문화는 다수의 지위를, 적어도 그 지배력을 위협받고 있다고 느끼지 않기 때문일 것이다. 아직까지는 그렇다. 유치원에서 흑인들의 콴자*를 축하하고, 유대교 속죄일 욤키푸르 때문에 로스앤젤레스와 뉴욕 같은 도시가 휴일을 맞고, 스페인어 전용 방송국을 전국에서 찾아볼 수 있으니, 플리머스록**의 광신적 후손들이

* 미국에서 일부 아프리카계 미국인들이 12월 26일에서 1월 1일 사이에 여는 문화 축제.

이 나라가 너무 많이 빨리 변하고 있다고 걱정하는 것도 무리는 아니지만 말이다.

그러기 전에 먼저 미국이 어떻게 탄생했는지를 생각해봐야 한다. 미국은 단지 몇 명의 피난처로 건설된 곳이 아니다. 더는 모국의 지원을 받지 못하고 고초를 겪는 자들을 위해 만들어진 정부들이 연합한 나라가 미국이다. 미국은, 원래 이 땅에서 살던 원주민들에게 돌려준 황폐한 보호구역을 제외하면, 사방에서 온 수많은 이민자로 가득차 있다. 제임스 왕의 후손인 영국계도 마찬가지다. 미국 헌법에 먼저 도피해 왔다고 더 많은 권리를 주는 고참자 우대 조항은 없다. 가뜩이나 지금처럼 전 세계 많은 사람들이 미국의 외견상 지위에 매우 화가 나 있는 때에, 미국 내에서라도 힘을 합쳐야 하지 않겠느냐고 생각할 수도 있다. 하지만 지난 삼십 년간 공공 영역—교육, 거주지, 사업, 친목 같은 부분—에서 성취한 인종 평등에도 불구하고, 진보운동은 가정 내 사적인 부분에까지는 충분히 미치지 못했다. 미국 내 많은 선량한 시민들이, 나의 부모와 남편의 부모를 포함해서, 여전히 애정의 용인 대상에 대해 선을 긋고 있다. 오늘날을 살아가는 많은 미국인 성인들은, 가족 내 누군가로부터, 모든 사람은 평등하게 태어났지만 그렇더라도 "사랑해선 안 되는 사람도 있다"는 말을 들은 경험이 있을 것이다. 왜 모든 민족이 연애의 대상으로 '적합'하지 않은지에 대해 외견상 합리적으로 보이는 주장을 들어봤을

** 최초의 영국 청교도 이주민이 도착했다는 미국 동부의 지명.

수도 있다. 어쩌면 그 주장이 아직도 어느 정도는 일리 있을지도 모르지만, 앞으로도 계속 그럴지, 혹은 이런 정서를 아이들에게 물려줘도 될지는 의문이 들었을 수 있다.

나의 엄마가 다른 인종을 접해본 경험이 별로 없다는 사실은, 내가 한 단계 더 짙은 머리색을 가진 남자와 결혼하면서 맞닥뜨린 가장 대수롭지 않은 문제였다. 그 남자의 가족들이 가지고 있던 이상적인 아내의 모습에 나는 절대 부합하지 않았으니까. 독자 여러분을 나의 결혼 과정 속으로 안내하며, 햇필드와 매코이 같은 원수 가문의 싸움 못지않은 미국 내 각양각색의 어떠한 문화 충돌도 얼마든지 해결해나갈 수 있다고 믿게 할 수 있다면 정말 좋겠다. 하지만 나의 인종 간 결합 체험은 그렇게 어렵지 않아 보이는 경우였음에도 안정된 가정을 이루기까지 마을 하나를 꾸릴 만한 수의 사람들의 조언이 필요했다. 그러니 미국 내 돌출된 인종 과속방지턱을 혼자서 모조리 천재적으로 돌파한 개척자인 척할 필요 없이, 가족을 만들어가는 여정에서 내가 마주친 누구보다 흥미로운 커플들의 이야기를 이 책에 포함하려 한다.

그들 모두의 지혜를 모아 나는 결국 본래 찾아 헤매던 목표로 가는 길의 지도를 그릴 수 있었다. 각양각색의 사랑 이야기들이 영원히 행복하게 살아갈 이상적인 시공간으로 가는 길 말이다. 사랑이 진정 인종을 극복하는 곳. 그리고 일단 그곳을 발견해내자, 나는 더 이상 이 시공간을 내 가족의 미래로만 보지 않게 되었다. 그곳이 여러분 가족의 미래도 될 수 있다고 생각했다.

여러분과 나의 삶은 단단히 얽혀 있다. 미국인으로서 나의 경험을 여러분에게 알려야 하는 것은 우리 아이들 때문이다. 여러분도 같은 의무를 지고 있다. 나는 슈퍼마켓에서 내 아이들의 인종에 대해 부적절한 질문을 던지는 참견쟁이 부인들과 차량관리국에서 내 뒤에 줄을 선 채 내 가족에 대해 비평을 하고 싶어 안달이던 무례한 사람들이 너무 싫었지만, 나 역시 무심결에 다른 사람들에게 그런 적이 있었다. 시간이 흐르며 나도 어떤 커플이 아무리 독특해 보이거나 어떤 가족이 아무리 다채로워 보여도 그들 입장에서는 별다를 것 없는 그냥 연인, 가족일 뿐임을 배웠다.

『국경 너머의 키스』에 등장하는 커플들이 미국의 세대적, 지역적, 종교적, 민족 중심적, 피부색 중심적, 자기중심적, 성별 편향적, 나이 차별적 사랑의 한계선을 극복하려 노력하는 동안 미국은 진보해 나갔다. 이런 커플들이 새로운 색깔의 미국인들을 낳았기 때문에 이 정도까지 진보할 수 있었던 것이다. 여기 적힌 이야기들이 인종 간 사랑의 어느 쪽이든 위기에 처해 있는 누군가에게 위로 혹은 조언이 되었으면 좋겠다. 그리고 일 년이 걸린 연애, 또 일 년이 걸린 결혼, 드디어 나만의 가족을 만들기까지 다시 일 년이 더 걸린 나의 개인적 여정 동안 반복된 실수와 인간적인 일화들이 가슴 쓰린 와중에도 모두를 웃게 만들었으면 좋겠다.

2007년 나의 첫아이가 태어났다. 아들은 캘리포니아에서 태어났고, 그러므로 미국인이다. 그 아이는 성이 셋이다. 각각 다른 민족에게서 세 가지 성을 물려받았을 뿐 아니라 조부모와 외조부모는 서로 말이 통하지 않는다. 일 년 후 두 여동생이 태어났는데, 일란성쌍둥이여서 모두 놀라워했다. 이 세 아기들은 그 숫자로나 민족성으로나 나의 소중한 삼위일체를 이뤄준다. 다행히도 아이들 모두 증조모를 한 명 만날 수 있었다. 나의 어머니를 미국으로 데려온 이민자이며 내가 아는 가장 자랑스러운 미국인이다. 나에게 늘 가르침을 주었던 할머니는, 내 아이들에게도 우리집 사람들과 비슷하든 다르든 상관없이 모든 사람을 사랑하라고 가르칠 것이다. 그리고 이 사람들에게 자주 키스해주라고, 또한 우리를 남다르게 보는 자들에겐 네 엉덩이에나 키스하라고 말하라고 가르쳐줄 것이다.

One

캘리포니아에서 한국 남자와 사랑에 빠진 유럽 여자

"백인 여자가 아시아 남자한테 작업을 걸려면
사케 폭탄주를 몇 잔이나 마셔야 해?"
—나랑 남편을 소개시켜준 여자

나는 승(노래를 부른다고 할 때의 '싱Sing'처럼 발음된다)을 친한 친구의 약혼식에서 만났다. 나의 약혼이 파국으로 끝난 직후였다. 약혼 기간은 육 주밖에 안 됐지만 극복하는 데는 열 배의 시간이 더 걸렸다. 여섯 달 후 나는 글로리아 게이너의 노래 제목 'I Will Survive'를 하트 모양과 함께 어깨에 문신하고 너덜너덜한 민소매 티셔츠를 입으면 잘 어울릴 뱃사람처럼 거드럭거리는 분위기로 약혼식 파티 장소에 들어섰다. 진지하게 누굴 사귈 상태가 아니었다. 어쩌면 약혼에 실패했기 때문에 친구의 결혼 전 만찬에 잔뜩 취해 나타났는지도 모르겠다. 도착해보니 주말마다 나랑 어울리던 화끈한 여자들이 잔뜩 모여 댄스 플로어, 당구대 위, 심지어 뷔페 테이블 위까지 휩쓸고 있었다. 처음 든 생각은 '나도 더 마시고 따라잡아야

겠네'였다. 그래서 그렇게 했다.

몇 시간 후 곤드레만드레 취해, 예비 신랑의 친구들이 약혼녀의 여자 친구들을 경악해서 쳐다보고 있다는 사실을 깨달았다. 똑똑하고 매력적이며 성공한 여성들인 우리는, 모두 휴가 나온 군인처럼 파티를 하고 있었다. 나는 댄스 플로어에 있었는데 아마도 마구 돌면서 춤을 추고 있었을 테고 내 친구 크리스틴은 브레이크댄스를 추며 내 치마 밑을 통과하던 중이었을 것이다. 덩치 큰 한국 남자 한 명이 내 눈에 들어왔다. 귀여웠다. 그래서 춤을 멈추고 고개를 한쪽으로 기울인 다음, 검지를 들어올려 그를 불렀다. 내 기억에 그는…… 겁을 먹은 듯 보였다. 나는 한쪽 눈썹을 씰룩이며 다음과 같은 뜻을 전했다. 정말 거절하는 거야? 지금 내 치마 밑에서 어떤 파티가 벌어지는지 안 보여? 다시 손가락을 들어 그를 가리켰다. 그러자 덩치 큰 한국인은 뒤를 돌아보며 혹시 다른 사람을 가리키는지 확인했다. 그 뒤에는 칵테일 바밖에 없었다. 어쨌든 확실히 하기 위해, 그가 다시 고개를 돌려 나를 바라보았고, 나는 양쪽 검지로 눈꺼풀을 당겨 옆으로 찢어진 눈을 만들며 만국 공통의 몸짓을 했다. '그래, 찰리 챈. 당신 말이야.' 그리고 또 손짓을 했다.

그러고 나서 대체 어떻게 승이 나한테 올 용기를 냈는지, 아니 가봐야겠다고 생각했는지 모르겠다는 게 나중에 나랑 결혼한 남자의 증언이다. 하지만 우리 둘 다 해야 할 일을 했을 뿐이었다.

찢어진 눈을 놀리긴 했지만, 그때 술 취한 난 꽤 귀여웠다. 나는 곧바로 한국이 아시아에서 내가 아직 가보지 못한 유일한 곳이며 언젠가 그가 안내해줄 수도 있을 거라고 말했다. 승은 내가 자기 모국을 어떻게 알아냈는지 어리둥절해했다. 그때까지만 해도 내가 꽤 멍청해 보였기 때문일 것이다. "너희 민족은 그냥 알 수 있어"라는 식이었으니까. 그래서 그의 덩치에 대해 언급하면서(180센티미터가 넘는 아시아인은 대부분 한국인이라는 걸 알고 있었다) 그의 어깨가 결정적 증거라고 설명했다. 그처럼 넓은 어깨는 메콩 강 위쪽에 거주했던 조상들이 강의 도움 없이 농지를 개간해야 했기 때문이라고. 그의 얼굴을 쓰다듬으며 당신의 멋진 광대뼈가 이토록 두드러진 이유는 한국인들이 몽고, 정확히는 북부 러시아인의 직계 후손이기 때문이며, 그러므로 그의 빰은 나와 마찬가지로 서양적이라고 말했다. 그리고 한 발 다가서며 역시 같은 이유로 그의 눈이 쌍꺼풀은 없어도 실은 나보다 크다는 것을 알려주려 했다. 얼굴을 바싹 들이대고 속삭였다. "당신 눈에 갖다 대니까 내 녹색 눈이 조그만 완두콩 같네."

말했지만, 나는 정신없이 취해서 랩의 라임도 완벽에 가까웠다. 덩치 큰 한국인도 넘어오지 않곤 못 배겼다.

밤이 끝나가자 나는 파티의 주최자인 약혼한 친구에게 "네 약혼자 친구 세 명 중 한 명이랑 집에 갈래. 너무 취해서 누가 멋진지 알 수 없으니까 네가 골라줘" 하고 말했다. 지금 이 부분을 읽으면 우리 엄마는 참 자랑스러울 것 같다. 나는 저쪽에서 어슬렁거리는 승과 두 명의 다른 남자들을 가리켰다. 친구는 기겁했다. 내가 서른넷에 이런 식으로 데이트 상대를 골라서가 아니라, 그녀가 약혼자의 친구들을 잘 몰라서 혹시 잘못된 상대를 고르면 어쩌나 걱정해서였다. 나는 지금 평생의 동반자를 고르는 게 아니라고 친구를 안심시켰다. 친구는 결국 이렇게 말했다. "그럼, 팀하고 가. 네 타입은 아닌 것 같지만 똑똑하니까 적어도 대화는 통할 거야." 대화가 목표는 아니었지만 하여간 팀이 선택되었다.

파티장을 떠나기 전에 핑계가 생각났다. 나는 덩치 큰 한국인한테 가서 웅얼거렸다. "지금 가려는데, 전화번호를 알려주고 싶네. 당신이 혹시 말레이시아로 여행 가게 되면 내 조언이 필요할 수도 있으니까." 승은 내 얼굴을 빤히 보더니 말했다. "전화할게. 하지만 말레이시아 여행 정보 때문은 아냐." 나는 내게서 오래전에 사라진 순진한 척을 하며 피식 웃었다. 그러곤 칵테일 바로 가서 냅킨을 한 장 가져왔다. 내 친구 그레그와 상대 여자가 역시 스컹크처럼 취한 채 칵테일 바에 앉아 있었다. 나는 그레그와 농담을 하며 냅킨에 적었다.

여행은 오케이, 데이트는 사절.

다이앤

그리고 그 밑에 내 전화번호를 남겼다. 사랑의 냅킨을 승에게 건네고 나는 슬렁슬렁 떠났다. 신사 숙녀 여러분, 아마도 이것이 내 인생 최고의 멍청한 짓이었을 것이다. 아닐 수도 있다. 당시 내가 얼마나 망가지고 자포자기 상태였는지 생각해볼 때 이 성실한 남자와 본격적인 대화를 시작했더라면 얼마나 고약하게 굴었을지 알 수 없다. 우리 사이를 망치고 말았을 게 분명하다. 어쨌든 상관없다. 운명은 내 편이었으니까.

다음날 아침 일어나서 제일 먼저 든 생각은 이 엄청난 두통은 뭐지? 였다. 누가 떠들어대고 있기 때문이라는 사실을 금세 깨달았다. 남자의 이름은 결국 예비 신부한테 물어봐야 했다. 남자의 입을 닥치게 하고픈 이루 말할 수 없는 욕망을 느끼며 몸을 돌려 팀을 보았다. 처음엔 누군가 싶었다.

그리고 즉시 이불을 들어 내 옷이 아직 몸에 붙어 있는지 확인했다. 옷뿐 아니라 구두도 그대로 신고 있었다. 친구가 정말 완벽한 남자를 골라준 것이다. 너무나 말이 많을 뿐 아니라 내가 숙녀답게 행동할 능력이 없을 때에도 신사답게 군 남자였다. 그렇다 해도 그를 내 침대에서 다시 볼 일은 없었다.

여섯 달 후, 나의 약혼한 친구는 여전히 결혼식 준비로 바빠 약혼자의 생일 파티를 준비할 시간이 없었다. 그래서 자기 여자 친구들에게 모두 전화해 깜짝 노래방 파티를 열어달라고 부탁했다. 나도 이 생일 파티에 잠깐 들렀는데, 당시 출연하기로 한 시트콤 연습이 끝나고 운동복 바지에 머리는 질끈 묶은 채였다. 곧장 바 앞의 친구들한테로 갔다. 약혼 파티 때 같이 놀던, 아직도 가장 친한 친구들이라 부르는 화끈한 파티광 여성들이었다. 다른 손님들을 둘러보다가 친구들한테 생일 주인공 직업이 뭐냐고 물었다. "비디오게임 관련 일을 하는 것 같아." 크리스틴이 대답했다(약혼식 때 내 치마 밑에서 춤추던 친구였다). 웃을 수밖에 없었다. "여기 남자들이 아시아인이라서 비디오게임 일을 한다고 생각한 거야?" 백인, 지중해인, 남미인, 흑인 여자들 가운데 적어도 스무 명은 되는 아시아 남자들이 보였다. 크리스틴이 못된 농담을 하는 게 아니었다. 그들은 모두 비디오게임 업계에 종사하고 있었다. 그래서 우리는 사케 폭탄주를 주문했고 그것이 그날 밤의 대세가 되었다. 숙녀 친구들과 내가 술 쟁반을 들고 칸막이 좌석으로 가는데 웬 여자가 내 팔을 잡았다.

바 옆의 좌석에는 승이 사촌과 사촌의 여자친구와 함께 앉아 있었다. 승이 지난번 우리가 만났을 당시의 이야기를 좌중에 들려준 직후였다. 내가 전화번호를 주고 떠나가버렸다고 말이다. 그러자 사촌의 여자친구가 말했다. "저 여자 알아! 얼마 전 같이 일했는데 나한테 엄청 잘해줬어." 승과 사촌과 여자친구는 재빨리 모의하여, 여자친구가 나를 데려와 덩치 큰 한국인에게 다시 한번 기회를 마련해주고, 이번에는 전화번호 이상의 성과를 올려보자고 작당했다.

브리나를 기억해내는 데 시간이 좀 걸렸다. 우리 시트콤에 잠시 출연한 배우였다. 전구가 반짝 켜지자 다른 기억도 돌아왔다. 건너편에 앉은 승도 기억이 난 것과 동시에, 당시 내 술 취한 행동과 냅킨에 끼적인 말도 차례로 떠올랐다. 도망치고 싶었지만 잠시 분별력을 발휘해 참았다. 미소를 지어 환담을 나누며 그래도 지난번보다는 뇌줄 민한 인상을 확실히 심어주고 가려 했다.

예의바르게 빠져나와 알코올이 그득한 여자 친구들이 있는 좌석으로 가서 약혼녀 옆에 앉았다. 자조적으로 웃으며 저 덩치 큰 한국인이 여전히 귀엽다고 속닥였다. 그리고 그가 내 지난번 모습에 그리 질색하지 않는 듯하다고도. 충실한 나의 친구는 승에 대해 참 좋은 말을 해주려 했다. 약혼자의 절친인데 여전히 잘 모르는 상태라 좀 미안해서였다. 그렇게 "바비의 아시아 남자친구 인형"이라는 말이 나왔다. 아시아 버전 켄 인형이라는 친구의 말은 다음과 같은 외모를 의미했다. 완벽하고 매끄럽고 조금 긴 검은 머리, 넓은 어깨, 중후한 목소리. 내가 지금까지 본 사람 중에서도 뛰어나게 아름다운 남자에 속했다. 아버지는 스코틀랜드와 미국 원주민이 섞였고 어머니는 한국인과 일본인의 혼혈이고. 우리는 농담을 이어갔다.

"테이블 밑으로 살짝 자궁 내 피임기구 꺼내야겠다. 이 술집 화장실에서 저 남자 아이를 갖게 될지도 모르잖아." "우리도 스리섬이면 저 완벽한 생물을 사로잡을 수 있을 거야. 누가 나설래? 비밀도 지켜야 한다?" "사케 폭탄주 몇 잔을 마셔야 백인 여자가……" 독자 여러분도 대충 알아들으리라 본다. 그리고 〈코스모폴리탄〉에 따르면 여자들은 이러면서 오늘 남자랑 자기에 괜찮은 브라를 했는지 생각한단다. 하하.

여자들이 저쪽 좌석의 아시아 켄을 꼬실 사악한 계획을 짜고 있는 동안 나는 슬쩍 빠져나가 승에게 나랑 노래를 부르자고 청했다. 우리는 바로 무대에 섰다. 아시아 켄(이라고 계속 부르자면)은 멋진 노래를 부르면서 왜 한 떼거리의 여자들이 우리를 보고 쑥덕대는지 짐작해보려 애썼다. 어느새 세 시간이 흘렀고 다시 거나하게 취한 나는 칵테일 바로 가서 또 아시아 켄에게 번호를 적어줄 사랑의 냅킨을 한 장 집었다. 정확히 말하자면 사케 폭탄주를 세 잔가량 마신 후였다. 잠시 옆길로 새, 저녁 대신 올리브를 몇 개 찔러 먹고, 입안 가득 그리스의 맛을 느끼면서 냅킨을 가지러 갔는데, 덩치 큰 한국인이 내 옆에 와서 섰다.

"재밌게 보내고 있어, 다이앤?" 승이 물었다.

"딱 걸렸네!"라고 말하려 했다. 약간 흠칫한 것도 사실이었다. 이 덩치 큰 한국인은 키가 190센티미터에 달했고 어깨너비는 내 두 배였다. 옆에 서니, 콩깍지에서 떨어져나온 콩 한 알이 된 것 같았다. 실은 나도 180센티미터에 가까운 큰 키였지만 말이다. 자기한테 꼬리치다가 다른 남자를 골라서 나간 여자한테 화도 안 나? 하고 생각했지만 겨우 입 밖에 낸 말은 이랬다. "물론, 당신은?"

승은 이해 못할 뜸을 들이며 활짝 웃어 보였다. 그런 다음 그날 밤 유쾌하게 인사를 나눴을 다른 많은 여성들에게 한 것과 마찬가지로 정중한 태도로 대화를 이었다. "나도 재밌게 보내고 있어. 승이라고 해. 혹시 이름을 기억 못할까봐 다시 한번 알려주자면." 사실 그때까지 난 그의 이름을 몰랐다. 난 주변에 있는 게 분명한 남자가 아니면 절대 이름으로 안 부르니까. 하지만 승의 이름을 듣자 기억이 또렷하게 되살아났다. "승! '노래를 부른다' 할 때처럼. 기억나." 내가 미소 짓자 승은 몸을 돌렸다. 아, 역시 화가 났나봐 하고 생각했다. 하지만 그게 아니었다! 그가 다시 나를 향해 몸을 돌렸다.

"이거 필요해?" 승이 냅킨 한 장을 건넸다. 올리브에 대한 욕심이 웬만큼 채워지자 다시 아시아 켄에게 번호를 적어줄 생각이 들어 손을 쭉 뻗던 참이었다. 나는 승에게 감사를 전하고 나서 깔깔 웃으며 달아나버렸다. 이 덩치 큰 한국인이 방금 나를 격려해준 것이다. 착한 친구 같으니.

아시아 켄과 나는 그럭저럭 몇 달을 마주쳤다. 그는 다정하고 아름다웠지만 어렸다. 부담 없는 키스 이상으로 깊은 관계가 되면 자칫 그의 아름다운 영혼에 흠집이라도 내게 되는 건 아닌가 염려스러웠다. 그래서 나의 미래 남편은 내가 꼬리 치는 모습을 두 번이나 목격하고도 나와 잘 수 없었다. 대체 어떻게 그럴 수 있었을까?

또 여섯 달이 지나고 나서야 이 망할 약혼 커플이 결혼을 했다. 약혼식과 결혼식 사이 일 년을 꼬박, 승을 다시 만날 수 있을까 궁금해하며 보낸 것이다. 나는 텔레비전 드라마를 하나 끝내고 뉴욕에서 다른 프로그램을 시작했다. 또한 일 년이 넘는 기간 만에 처음으로 누군가와 사귀고 있었다. 거두절미하고 골라잡던, 술집에서 만난 사이도 아니었다. 지난 겨울에 큰 상처를 입었던 마음도 다시 건강을 찾고 있었다. 하지만 새로운 남자친구를 파티 친구들이 모이는 첫번째 결혼식에 데려간다?

그럴 순 없었다. 부담이 너무 컸다. 왜냐하면 독신생활의 휴정을 선언하는 첫 타자로 나선 친구 부부가 이제껏 듣도 보도 못한 결혼식을 준비하고 있었기 때문이다. 오십 명의 친구들이 멕시코의 시와타네호로 여행 가서 해변의 집들에 묵을 예정이었다. 축배는 테킬라로 든 다음 다 함께 바다로 뛰어들 것이었다. 그것도 결혼 전날 밤 예행식 때. 장대한 주말이 될 터였다. 새로운 남자친구를 데려가는 건 위험했다. 게다가 멋진 어깨와 광대뼈를 가진 덩치 큰 남자가 참석할 파티였으니……

그런데 화끈한 여자들이 잔뜩 모이는 사랑의 축제에 남자가 모자랐다. 자기 신부의 친구들이 모두 결혼 안 한 파티걸이라는 사실에는 어찌할 바 몰라했던 신랑은 멕시코 가는 길에 만난 사람들과 멕시코에 사는 사람들에게 모두 '결혼식에 잠깐 들르라고' 했다. 하지만 신부의 친구들 모임은 마치 술 마시는 능력을 겨루는 미스아메리카 대회와 비슷했다. 나는 열한 명의 들러리를 이끄는 팀장으로서, 이 멋진 여성들의 화목을 안전하게 담보하는 최선의 방법은, 멕시코 착륙 전에 각자 남자 하나씩을 '찜'하는 거라고 결정했다.

멕시코로 가는 목요일 밤 비행기에서 나는 통로에 나와 동반자가 없는 여성들 모두에게 관심 있는 남자의 이름을 큰 소리로 밝히라고 요구했다. 이렇게 하면 남의 멕시코 주말 판타지를 짓밟아놓고도 모른 척할 수는 없게 된다. 놀랍게도 이 사전 준비에서 단 한 남자도 서로 겹치지 않았다. 특히 감사했던 것이, 나는 '거의 같이 올 뻔했던 남자'와 월요일 뉴욕에서 헤어지고, 화요일에는 전 약혼자 때문에 시저샐러드처럼 엉망진창이 되기 전의 모범적인 모습으로 돌아가 홀가분한 몸으로 로스앤젤레스에 도착했던 것이다. 10킬로미터 상공에서 숙녀들의 짝사랑 고백을 다 듣고 난 후 내가 덧붙였다. "덩치 큰 한국인은 내 거야. 누군지 알지? 지금까지 본 아시아 남자 중 제일 클 테니까."

합의된 내용은, 찍힌 남자는 예행식 만찬 때와 결혼식 내내 찍은 여자 차지라는 것이었다. 토요일까지도 관계를 성사시키지 못하면, 남자는 다시 자유 시장에 나온다. 분명 지난 십팔 개월의 독신생활 동안 습득한 군사훈련이 헛되지 않았다. 나는 이제 거의 장교가 다 되어 있었다.

*

예행식 만찬 후 승과 내가 처음으로 키스하고 나서, 나는 승에게 푹 빠졌다. 들러리였던 나는 결혼식 좌석 배치에 손을 댈 수 있었기 때문에 전날 밤 잘된 커플들이 한 테이블에 앉도록 모든 자리를 재배치했고, 내 자리도 마찬가지였다. 결혼식은 환상적이었지만 승과 내가 주말 내내 나눈 마법에 비하면 아무것도 아닌 듯했다. 일요일 저녁에 공항으로 가면서 나는, 아빠가 마중을 나올 것이기 때문에 우리가 로스앤젤레스 공항을 나온 다음에는 '단둘만의 시간'이 없을 거라고 정보를 주고 또 주었지만, 승 정은 내 전화번호를 묻지 않았다. 비행기 안에서도, 세관에서도, 짐을 찾으면서도, 국제선 터미널 밖에서 아빠와 악수까지 하고 난 다음에도. 물론 다른 사람에게 물어볼 수도 있지만, 여행가방을 굴리며 멀어지는 승을 지켜보는 내 마음은 불안했다. 일주일 동안 부풀 대로 부풀어올랐던 내 심장이 평소 크기로 쪼그라드는 듯했다.

다음날 뉴욕에서 사진 촬영이 있어 새벽 다섯시에 일어나야 했지만 왜 이 남자가 나를 다시 보고 싶어하지 않는 걸까 고민하느라 밤

새 잠을 이루지 못해 자명종도 필요 없었다. 그리고 여섯 시간 동안 비행기를 탔지만 역시 잠을 이룰 수 없었다. 주말 결혼식 동안 있었던 일은 작년에 두 번이나 승을 괴롭힌 앙갚음이었나 하는 생각이 들었다. 하지만 공항에 내려 휴대전화를 보니 승이 메시지를 남겨놓았다.

저녁을 먹자는 것이었다. 오늘밤 데이트 신청이었다. 나는 전화도 걸기 전에 항공사 접수대로 달려가서 로스앤젤레스로 돌아가는 최대한 이른 표로 변경할 수 있는지 물어보았다. 밖으로 나가자마자 택시 안에서 승에게 전화를 걸었다. "내 번호는 어떻게 알았어?"라고 제일 먼저 물어보고 싶었지만 나는 침착하려 노력했다. 오 초 동안은. 먼저 인사를 하고 그다음에 물어봤으니까. 승은 내가 준 번호라고 했다. "언제?"

"우리 처음 만났을 때. 약혼식 파티에서."

승이 멕시코를 떠나며 내 전화번호를 묻지 않은 이유는 일 년이 넘도록 내 번호를 간직하고 있었기 때문이었다. 내가 자기한테 진지한 관심을 보여줄 때까지 전화하지 않고 기다린 것이다. 그런 말을 들으니 척추가 치즈소스처럼 녹아내리는 듯했다. 나는 반들반들 낡은 택시 좌석에 미끄러지듯 기대앉아 행복감에 빠져들었다. 이제 나는 승용 정한테 사로잡혔다. 비록 그의 이름 석 자 중 제대로 발음할 수 있는 것이 하나도 없는 처지였지만 말이다.

승과 나는 둘 다 며칠간 다른 도시에서 일이 있었다. 우리는 각자 다른 도시에서 일과를 마친 후 로스앤젤레스에서 같이 밤을 보내기 위해 비행기에 몸을 실었다. 수요일까지 승은 매일 밤 나와 식사를 하고 꼭 붙어 있다가 아침이면 비행기를 타고 다시 그 도시로 갔다. 결국 나는 예행식 이후 거의 여섯 달 동안 매일 밤을 승과 보냈다.

나는 사랑에 빠지는 것을 좋아한다. 그리고 온 마음을 다하는 것도. 특히나 사랑을 시작할 때는 상대방이 얼마만큼의 깊이로 돌려주는지 보는 게 좋다. 내가 쿨한 여자라는 허울을 한 겹씩 벗을 때마다 승은 단순한 양보 이상으로 다가왔다. 무한히 자상했고 일상을 나누는 것을 두려워하지 않았다. 게다가 디스코를 끝내주게 췄다. 탐색은 끝났다.

어느 날 우리는 그의 해변 아파트에서 나와 백사장 옆의 음식점으로 아침을 먹으러 갔다. 거기서 아름다운 아시아 여자가 커피를 마시고 있었다. 자리에 앉자 나는 듣기 좋은 말을 은근히 기대하며 물었다. "이러다 아시아 여자한테 가버리는 건 아니겠지?" 승은 너무 오래 말이 없었다.

"아니. 하지만 우리 부모님은 좋아하지 않을 거야."

나도 모르게 대박 질문을 던진 것이다. 승이 그동안 짊어지고 있던, 나로선 상상도 못했던 고민을 털어놓기 시작했다. "난 원래 한국 여자랑 결혼하기로 돼 있어." 정말 무슨 소린지 알 수가 없었다. 이상적으로 그래야 한다는 말인지, 아니면 미래에 그런 결혼이 실제로 계획되어 있다는 건지, 신붓감까지 있다는 건지. 승이 말을 이었다. "부모님은 내 인생 전반에 대해 아주 확고한 생각을 가지고 있어.” 이것 역시 별로 말이 안 됐다. 승 정, 미식축구를 사랑하는 남학생 클럽 회원에다 1985년 이후에 나온 모든 랩 송 가사를 외우는 이 남자가 정략결혼을 하게 돼 있다고? 미국에서 그런 건 불법 아니야? “우리 관계를 쉽게 받아들이진 못하실 거야. 실은 아예 받아들이지 않을까봐 두려워.”

머릿속에서 솟아나던 의문이 잦아들었다. 이 모든 상황이 무엇을 의미하는지는 상관없었다. 승이 나를 위해 기꺼이 싸울 준비가 돼 있는 것이 보였으니까. 그리고 나한테 상처를 주거나 부모한테 상처를 줄지 모른다는 생각에 마음이 둘로 쪼개지듯 아파하고 있었다. 결과가 어찌되든 지금 이 남자와 나누고 있는 아름다운 경험을, 만나본 적도 없는 사람들 때문에 망치고 싶지는 않았다. 승의 마지막 말로 볼 때 그는 미스코리아가 결혼하자고 기다린대도 신경 안 쓸 사람이었다. 그러니 나도 승에게만 신경쓰고 자세한 걱정은 나중에 하기로 했다.

나도 승에게 마음이 아프다고, 이렇게 멋진 사랑을 하면서도 다른 이들에게 밝히길 두려워해야 하다니 얼마나 힘들지, 정말 마음이 아프다고 말했다. 그러고 나서 ‘나’는 문제없을 거라고 했고 그 말은 진심이었다. 왜냐하면 서른다섯이나 먹었으니 승의 부모가 나를 받아들이지 못해도 괜찮다고 생각했기 때문이다. 두 분은 수천 킬로미터 떨어진 곳에 살았고 경제적으로 의존할 일도 없었다. 승이 원한다면 언제든 두 분을 존중하겠지만 그건 그분들이 만들어낸 이 멋진 남자에 대한 존중에서 그런 것이고, 승이 가장 사랑하는 나이든 분들과 기본권을 두고 다투고 싶진 않았다. 그러니 승이 우리 관계를 계속 밀고 나가려 할 때도 제2의 엄마 아빠에 대한 나의 인정 욕구 같은 건 신경쓰지 않아도 된다는 것이었다. 승은 미소를 지으며 말했다. "그렇다니 잘됐네. 생각해둔 작전이 있으니까."

내가 모르는 사이 승 정은 벌써 자기 부모가 나를 좋아하게 혹은 받아들이게 혹은 사랑하게 혹은 죽이지 않게 만들기 위한 정교한 계획을 짜놓고 있다. 나도 돕겠다고 하니 훌륭하지 않은가. 그리고 정씨 엄마 아빠가 날 만나보지도 않고 싫어해도 난 괜찮다고 하니 더욱 훌륭하지 않은가. 그래, 그렇게 훌륭하지는 않은지도 모르겠다.

내가 가장 어이없다고 생각하는 건, 내가 정씨 가족이 떠나온 나라 출신이 아니라는 이유로 그들이 날 싫어할 거라는 점이다. 오늘 밤 승은 잠들면서 그동안 짊어졌던 십자가를 털어놓아 홀가분할지 몰라도, 나는 잠을 이루지 못한다. 이민 1세대 부모님이 날 좋아하지 않을 거라니 무슨 소리야? 자식들 잘되라고 모든 걸 포기하고 이 나라로 온 거 아니야? 아들이 미국 여자와 사랑에 빠졌는데 그 여자도 헌신적으로 아들을 사랑하면, 복권 당첨된 거나 마찬가지 아니야? 이런 식으로 따질 수도 있다. 하지만 나는 정말이지 너무도 불가해하고 드라마틱한 이 상황에 홀딱 빠지고 말았다. 이상하게도 섹시하게 느껴지는 '금지된' 사랑 같다. 어쨌거나 뉴요커인 나는 본능적으로 지원군을 찾아 나선다. 내 가족들에게 즉시 전화를 걸어 '백인 동지'들을 규합하고 싶어 죽을 지경이다.

“이 남자의 부모가 날 싫어한대, 엄마. 내가 백인이어서! 그리고 있잖아, 엄마는 왜 우리가 ‘백인’이 아니라고 한 거야? 나보고 흑인이랑 사랑에 빠지지 말라고, 아이들이 환영받지 못할 거라고 한 것도 너무 멍청한 소리였어. 그게 올바른 소리냐고. 다른 인종들이 백인을 미워한다는 건 왜 말 안 해줬어? 그리고 엄마도 내 남자친구를 조금 고생시켜서 약간 앙갚음을 해주면 안 돼? 기대에 좀 못 미치는 척하면 되잖아(비록 석사학위도 있고, 집도 있고, 회사도 경영하고 있고, 은퇴보험도 벌써 있고, 한없이 정직하지만). 응, 엄마?”

이런 소리를 실제로 한 적은 없다. 부모한테 ‘상처받은 거나 다름없는’ 감정에 대해 솔직히 털어놓아선 안 된다는 걸 본능적으로 아는 것이다. 나는 나의 피부색이 좋다. 비록 그 때문에 배척을 당할지라도. 그러니 내가 사랑의 대상으로서 괜찮은 인종이라는 승낙 같은 건 필요 없다. 그래서 대신 여자 친구에게 전화를 한다. 이거야말로 여자 친구들이 필요한 때 아닌가. 사실 많은 여자 친구들에게 전화를 했다. 그리고 이럴 때는 미국인이 아닌 다른 더 중요한 정체성을 지닌 부모를 둔 사람과 사랑에 빠진 미국인, 편견을 극복해나간 사람들한테서 조언을 받아볼 필요가 있다는 결론에 도달한다. 내 사정을 들은 친구들은 모두, 관계를 더 진전시키기 전에 알아둬야 하는 경계선이나 단계 같은 것이 있을 거라고 했다.

그렇더라도 내 인생의 다음 십 년이 이토록 파란만장해질 줄은 몰랐다.

내 또래 대부분이 그렇듯 나에게도 다른 인종과 사귀는 친구들이 있다. 다른 인종과 결혼하거나 아이를 낳은 친구들도 있다. 그렇더라도 잠재적 시댁에 대한 감정을 이 친구들에게 털어놓고 싶지는 않다. 왜냐하면 이제까지 나는 이 친구들의 부모를 편견을 가지고 있다며 비판해왔기 때문이다. 부모의 부정적 태도가 친구들의 애정관계에, 또한 그 결합으로 낳은 아이들에게 얼마나 영향을 미칠까 남몰래 궁금해하기도 했다. 가끔은 이런 부모에게 내 인생에 상관 말라며 더 강하게 맞서지 않는다고 친구들을 비판하기도 했다. 내 아름다운 남자친구의 못난 가족 드라마가 내 주변에 폭로되는 건 어떻게든 피하고 싶다. 모르는 사람들의 조언이 필요하다. 다행히 나는 속을 털어놓을 수 있는 여자 친구들이 많은 행운아인데다, 이메일도 얼마든지 활용할 수 있다.

로스앤젤레스 이외의 지역에 사는 몇몇 친구들에게 간단한 이메일을 보내는 거다. 주변에 혼혈 아이를 키우는 사람과 연결해줄 수 있느냐고 말이다. 그러면서 내 연애는 '전혀 문제가 없지만' 그냥 앞으로의 일이 궁금해서 경험을 공유하고 싶다는 뜻을 전하려 애쓴다. 그러다보니 임신한 건 아니라고 해명하는 이메일도 잔뜩 보내게 된다.

한 무리의 사람들에게 '미니 승'을 탑재한 건 아니라고 확실히 밝히고 나자 이번엔 누군가가 이렇게 내뱉었다. "그렇겠지. 인종 간 결혼에 대한 책을 쓰려는 거구나. 너답다." 아, 그렇군. 잠시 미소가 떠올랐다. 나다운 일이지! 하고 웃었다. 결국 이렇게 반쯤은 숨기고 반쯤은 터놓는 태도로 인종 간 과속방지턱을 넘어서고 살아남은 커플들의 이름과 이메일 주소를 모은다. 어떤 이가 '책'을 위해 대화를 녹음할 거냐고 이메일로 묻는다. 얼른 가전제품 판매점으로 달려가 전화를 녹음할 수 있는 기계를 산다. 그러고 나서 이메일에 그렇다고, 인터뷰를 녹음할 거라고 답장을 한다.

우리가 결혼해서 가족으로 받아들여질지도 알 수 없는데 벌써 인종 간 부부의 일원이 된 것처럼 이런 책을 쓴다는 게 너무 앞서나가는 행동임은 잘 알지만 어쨌든 녹음을 해나간다. 이 25달러짜리 장치를 달고 나니, 사람들에게 평소라면 묻지 못할 사적인 질문을 당당하게 던질 이유가 생긴다. 단추가 세 개 달린 소형 장치와 모르는 사람들의 이메일 주소를 갖고 나니 '당신의 인종 대 나의 인종'이라는 별것 아닌 골칫거리도 단숨에 해결해버릴 수 있을 것 같다.

나의 지인들은 그들이 추천하는 친구들의 사이버 주소와 함께 요약 설명도 같이 보내줬다. 예를 들어 리사와 데이브의 특징은, 아들이 둘이기도 하지만, 리사가 흑인과 결혼한다고 하자 리사의 어머니가 "무지하게 화를 냈던" 것이다. 괴로움과 고생을 동반한 부당함에도 불구하고 여전히 부부로 잘 지내고 있는 행복한 결말까지 갖추다니, 정말 완벽하다! 나는 친구에게 리사와 통화할 수 있게 해달라고 부탁한다. 그것도 당장. 그녀와의 대화가 정말 기대됐다. 어떻게 해야 할지 전혀 아는 바가 없다는 사실을 깨닫기 전까지는 말이다.

"어머니가 흑인을 안 좋아하신다며?"

흠, 이렇게는 안 되겠다.

배우로 일하며 많은 인터뷰를 당해봤다. 함께 일하던 유명인들이 뭔가 문제를 일으키면 기자들이 전화를 걸어온다. 그럴 때 가장 조심해야 할 일은 맥락에서 벗어나 지인에게 안 좋게 사용될 수도 있는 자극적인 표현을 피하는 것이다. 오랜 시간 같이 일했던 동료에 대한 예의와 신뢰를 지키고 싶으니까. 난 지금 리사에게 자기 어머니와 아이들의 아버지에 대한 내밀하고도 수치스러울 수 있는 질문을 해야 하는 것이다.

"흑인들과 데이트하면 안 된다는 말을 들은 게 몇 살 때였어?"

이것도 안 되겠다. 리사가 인터뷰를 많이 당해보진 않았겠지만, 승과 나를 봐도, 가족의 결점은 되도록 깔끔하게 포장해서 표현하게 된다는 걸 알 수 있다. 우리 엄마한테도 같은 문제가 있다고 공감을 표현해볼까?

"다이앤이라고 해. 우리 엄마도 흑인 남자랑 가까이 지내지 말라고 했어."

이것도 이상하다. 그냥 리사한테 나도 비슷한 문제를 가지고 있다고 사실대로 말하고 핵심을 찔러볼까? 어차피 완전 남인데 잃을 것도 없잖아?

"내 남편 가족들이 인종이 다르다고 날 별로 안 반기네. 조언 좀 해줄 수 있어? 당신 가족들도……"

하지만 리사의 문제는 자기 가족이었다. 남편 가족은 문제가 아니었던 것이다. 그러니 시댁 험담을 같이 한다는 공감대가 형성될 수 없다. 그러고 보니 리사와 나는 같은 처지가 아니다. 나는 아시아 남자와 사랑에 빠졌으니까. 이건 좀 흥미롭다. 기껏해야 (승의 가족을 포함한) 나이든 아시아 사람들 일부만 좀 못마땅해하는 문제다. 백인 여성과 흑인 남성에 대한 금기는 다양한 사회 집단 내에 여전히 널리 존재하고 있다. 정말 미국 내 인종 문제에 대해 솔직담백한 토론을 하고자 한다면 최대한 정직해져야 할 것 같다. 최소한 나 자신에게는 말이다. 누가 승과 나를 보고 어떻게 둘이 커플이 됐을까 의아해한다면 난 그 사람이 멍청하다고 생각할 것이다. 하지만 흑인 남자가 백인 여자와 사랑하는 사이인 것을 보고 누가 깜짝 놀란다면 백인 여자는 모욕감을 느낄 것이다. 게다가 본인의 엄마가 그랬다면 상처로 남을 것 같다.

이제 정말 겁이 난다. 이 여자에게 이런 질문들을 던질 권리가 나한테 있나? 가족이 원치 않는 사람과 결혼하는 문제에 대해 진실을 파헤친답시고 마음을 갈가리 찢어놓고 나면, 다시 아물게 만들 책임도 생기는 거 아닐까? 하지만 그런 방법은 모르는데! 맙소사. 이러다 그냥 전화를 안 해버리면, 사랑을 위해서 전혀 모르는 남에게 깊은 속내까지 털어놓겠다고 허락한 리사에게 너무 잘나신 나머지 전화를 안 한 년이 되는 것이다. 25달러짜리 전화 녹음 장치엔 탐사 언론인이 되는 법은 안 들어 있다!

결국 리사는 내가 세상에서 자기연민이 제일 강한 사람이라 생각했을 것이다. 해결책을 찾아내지 못한 나는, 그냥 나 자신과 남자친구에 대한 모든 것을 깨끗이 털어놓고 말았다. 그렇다. 바로 그 똑똑한 배우이자 책도 출간했으며 중요한 주제에 관해 쓰고 있다는 저자가, 첫번째 전화 인터뷰이에게 건넨 두번째 문장에서부터 울기 시작해서, 통화 내내 울음을 멈추지 못한 것이다.

나도 이렇게 쏟아져나오는 내 감정이 당황스러웠다. 그냥 누군가에게 입 밖에 내서 말하다보니 충격적이라 이렇게 된 걸까? 남자친구의 가족이 다른 인종이라고 나를 좋아하지 않는다는 사실이 그렇게 충격적인가? 중학교 때 바로 전날만 해도 인기가 좋았는데, 어느 날 갑자기, 아무 납득할 만한 이유 없이 왕따를 당했던, 그리고 어떤 구제의 가능성도 보이지 않던 기억이 갑자기 되살아나서? 결국 이 문제로 우리 사랑이 끝날 수도 있다는 걸 문득 깨달았기 때문에? 아니면 순전한 남에게 이런 걸 털어놓아야 하는 나 자신이 너무 슬퍼져서?

아직도 모르겠다. 다만 확실히 말할 수 있는 건, 가족이 반대하는 미국 내 인종 간 데이트에 대해 지적인 토론을 하고 실태를 알아보고자 했던 내가 사실은 얼마나 불안하고 겁을 먹은 상태였는지 깨닫고 충격을 받았다는 것이다. 하지만 리사는 기겁하지 않았다. 내 감정이 어떤지 정확히 아는 듯했다. 이제 막 감지하게 된 이 마음의 바늘구멍은 적절한 관심을 기울여주지 않으면 점점 커져 깊은 계곡을 이루게 될지도 몰랐다.

그렇게 수도꼭지를 튼 듯 줄줄 울다가, 전화 심리 상담을 하려던 건 아니지 않나 창피스럽기도 해서, 나는 불쑥 리사의 이야기를 물어보았다. 리사는 데이브와 만난 사연부터 들려주었다.

Two

펜실베이니아에서 흑인 선배를 사랑한 백인 신입생

"엄마 반응은 끔찍했어. 말하자면 '역겹다'는 거였지.
당시엔 대체 무슨 생각을 하기에 그러나 싶었어.
그리고 나중엔 어떻게든 받아들이게 되지 않을까 싶었어.
근데 절대 아니더라고."
—리사 타일러

리사와 데이브는 대학에서 만났다. 리사가 2학년 때 사귀기 시작했다. 데이브는 리사의 아파트 아래층에 살았다. 리사는 당시 정경을 대학판 〈멜로즈 플레이스〉*에 비유했다. 리사는 데이브를 만나자마자 당시 데이트하고 있던 사람을 차버렸다. 데이브의 유머와 따뜻한 마음씨에 홀딱 넘어가서였지만, 룸메이트가 "왜?" 하는 반응을 보이자 좀 놀라고 말았다.

"딱히 부정적인 건 아니었지만, 무슨 매력인지 이해 못하는 사람이 많았어." 백인 여자가 느끼는 흑인 남자의 매력이란, 리사가 말

* 1990년대 텔레비전 드라마로, 풀장이 있는 공동주택에서 사는 청춘 남녀들의 생활을 그렸다.

하길, 그 말 그대로도 충분히 품위가 있다. 둘 다 학생이었기 때문에 그리 다르다고 느낄 일도 없었다. 데이브는 모두 백인뿐인 동아리에서도 활동하고 있었다. 4학년이긴 했지만 대학을 이 년 더 다닐 예정이었기 때문에 둘은 졸업도 같이 할 터였다. "우린 모든 시간을 함께 보내며 즉시 남친, 여친이 됐지."

친구들과도 금방 어울리게 됐지만, 가족과는 별로 시간을 보내지 않았다. 리사의 부모도 대학 주말 방문 때 데이브를 한 번 잠깐 만났을 뿐이다. 그들이 사귀는 것을 보고 부모는 '재밌다'고 생각했다고, 리사는 무덤덤하게 말한다. "그러다 말겠지 했던 거야. 그렇게…… 결혼식 날까지도 생각을 바꾸지 않더라고."

이제 나는 어려운 질문을 던져야 한다. 여기서부터는 잘 이해가 되지 않기 때문이다. 하지만 방금 전까지 대성통곡을 했던 터라 공적인 질문인 척하며 캐묻기는 좀 곤란하다. 그래도 리사는 친절해 보이니까, 나는 행운을 빌며 눈을 감고 여린 목소리로 묻는다. "어머니가 찬성하지 않을 거라는 걸 어떻게 알게 됐어?"

"글쎄, 여동생이 어릴 때 흑인 아이랑 댄스 파티에 갔어. 엄마는 그것 때문에 많이 심란해했고 우리한테도 그렇게 말했지."

어딘지 준비된 답변 같다. 또 가느다란 목소리를 사용해 질문을 더 하려는데 리사 스스로 더 깊은 이야기를 들려준다. "옛날에도 고모들 때문에 그런 일이 있었지."

리사의 아빠는 여자 형제가 둘 있는데 둘 다 흑인과 결혼했다. 중학교 때 그 가족들을 만났는데, 사촌들과 끝내주게 재밌게 놀고서 차를 타고 떠나가며 손을 흔들 때 엄마가 참았던 감정을 폭발시켰다. "엄마 반응은 끔찍했어. 말하자면 '역겹다'는 거였지. 당시엔 대체 무슨 생각을 하기에 그러나 싶었어. 그리고 나중엔 어떻게든 받아들이게 되지 않을까 싶었고. 근데 절대 아니더라고."

그때나 지금이나 리사의 어머니는 흑백 간 결혼은 아이들에게 잘못하는 거라고 주장했다. 옛날 내가 어릴 때 우리 부모에게 들었던 말도 비슷하다. 리사의 어머니가 정말 그렇다고 믿는 것 같은지 아니면 자기 편견을 지적으로 보이는 방식으로 표현하는 건지 묻고 싶었지만 때를 놓쳤다. 리사는 엄마가 자기를 걱정해서 그런 거라고 믿는다. "그리고 흑인과 사귀면 사람들이 어떻게 대할까 걱정이 되니까…… 자기한테도 영향이 미칠 거고."

리사의 어머니는 또한 리사의 조부모 역시 절대 찬성하지 않을 거라는 점을 재빨리 주지시켰다. 리사의 할아버지가 말했단다. "흑인과 백인의 결합은 다람쥐와 너구리를 교배시키는 거나 마찬가지"라고. 좀더 명확한 설명을 위해 다음과 같은 말도 덧붙였다. "생물학적으로 옳지 않은 일"이라고. 이런 말들이 오가는 집에서 자란 리사가 어떻게 대학 시절 '멜로즈 플레이스'를 떠나 정신 나간 남학생이 쫓아올지도 모르는 무서운 필라델피아 거리로 나설 용기를 냈는지 모르겠다.

이 모든 문제에도 불구하고 리사는 데이브와 계속 사귀었다. 이 년 후 둘은 졸업을 하고 각각 부모 집으로 들어갔다. 둘 다 버지니아

주 북쪽, 남부는 아니지만 남부에서 그렇게 멀지 않은 곳에서 자랐다. 부모들 집은 서로 사십 분 거리밖에 떨어져 있지 않았지만 여러 면에서 천양지차였다.

예를 들어 데이브는 여섯 아이 중 막내다. 이런 대가족이라면 대강 짐작이 가지만, 1950년대와 60년대의 버지니아에서 공립학교를 다닌 형과 누나들이 있다는 것은 가족 내에서도 경험이 극단적으로 갈린다는 뜻이다. 리사가 데이브의 배경에 대해 설명을 시작하자, 나는 데이브의 형제자매 중 몇몇은 인종 분리 학교에 다녔겠다는 생각이 제일 먼저 들었다.

데이브의 형과 누나들은 학교까지 버스를 타고 가야 했다. 사실상 카운티 하나를 가로지르는 거리였다. 집 바로 근처에 학교가 있었는데도 말이다. 당시엔 버스 한 대가 대여섯 마을 이상을 돌며 흑인 아이들을 모아 태웠다. 이렇게 유배된 아이들이 모인 학교는 사는 곳에서 한 시간이나 떨어진 경우도 많았다. 여섯 살짜리도 매일 두 시간씩 버스를 타야 했을 뿐 아니라, 이런 통학 환경은 아이들이 방과후에 학교 친구들과 놀 수 없다는 뜻이기도 했다. 그렇다고 동네 백인 아이들과 뛰어놀았을 리도 없다. 매일 아침 서로 다른 학교로 등교하면서 같이 놀지 말라는 말을 들었을 게 뻔하다.

1954년 브라운 대對 교육위원회 재판 이후 어느 버지니아 상원의원이 '거대한 저항'이라는 운동을 조직했다. 인종 분리를 폐지하느니 학교를 닫겠다는 주장도 포함됐다. 타일러 가족은 두 체제뿐 아니라 다행히도 지금은 폐지된 많은 교육 방침들을 모두 경험했다. 결국

이 대가족의 막내였던 데이브는 집 바로 근처의 학교에 다니게 되었다. 그리고 학교에 거의 백인밖에 없었으므로 또다른 극단적 교우관계를 겪게 되었고, 그 역시 상처를 남겼던 듯하다.

데이브가 어릴 때 참가했던 동아리들에 대해 후회하는 것 같다고 리사는 말한다. 자기 인종과 충분히 어울리지 못하고 문제를 회피한 게 아니었나 하는 자책이라고도 할 수 있다. 하지만 대학에서 데이브의 인간관계는 굳어졌고 백인뿐인 학생 모임에서 활동하게 되었을 뿐 아니라 리사도 만났다. 리사는 데이브가 사귄 첫 백인 여성도 아니었다. 졸업하고 부모 집으로 돌아간 데이브에게 가족은 흑인 문화에 푹 잠길 수 있는 유일한 장소였다. 리사한테도 마찬가지였다.

대학을 졸업한 후 이 년 동안 리사는 주말을 데이브의 부모 집에서 보냈다. "데이브 가족의 집에 가보기 전에는 이렇게 여러 사람들 중에 유일한 백인이 되어본 경험이 없었어. 익숙해지는 데 시간이 좀 걸렸지." 데이브의 가족은 리사를 즐겁고 편하게 대해줬지만, 그건 리사가 없으면 데이브가 영영 대학생 티를 못 벗을 거라고 생각했기 때문이었다. 그리고 삼십 년이 넘는 세월 동안 아이들을 길러온 데이브의 부모는 학생 신분 동안 리사와 데이브를 묶어주었던 공통점들이 곧 사라질 거라 생각했을지도 모른다.

졸업 후 데이브가 직장을 찾기까지 꼬박 일 년이 걸렸다. 리사는 벌써 취직해서 야간 MBA 과정도 시작했다. 데이브는 결국 뉴저지에서 일을 하게 됐는데 거기까지는 네 시간이 걸렸다. 하지만 이런 거리는 그들 사이를 더욱 공고히 했을 뿐이다. "난 결국 정말 좋은 직장을 그만두고 데이브한테 이사 가서 제대로 MBA를 마쳤어."

뉴저지에서 함께 사는 동안 결혼 이야기가 나왔고, 이때 리사의 어머니가 입장을 분명히 밝힌 이후 지금까지 칠 년의 시간이 이어지고 있다. "엄마는 마침내 우리 결합을 지지하지 않는다고 선언하면서 외할아버지 말씀을 인용했어. '우리는 우리 마을에 살고 흑인들은 흑인들 마을에 살고. 그러면 괜찮아. 하지만 길을 벗어나면 곤란해.'"

한 번의 전화 통화만으로도 리사가 정면 대결만은 피하려 너무나 애썼을 사람이라는 걸 금방 알 수 있다. 하지만 리사는 누구에게 당하고 가만히 있을 사람도 아니며 중요한 주제를 앞에 두고 실없는 소리나 늘어놓을 사람도 아니다. 리사가 싸움을 요리조리 피하면서 자신의 가족과 사랑하는 사람의 충돌을 막는 기술은 경탄스럽다. 어떻게 그럴 수 있는지…… 나는 짐작도 안 간다.

"걱정이 됐지만 난리 칠 정도는 아니었어. 나는 독립심이 강한 사람이었고 결국 데이브와 결혼할 걸 알았으니까. 너무 심각하게 생각하지 않는 척했지만 데이브가 화가 많이 나 있어서 부추기고 싶지 않기 때문이기도 했어. 누구도 화나서 펄펄 뛰게 만들고 싶지 않았으니까."

데이브가 화를 냈다고?

"데이브는 백인 여자들이랑 데이트를 하면서 많은 편견을 겪어야 했어. 주로 여자들 가족 때문이었지. 우리집보다 훨씬 심했고." 침착한 리사 덕분에 나도 안정이 되면서 이 사랑과 인종의 전쟁터를 헤쳐나갈 방법을 배울 온갖 질문들을 퍼붓게 된다. 또한 아주 용감하고 선구적이었던 젊은 여성 리사의 모습 속에서 나 자신의 앞날도 그려본다. 그들 커플이 그러한 상황에 맞닥뜨렸을 때 리사는 스물다섯 살이었다. 데이브를 사랑하지만 그가 전에 백인 여자의 가족들로부터 상처를 받았으며 자기 가족 역시 또 상처를 줄지 모른다는 것을 알고 있었다. 거친 인생 경험도 그다지 많이 쌓지 못한 리사가 자신이 사랑하는 사람들이 서로에게 상처 주지 못하도록 애쓰고 있었다. 내 원래 의도가 작전을 짜고자 하는 것이었으니, 이 위기 시점에서 리사가 어떤 조치를 취했는지 물어봐야 할 것이다.

"네 편을 찾아야 해."

리사의 여동생이 일방적으로 언니 편을 들었다. 그런데 두 자매와 어머니 사이에는 더 중대한 문제가 놓여 있었다. 그때 부모가 이십오 년의 결혼생활을 끝내고 이혼한 것이다. 아버지 역시 리사와 데이브의 결혼에 찬성했기에, 두 자매는 이런 상황에서 어머니를 비판할 수 없었다. 아버지는 다만 리사와 데이브 사이에 공통점이 있다는 확신은 가져야 할 거라고 충고했다. 그 점이 나중에 중요해질 거라면서 말이다. 리사는 어머니가 (실은 아버지도) 알고 지내는 흑인이 없다는 사실에서 위안을 구했다. 그리고 리사의 부모는 데이브에 대해, 데이브와 함께하게 될 흑인 공동체 생활에 대해 그다지 알지 못했다.

데이브는 리사의 어머니가 자기 커플을 싫어한다는 사실을 알고 있었다. 또한 여자친구가 다음 단계로 나아갈 준비가 돼 있다는 사실도 알았다. 데이브는 차근차근 준비를 해서 리사가 깜짝 놀랄 프러포즈를 했다. 그 무엇보다도 그들 두 사람이 중요함을 보여주었다. 리사는 감동했다. 데이브는 자신의 부모에게 즉시 전화를 해 기쁜 소식을 알렸지만 리사는 아무에게도 전화하지 않았다. "만 하루 동안은 나 혼자 기쁨을 만끽하고 싶었어." 다음날 리사는 어머니에게 전화를 걸었고 어머니는 딱히 부정적인 말을 하지 않았다. "하지만 딸이 결혼한다고 알렸을 때 보통 나올 만한 반응도 아니었지."

그때쯤 리사와 어머니는 하루에 세 번씩 통화를 하고 있었다. 리사가 더욱 실망한 것은 그날 다시 전화가 걸려오지 않았을 때였다. 그 다음날도, 그리고 그다음날도. "그날 이후 우리는 대화를 멈췄지."

*

리사는 자조적으로 말한다. "데이브와 사귀기 시작했을 때 난 열아홉이었고 결혼은 스물여섯에 했어. 돌이켜보면, 내가 왜 그렇게 서둘렀나 싶어. 하지만 그때는 정말 준비가 돼 있었거든."

리사가 이런 말을 시작하자 난 불안해진다. 아무래도 이제부터 리사가 들려줄 마음고생담이 앞으로 나와 승에게도 닥칠 듯하다. 소외, 비난…… "부모가 틀렸고 난 내 길을 가겠다"고 말해도 괜찮을까 하는 회의 같은 것들이 떠오른다. 리사가 얼른 말해줬으면 싶기도 하고 또한 전혀 듣고 싶지 않기도 하다.

데이브의 청혼에 리사가 환호성을 올리며 "그래!"라고 답한 지 일주일 후, 리사는 준비를 시작했다. 어머니가 말도 안 하려고 하는데 어떻게 결혼식을 올려야 할지 알 수 없었지만, 노력해보았다. 결혼식 드레스를 사러 다니는 게 그렇게 불편할 수 없었다.

우리 대화중에 결혼식 준비 얘기가 자주 나왔다. 리사가 쇼핑광이거나 결혼식에 목을 매서가 아니라, 처음으로 하얀 드레스를 입고 섰던 드레스룸에서 텅 빈 공간에 압도당했던 경험 때문이라고 생각한다. 결혼식을 위해 드레스를 입은 자신의 모습을 처음 보고 리사가 제일 크게 느꼈던 것은 외로움이다. 십오 년이 지난 후 이렇게 전화를 하는 오늘밤까지도 잊을 수 없는 기억이다. 어쨌든 리사의 어머니는 결국 전화를 했다.

"한 달 가까이 지나서 엄마가 왔어. 이런 것 때문에 우리 관계를 망칠 순 없다고 하더라. 대단한 양보라도 베푸는 투였어. 하지만 벌써 우리 관계는 망가진 후였지." 어머니와 딸은 다시 대화를 시작했지만 당면한 미래에 대한 입장은 이미 결정난 후였다.

"엄마는 결혼식에 참석하는 것 말고는 다른 도움을 줄 생각이 없었어. 비용을 조금 도와주긴 했지만." 리사는 엄마가 더 많이 참여해주길 바랐다고 솔직히 말한다.

"데이브의 부모님과 내 부모님은 결혼식 전날 예행식 때 처음 만났어. 평생 그렇게 긴장되는 저녁은 처음이었지." 우리의 새신부 말씀이다. 모두 오십 명이 참석했는데 다행히 다들 협조적이었다. 데이브의 부모는 아들이 흑인이기 때문에 신랑으로서 문제가 있다고 생각하는 신부의 엄마를 만나게 되었을 뿐 아니라 너구리와 다람쥐를 두려워하는 그 엄마의 부모도 만났다. 리사의 엄마는 또한 전남편의 새 아내도 처음으로 만났다. 이 모든 만남이 한자리에서 이뤄진 것이다!

결혼식은 착착 진행되었고 파티도 리사와 데이브가 바랐던 대로였다. 결혼에 반대하면서도 참석한 리사의 할아버지 때문에 벌어졌던 사건 하나만 빼면 말이다. "데이브의 아버지가 들러리를 서주셨어. 백 년 묵은 스카치위스키를 아꼈다가 막내아들의 결혼식에 내주기도 하셨지. 그걸로 건배를 제의하셨는데 우리 할아버지가 거부하는 거야." 하마터면 싸움으로까지 번질 뻔한 이 순간이 아직도 생각난다며 리사는 슬프게 털어놓는다.

리사의 어머니는 그날도, 그 이후로도 어떤 격한 반응을 이끌어낼 만한 말을 하지는 않았다. 리사와 어머니가 감정이 질척대는 관계인 것 같진 않다. 하지만 어머니가 리사와 데이브 사이의 가장 큰 장애물이었던 마당에, 아무 말도 하지 않는 것이 태도의 전환 같진 않다. 그래도 이러한 다툼과 씨름이 사라지자 리사와 데이브는 서로에게 더욱 집중할 여유가 생겼다. 오늘이 리사와 두번째 통화지만 벌써 수많은 날들을 함께 보낸 것 같은 기분이다. 리사의 어머니에 대한 우리의 이야기는 계속되어 회복 단계까지 나아간다.

가장 중요한 전환점은 결혼식 일 년 후에 찾아왔다. 리사의 어머니가 나서서 딸에게 진정으로 데이브를 사랑한다고 말했던 것이다. 어머니는 리사가 늘 생각하고 있던 점을 그대로 말했다. 알고 지낸 흑인이 없어서 그랬다고. "엄마는 관념적으로, 흑인들이 어떤 존재라는 편견을 가지고 있었던 거야. 그러다가 실제로 누구를 알게 되니 '와, 우리랑 다를 게 없네' 하게 된 거지." 리사의 어머니는 데이브에게도 진심 어린 카드를 보냈다. 아들에게 보내는 엄마의 소회 어린 편지에 리사와 데이브는 감동했다.

*

친구가 나에게 리사를 추천한 것은 데이브와 결혼할 당시 리사의 엄마가 반대했기 때문이기도 하지만 또다른 중요한 이유가 있었다. 의기양양하게 "그럼 리사랑 얘기해봐야지! 쌍둥이 아들을 낳았는데, 하나는 하얗고 다른 하나는 까맣거든!"이라고 했던 것이다.

리사와 데이브는 아이들에게 저스틴과 네이선이라는 이름을 지어주었다. 우리가 인터뷰하는 지금 아이들은 세 살이다. "모두 우리 아이들이 어떻게 생겼는지 궁금해하더라고. 네이선은 검은 곱슬머리야. 이렇게도 보이고 저렇게도 보이는 편이야. 대부분은 남미계라고 보는 것 같고. 저스틴은 나처럼 창백해. 좀더 까다로운 편이라 사람들이랑 쉽게 친해지지 않지. 데이브의 가족이 뭐라 그럴지 상상이 가" 하면서 리사는 웃는다.

농담인 것이다. 데이브의 가족은 처음부터 리사를 좋아했다. 하지만 더 검은 피부의 아이는 아버지의 가족에게 착 안기고 피부색이 흰 아이는 쌀쌀맞아 조부모가 애정을 얻기 위해 더 노력해야 한다면 누구나 놀리는 말 한마디쯤 하고 싶은 마음이 생길 것이다. 실제 귀하게 얻은 아이들이었기 때문에 모두가 애정을 담뿍 쏟게 되었다. 리사와 데이브는 '이상적 가족'에 대한 사회적 편견을 뛰어넘어야 했을 뿐 아니라 임신을 위해 오래 노력해야 했던 것이다. 그러는 동안 문제를 풀어가는 법을 배웠지만 아직도 아들들에게 일어날 모든 문제에 완벽히 대처할 수는 없다.

"혼혈 아이들은 자라면서 피부색이 진해지는 경우가 많다고 데이브에게 계속 말해줬던 것 같아. 그러니 백인처럼 보인다고 너무 당황하지 말라고." 리사가 말한다. 하지만 모두 리사의 아이 둘 다를 처음부터 혼혈로 보았다.

그제야 나는 허둥지둥, 아이를 각각 데리고 나가면 사람들이 어떤 반응을 보이는지 물어본다. 특히나 백인 엄마가 백인 아이를 데리고 나갔을 때랑 백인 엄마가 흑인이나 혼혈 아이를 데리고 나갔을 때 많이 다른 대접을 받는지?

"아무 소리도 못 들었어." 뭐? 아무 반응도? "응."

또 한번 여린 목소리 전략을 써야 하나? 리사는 곧바로 답을 내놓는다. "쌍둥이라는 점에만 정신이 팔려서. 다들 그 얘기만 하는 거야. 쌍둥이에요? 이란성인가보죠? 이 질문이 대부분이었어." 입양이냐는 질문도 받아본 적 없단다. 연애 때와 어떻게 그렇게 달라질 수 있을까 의문을 품으면서도 놀라고 안도하지 않을 수 없다. D. H. 로런스 식으로 말하자면, 여자들은 애인에 대해서만 비난받을 뿐, 아들로 인해서는 비난받지 않게 된 걸까? 정말 아이들에 대해서는 모두 있는 그대로 받아들일 정도로 사회 진보가 이루어졌단 말인가? 사랑의 상대를 고를 때만 저주가 발효되나? 만일 그렇다면, 우리 세대가 자식들에게 사랑도 포함해 모든 면에서 모든 사람이 진정으로 평등하다는 점을 가르치기만 하면 이 구태는 근절될 수 있을까?

리사는 어떻게 생각해?

"혼혈 아이들을 키우는 데는 어떤 어려움도 없었어. 우리가 커플이 된 것에 대해서만 어려움이 있었지. 하지만 사는 장소에 대해서는 신중을 기해야 했어. 우리 둘 다 남쪽으로 이사 가서는 절대 안 된다는 의견이야. 워싱턴 D.C. 이북에서 살아야 해."

리사는 아이들에 대한 주제넘은 혹은 거슬리는 질문 공세에 시달리지는 않았지만 신기해하는 군중의 시선을 느껴야 했다. "사람들이 쳐다봐. 남편은 내가 눈치를 잘 못 챈다고 늘 놀리지. 반면에 그이는 바로 알아채. 지금은 워싱턴 지역에 사니까 훨씬 좋지만 뉴저지에 살 때만큼 쉽지는 않지. 거기서는 거의 의식할 필요가 없었거든. 여기서는 쳐다보긴 해."

리사와 데이브는 둘 다 첨단기술 회사에서 일하며 아이들을 근처 유아원에 보낸다. "아이들이 슬슬 인종에 대한 질문을 시작하고 있어. '왜 내 머리는 아빠랑 감촉이 달라?' 그런 것들 말이야." 질문이 나올 때마다 리사는 직관을 따라 대답한다. 혼혈 아이 양육에 대한 책 같은 걸 읽은 적은 없다. 오히려 자신과 데이브의 부부관계에 대해 공부해야 할 필요를 느낀다. "데이브는 많은 편견을 겪어왔어. 내 부모의 반응보다 훨씬 안 좋은 반응을 경험한 적도 많았지. 그래서 인종 간 커플에 대한 글을 많이 읽어. 데이브의 기분을 이해하는 데 도움이 되거든." 그러고 나서 리사는 잠시 생각하더니 다음과 같이 덧붙인다. "그래도 정말로 이해하기는 불가능하겠지만."

자라면서 아이들의 피부색이 진해질 거라고는 하지만, 혼혈 피부색이 데이브에겐 위안이 되는 듯하다. "데이브는 아이들에게 열심히 노력하라고 가르치고 싶다고 정말 여러 번 얘기했어. 자기가 흑인이어서 더 열심히 해야 했다고 생각하는 거지. 아이들은 동등한 대접을 받기 위해 더 열심히 할 필요는 없어서 너무 기쁘다고 해." 그러니 데이브는 아이들의 옅은 피부색이 좋은 것이다. "아이들이 자기만큼 힘든 일을 겪지는 않을 테니까. 아이들이 자신을 닮지 않은 건 기분이 이상하지만, 그래서 좋다는 거야."

"너무 가슴 아프다." 나는 불쑥 말한다.

이렇게, 한 시간이 넘는 리사와의 세번째이자 마지막 장거리 통화에서 나는 그녀의 남편 때문에 마음이 아파진다. 데이브와 아이들을 본 적도 없는데 말이다. 물론 리사도 직접 만난 적 없지만, 마치 오랜 친구라도 된 것처럼 튀어나온 소리다. 리사는 잠시 사이를 두었다가 말한다. "알아." 그러고 나서 우리 사이엔 무거운 침묵이 흐른다.

아이들이 흑인처럼 보이지 않아 좀더 편히 살 수 있다는 안도감이라니. 그런 한이 흑인 아버지의 마음에서 반추되고 있다면, 백인 엄마에게 마지막으로 어떤 질문을 던져야 할지 알 것 같다. 더이상 여린 목소리를 낼 필요는 없다. 이제는 리사의 상황을 알겠고 그녀의 사례를 통해 나도 자신감을 찾아가고 있기 때문이다. 나는 리사에게 묻는다. 아이들이 혼혈이라서 어려움을 겪을까봐 걱정되냐고.

"아니." 리사는 곧장 대답한다. "저스틴은 혼혈로 보이지도 않고 네이선은 어느 쪽이라 해도 될 정도니까. 정말 멋지다고 생각해. 실제로도 그렇고. 게다가 쌍둥이인데 서로 인종이 다르다니, 끝내주게 멋지잖아?"

Three

한국 문화 압축 체험

"힘들여 이 거대한 나라로 이민 온 부모가 좁은 울타리를 치고 살며
아이들한테는 바깥사람들과 연애하지 말라고 가르친다고?"
—당신의 다이앤

나는 덩치 큰 한국인과 관계를 진전시킬 용기를 얻었다. 리사와 전화를 끊고 나서 너무 감동을 받아, 무지에서 비롯된 이 세상의 모든 두려움들을 고치고 싶어진다. 오늘 저녁식사 전에. 하지만 인종에 대한 편견을 바꾸는 데는 시간과 신중함이 필요하다는 걸 리사는 보여주었다. 논리정연한 말솜씨 같은 것으로 남을 설득하려 하기보다는 자신의 신념대로 사는 모습을, 그것이 옳음을 하루 또 하루, 그리고 한 해 또 한 해 보여주는 것이 얼마나 중요한지 알려주었다. 특히나 가족에게는 걸러진 모습만 보여주는 게 쉬운 일이 아니니까.

그러니 지금의 난 마음을 좀 가라앉혀야 한다는 걸 알았지만, 전두엽절제술이라도 받지 않는 다음에야 불가능할 것 같다. 사랑에 빠진 상태니까! 내 남자, 승과 함께 뭐든, 전부 하고 싶은데, 그의 부모

가 아들과 의절해버릴까봐 걱정을 해야 하는 건 좀…… 너무 힘들다. 게다가 사랑에 빠져 있든 그렇지 않든, 리사처럼 참고 말을 삼가는 건 전혀 내 적성이 아니다. 나는 빠르고 재미있는 사람이며, 신중하고 꾸준한 것과는 정반대의 성격이다.

승의 부모가 생각을 바꾸길 말없이 기다리는 수동적이고 짜증나는 역할을 맡느니 뭔가 적극적인 방법을 찾아 나서는 게 좋다. 인종간 커플에 대해 취재를 하는 것 이상으로 말이다. 그래! 한국에 대해 전부 공부해버리는 것도 좋겠다. 역사, 예술, 음식, 아이돌 그룹. 대한민국의 모든 것에 대한 날카로운 감식안으로 승의 부모를 놀라게 해줄 수 있다.

리사의 성공적인 이야기에 흠뻑 빠졌다 현실로 돌아오자, 여러 가지 것들에 더해 새로운 언어도 공부해야 할지 모른다는 생각이 든다. 승의 부모가 영어를 잘 못한다니 말이다. 어쩌면 이런 언어 장벽이 오히려 좋을지도 모른다. 내가 아무리 좋은 사람이라도 정씨 가족의 생각은 바뀌지 않을 거라는 생각이 내심 드는 것이다. 우리 부모의 편견을 지켜보니 말이다. 무조건적인 편견은 개인의 인격을 보고 내리는 판단이 아니라 관념적 사고다. 그러니 언어 장벽 때문에 내가 횡설수설해도 잘 못 알아듣는다면, 육십 년간 형성되어온 사고방식을 내 매력적인 화술이 바꿔놓지 못했다며 패배감에 젖을 필요도 없다.

그래서 나는 대신 화끈한 아시아 여자들, 나처럼 분방했던 여자들과 이야기해보기로 한다. 살면서 다섯 명 이상의 남자와 자보았다면 어떤 경향이 보일 것이기 때문이다. 어떤 남자들은 주도하기를 좋아하고 어떤 남자들은 시키는 대로 따르고 싶어한다. 요리할 줄 아는 여자를 좋아하는 남자들이 있는 반면, 속수무책인 여자를 원하는 소수도 있다. 한국인의 남녀관계 성향도 대략적으로 분류될 수 있을 것이다. 연애 상대에 대한 호불호는 부모 세대에서도 볼 수 있는, 음과 양의 조화 같은 것에서부터 나올 테니까. 아시아 가족 내 역학관계를 이해하면 내 미래에 대한 해법이 보일지 모른다. 아니면 승과 관계없이, 아시아인들에 대해 지나친 단순화만 하게 될지도 모른다. 어쨌든 아직 다른 정보가 없으니 일단 단짝 친구들한테서 얻어낸 걸로 판단을 해야겠다.

화통하고 대담한 미녀 몇 명과 얘기한 것만으로도, 적어도 이 가족에 대한 모든 의문이 풀리다니, 내가 얼마나 탄복했는지. 행실 나쁜 여자들은 정말 끝내준다! 다음은 내가 자랑스레 친구라 부르는 아시아의 요부들한테서 얻어낸, 한국 남자와 다음 단계로 나아가는 온갖 방법들이다.

첫번째 원칙: 한국인은 연장자를 존중한다. 자녀가 성인이 됐는지, 또는 어떤 상황에 대해 연장자가 얼마나 틀렸고, 무지하고, 멍청한지는 상관없다. 거기에 더해 두번째: 결정을 해야 하는 모든 상황에서, 적어도 외부에서 볼 때는, 남자가 여자를 이긴다(이 점에 대해 성토할 시간은 나중에 충분히 가질 것이다. 지금은 그냥 사실만 짚어보자). 세번째: 고등교육을 받고 결혼을 하고 뼈빠지게 노력해 가능한 한 많은 돈을 버는 것과 두 명의 아이를 낳는 것은 한국인 자

손이라면 반드시 따라야 하는 금도다. 이와 밀접한 네번째 원칙은 이렇다. 오늘날 한국에는 옛날 같은 정혼 풍습은 없다. 그러나 엄마 아빠는 물론 친척들이 자녀에게 어울리는 짝을 만나도록 '차 마시는 자리'를 마련해준다. 얼마나 엄한 집안이냐에 따라 이렇게 만난 사람과 반드시 결혼을 해야 하거나, 꼭 해야 한다(말해두자면, 나는 아직 이런 자리에서 자녀들이 압박만 조금 느낄 정도로 헐렁한 한국인 가족을 만나보지 못했다). 여기에 더해 다섯번째 원칙: 나이와 사회경제적 계층을 불문하고 남자는 여자에게 쉽게 말을 걸지 않고 여자는 남자에게 절대 말을 걸지 않는다. 이건 한국계 미국인 나이트클럽에서도 마찬가지라, 웨이터들이 돈을 받고 남자와 여자를 소개해준다. 그리고 마지막으로 한국 문화의 무시무시한 여섯번째 원칙: 한국을 포함해 세계 어느 곳에서든 한국 민족 이외의 사람과 사귀는 것은 탈선이며, 다른 아시아인과는 괜찮을 수도 있으나 일본인과 그러는 것은 절대 금기다. 그리고 다양성이 용납되는 것은 거기까지! 즉, 내가 반드시 알아야 할 것, 비아시아인과 사귀는 것은 완전히, 전적으로 규준을 벗어나는 일이다.

이렇게 재미있는 사회학 수업은 처음인 듯하지만 사랑에는 사형선고나 다름없다. 힘들여 이 거대한 나라로 이민 온 부모가 좁은 울타리를 치고 살며 아이들한테는 바깥사람들과 연애하지 말라고 가르친다고? 승의 가족이 다른 인종을 미워하는 건 아니다. 아들이 한국의 율법을 지키지 않는 사람과 결혼해 자신들의 문화가 끊기는 걸 원치 않는 것이다. 나도 이해할 수 있다. 규범 두 가지 정도는 말이다. 반 정도는 찬성하는 척할 수도 있다. 연 2회, 그의 부모를 만날 때는 말이다. 진심으로 하는 말이지만, 나는 사실 그다지 분기탱천해 있지 않다. 왜냐하면, 처음 승에게 말했던 것처럼, 내 쪽에서 잃을 게 별로 없기 때문이다. 내 남자에게 우선 힘을 실어주고 싶은 건, 그가 나를 선택하리라는 걸 알기 때문이다. 설득하지 못하면 그는 부모를 포기할 거다. 그것 역시 너무나 가슴 아픈 일이긴 하다. 그것만으로도 벌써 좋은 한국인 아들의 첫번째 규범을 어기는 거니까. 그러니 이런 슬픈 일이 앞으로 일어나지 않도록 나는 승과 연합 전선을 구축해 유세에 나설 것이다.

이제 우리의 애정 행각은 스파이 소설처럼 진행된다. 모든 일에 두 가지 의도가 있다. 첫 밸런타인데이, 승이 하와이행 비행기표를 깜짝 선물한다! 하와이는 아름다운 휴양지이나 사실 이번 작전의 핵심은 승의 가족 중 첫번째 대표자와 '면담'하는 자리를 마련하는 거다. 우리가 만나게 되는 '코모'는 '아버지의 여자 형제'를 뜻한다. 방탕녀들의 조언 첫번째, 두번째 원칙을 마음에 담으며, 이번 만남의 미묘한 역학을 따져본다. 고모는 나이가 많다. 그러니 그녀에게 권력이 있다. 하지만 여성이니 권위는 없다. '윗분'들이 나를 만날 필요가 있을지 알아보고 의견을 전달하는 역할을 하는 것이다. 장난처럼 들리는가? 이건 심각한 작전이다.

먼저 나는 고모의 딸을, 승의 사촌이기 때문에, 그리고 좋은 사람이기 때문에 만난다. (우리 세대 한국인들은 인종 간 결합에 대해 부모들처럼 불편해하는 사람이 드물다. 그래도 엄마 아빠를 기쁘게 해주고 싶은, 파블로프의 개처럼 조건반사적인 본능은 가지고 있다. 말해두지만, 내 부모도 그걸 간절히 원할 것이다.) 사촌 폴린과 정말 즐거운 시간을 보내고 나서 호놀룰루에서 마지막날 폴린의 세 아들과 폴린의 어머니, 즉 고모를 만난다.

고모를 처음 봤을 때 나는 고개 숙여 인사하고 고모도 그렇게 인사한다. 이 아시아적 인사 후에 고모는 다시는 날 쳐다보지 않는다. 분명 나한테 말을 걸지 않는다. 점심시간이 흘러가고 폴린의 아이들이 나한테 꽃을 꺾어주고, 나와 함께 음식을 나눠 먹고, 나랑 포옹을 하고, 폴린은 아이들한테 나를 '앤트'라고 부르게 한다. 하지만 고모는 한국말로만 얘기하고 헤어질 때가 되자 내가 고개 숙여 인사를 하는데도 답례를 안 해준다. 불합격인가? 인정해야겠다. 좀 상처받았다. 그리고 충격받았다.

내가 부자라는 얘길 했던가? 그리고 유명한 편이라고? 게다가 매력적이라고! 또한 당신이 아이들한테 주고자 했던 나라에 나도 살고 있는데! 이 가족은 대체 뭐가 문제지? 승은 나보고 잘해냈다고 한다. 잘 믿기진 않지만 정말 그랬다. 고모의 냉랭한 태도는 다분히 정치적인 것이었다. 나중에 고모는 승의 엄마에게 전화를 해서 내가 인종만 빼고는 모든 면에서 완벽하다고 했다. 지금도 잘 이해가 안 가지만 몇 년 후에 승의 엄마가 말해준 것이다. "이 여자를 받아주는 게 좋을 거야. 아니면 승용이만 잃어버리는 게 아니라 좋은 사람을 놓치게 되는 거니까"라고 했단다. 또 말해두어야 할 것은, 윗분들한테 나에 대한 칭찬을 이렇게 늘어놓은 고모가 나중에 태평양을 건너 우리 결혼식에 참석해서는 여전히 나한테 말 한마디 건네지 않았다는 점이다. 결혼 앨범에 사진도 담겼지만, 칵테일 바가 닫힐 때까지 조카들과 함께 위스키를 연거푸 들이켜면서도, 나한테는 한마디도 건네지 않았다. 언어 장벽 때문이라고 생각하는 수밖에 없었다. 그러다 어느 날, 고모가 캘리포니아를 방문해서 (승을 통해) 나를 불렀다. 자기가 묵고 있는 호텔로 갓 태어난 우리 아들을 데리고 와서 보여달라고 한 것이다. 고모는 호텔방 문을 열더니 난데없이 포옹을 해서 나를 깜짝 놀라게 했다. "아들을 낳은 어머니가 되었네! 이보다 뿌듯한 일은 없지. 게다가 이애 좀 봐! 승용을 꼭 닮아서 너무 잘생겼다." 그러고 아기를 데려가더니 마치 자기 아이처럼 다른 친척들에게 자랑스레 보여주는 것이었다.

고모는 영어를 잘한다. 아이를 생산하기 전까지는 내가 상대할 가치가 없었을 뿐. 특히나 남자아이를 말이다. 그래. 고모의 말을 다시 한번 읽어보기 바란다.

하지만 이 모든 일들을 경험하기 전, 고모가 유창한 영어로 나에게 환대를 베풀기 전, 나의 환심 사기 작전은 이런 식으로 반복된다. 친척 대표들은 차례차례 나를 만나 일종의 탐색전을 갖고 승의 부모에게 내가 그렇게 나쁘진 않다는 보고를 올린다. 지금에서야 의아해진다. 내가 어떻게, 혹은 무엇 때문에 이런 과정들을 참아냈을까. 다들 의아하지 않을까?

이것은 일종의 게임이다. 나는 승을 사랑하고 우리에겐 우리의 삶이 있으며, 이 모든 친척들에겐 그 어떤 권한도 없다. 이들의 행동이 우스꽝스러울수록 흥미롭다는 생각이 들었다. 뭐, 안 그럴 때도 있었지만.

유독 공격적인 정씨 집안 사람들과 만나던 날, 승이 제일 좋아하는(어머니나 마찬가지로 존경하는) '쿤 아마'(승의 아버지의 형의 아내)가 (순전히 나를 관찰하기 위해 마련한) 저녁 만찬 후 나에게 다가온다. 그날 저녁 내내 나한테 한마디도 안 했지만 자동차가 나오기를 기다리는 동안 입을 연 것이다. "부모님이 어디 사신다고?" 지금까지의 경험으로 나는 이 질문에 담겨 있는 평가의 의도를 알고 있다. 이번 판은 내가 질 게 분명하다. 나의 엄마와 아빠는 이혼했다. 내가 승을 만나기 오 년 전에, 삼십오 년을 함께한 후였다. 물론 절대 좋은 일은 아니다. 한국의 가족 계획에는 아예 이혼에 대한 고려가 없다. 이혼이란 '괜찮은' 집안에서는 있어선 안 되는 일로 간주되는 것이다. 엄마와 아빠는 서로 다른 도시에 사니, 이 질문은 간단히 정탐에 성공할 수 있는 천재적이고도 사악한 방법인 것이다.

나는 큰엄마에게 부모님 사는 곳을 댄다. 그래도 용기를 가지고 부모님의 끝장나버린 결혼생활을 조금이나마 옹호하기 위해 애쓰지 않을 수 없다. 그러자 이 여자가 나에게 두번째이자 마지막 말을 해준다. "결혼해서 삼십오 년이면 별로 긴 세월도 아니지."

여기에 내 문제가 있다. 나는 정치를 좋아한다. 권력 획득보다 더 좋아하는 것이 있다면 권력 교체이며, 또한 특정 순간에는 이기고 싶어한다. 이 여자는 내가 '직업 과부'라고 부르는 수많은 한국계 미국인 중 하나다. 왜냐하면 결혼에서 그녀의 역할은 무엇보다 최우선적으로 아이를 낳고 키우고 돌보는 일이기 때문이다. 물론 남편을 사랑하며 절대 저버리지 않지만, 남편은 일 때문에 수천 킬로미터 떨어진 곳에서 살며 한 해에 몇 번 못 본다. 개인적인 정서적 욕구와 필요는 두번째나 세번째 아니…… 그냥 무시되고 아이들을 돌보고 교육시키며 남편이 가능한 한 많은 돈을 벌도록 격려하는 데 모든 것을 투자한다. (이쯤에서 기억을 환기할 필요가 있다면 방탕녀들의 조언 세번째를 보라.) 아주 많은 한국계 미국인 부모들이 이와 비슷한 상황이고 승의 부모도 마찬가지다.[1] 오늘날 한국의 많은 사람들이 엄마 혼자 아이들과 함께 미국으로 오고 아빠는 서울에 남아 돈을 번다. 그렇게 결혼생활을 전부 보내는 것이다. 승의 경우는 어릴 때 엄마 아빠 두 분 다 미국으로 이민 와 가게를 열었고 그러고 나서 아빠만 아시아로 돌아가 일 년 중 여덟 달에서 길게는 열한 달 정도를 따로 지낸다. 부모 둘 다 가족의 더 나은 삶을 위해 고생하다니…… 물론 '이론적으로는' 여러 면에서 숭고한 행동이다. 이론적이라고 한 이유는 승이 자라면서 얼마나 아버지를 그리워했는지 내가 알게 되었기 때문이며, 더 나아가, 내가 잘못 생각하는 건지도 모르지만, 미국 문화에서는 남편과 그렇게 떨어져 사는 것을 '별거'라 부를 것이 분명하기 때문이다.

그런데 이 큰엄마가 내 부모님을 비난할 수 있나? 삼십오 년의 결혼생활을 실질적으로 함께하면서 양육과 부양의 짐을 나눠 진 이들이 어느 쪽인데?

"남편이 다른 나라에서 살고 있다면 삼십오 년은 분명 긴 세월이 아니죠." 나는 미소를 지으며 큰엄마의 말을 되받아주었다.

내가 만일 좋은 한국 신붓감이었다면 이런 모욕을 받아도 예의바르게 고개만 끄덕였을 것이다. 하지만 이 대답에 큰엄마가 깜짝 놀라 쳐다보자, 나는 바짝 다가서며 작별인사를 건네, 우리 사이의 키 차이를 확연히 느끼도록 해주었다. 오늘날까지도 마주치면 응분의 대가를 치르게 하고 싶어지는 이 기질은 이탈리아 조상에게서 물려받은 것 같다. 그래도 말 머리를 잘라 보내지는 않으니 다행 아닌가?

승의 큰엄마와 이렇게 만난 후, 나에겐 휴식이 필요했다. 고갯짓 한 번으로 승의 친척은 나의 부모를 모욕하는 동시에 나를 적당치 못한 신붓감 쪽으로 던져버렸다. 그리고 사실, 내 남자에 대해 회의를 품게 만들었다. 이 점이 가장 힘들었다. 큰엄마의 목표는 결국 그거였으니까. 하지만 바로 이 두번째 만남에서, 입 밖에 내어 말하지는 않았지만, 왜 이런 일을 겪어야 하는지 모르겠다는 생각이 들었다. 승에 대해서나 우리 관계에 대해 자신이 없어졌기 때문이 아니라 우리 둘 다 아이를 무척 원하기 때문이다. 우리가 캘리포니아에 살다보니 가까이 사는 이 불친절한 친척을 실제 조부모(나의 부모나 승의 부모)보다 자주 보게 될 가능성이 크다. 내 아이들이 이런 사람들과 가족이 되어 어울리며 지내는 게 좋을까? 아이들이 보통 조부모 나이대의 사람들에게서 받는 자애를 이들에게도 기대할 수 있을까? 잠깐, 이들을 할머니라고 불러야 한다고?

승의 친척들을 만나면서 꼭 알아야 할 한국어의 중요한 부분을 배우고 있다. 그 가운데 친척들을 이름으로 불러선 안 된다는 것은 이미 잘 알고 있다. 성별과 상하관계에 따른 명칭으로 부른다. 즉 '내 어머니의 여동생' 혹은 '내 아버지의 형의 아내' 하는 식의 호칭이다. 승은 아예 자기 숙부나 숙모의 이름을 모른다! 얼마나 어이가 없던지. 알고 보니 승의 사촌들도 승의 부모 이름을 몰랐다. 승과 사촌들은 모두 자기들이 부르는, 부모의 형제자매들의 '상하관계 명칭'밖에 모르는 거다. 그리고 오늘, 큰엄마와 맞장뜬 다음날, 승은 자기도 모르게 너무 앞서나가며, 우리 아이들이 태어나면 자기 부모의 형제자매들을 전부 할머니나 할아버지라고 부르게 될 거라고, 어린 사람은 어른들의 이름을 부를 수 없기 때문이라고 설명해준다. 그러니까 승의 아버지의 여덟 형제자매와 그 배우자들, 그리고 승의 어머니의 여덟 형제자매와 그 배우자들이 모두 할머니 할아버지가 되는 것이다. 할머니가 열여섯에 할아버지도 열여섯! 그중에는 세상에서 하나뿐인 우리 마미에게 못되게 구는 사람이 벌써 두 명이다.

나는 우리 할머니를 사랑한다. 어린 시절 내내 함께 살았고 나한테는 세번째 부모 같은 분이다. 이런 할머니의 위치는 결코 가볍지 않으며 조부모라는 호칭은 아직 태어나지 않은 나의 아이들이 서른두 명의 사람들에게 무차별적으로 부여하며 망쳐버리도록 놔두고 싶은 호칭도 아니다.

이 부분은 승의 가족 문화와 우리 가족 문화 사이의 다른 차이점들을 봤을 때 그다지 중요한 문제는 아닌 것처럼 보일지 모른다. 하지만 나에게 할머니 호칭은 다 팽개치고 떠나고 싶은 마음까지 들게 만들 수 있는 문제다. 그리고 처음으로, 이쯤에서 포기하는 게 좋을지도 모른다는 본능이 고개를 쳐든다. 물론 논리적으로 생각할 때 극복 못할 문제는 아니다. 괜히 속상해할 필요도 없을지 모른다. 한국의 언어나 관습과는 전혀 무관하게, 나의 경우에만 닥친 문제인지도 모른다.

나의 집 겸 사무실에 앉아 미래의 할머니 호칭에 대한 불길한 상상에 빠져들고 있을 때 매니저한테서 전화가 왔다. 뉴욕에서 진행되는 텔레비전 드라마가 다음 시즌을 찍기로 했다는 것이다. 기뻐라, 축하해, 잘됐다 등등 매니저와 회의를 하던 주위의 직원들도 떠들썩하게 한마디씩 했다. 그 와중에 다음과 같은 말이 들렸다. "삼 주 내로 떠나야 하니까 얼른 정리 시작해!"

이 텔레비전 드라마 첫 시즌이 막 끝난 후 나는 승과 사귀기 시작했다. 그러고서 겨우 다섯 달을 로스앤젤레스에서 보냈다. 그런데 이제 이 도시를 떠나 뉴욕으로 가야 하는 것이다. 일 때문에 승과 헤어져, 함께했던 시간보다도 더 긴 시간을 떨어져 보내야 한다. 최소 여섯 달이다.

이렇게 떨어져 지내다보면 어떻게 될지 알 만하다. 여자가 일 때문에 남자 곁을 육체적으로 떠나면 장기적으로 남자의 심리적 안정감, 자존감, 성욕에 좋지 않다. 전에도 겪어본 바, 대륙 횡단이라는 오랜 시간과 돈이 드는 장애물 앞에, 여배우가 된 이래 맺었던 성인기의 관계들 대부분이 망가졌다.

나는 매니저가 축하를 이어가는 동안, 여자도 일과 가정을 모두 가질 수 있다는 부모 세대의 신념이 틀렸다는 생각에 빠져든다. 나도 거의 십 년 전 텔레비전에 정기적으로 출연하기 시작했을 때는 이 과장 광고를 믿으려 노력했다. 하지만 이제는 '욕심 많은 여자'라는 핀잔만 들을 뿐이라는 걸 안다.

나는 엄마로부터 여자도 모든 면에서 남자와 평등하다는 말을 들으며 자랐는데, 그후 1990년대 후반에 "여성은 남녀관계에서 친밀성의 담지자"라는 소리를 들었다. 〈러브라인〉이라는 프로그램을 이백 회 동안 공동 진행하면서 나는 존경하는 동료 드루 핀스키 박사와 바로 이 주제에 관해 입씨름을 벌였다. 그는 양성평등에도 불구하고 이것은 분명한 사실이라고 끊임없이 주장했다. 반면 나는 여자도 연애와 섹스에서 남자와 마찬가지라는 주장을 반복했다. 핀스키 박사가 하고 또 했던 말은 여성은 신체에서 분비되는 호르몬 때문에 섹스 후 상대방에게 정서적 유대감을 느끼게 돼 있고, 반면에 남자는 신체에서 분비되는 호르몬으로 인해 가능하면 언제 어디서든 정액을 배출하고 싶어지는 것이 자연의 섭리라는 것이었다. 하지만 사회가 이 두 가지 본능을 모두 세련되지 못하다고 여기기 때문에 양성 모두 바람직한 행동과 본능에 충실한 행동 사이에서 다양한 양태를 시험해보게 된다. 〈러브라인〉에 출연할 당시 나는 스물일곱 살이었는데 거의 십 년이 흐른 지금에 와서, 그 선량한 박사의 말이 옳았고 내 생각은 완벽히 틀렸다는 걸 똑똑히 깨달았다.

내 입장에서 핀스키 박사의 주장을 정리해보면 다음과 같다. 여성은 사실상 남녀관계의 친밀도를 결정하는 주재자다. 만일 여자가 굳이 둘의 관계에 어떤 '명칭'도 부여하지 않으면, 남자도 그럴 것이다. 만일 여자가 남자와 데이트를 하면서 호탕하게 다른 사람도 만나고 다닌다면, 남자도 그럴 것이다. 만일 여자가 사랑보다 일에 우선순위를 둔다면, 어떤 남자도 "일 좀 그만해. 우리 관계가 더 중요하잖아!"라고 고함치지 않을 것이다.

하지만 이번 일에 관한 한 나는 법적으로 묶여 있는 몸이다. 내 나이 때 대부분의 여자들이 남편에게 법적으로 묶여 있는 것처럼 말이다. 그만두려 했다가는 업계의 맹비난을 듣고 고소를 당할 것이며, 앞으로 일을 계속하기 힘들 것이다. 이렇게 연인을 잃을지도 모르는 상황이 되었음을 깨닫자, 미래의 자식들이 할머니라고 불러야 할지도 모르는 친척들에 대해 들끓던 온갖 상념이 겨우 멈춘다. 나는 곧장 현실로 돌아와, 나에게 행복을 주는 남자와 너무나 만족스럽고 열정적인 우리 관계에 정신을 집중한다. 어차피 우리 사이엔 엄청난 거리가 놓이게 될 테니. 다른 거리감쯤이야 대충 넘길 수 있는 방안을 짜내야 한다. 아주 빨리.

오늘밤, 승이 우리집 초인종을 누르자 나는 그냥 버저를 눌러 문을 여는 대신, 앞마당을 지나 문밖까지 마중 나간다. 나는 맨발에 끔찍하게 귀여운 슬립 잠옷 차림이다(오늘 우연인 것처럼 샀지만 실은 어떤 효과를 낳을지 알고 있다. 이제부터 하려는 청천벽력 같은 이야기를 들어줄 가치가 있는 여자가 돼야 하니까). 할리우드 한복판 붐비는 거리에서, 나는 승과 얼굴을 맞대고 일 때문에 삼 주 후에 뉴욕에 가봐야 한다고 말한다. 바닥에 바짝 붙은 무스탕이 우리 곁을 휙 지나가며 "자빠트려!" 하고 외친다. 의상은 제 임무를 완수했다.

승이 엄숙하게 마주보면서 우리 관계는 어떻게 되는 건지 내 말을 기다린다. 나는 거의 유체이탈 된 듯한 기분으로 내 입에서 흘러나오는 말을 듣는다. "내가 뉴욕에 간 동안 이걸 맡아줘." 그리고 승정에게 집 열쇠들을 건넨다.

나는 승에게 말한다. 어른이 된 후 내 생활은 모두 일을 중심으로 돌아갔지만 이제는 좀 바꾸고 싶다고. 하지만 당장은 그렇게 되기 힘들다고. 그리고 나랑 같이 사는 건 어떠냐고 묻는다. 내가 여기 없는 동안 이 집에서 혼자 지내며 적응도 하고 내가 이 주에 한 번씩 돌아오면 같이 사는 연습도 하고 말이다.

승은 조금 긴장하는 것 같다. 우리 둘 다 누구랑 오래 동거해본 적이 없으니까. 게다가 서로에 대한 단순한 속박의 의미보다 훨씬 큰 실질적 희생이 뒤따르게 된다. 대도시에서 집세 규제 대상 아파트를 얻는다는 게 보통 일은 아니니까. 로스앤젤레스에서 오래 공을 들여 얻은 부동산 임대를 포기한다는 건 최고의 사랑 표시다. 무엇보다 승의 집은 바다 바로 옆에 있으며 55제곱미터 파티용 테라스를 포함한 방 세 개짜리다. 중국인, 한국인 친구와 함께 살기 때문에 나는 그 집을 '〈MTV 리얼 월드〉에 나오는 아시아 별장'이라고 부른다. 그 집을 떠난다는 것은 독신생활에 관 뚜껑을 닫아버리는 거나 다름

없다.

완전한 침묵 속에서 삼십 초가 흐른다. 승의 표정에서 무척 당황한 기색이 읽힌다. 그러자 내 안에서도 판도라의 상자가 열리려 한다. 이 공포의 상자는 아파트 문제와 전혀 상관이 없고, 아마도 엄마들과 아빠들, 그러니까 심술궂은 친척들과…… 승이 목을 가다듬는다. 마치 내 머릿속에 방금 어떤 생각이 당도했는지 알아챈 것처럼, 이 공포의 뚜껑이 열리길 원하지 않는 것 같다. 일단 '난 당신 가족들이 싫어' 감정이 폭발하면 다시는 수습할 수 없게 될 것이기 때문이다.

너그럽고 따뜻한 마음씨의 승은 나의 제안이 평소 생활 방식에서 벗어난 큰 결단에서 나온 것임을 잘 안다. 물론 승에게도 큰 문제다. 그래서 그는 아무 말도 할 수 없다. 그러나 창백해진 표정에도 불구하고 승은 내 손에서 열쇠를 받아 쥐더니 내 집 문을 연다. 그런 다음 조용히 손을 잡고 함께 집안으로 들어가 남은 생을 함께하자는 몸짓을 한다.

*

나는 완전히 지쳐 처음으로 승과 함께 우리집의 우리 침대에 눕는다. 동거에 대해 처음 말을 꺼낸 지 (그리고 토론을 이어간 지) 십이 일 만이다. 승과 나는 둘 다 무척 긴장한 상태에서 그의 이삿짐을 옮겼다. 점잖은 의견 조율을 많이 했는데, 하마터면 승의 이천 장의 티셔츠 때문에 고함을 지를 뻔했다. 남은 마룻바닥이 보이질 않도록 뭔가를 채워놓아야 하는 나를 보고 승도 가볍게 타박을 했지만 아슬아슬하게 넘어갔다. 어쨌든 오늘은 서로 많이 웃고 참으며 우리 둘 다 동거할 준비가 돼 있기만을 마음속으로 빌었다. 밤이 되어, 자정을 훌쩍 넘겨 모든 것이 제자리를 찾았다. 내일 눈을 뜨면, 또 내가 이상적인 집을 꾸민다며 가구들을 1센티미터씩 옮길지도 모르지만. 나는 이불을 덮고 신이 나서 무릎을 맞붙여 문지르며 백번째 같은 말을 한다. "우리가 함께 살게 되다니 꿈만 같아!" 그런 내 얼굴을 승이 손으로 감싸고 말한다. "쉿, 우리 어머니 들을라."

농담이므로 우리는 웃음을 터뜨리지만 실은 농담이 아니기도 하다. 승은 부모한테 우리가 동거한다고 말하지 않았다. 한국의 규범에 어긋나는 일이니까. 막 나가는 친구들한테 들은 착한 한국인이 되는 네번째, 다섯번째 규칙 안에 순결에 대한 암시가 들어 있다. 매일 같은 침대에서 잠을 잔다면 우리가, 특히나 내가 결혼 전에 삼가고 있으리라는 망상은 불가능해진다. 승이 삼간다면 난 오히려 모욕당한 기분이 들지 않을까 싶지만, 정말 그러니 좀 귀여워 보인다. 오늘 승은 한국의 어머니에게 전화를 한다. 뒷마당에 나가서. 아무래도 밖에서 전화를 하면 이 안에서 나와 함께 산다는 사실을 빼먹고 말하지 않는 데 도움이 될 거라고 생각하나보다. 그렇게 전화 거는 모습을 보자, 나는 새로 정리한 사무실 창문 앞에서, 승이 보는 앞에서서 엉덩이를 앞뒤로 움직이며 성행위 흉내를 내지 않고는 못 배긴다. 승은 아주 침착하게 쓰레기통 뒤로 발걸음을 옮겨 나의 선동을 피하며 아예 수풀 속으로 들어갈 기세다. 이래서 귀여운 것이다. 승은 내가 비난받지 않게 보호하려고 그런다. 하지만 저런 태도를 기사도의 발휘로 봐주려 노력하던 나는, 오히려 승이 비난받으면 불안정해지는 나의 에너지로부터 자기 부모를 보호하려 저러는지도 모른다는 점을 깨닫는다. (그래서 승이 어머니랑 전화를 하는 동안 내가 법석을 떠는 걸까?) 우와. 이건 뭐, 두 배로 귀엽잖아. 정말 그런 거라면 승에 대해 좀더 믿음을 갖고 숙모들의 못된 말과 할머니란 명칭의 과도한 사용에 대해 의논해봐야 할지 모르겠다. 그래야 옳지 않을까? 인생의 동반자에게 마음을 터놓고 나는 물론 우리 관계도 성장시키는 것이, 티셔츠를 이천 장 수집하고 너무 많은 가구를 사들이는 것보다 낫지 않을까?

이 남자와 함께하는 미래에 대한 가능성을 탐색하면서, 나는 노력해보기로 결심한다. 승에게 동거를 하게 됐으니 바라는 일 세 가지씩 말해보자고 제안한다. 승은 매일 아침 같이 눈을 뜨게 될 일이 기대된다고 말을 시작한다. 나는 승의 차가 진입로에 들어서는 소리를 즉시 알아챌 수 있게 됐으면 좋겠다고, 그 소리를 들으며 승이 집에 왔구나, 이렇게 또 하루가 완성되는구나, 느끼고 싶다고 말한다. 할말은 많고 많지만 감정이 더 앞선다. 새로 산 이불 위로 나의 고약한 두려움들을 줄줄 늘어놓기 시작하자, 승은 간결한 사랑의 말들을 잇지 못하고 한쪽 눈썹을 치킨다. 고모, 큰엄마, 할머니, 할아버지, 리사와 데이브의 진중한 사례, 공격받는 느낌이 들면 입을 멋대로 놀리는 나의 결함, 그리고 내 열쇠를 잃어버려서 승이 문을 열어줘야 한다는 것까지. 생각나는 걱정을 몽땅 토해낸 나에게 승이 묻는다. "리사랑 데이브가 누구야?"

옛날 시트콤 〈왈가닥 루시〉에서 루시가 닥친 사태를 해명해야 하는 장면 같다. 그제야 승에게 그동안 내가 골몰한 숙제에 대해, 승의 가족에 대처하는 방법을 연구한 이야기를 열심히 들려준다. 승은 계속 웃기만 한다. 나는 이야기를 멈추고 왜 그러느냐고 묻는다. 승은 내가 그렇게 노력하고 있었다니 영광이라고, 심지어 자기는 아직도 "당신이 한국 남자와 사귀다니" 믿기지가 않는다고 말한다. 나는 한국 남자와 사귀어서 평판이 올라갔다고 말해준다. 내 부모는 '동양인'들과 어울리지 말라고 가르친 적이 없다. 하지만 그건 동양인이 내 부모의 '레이더에 걸리지 않아서'라고 할 수 있다. 절대 내 부모에 대한 칭찬이 못 되는 것이다. 가끔은 승이 내 레이더에 들어왔다는 사실이 뿌듯하기도 하다. 승은 매우 잘생기고 고학력에 여행 경험도 많으니, 그에게 매력을 느꼈다고 해서 내가 진보적인 사람이라고 자랑할 계제는 아니지만, 내가 자란 배경을 고려했을 때는 그런 면도 없지 않은 것이다. 이렇게 둘만의 공간에서 이야기를 주고받으며 안심한 우리는 서로에 대한 확신이 더욱 커졌고, 승은 다음 질문을 던진다.

"내가 당신한테 불편한 상황에서 잠자코 있어달라고 할 줄 알았어?"

이 시점에서 나는 테이프를 빨리 뒤로 감아, 리사에 대해 잘못 표현하지는 않았는지 되짚어본다. 리사는 말이 없거나 나약한 여자가 아니라 섬세하며 똑똑한……

"나는 당신의 커다란 입을 사랑해. 그 입엔 커다란 미소와 날카로운 혀가 담겼거든. 둘 다 움츠러들면 안 되지." 이제 나랑 침대를 함께 쓰게 된 남자가 말한다. "그리고 누가 당신한테 모욕을 주거든, 감정을 아주 잘 전달하는 당신의 그 놀라운 재능을 쓰도록 해. 그래서 말싸움이 시작되더라도. 다이앤, 내 가족이 당신을 모욕하면, 그건 나를 모욕하는 거나 마찬가지야. 당신이 옳다고 생각하는 그대로 대응해. 난 당신 편이니까."

승의 품에 안기고 싶다. 열정적으로 키스하며 고맙다 말하고, 우리가 함께 인종적으로 께름칙한 나무들은 보지 말고 넉넉히 포용하는 숲만 보고 가면 모든 게 다 잘될 거라고 믿고 싶다. 하지만 나는 그러지 않는다. 드디어 누군가와 함께 살기로 결정을 내린 오늘까지 많은 연인들을 겪어왔다. 이들로부터 승과의 관계를 잘 진전시키기 위해 알아야 할 교훈을 하나씩은 배웠다. 승과의 관계 역시 또다른 관계를 구축하기 전 거쳐가는 경험으로 만들고 싶진 않다. 이 사람과 남은 일생을 함께하고 싶다. 그러자면 현실적이 되어, 툭하면 좋다고 휩쓸리는 낭만적 분위기 같은 건 가라앉힐 필요가 있다. 마음을 단단히 먹고 인간의 본성에 대해 배운 점을 상기해야 한다. 즉 인간에겐 타고난 기질이 있어 여자가 아무리 애를 써도 남자는 변하지 않는다는 것을. 승은 어른에게 공손해야 한다는 관념이 몸에 본능처럼 뿌리깊게 밴 사람이다. 내가 어른들과 싸워도 아무렇지 않을 사람이 절대 아니다.

그래서 나는 승에게 당신의 가족과 싸우고 싶지 않다고 말한다. 이건 사실이다. 싸우기보다는 평정을 잃지 않으면서도 그들을 달랠 수 있는 방법을 찾고 싶다고 말한다. 승은 고개를 끄덕이며 리사와 데이브 말고 다른 사람들과도 대화를 더 나눠보면 좋지 않겠느냐고 한다. 뭔가 번쩍 떠오른 모양이다. 소누를 만나보라고 한다.

소누는 승의 학창 시절 친구다. 제니퍼랑 결혼했는데, 소누는 인도 출신이고 제니퍼는 정통 백인 가정 출신이다. 그들 사이엔 피부색 문제뿐 아니라 종교 문제도 있어서, 승이 기억하기론 결혼 전에 장애물이 좀 있었다. 하지만 특별히 그들에게 연락해보라고 한 건 다음과 같은 이유에서다.

"소누는 어떤 문제든 정면으로 맞서는 스타일이야. 당신은 얌전한 숙맥으로 보일 정도지. 언쟁을 벌여야 할 상황이 닥치면 절대 피하지 않았어. 분명 당신이 원하는 행복한 결혼을 쟁취해낼 방법을 알려줄 거야."

승은 나한테 싸우라고 한다. 싸움의 기술을 배울 곳까지 알려주고 있는 것이다. 나는 그의 공손한 성품에 맞추려 애쓰는데, 그는 내 공격성을 북돋워주려 애쓴다. 바로 이 점이, 지난 다섯 달 동안 승이 보여준 애정과 이번주 지불한 집세 절반과 오늘 내가 수없이 들은 "사랑해"라는 말 같은 모든 것들과 함께, 이 집을 우리의 보금자리로 만드는 것은 제자리에 놓인 가구 따위가 아님을 깨닫게 해준다. 이것은 잠들기 전 나누는 베갯머리송사다. 언젠가 엄마가 엄마 친구에게 하는 말을 들었는데 "남자랑 할 수 있는 가장 친밀한 행위"랬다.

오늘에서야 그 의미를 알겠다. 이제야 드디어, 나는 승에게 안긴다.

어쩌면 잠들기 위해, 어쩌면 함께 또다른 꿈을 꾸기 위해.

Four

메릴랜드에서 힌두교도 인도 남자를 사랑한 복음주의파 백인 여자

"제니퍼는 솔직히 말했어. 문제가 될 거라고. 난 그렇게 보지 않았어. 이성적이거나 합리적인 사고를 하지 않는 사람들에 대한 기준틀이 없었거든."
—소누 싱

소누와 제니퍼는 같은 고등학교에 다녔다. 소누가 졸업하기 직전에 제니퍼가 신입생으로 들어왔지만, 제니퍼는 소누를 한 번 보았을 뿐이었다. 학교에 붙어 있던, 당시 인기를 끈 텔레비전 드라마 〈마이 애미 바이스〉의 포스터를 기억하고 있는 것이다. 배우 돈 존슨의 얼굴 위에 오려낸 소누의 얼굴 사진이 붙어 있었다. 그걸 보고 무슨 생각을 했느냐고 물었더니 얼른 대답하지는 못했다. "거지 같다고 생각했지."

직접 만난 것은 사 년 후였다. 제니퍼는 다시 신입생이었고 소누는 여전히 졸업반이었지만 이번엔 버지니아 공대에서였다. 소누가 동네 술집에 들렀는데 제니퍼가 바텐더로 일하고 있었다. 곧 둘 다 이 작은 대학촌에서 자란 동네 사람이라는 사실을 알게 됐다.

버지니아 주 블랙스버그, 나도 이 마을에 가봤다. 승도 여기 대학에 다녔으니까. 승과 함께 제니퍼와 소누의 집을 방문해 아이들도 만났다. 또한 승이 소누의 부모를 대단히 존경한다는 것도 알고 있었다. 자녀들이 미국인이 되도록 허락한 이민 가족을 처음 만났기 때문이다. 승은 이 가족과 피자를 먹고 맥주를 마시면서 미식축구를 보았고 좋아한 여자들 이야기랑 참석했던 파티 이야기를 나눴다. 승은 이들과 많은 시간을 보냈으며 이들에게 애정을 품고 있다. 그렇다 보니 제니퍼에게, 그리고 소누에게 차례로 전화를 걸어 대화를 시작할 때 입이 쉽사리 안 떨어진다. 그들 가족에 대해서, 또한 승의 가족에 대해서도 껄끄러울지 모르는 말을 하거나 질문을 던지기가 곤란한 것이다. 그래서 나는 대부분 그냥 듣기만 한다. 어쨌든 리사와 마찬가지로, 우리가 나눠야 할 이야기는 이들 부부의 이야기니까.

다시 술집에서 만났을 때로 돌아가보면, 제니퍼와 소누는 처음 만난 날 그 주 주말에 약속을 잡았다. 그 주 목요일은 추수감사절로, 연휴 동안 대학 친구들은 모두 고향으로 돌아갈 예정이었다. 둘은 미식축구장과 극장에 갔다가 저녁을 먹었다. 그리고 소누는 제니퍼가 일하는 술집에 계속 찾아왔다. 제니퍼는 맥줏값을 깎아줘서 왔던 거라고 했다. 믿기 힘든 소리였다.

첫째, 맥주는 50센트밖에 안 했다. 둘째, 제니퍼는 거의 180센티미터에 가까운 금발에 대학 다닐 땐 오페라를 불렀고 지금은 장신구 디자인을 한다. 성격도 자기 작품들처럼 반짝반짝 빛나며 보석이 가득하다. 십오 년이 지난 마당이니 아직도 25센트 할인 때문에 소누가 왔다고 생각하느냐 묻는 걸 거리낄 필요는 없다. "응, 정말 맥주 때문이었다고 생각해."

소누한테 물어보았더니 그는 얼른 대답하지 못한다. "멋진 여자가 있는데다 맥줏값도 깎아주면, 잃을 게 없는 시나리오였지."

개업 기념 맥주 할인 세 달 후, 자신의 생일에 제니퍼는 소누에게 사랑한다고 말했고 소누는 평생 함께하고 싶다고 말했다. 제니퍼는 열아홉이 되었고 소누는 스물두 살이었다. 두 사람에게 소누가 인도에서 태어나 어릴 때 부모와 미국으로 이민 왔고 제니퍼가 백인이라는 사실은 전혀 문제가 되지 않았다. 하지만 제니퍼를 복음주의파 기독교도로 키운 가족에게, 신앙은 타협 불가능했다.

제니퍼가 어릴 때부터 그녀의 부모 자스머 부부는 결혼 상대자로 어떤 인종이든 상관없으나 기독교도여야 한다고 말했다. 제니퍼는 처음부터 이 생각에 동의하지 않았지만 대학에 들어가기 전까지는 사실상 아는 비기독교도가 없었다. 그러다 소누를 만나 사랑에 빠졌고 부모가 미리 정한 경계선에 대해서는 전혀 신경쓰지 않았다.

흠, 그럼 이 부부의 가족 문제에선 인종은 간식이고 종교가 주식이네. 하지만 제니퍼와 소누가 제니퍼의 부모와 겪은 갈등 이야기를 들어보니 경건한 종교 뒤에 숨었을 뿐 인종주의와 전혀 다를 것이 없었다. 어머니와 아버지가 자식이 사랑하는 사람을 보지도 않고 단지 예수를 구원자로 믿지 않는다는 이유만으로 단죄했다. 어찌 보면 훨씬 어려운 장애물처럼 보인다. 그러니 믿음 안의 인종주의로 보기보다는 배타주의적 믿음에 대해서 생각해보고 싶다. 이런 것이다.

'우리와 같은 사람이 아니면 상대할 가치가 없다.' 사람을 흑인이냐 백인이냐로만 판단하는 것과 다를 게 없는 흑백논리 같다. 그러니 고민이 된다. 겉보기엔 자비가 넘치는 듯한 교회를 상대로 이 부부가 어떻게 사랑을 지켜냈는지 배울 수 있을까? 내가 이런 상황을 견뎌낼 수 있을까?

"난 늘 겉돌았어." 제니퍼가 부모에 대해 말한다. "엉뚱한 집에 태어난 기분이었지." 제니퍼는 단어를 신중히 고르며 부모를 단죄하거나 문제를 단순화시키지 않으려 노력한다. 사랑하는 사람들을 지켜내려는 의욕이 여전한 듯하다. 비록 자기와 아주 다른 의견을 가지고 있더라도 말이다. 열아홉 살 때도 제니퍼는 소누를 엄마나 아빠에게 전혀 숨기지 않았다. 제니퍼가 가족을 만나거나 통화를 할 때도 소누는 자주 끼었다. "충격받고 난리 치거나 하는 일은 없었어. 부모님은 우리 사이를 심각하게 안 봤으니까. 그러다 내가 아칸소 대학에 지원하자 상황이 달라졌어."

제니퍼는 버지니아 공대 1학년 때부터 편입을 생각했다. 아칸소 대학 음악 프로그램이 더 좋았기 때문이다. 소누는 막 졸업을 하고 역시 아칸소에서 창업을 하려던 참이었다. 우연의 일치는 아니었다고 제니퍼도 선선히 인정한다. 그러자 자스머 부부는 소누와 얘기를 좀 하고 싶어했다. 딸이 그렇게 멀리 학교를 옮기려는 동기가 무엇인지 깨달았기 때문이다. 그래서 소누를 집으로 불렀다. 소누와 자스머 부부 사이에 대화가 시작되자 남부 특유의 환대 분위기는 찾아볼 수 없었다.

일단 제니퍼의 부모는 자기들 가족이 성경 말씀을 있는 그대로 따라 산다는 말로 대화를 시작했다. 소누는 곧바로 그럼 뱀을 손으로 잡고 발로 밟느냐고 물었다. 그러자 자스머 부부는 예수가 한 말씀을 있는 그대로 믿으며 산다고 조금 정정했다. 그러자 소누는 모르는 언어로 말하는 능력이 있느냐고 물었다. 이렇게 되자 제니퍼의 어머니는 금세 아주 기분 나빠했다고 소누는 기억한다. 자스머 씨는 침착하고 조금 더 합리적이었지만 "역시 말은 통하지 않았"다. 한번은 소누가 제니퍼의 아버지에게 공룡이 존재했던 걸 믿느냐고 물었다. 자스머 씨는 그렇다고 답했다. 소누는 성경에 공룡에 대한 언급이 전혀 안 나오는데 어떻게 믿느냐고 물었다. 자스머 씨는 설명할 수 없는 것들도 있다고 인정하면서도 현세와 사후에 대한 자신들의 믿음과 제니퍼의 믿음은 같으며 충분히 설명 가능하다고 대꾸했다.

자스머 부부는 제니퍼가 예수를 따르기로 스스로 선택했다고 생각했는데, 세례 당시 이 종교를 선택하는 딸의 모습을 직접 보았기 때문이다. 지금은 제니퍼의 영혼이 위기에 처해 있으며 이를 지켜주는 것이 부모이자 선한 기독교도로서 자신들의 의무라고 여겼다. 하지만 소누에게도 지켜야 할 신념이 있었다. 그는 다음과 같은 직접적인 질문을 던지기도 했다. "정말 제니퍼가 네 살 때 세례를 받는 결정을 스스로 내렸다고 믿으세요?" 제니퍼는 이 모든 논쟁을 옆에서 지켜보았다. 남자친구의 믿을 수 없을 만큼 뛰어난 활약을 지켜보며, 불편하기만 했던 자리가 거의 재밌기까지 한 관람이 되었다. 소누와 평생을 함께하겠다는 제니퍼의 생각이 변치 않는 한, 부모가 아무리 소누를 반대해도 소용없었다. 결국 누구의 마음도 바뀌지 않으리라는 걸 제니퍼는 처음부터 알고 있었다. 하지만 끝장 토론을 한번 벌여봐야 했다.

아직 사회생활도 시작하지 않은 스물두 살짜리가 감히 자신들의 평생을 의문에 붙이는 걸 지켜보며 제니퍼의 부모는 이런 오만한 녀석을 데려온 딸의 머리칼을 잡아 뽑고 싶었을 것이다. 그래서인지 자스머 부부는 다음 수단을 취했다. 소누의 부모에게 전화를 건 것이다. 자스머 부부는 소누의 부모에게 따로 만나자고 했다.

소누의 가족, 싱 부부는 힌두교도지만, 소누의 말처럼 "민족이나 종교를 중심으로 인간관계를 선택하지 않았다". 싱 부부 둘 다 박사학위 소지자이자 버지니아 공대 교수다. (재미있게도 싱 씨와 자스머 씨 둘 다 이곳 공학부 교수지만, 전공이 달라 한 번도 만난 적은 없었다.) 싱 부부는 자식들이 힌두교도나 인도인 혹은 인도계와 결혼해야 한다고 요구하거나 그런 바람을 조금이라도 비춘 적이 없었다. 하지만 싱 부부의 열린 태도는 자스머 부부에게 아무 의미도 없었다. 만나보기도 전부터 자스머 부부는 싱 부부가 지옥에 갈 거라고 확신했다.

자스머 부부는 싱 부부에게 '하디스'에서 만나자고 했는데 "남부의 맥도날드 같은 곳"이라고 소누가 북부 사람인 나를 위해 설명해준다. 하디스에서 자스머 부부는 싱 부부를 기독교로 개종시키려는 시도 같은 건 하지 않았다. 딸의 사후 세계에 대한 걱정도 하지 않았다. 대신 자스머 부부는 싱 부부에게 제니퍼의 인간적 결점이라고 생각되는 것들을 모조리 들려주었다. 지금까지 살아오면서 저지른 실수는 물론 성격적 단점들을 털어놓은 것이다. 대학 전 남자친구들에 대한 자세한 일화를 포함해서, 딸의 개인사에 대한 내밀하고 사적이며 수치스러운 정보들을 자세히 알려주었다. 이런 구역질나는 고백을 한 이유는 싱 가족이 성인이 된 자신들의 딸 제니퍼를 아주 안 좋게 보고 역시 멀쩡한 성인인 소누가 그녀를 차버리도록 만들기 위해서였다.

제니퍼와 소누는 이제 싱 부부가 자스머 가족을 이상한 사람들로 생각해도 어쩔 수 없다고 생각했다. 하지만 싱 부부는 쓰레기 같은 만남의 자리가 된 하디스를 떠나며, 제니퍼의 부모만 이해가 안 가는 사람들이라고 생각하게 되었을 뿐 제니퍼에 대해서는 진정 마음 아파했다.

상처뿐인 실패 후에 너무 절망한 제니퍼의 부모는 딸을 구하기 위한 마지막 시도로 제니퍼의 할머니를 끌어들였다. 제니퍼 어머니의 강력한 요청을 받은 할머니는 하디스 회담 다음날 소누 부모 집의 초인종을 울렸다. 할머니는 문간에 선 채 부적절한 이야기들을 더욱 많이 폭로하며 싱 부부가 제니퍼를 싫어하게 되도록 일장 연설을 늘어놓았다.

이 사건들로 제니퍼는 깊은 상처를 입은 듯하다. 이 사연을 들려주면서 너무 빠른 속도로 말을 토해내며 허둥거렸지만, 마지막엔 자랑스레 덧붙였다. 할머니는 금세 사과하고 "갈색 사람들한테 홀딱 빠졌"다고. 제니퍼가 보기에 할머니는 자기 딸의 다급한 요청을 받고 도와주었을 뿐이며, 그러고 나서는 손녀딸을 가족 내에서 외톨이가 되도록 내버려둘 수 없었다. 그래서 그뒤로도 오랫동안 제니퍼의 인생에서 특별한 위치를 차지하는 즐거움을 누리게 됐다.

부모와는 그런 반전이 없었다. 자스머 부부의 작전이 상상 이상으로 더 큰 참사를 낳은 후 제니퍼는 소누의 가족에 더 애착을 느끼게 되었고 자기 가족과는 교류를 끊었다. 일 년에 한 번 정도 꼭 필요할 때만 최소한으로 연락했다. 리사 가족이 겪은 삼 주간의 단절은 상당히 점잖은 편이었으니, 자스머 부부는 거의 십 년 동안 딸을 보지 못했다.

졌다! 정말이지 바로 이게 문제였다! 속 좁은 부모를 밀어붙이거나 비난하면 얼마나 심각한 문제가 일어날 수 있는지 충분히 알게 되었다. 또한 그런 편협한 생각을 가진 부모 때문에 고생했던 사람들에게, 내가 더 노력하라고, 맞서 싸우라고 충고했던 사람들에게 전화라도 해서 심심한 사과를 전해야 할 듯하다. 닥터 수스의 『버터 전쟁 이야기』*가 실화에 기반한 작품인 줄은 미처 몰랐다.

나를 받아들이지 않는 친척들을 혼내줄 궁리에 골몰하느라 미처 생각하지 못한 것이 너무 많다. 외국인 혐오증 혹은 독실한 신자 부모의 역습은 생각 못했다. 자녀한테서 절연당할 상황을 깨닫게 되면

* 버터를 토스트 위쪽 면에 발라 먹는지 아래쪽 면에 바르는지를 두고 싸우는 이들을 그린 풍자적인 동화.

모든 엄마와 아빠들은 즉시 다급하게 자비를 호소할 거라고 기대했던 것 같다. '잘못된' 쪽에서 전쟁을 선포하는 미사일을 쏠 거라곤 정말 생각 못했다. 왜냐하면 대부분의 사람들은 최소한 자기들 편견을 뻔뻔스레 광고할 수 없음을 의식하고 있는 듯했으니까. 자식들 앞에서야 아무렇지 않게 말할 수 있을지 몰라도, 자신들이 옳다고 꿋꿋이 믿으며 떠벌릴 줄은 몰랐다. 두 사람이 서로 아이를 자기 자식이라 주장하자 솔로몬 왕이 아이를 반으로 자른다고 하면서 누가 더 사랑하는지 알아내는 성경의 일화는 분명 어머니의 조건 없는 사랑에 대한 만사형통의 시험은 아니다.

제니퍼는 아칸소로 편입하지 않았다. 소누는 메릴랜드에서 다른 종류의 사업에 뛰어들기로 결정했다. 그래도 제니퍼는 대학을 그만두고 소누와 동거하기로 했다. 학교를, 가족을, 그리고 이십 년 동안 살아온 마을을 떠나는 것은 괴로운 일이 아니었다고 한다. "늘 소누가 날 돌봐줄 거라고 생각했어. 이젠 소누랑 함께 사는 거니까."

소누는 둘을 위한 아파트를 마련했고 일을 시작했다. 일 년 동안 제니퍼는 '스피릿 오브 볼티모어'에서 노래하는 웨이트리스로 일한 뒤 메릴랜드 대학에 편입했다. 그때쯤 싱 가족은 제니퍼를 한식구나 마찬가지로 생각하게 되었다. 명절에도 다 같이 모이고 생일도 함께 보냈다. 그렇게 오 년이 지났다.

제니퍼가 스물다섯 살이 되어가자 그녀의 어머니는 또다른 생각을 하게 됐다. 자스머 부인은 딸에게 연락해서 여전히 딸의 영혼을 생각하면 괴롭지만 이렇게 사는 것도 보기 좋지는 않은 것 같다고 했다. 즉, 소누와 결혼할 생각이라면 적어도 죄를 지으며 사는 것은 그만둬라, 빨리 결혼을 하라는 것이었다.

"말하자면, 죄는 미워하되 죄인은 사랑하라는 거잖아?" 제니퍼는 이 정도 전향은 받아줄 수 있을 것 같냐고 묻는다. 나라면 받아줄 것 같다. 그런데 제니퍼는 별 감흥이 없었던 듯해 놀랍다. 사랑하는 가족들이 다시 태어난 것 같은 경사는 아니라 해도, 일보 전진이긴 하지 않나?

상관없었다. 너무 많은 세월이 지나 제니퍼는 이미 친정 가족 없이 사는 법을 배웠던 것이다. 대부분의 이십대가 인생의 일사분기를 '이제 제대로 된 직업을 구해야 할까'나 '하우스메이트를 좀 줄여서 아파트를 구해야 할 때가 아닐까' 고민하며 넘기는 것과 달리 제니퍼는 벌써 어머니, 아버지, 형제자매를 잃은 슬픔을 달랬던 것이다. 그들의 뒤늦은 포용은 이제 별 의미가 없었다.

한편 소누의 어머니는 아들과 제니퍼에게 반대의 조언을 하고 있었다. 싱 부인은 제니퍼가 학위를 마치고 일을 구할 때까지 결혼을 미루라고 했다. 싱 부인은 똑똑하고 능력 있는 여성들이 자신의 인생에 많은 가능성을 열어두지 않아서 아이들이 자란 다음(혹은 더 좋지 않은 경우 남편이 떠난 다음)에 아무 노동 기술도 없이 남겨지는 경우를 너무 많이 봐왔다. 당연히 제니퍼와 소누는 이천 년 전 나사렛에서 쓰인 율법보다는 자신들의 실제 생활을 살펴봐주는 부모 쪽의 조언을 따랐다.

제니퍼는 메릴랜드 대학을 졸업한 후 일 년에 걸쳐 경력을 쌓았고 소누는 어느 스테이크 식당에서 평범한 저녁식사를 하다가 프러포즈했다. 옆자리 커플이 듣고는 축하의 말과 함께 삼십오 년을 함께 살아오면서 얻은 사려 깊은 충고를 건넸는데, 그들이 대체 뭐라고 했는지 지금은 제니퍼도 소누도 전혀 기억하지 못한다.

또한 제니퍼도 소누도 자스머 부부에게 결혼 소식을 어떻게 알렸는지 기억하지 못한다. 그래도 결혼하기로 하자 제니퍼의 가족은 결혼 파티를 위해 돈을 보태주고 더이상 관여하지 않았다. 결혼식은 싱 부부와 곧 싱 부인이 될 제니퍼가 함께 준비했다.

하지만 인도 사람들에게 결혼은 두 가족이 하나가 되는 사건이었다. 소누의 어머니 쿠숨은 제니퍼의 어머니 다이애나가 그 과정에 참여하지 않는 것이 괴로웠다. 이렇게 오랜 세월이 흐른 뒤에도, 지난 일은 뒤로하고 좋은 마음으로 만날 수 있지 않을까 하는 희망을 버리지 않고 있었다. 쿠숨은 다이애나에게 전화해서 차를 마시자고 했고 다이애나는 그러자며, 대신 자기 집에서 보자고 했다. 쿠숨이 강의를 마치고 가보니, 다이애나는 정원에서 흙일을 하고 있었다. 쿠숨이 '너무 차려입어서' 놀란 다이애나는 자기 가족은 이렇게 소박하게 살기 때문에 소누의 어머니가 이런 '쇼'를 할 줄은 몰랐다고 말했다. 쿠숨은 일하다 왔을 뿐이라고 설명하려 했지만 소용없었다. 두 어머니 다 빈정이 상한 상태에서 안으로 들어갔다. 주방 테이블에 앉아 다이애나는 쿠숨에게 무슬림이냐고 질문하며 대화를 시작했다.

아직도 소누에게, 혹은 비종교 신념에, 소누와 제니퍼가 막 시작하려 하는 새로운 가족에 이렇게 관심이 없다니, 안타까운 일이었다. 쿠숨이 보기에 이 커플의 부모 넷은 같은 마을에 살며, 같은 직업을 가졌고, 자녀 수도 같은데다 이제 두 자녀가 결혼을 하게 되었으니, 즐겁게 어울려 지낼 만한 공통점이 너무 많았다. 어쩌면 다이애나가 그냥 무례했던 것일지 모르지만 기분이 상한 쿠숨은 어느 종교든 독실한 신자들은 외부 사람들의 생각을 잘 모르고 종교가 다른 사람과는 대화를 거의 하지 않는다는 점을 생각할 여유가 없었던 것 같다. 어쨌든 그렇게 쿠숨은 집으로 돌아왔고 남편은 그녀에게 이제 기대를 접을 때가 됐다고 말했다.

여기서 잠깐! 이들의 사랑 이야기를 가만 듣다보니, '영어가 그다지 유창하지 못한' 승의 부모와 '엄청나게 시끄럽고 술 마시고 담배 피우며 뉴욕 시 밖으로 나가본 적이 별로 없는' 내 부모가 만난다는 생각에 오줌을 지릴 정도로 겁이 난다. 인종 간 결혼에 대해 자문을 구한다는 게 별로 좋은 계획이 아니었는지도 모른다. 정보를 얻기보다는 겁만 더 나는 것 같다. 그러니 샅샅이 헤집어서 해결책을 꼭 알아내야겠다.

소누의 부모가 은밀히 제니퍼에 대해 (특히 나중에 광신도가 되면 어쩌냐고) 걱정하거나 결혼을 말린 적이 있는지, 나는 날카롭게 묻는다. 소누는 망설임 없이 대답한다. "우리 부모님은 제니퍼를 잘 알았어. 가족이랑 다르다는 걸 알게 됐지. 스스로의 의지로 선택을 했고 그 선택을 위해 어떤 대가를 치렀는지 본 거야. 제니퍼의 어머니와 그렇게 만나고 나서 부모님은 정말 성대한 결혼식을 하고 싶어했어."

그럼 그 이야기를 해보자.

힌두교 결혼식은 본래 규모가 크고 화려하다. 제니퍼와 소누는 이 년 동안 돈을 모았고 꼼꼼하게 준비해 양쪽의 문화를 모두 끌어안으며 오백 명의 손님을 초대했다. 손님들에겐 인도에서 만든 전통 청첩장을 보냈는데, 영어와 힌두어가 금박으로 인쇄돼 있었다. 결혼식 안내장에는 약간의 기독교 의식이 포함된 힌두교 결혼식의 요소와 과정이 설명돼 있었다. 우연히도 역시 버지니아 공대에서 일하는 펀디트(인도의 성직자)가 있어서—주중엔 수의학과에서 일하고 주말에는 힌두교와 기독교 결혼식을 둘 다 주재했다—둘의 결혼식 주례를 맡아주었다.

제니퍼는 이 모든 힌두교 의례를 고대했고, 심지어 예비 시어머니가 인도에서 예복을 고르도록 맡겼다. 결혼식 당일까지 보지도 못했단다! 하지만 제니퍼는 하얀 드레스가 입고 싶었다. 어려서부터 늘 꿈꾸었던 것이다. 힌두교 예복만 입어서는 '결혼식 기분'이 나지 않을 것 같았다. 힌두교에서 흰색은 애도의 색이어서 곤란했지만, 자라면서 자연스레 갖게 된 하얀 새신부의 이미지를 누가 비난할 수 있단 말인가. 제니퍼는 메릴랜드의 인도 상점에서 하얀 구슬 민소매 상의와 그에 어울리는 치마를 찾아냈다. 눈부신 조각 같은 제니퍼의 몸매에 잘 어울렸다.

제니퍼와 소누는 양가 가족이 지켜보는 가운데 일곱 가지 의식을 거행했다. 그중 가장 극적인 의식은 신성한 불을 피우는 것이었다. 섭씨 38도에 달하는 6월에 불 주위를 일곱 번 돌며 일곱 가지 맹세를 했는데 제니퍼와 소누뿐 아니라 남자 들러리도 함께 돌았다. 인도인이 아니었던 남자 들러리는 이 의식을 신부와 신랑만 해야 한다는 걸 몰랐던 것이다. 지금까지도 제니퍼와 소누는 폴 로지터라는 남자와도 결혼을 한 셈이라고 농담을 한다.

결혼식 다음날 아침 소누와 제니퍼 싱 부부는 집에서 간단한 브런치 파티를 열었다. 역시 인도 관습이었다. 그러다 평소답지 않게 마음이 약해진 제니퍼의 어머니가 울음을 터뜨렸다. 소누에게 자기가 끼지 못할 자리에 낀 기분이라고 말했다. 소누는 곧바로 받아쳤다. "끼지 않으려 했으니까요." 지난 이 년간 중요한 날에 어머니가 참여해주기를 원하던 제니퍼의 손을 소누가 잡아주었다. 장모로 인한 아내의 마음고생을 보아온 소누는 앞날에 대해서 단단히 일러두어야겠다고 결심했다.

소누는 그날 자스머 부부에게 계속 그런 속 좁은 모습을 보이면 아무것도 얻는 게 없을 거라고 경고했다. "여긴 우리집이고 두 분을 위한 자리는 없습니다. 앞으론 우리 아이들로 채워지겠죠." 다이애나와 자스머 씨가 제니퍼에게 점점 더 의미 없는 사람이 되어간다며 "태도를 바꾸지 않으면 이 모든 걸 놓치게 될 것"이라고 말했다. 그러고 소누는 장모와의 언쟁을 끝냈다. 이렇게 그간의 드라마를 종결 짓고 제니퍼와 소누는 나머지 하루를 행복하게 보내며 결혼 첫날을 시작할 수 있었다.

하지만 신혼여행에서 돌아온 후 정말 놀랄 일이 생겼다. 알고 보니 제니퍼는 결혼한 게 아니었던 것이다. 결혼을 주재한 인도인 펀디트는 버지니아 주에 등록이 돼 있지 않았다(수의사로는 등록이 돼 있었지만). 하는 수 없이 소누와 제니퍼는 시청으로 가서, 조촐하며 법적 구속력이 있는 세번째 결혼식을 치렀다. 제니퍼는 씁쓸하게 이 일화를 들려주었다. 이 작은 소동에도 긍정적인 면은 있었다. 이번 결혼식엔 종교도, 인종도, 가족도 상관없이 두 사람의 사랑만이 중요했으니까. 하지만 내 머릿속엔 청바지를 입은 소누와 제니퍼가 시청에 외로이 서 있는 모습이 떠올랐고, 그건 내 개인적 취향과는 거리가 멀었다.

소누는 마치 인종 간 연애의 배트맨 같다. 불의가 있는 곳에선 언제든 맞서 싸운다. 정말이지 나보다 훨씬 용감하다. 소누의 이야기를 들으며 대리 만족했지만 슬프게도 나에겐 그처럼 끄떡없이 버틸 배짱이 없다. 그래도 소누와 얘길 해보면 힘을 얻을 거라던 승의 생각은 옳았다. 편견이 전혀 없는 사람도 있다는 기대가 순진했다는 생각도 하고 있다. 나만 옳다고 독선을 부려서도 안 되겠다고 생각하면서 좀 성숙한 기분이 든다. 솔직히 곰곰 생각하면 나도 속단하고 지레 피했던 사람들이 있다. 그러니까 여배우들과 유치원 교사 같은 사람들 말이다. 그래선 안 된다는 걸 알면서도 못 미더워하며 뻔뻔스레 편견을 가졌더랬다.

하지만 소누 그리고 제니퍼와 얘기를 나눈 다음에는, 나 자신을 방어할 권리에 대한 자신감이 좀더 생겼고, 연장자를 존중하는 동시에 내 자존감도 지키는 방법을 어떻게든 찾을 수 있을 것 같다. 다만 승의 가족한테 어느 정도가 적정선일지는 아직 잘 모르겠다. 더구나 아직 알지 못하는 사람들이라 더 짐작하기가 힘들다.

소누 역시 하룻밤에 모든 걸 알아낸 게 아니다. 제니퍼를 만나기 전에도 '인도인, 갈색 피부, 붉은색 피부, 어두운 피부, 그런 부류'로 취급받은 오랜 경험이 쌓여 있었다.

소누는 시카고에서 초등학교 3학년까지 살았다. 시카고는 대도시지만 중서부라서 그랬는지 학교 유일의 비백인 아이였다. 하지만 소외감은 전혀 느끼지 못했다고 한다. 오늘날 학교에 대한 조사를 보면 피부색과 명절의 차이가 대개 4학년까지의 남자아이들에게는 별로 영향을 미치지 않는다고 한다. 여자아이들은 누구나와 편하게 어울리는 시기가 좀더 일찍 끝난다. 소누는 4학년 때 버지니아 남쪽 끝으로 이사 갔다. 그때부터 문제가 시작되었다. 학교에 흑인 아이들은 몇 명 있었지만 다른 인종은 전혀 없었고 대부분 백인이었다. 급우들은 소누에게 아메리카 원주민 얘기를 하면서 말을 걸어왔다. 부모님이 자라고 소누가 태어난 인도라는 나라에 대해선 아무도 모르는 듯했다.

'희한한 갈색 피부' 아이에게 중학교는 더 힘들었다고 한다. 하지만 고등학교에 가면서는 빨리 적응했고 어느 무리에든 들어갈 수 있었다. "공부 벌레든 스케이트보드를 타는 패든 누구하고도 어울릴 수 있었지. 활동적인 편이었고. 대학에 들어가기 전까지는 고등학교 시절이 최고로 재미있는 줄 알았어." 정말 그랬던 것 같다. 자신의 어린 시절 경험이 인종 문제에만 국한되어 있지 않았기 때문에(학창 시절 내내 인도인은 자기 혼자뿐이긴 했지만), 아이들이 태어나기 전까지는 혼혈이 문제가 될 거라고 생각지 못했다.

제니퍼는 첫번째 결혼기념일에 임신했다. 제니퍼는 자기 이름이 너무 흔했기 때문에 딸에게는 독특한 이름을 지어주고 싶었다. 그래서 마티스라는 이름을 택했다.

마티스가 태어나자 제니퍼의 엄마가 집에 자주 오기 시작했고 소누의 부모도 자주 왔다. 양쪽 다 조언을 해주었고 도움이 되었다. 제니퍼와 엄마 사이에 대단한 발전은 없었다. 딱히 사랑이 북받치는 순간도 찾아오지 않아, 과거의 상처들을 치유받지도 못했다. 새로 엄마가 된 사람들은 온갖 질문이 넘쳐나고 벅찬 감정과 긴급한 필요 때문에 믿을 만한 사람을 찾게 되는 법이다. 제니퍼는 친엄마인 다이애나에게 도움을 청할 수 없었다. 반면 시어머니인 쿠숨은 오랜 시간 동안 늘 곁에 있어준 사람이었다.

"쿠숨은 모든 걸 넉넉히 품어주는 사람이야. 옛날부터 그랬어. 난 그렇게 못하는데." 제니퍼는 시어머니와의 관계를 꽤 불편해한다. 제니퍼를 친자식처럼 여기는 헌신적인 관심에도 불구하고 쿠숨한테 그다지 친밀감을 느끼지 못하는 것이다. 제니퍼는 자신이 그런 감정을 느끼는 이유를 '죄책감' 때문이라고 분석한다. 지금까지도 그렇단다. 간단히 말해 자신의 어머니와 함께하지 못한다는 죄책감 때문에 소누의 어머니와 가까워지기 힘든 것이다. 제니퍼는 늘 쿠숨과 거리를 두게 된다고 슬프게 말한다. 듣고 있던 나는 어쩔 수 없이 제니퍼가 또다른 어머니와 결속감을 가지지 못하는 이유를 설명할 다른 말이 떠오른다. 두려움과 상실감과 비난과 포기 같은 단어들이 입안을 맴돌지만 입술을 깨물고 제니퍼가 말하게 놔둔다. 계속 용감하게 경험을 털어놓는 그녀를 마음을 다해 응원하고 싶지만 제니퍼에게 격려의 말은 필요 없는 듯하다.

어느 날 오후 자스머 부부가 마티스를 보러 왔을 때 제니퍼의 아버지가 소누에게 집에서 일하느냐고 물었다. 그때 소누가 운영하던 회사는 직원이 백 명이 넘었다. 당연히 집에서 일할 리 없었다. 소누는 장인 장모의 방문 때문에 아내를 도와주려 집에 있었던 것이다. 딸의 생활에 대한 자스머 부부의 지칠 줄 모르는 무관심은 겪을 때마다 놀라웠다. 집에 와서 이렇게 어울리고 있으면서도 실은 가족이라 할 수 없는 태도에, 소누는 경계를 분명히 긋기로 했다.

"그동안 종교 얘기는 삼가려고 노력했죠."

아내 앞에서 소누는 자스머 부부에게 말했다. 계속 손녀를 보고 싶으면 절대 종교에 관한 말은 꺼내지 말라고. 소누의 부모가 마티스의 삶에 더 많이 관여하는 게 부당하다는 말도 하지 말라고. "우리는 제 부모님을 믿고 신뢰합니다. 두 분은 그럴 수가 없군요." 제니퍼의 어머니는 분노했지만 아버지가 말렸다. 자스머 씨는 사위에게 이해한다고 말했다. 다시 그 문제로 언쟁할 일은 없었다.

마티스가 태어나고 사 년 후 둘째 딸 세이셸 싱이 세상에 나왔다. "지도에서 찾은 이름이야." 제니퍼는 솔직하게 말한다. 세이셸이 태어나자 제니퍼와 소누는 지도를 보며 네 가족을 위한 미래의 여행 계획을 세웠다.

"우리집은 디발리(인도 명절)와 크리스마스(기독교적이지는 않은), 마틴 루서 킹 기념일을 챙겨." 마티스는 벌써 인도에 갔다 왔고 세이셸도 데리고 갈 계획을 세우고 있다. 또한 소누 부부는 세이셸이 다섯 살이 되면 좀더 다문화적인 곳으로 이사 가고 싶어한다. 아이들에게 말 목장 풍경보다는 좀더 다양한 세상을 보여주고 싶어한다. 우선 싱가포르를 염두에 두고 있다.

"우리 아이들은 미국인이니까 미국인으로 키울 거야." 제니퍼와 소누는 똑같은 말을 각각 따로 나에게 들려주었다. '엄마 아빠에 대해' 설명하기 위해 소누는 딸들한테 말하곤 한다. "아빠는 인도에서 태어나고 엄마는 미국에서 태어나서 두 문화를 다 경험할 수 있으니 얼마나 좋아!"

2007년 늦은 여름, 제니퍼의 어머니가 소누 부부를 자기네 집으로 불렀다. 제니퍼 아버지가 건강이 악화하여 기억을 잃어가고 있었다. 자스머 부부의 집 테라스에서 다이애나는 부부를 대표해 사과의 말을 꺼냈다. 십칠 년간의 잘못된 선택에 대해, 지금까지 한 일, 한 말 모두 미안하다고 했다. 다이애나는 집안에 불화를 가져온 자신들의 태도를 후회한다는 사실을 인정했다. 소누와 제니퍼의 결혼을 인정한다는 말은 끝내 하지 않았지만, 소누가 결혼식 다음날 아침에 했던 말이 정말 현실이 되었다는 걸 모두가 실감했고 자스머 부부는 이제야 현실을 바꾸고 싶어했다.

이 이야기는 지금도 진행중인데, 현재 제니퍼는 자신의 부모를 존중하고 싶어한다. 그녀는 세상에는 온갖 종류의 극단주의자들이 있고 그들과 논쟁을 벌여봐야 소용없다는 생각을 한다. 그리고 이제 친정 부모와 다시 관계를 맺으려 애쓰지 않는다면 후회할 것 같다고 한다. 오랜 세월이 흐르긴 했지만, 아버지가 필요한 말을 다 하고 갈 수 있도록 계속 부모를 만나고 관계를 쌓으려 한다.

제니퍼의 삶이야말로, 아이러니하게도, 훌륭한 기독교도의 완벽한 사례로 보인다. 모두에게 애정과 공감을 베푸는 제니퍼의 태도는 진정 편견 없는 삶이란 어떤 것인지 보여주고 있다고 생각한다. 어떤 상황이든 포용하는 태도가 결국은 가장 이상적인 모습 아닐까? 제니퍼의 부모는 제니퍼가 자신들의 말을 잘 따를 때 사랑해주었다. 제니퍼에게 잘해주지 못할 때에도 부모의 사랑은 여전했다는 걸 알 수 있는 일화들이 있다. 하지만 제니퍼는 부모가 어떤 행동을 하든 비난하지 않고 사랑을 보여주었다. 가족이 상처를 줄 때는 거리를 두고 지냈지만 초대를 받으면 언제든, 별 희망이 없어도 되돌아갔다. 나를 배척하는 사람들을 다룰 때도 제니퍼처럼 선한 마음을 갖는 게 좋지 않을까 생각해본다. 나를 너무 크게 상처 입혀 도저히 그럴 수 없을 때가 아니라면 말이다.

소누는 제니퍼가 놀라울 정도로 도량이 큰 사람이라고 생각한다.

자스머 부부가 마음을 바꾼 이유는, 예전처럼 해서는 '역동적이면서도 최고의 삶을 영위하는 딸'뿐 아니라 손녀들과도 좋은 관계를 맺을 수 없다는 걸 마침내 깨달았기 때문이라고 생각한다. 그러면서 소누는 덧붙인다. "다시 관계가 회복되도록 도와주겠지만…… 아직도 정말 문제가 많은 분들이라고 생각해."

"눈송이 내리는 것 좀 봐. 엄청나다." 1월이 되니 남부도 겨울 분위기가 한창이다. 제니퍼는 주방에 서서 나와 통화하고 있다. 이제 일곱 살, 네 살이 된 딸아이들이 바깥의 추위를 피해 안으로 뛰어들어온다. 제니퍼는 핫초콜릿을 만들어준다. 마지막으로 한 가지만 더 물어보고 싶다. 그러고 나서 제니퍼를 가족에게로, 본래의 생활로, 모두 식탁에 모여도 더이상 평화를 가장한 이념들이 번개처럼 불꽃 튀지 않는 곳으로 돌려보내야겠다. 고통보다는 웃음이 피어나는 가정으로, 그들의 가족사 속으로, 더이상 나의 논평이 필요 없는 곳으로 말이다. 나는 제니퍼에게 앞으로 어머니에게 바라는 게 있느냐고 묻는다.

"어휴, 그런 건 생각도 못했어. 엄두를 못 낸다고 할까. 하루하루 받아들이는 거지. 목표 같은 걸 세웠다가 실패하고 싶진 않아. 우리 사이가 매년 조금씩이라도 좋아질 수 있으면 그걸로 충분해."

Five

상대 부모 만나기

"우리집 김치 아주 매워. 못 먹으면 거기 물 부어."

—영자 정

사전 작업은 모두 끝났다. 승이 워싱턴 D.C.로 날아가고 나도 한 시간 뒤 거기로 가서 승의 부모를 만나기로 했다.

나는 뉴욕에서 워싱턴으로 가는 기차 안에 있다. 뉴욕에서의 일은 끝낼 예정이다. 그냥 그만두는 거다! 텔레비전 드라마에서 소방관 역할을 하고 있었는데 빠지는 것이다. 여기저기 부딪치고 연기를 들이마시는 역할이라 일이 년 내 임신할 예정이라면 계속하기 힘들다. 그래서 대본에서 나를 빼달라고 했다. 1970년대에서 80년대 사이에 태어난 워커홀릭 세대로서 저지를 만한 짓은 아니다. 어쨌거나 그만두고 로스앤젤레스로 돌아가 승과 지낼 것이다. 남자와 한 단계 더 나아가기 위해 일을 그만두다니, 잠깐, 토하고 싶어진다. 홀마크* 텔레비전 영화에 나오는 희생양이 된 기분이다.

거기다 텔레비전 드라마를 떠난다는 건 종교 단체를 떠나는 것과 비슷하다. 프로듀서에게 그만두겠다고 길게 얘기하고 나서 동료 배우와 제작진에게 어렵게 얘기를 꺼내기 시작했다. 그러자 그들은 마치 내가 지금 정신줄을 지하철에 놔두고 온 건가 하는 반응을 보였다. 촬영 기간 동안 세트에서 생활하는 사람들은 사실 대부분 꽤 끔찍한 시간을 보낸다. 제대로 사는 게 아니고 친지들하고도 단절되기 때문이다. 하지만 일을 얻기가 보통 어려운 게 아니므로 대부분은 일을 시작하면 다른 건 다 잊고 일만 잘되길 바란다. 어쩌면 내가 일을 그만둘 수 있는 건 주택담보대출 액수가 크지 않기 때문인지 모른다(이 역할을 맡느라 뉴욕에 집을 한 채 더 사긴 했다). 내가 이런 문제보다 걱정하는 것은 사랑, 남자, 결혼, 아기 등 동화 같은 일들이다. 어쩌면 나는 양쪽 전선에서 모두 엄청난 실수를 저지르고 있는지도 모르고, 지금 울렁거리는 속은 그걸 이미 느끼고 있는지도 모른다.

그런 역반응의 와중에 드라마 현장에서 같이 일하던 친구 하나가, 다른 이들의 말에 혹하기 쉬운 두려움과 자존심의 소용돌이에서 얼른 발을 빼라고 내게 충고한다. 이 동료는 내가 두려움 때문에 일을 그만두는 게 아니라고 계속 말한다. 사랑 때문이라고 말이다. 안 좋은 일이 생길 리 없다고. 흠. 일단 귀를 기울이지만 그날 밤늦게 내 친구가 무슨 '사랑의 종교' 같은 데 빠진 건 아닌지 검색해본다.

---

* 가족 오락 채널.

그녀가 미쳤다는 사실만 입증되면, 지금 덜덜 떨며 오르려 하는 결혼과 가족행 급행열차에서 뛰어내려, 훨씬 흥겹게 북적대는 불건전 상호의존의 서커스 마차에 다시 올라탈 수 있다.

이런 두려움을 잠시 제쳐두고, 승에게 같이 있고 싶어 일을 그만둘 거라고 하자 그는 즉시 이번 주말 자기 어머니 아버지를 만나러 갈 수 있겠냐고 묻는다. 두 분 다 마침 미국에 와 계시다. 승과 나는 사귄 지 아홉 달이 되었고, 마지막 관문을 넘어 정 가족의 집에서 그들을 만나기까지 이제 한 시간도 남지 않았다.

다른 인종 간 커플들한테서 얻은 모든 조언에도 불구하고 오늘을 위한 작전은 전혀 세우지 못했다. 그 누구의 과정도 나와는 달랐던 것 같다. 나는 즉흥적으로 해치워버리는 부류의 사람이 아니다. 뭐, 결혼을 원하게 되기까지도 삼십 년밖에 안 걸렸으니까. 서른 살이 된 이후 사 년을 엉뚱한 곳에서 인생의 동반자를 찾아 열심히 헤맨 끝에, 이제 또다른 한 해의 4분의 3을 나한테 '딱 맞는' 남자의 '안 맞는' 인종이 되어, 어떻게 해야 하나 해결책을 알아보느라 고심하며 보냈다. 그러니 이번 일을 망치면 지금까지 성장해온 인생과 수년에 걸친 심리치료가 허송세월이 되게 생겼다. 그렇지 않은가? (이 모든 횡설수설은 결국 내가 무척 긴장했다는 말을 장황하게 표현한 것이다.)

그러나 나는 어른들을 좋아한다. 부족한 점도 너무, 너무 (너무) 많지만 나의 엄마는 나를 예의바른 사람으로 키웠다. 물론 한국 문화에는 서양인들이 전혀 생각 못하는 예절 방식이 있을 것이다. 조심하지 않으면 선물을 주려다 오히려 모욕을 줄 수도 있다. 하지만 약혼식에서 내가 승에게 작업 걸 때 했던 여행 이야기를 기억하는지. 풍부한 여행 경험은 술집에서 남자한테 꼬리 칠 때만 쓸모 있는 게 아니다. 나는 아시아인의 집에 들어갈 때의 처신 정도는 알 정도로 세계를 돌아다녀보았다.

내 쪽으로 건네지는 모든 것을 두 손으로 받을 줄도 안다. 두 손을 다 쓰는 것은 겸손과 감사를 나타내기 때문에 매우 중요하다. 앉아 있을 때는 발 두 개 다 얌전히 바닥에 닿아 있도록 조심할 것이다. 정 부부가 불교도일 수도 있으니까 말이다(승은 자기가 가톨릭 신자라고 생각하지만 그들이 지내는 명절을 보면 전부 불교다). 분명 집안에서 신발을 안 신을 테니 이번 주말에 신을 양말을 모두 새로 사 가지고 왔다. 바닥에 앉아야 할 때 청바지 위로 예쁜 끈팬티가 비죽 올라올 경우 허리에 두를 수 있도록 각각의 의상에 어울리는 파시미나*를 준비했다. 승의 부모에게 줄 선물로는 차를 준비했다. 전통적이긴 하지만 술은 아니다. 전통적인 선물인 술을 가져간다면 내 핏줄을 알코올중독과 연관시킬 수도 있기 때문이다.

그래, 내가 이 정도다. 그리고 이미 중요한 친척 어른들을 거의 다 만났다는 점을 감안해야 한다. 비록 따뜻하거나 친근하게 맞아준 사람은 딱히 아무도 없었지만. 승은 내가 아주 잘했단다. 물론 있는 그대로 다 얘기하진 않았겠지.

---

* 히말라야 고산 지대에 사는 산양의 복부 털로 짠 스카프.

이렇게 우리가 함께 훌륭히 싸워나가고 있다고 내가 생각하는 동안 승은 동시에 자기만의 별도 작전을 펼치고 있었다. 우선 자기 어머니에게 나에 대해 말하기 시작했다. 대부분의 아들들이 엄마한테 좋아하는 사람에 대해 말할 때 그러듯 사랑스럽다고 생각되는 아주 사소한 이야기부터. 하지만 승이 선택한 정보들은 어머니가 특정 당근을 따라가도록 고도로 계산된 것이었다. 지금 나이의 승에겐, 제대로만 사용하면, 다른 모든 문제들을 한꺼번에 물리칠 수 있는 좋은 카드가 하나 있기 때문이다. 마음의 준비를 하고 다음의 아름다운 이야기를 읽어보라.

어머니는 신부가 어떤 인종이 될지보다 승이 서른다섯이 되도록 결혼하지 않는 걸 더욱 걱정한다고 승은 믿는다. 십 년을 기다린 엄마 정의 불안이 극에 달한 이때, 손주 카드를 내미는 것이다. 즉 승이 그녀에게 손주를 가져다줄, 그것도 빨리 가져다줄 자궁을 집으로 데려온다면 엄마 정은 우리 편이 될 것이다. 그렇다고 자궁에 완전한 백지 위임장이 주어지는 것은 아니다. 1) 적어도 대학은 나와야 하고 2) 이전에 아이를 낳는 일에 쓰인 적이 없어야 하며 3) 너무 크지도 않고 작지도 않은, 번식 목적에 알맞은 크기여야 한다. 이 정도면 된다. 아이를 낳겠다는 열의와 함께 이 세 가지만 협상 테이블에 올리면 엄마 정을 든든한 지원군으로 얻을지 모른다. 사랑이란 위대하다.

승은 어머니에게 나에 대해 처음 이야기를 꺼내면서 좀더 인상적인 점들도 밝혔지만, 걱정스러운 척하며 다음과 같이 말했다. “다이앤은 아이들을 너무 갖고 싶어하는데 난 아직 준비가 안 된 것 같아서." 사실이긴 하다. 하지만 우리 둘 다 그렇게 많은 시간 고민한 문제는 아니다. 암암리에 존재해왔던 문제에 대해 굳이 어머니에게 말한 것은 800미터 경주에 출발 신호를 울린 것이나 마찬가지였다.

이 분위기를 더 심화시키기 위해 선물도 준비했다. 승의 어머니와 여동생의 생일 그리고 크리스마스 때 나는 승과 함께 쇼핑을 갔다. 내가 등장하기 전, 승은 늘 가족들에게 상품권을 후하게 선물했다. 내가 실제 물건을 골라주겠다고 한 것은 그 편이 돈도 덜 들지만 더 멋진 선물이 되어 모두에게 좋을 것 같았기 때문이다. 또한 이 여성들 역시 자궁이 있고 에스트로겐이 생성되니, 내가 선물을 골랐다는 걸 금방 알아챌 것이다.

승의 어머니는 한국에 있는 남편과 통화하면서 끊임없이 옷, 모자, 가방, 장갑, 사진, 액자, 코트 하는 식으로 언급했는데…… 우리 관계에 이런 식으로 지지를 보낸 어머니는 남편과 언쟁을 벌이게 되었을 뿐 아니라 심한 꾸지람까지 들었다. 하지만 가부장 사회에서 모성이란 그럴 수밖에 없는 듯하다.

승의 어머니는 아들의 옹호자로 나서 남편의 분노를 대부분 받아내고 누그러뜨리려 노력했다. 승이 목적을 달성할 수 있도록 말이다. 자기가 남편을 물리적으로나 언어적으로 막아내면 사랑하는 두 남자의 싸움을 최소화시킬 수 있지 않을까 싶었던 것이다. 대부분의 어머니들이 그렇듯 그녀는 아들을 지극히 사랑했고, 또한 한국 어머니는 전통적으로, 필요하다면, 집안의 대를 잇기 위해서 자기를 희생할 각오가 돼 있었다.

이제 남은 것은 아버지와 아들이 얼굴을 맞대면하고 나에 관한 대화를 시작하는 것뿐이었다. 나는 미처 몰랐지만 이것 역시 오늘의 만남 이전에 일어난 일이다.

승은 오리건 주에서 사 주 전에 아버지와 만났다. 승의 여동생이 거기서 수술을 받게 되어 가족이 모두 모였다. 이 가족의 유일한 딸이 마취에서 깨어나지 못하고 누워 있는 침대를 지켜보던 아버지는 고개를 들어 승을 보고 물었다. "네 어머니한테 이런 선물을 다 사 준 게 누구냐?"

이 질문을 여러 가지 어조로 상상해볼 수 있을 것이다. (물론 딸아이가 의식 없이 병상에 누워 있다면 상상력을 발휘하기가 좀 힘들겠지만.) 그래도 "그래, 승용아……" 같은 말이 앞에 붙었다거나 옆구리를 찔러보는 듯한, 혹은 어깨를 툭 치며 말미에 "응, 우리 아들?" 하고 덧붙이는 것 같은, 호감이 포함돼 있거나 슬쩍 떠보는 어조였다고 애써 좋게 생각하기는 힘들 것이다. 대부분의 한국 연장자가 젊은이에게 던지는 다른 질문들처럼, 제대로 대답하지 못하면 가혹한 처벌이 따를 가능성이 큰 상관의 질책과 비슷한 어조였다. 승은 "원래 언어 관습이 그래"라고 하지만 승은 '원래' 아주 관대한 사람이다.

승은 이미 아버지를 공략할 색다른 작전을 준비해두고 있었다. 아버지에겐 거의 아무 말도 하지 않아, 어떤 흠을 잡을 여지도 차단

한 것이다. 약에 취한 여동생을 앞에 두고 나온 첫번째 질문에는 아무 감정도 담기지 않은 목소리로 대답했다. "다이앤이요." 그러자 아버지는 내 이름을 과장되게 뒤틀린 발음으로 따라 불렀다. 그래서 승이 바른 발음으로 내 이름을 다시 말했고 아버지도 또 말했다. 계속 이렇게 내 이름을 반복하다가 나이든 쪽이 먼저 짜증을 내며 말했다. "그래서, 그 여자가 누군데?"

"엄마의 선물을 골라준 사람이요." 그러고 승은 방을 나갔다.

승은 계속 아버지에게 나에 대해 설명하려 하지 않았고 아버지는 아주 미칠 지경이 되었다. 아마도 승의 아버지 역시 일방적으로 "백인 안 되고 흑인 안 되고 갈색 피부도 안 되고 일본인도 안 되고 중동인도 안 되고, 간단히 말해서 한국인만 돼"라고 말하기엔 자기 아들이 너무 나이가 들었다는 생각을 했을 것이다. 게다가 나에 대해 얘기도 해보지 않고 이 말부터 꺼낼 수는 없다. 주지하다시피 승은 고등학교 때부터 대학 때까지 이 말을 똑똑히 들었다. 심지어 승이 한국에 살면서 사귀는 사람이 생겼던 몇 년 전에도 몇 번 나온 얘기다. 그 당시 승은 아버지에게 그냥 이 한국 여자랑 결혼해서 서울에 살까 한다는 얘기를 했다. 승의 부모는 기뻐했고 이 문제는 거의 해결되는 것처럼 보였다. 고맙게도 이 꼬꼬마가 승을 차버렸지만.

이 여자를 꼬꼬마라고 부르는 이유는, 사진을 봤는데 정말이지 (스키니진의 앞) 주머니에도 집어넣을 수 있지 않을까 싶었기 때문이다. 어쨌든 꼬꼬마는 승과의 사이가 진지해지기도 전에 헤어졌다. 170센티미터 40킬로그램의 검은 머리 팅커벨은 서울 사회에 보다 깊이 뿌리 내린 남자를 원했기 때문에 승과의 여름 로맨스를 끝내버렸다. (서울 상류층 독신 남녀 사교계는 세계적으로도 제일 앞서가는 축에 속할 것이다. 엄청난 자금력과 교육 수준을 가진 아주 소수 집안 출신 아이들이 하루 또 하루 배타적인 파티를 즐기며 흥청망청한다. 솔직히 뉴요커들 정도는 촌뜨기로 보일 정도다.) 남자한테서 그런 걸 바라다니 허영이 심하고 심지어 몸매에 걸맞은 크기의 뇌를 가진 여자가 아닐까 싶겠지만, 실상 꼬꼬마가 원한 것은 바로 '한국인'이었다! 승은 한국인의 후손일 뿐, 부모가 아무리 애를 쓰고 서울에 사는 수많은 사촌들이 잘 인도해주려 노력하고 승 또한 노력했어도, 그는 양키다. 이 점을 지적할 정도의 혜안을 보여준 사람은 꼬꼬마가 유일했다. 난 그녀에게 영원히 감사하지 않을 수 없다.

비슷한 문제는 '제로 세대'에게 계속 되풀이되는 것 같다. 승은 서울에서 태어나 세 살 때 미국으로 왔다. 엄밀하게 말하면 이민자지만 세 살짜리가 한국 문화의 영향을 얼마나 받았겠나. 자신이 자란 워싱턴 D.C.와는 다른, 승이 알고 사랑하는 한국이라는 신화의 모든 부분은 부모로부터 들은 것이다. 민족 정체성 문제에서 승에게 가장 큰 걸림돌은, 그의 부모는 완전히 어른이 된 후 미국으로 왔다는 것이다. 아마도 그들은 삶의 방식을 바꾸는 문제에 대해 마음 깊이 거부감을 가지고 있었을 것이고, 혹시 바꾸려 한다 해도 자신들이 아이들에게 물려줄 미국 문화가 어떤 것인지 전혀 몰랐을 것이다. 그러므로 한 가족 내 두 세대는 새로운 미국 생활을 시작하며 전혀 다른 길을 떠났다.

승의 부모는 한국이라는 하위문화 테두리에서 미국 생활을 시작했을 것이다. 주로 친척들이 도와주었을 것이고 자기 일을 찾고 살 집을 구하고 아이들을 학교에 보낸 후에도 절대 한국인 커뮤니티를 떠나지 않고 친지를 만나며 한국어를 사용했을 것이다. 이민 과정에서 발생한 비용, 즉 고독, 소외, 사회 밑바닥에서부터 시작해야 하는 곤궁을 해결해나가기 위해 미국에서 대부분의 한국인이 거쳤을 방식으로 힘들게 생계를 헤쳐나갔을 것이다. 그러다보니 승의 가정 내 생활 모습은 그들이 떠나온 문화의 낭만화된 혹은 조악한 판본이 되었다.

한편 승 개인의 삶은 학교, 친구, 언어, 문학, 텔레비전, 음악, 영화 그리고 결국 자동차, 여자, 약물, 운동, 대학, 휴가 등 모든 것이 완전히 미국식이 되어 엄마 아빠로부터 유리된다. 승도 어린 시절을 힘들게 보냈다. 공공주택에 살면서 대부분의 학생이 흑인인 학교를 다녔고 무료 점심 등 정부의 복지 혜택을 받아야 했다. 부모님이 충분한 영어를 익혀 대학에서 공부한 것과 비슷한 일을 할 수 있게 되었을 즈음 승은 어떤 사람들 사이에서도 살아남는 법을 익혔다. 백인 아이들이나 흑인 아이들과도 쉽게 어울릴 수 있었고, 친척이나 부모님 친구 말고는 친한 아시아계가 없긴 했지만 물론 아시아인들과도 아주 잘 지냈다. 고등학교 때쯤에는 가족의 교육열 덕분에 늘 최우등을 했지만 열여섯이나 열일곱이면 우리 대부분이 해보는 일들을 하러 몰래 빠져나가는 일쯤은 식은 죽 먹기였다. 당시 아버지는 한국으로 돌아갔고 어머니도 일을 하느라 늘 바빴기 때문이다.

승은 대학과 대학원을 거치며 날아올랐고 먼저 워싱턴 D.C. 그다음은 로스앤젤레스에서 일을 시작했다. 그리고 이제서야 마침내, 어른이 된 후 내내 피해왔던 갈림길에 선 것이다.

어른으로서 자리를 완전히 잡은 지금, 어느 쪽 삶을 택할 것인지 결정을 내려야 한다. 자라온 집안의 삶이냐 아니면 그 현관문 밖에서 경험한 모든 것이냐. 이런 곤혹스러운 상황에 대해 미리 입장을 정리한 적은 없었던 것 같다. 그보다는 어떻게 될지 지켜보며 기다렸던 거라고 생각한다. 승은 온갖 피부색의 여자들과 여러 번 사랑에 빠져보았지만 우리 관계가 시작되자 이 주도 안 돼 나와 결혼하게 될 거라는 걸 깨달았다고 한다. 전통에 대한 교육이 얼마나 엄했든지 간에 승은 한국의 방식도 시도해보았고 실패를 맛보았으며 아버지도 그 과정을 지켜보았다. 그러니 승은 이제부터 나누려는 대화에 그 점이 참작되기를 기대해보는 것이다. 그렇게 삼십오 년간 고민해온 대화였지만 결국 승은 두 마디밖에 할 수 없었다.

아버지는 딸이 수술에서 살아난 것을 보고 나자 다시 아들을 걱정하기 시작했다. 정씨 여인들이 내가 계속 등장하는 승의 로스앤젤레스 사진을 보며 웃고 떠들자 승의 아버지는 마침내 내 인종을 지적할 확실한 구실을 찾아냈다. 아버지는 손에 내 사진을 쥐고 화난 음성으로 많은 질문을 쏟아냈지만 승은 미끼를 물지 않았다. 엄청 화가 난 아버지가 결국 고함을 질렀다. "이 여자는 뭐냐고!"

이 가족의 부모와 자식은 한 가지 언어로는 미묘한 말뜻을 공유할 수 있을 만큼 폭넓은 어휘력을 갖추지 못했다는 점을 기억하자.

승은 아버지가 무엇을 묻는지 제대로 이해하지 못했다. 아버지는 "이 여자는 뭐냐?"를 점점 더 크고 빠르게 되풀이해 물었고 승은 웃음을 터뜨리며 "사람이에요, 아빠!" 하고 대답했다.

아빠는 웃지 않았다. 승은 웃음을 멈추고, 질문을 이해 못하겠다고 공손하게 말했다. "이 여자"는 분명 서양인으로 보일 텐데, 아빠가 그 외에 뭘 묻는 걸까. 승의 아빠는 폴란드인인지 다른 유럽 후손인지 물었다. 승은 아일랜드와 이탈리아계 부모를 뒀다고 대답한 다음 어깨를 으쓱 올렸다. 별 차이 있느냐고 묻는 것처럼.

승이 아버지에게 한쪽 어깨를 올린 거라고, 정말 싫어하는 문제로 감히 대들면서, 거의 조롱했던 거라고 상상하고 싶다. 가족들 모두 알고 있지만 입 밖에 내지 않으려 하는 문제를 가지고 말이다. 하지만 평생에 걸친 언어와 관습과 명절과 신념의 박탈을 경험한 이 부모와 다른 비슷한 가족들에 대해서도 공부한 나는 그럴 수 없다는 걸 안다. 승이 아무리 나를 사랑해도, 아버지의 (타인종에 대한 반감이라는 옷을 입은) 두려움의 근원을 아는 아들은 절대 아버지를 몰아세우지 않는다. 그럼에도 나름의 방식으로 아버지 앞에서 어깨를 올림으로써 그의 뜻을 거스를 의사를 분명히 밝힌 것이다. 사실 승이 표현하려던 말은 다음과 같다. "이 여자의 인종에 대해 이의가 있다면 직접 적당한 말을 찾아내야 할 거예요. 난 어떤 언어로도 대신 표현해줄 생각이 없으니까."

그러자 승의 아버지가 영어로 말했다. "넌 그들과 사랑할 수 없어."

승은 고개를 저어 불순종의 뜻을 표하며 아버지의 눈을 마주보고 말했다. "나도 알아요."

이 두 마디 후에도 승은 아버지의 눈을 피하지 않았다. 반항이라기엔 너무 약해 보였을 수 있지만 이것은 실은 사과였다. 아버지의 가장 큰 소원을 들어주지 못하리라는 것을 잘 알고 있는, 그럼에도 불구하고 그렇게 할 수밖에 없는 아들의 사과였다.

*

워싱턴 D.C.의 집 앞에 나는 서 있다. 승의 어머니는 여기서 대부분의 인생을 보냈다. 승의 여동생도 마찬가지. 승의 아버지는 한국에서 막 들어왔고 승은 로스앤젤레스에서 날아왔다. 모두 나를 기다리고 있다. 아버지와 아들이 병원 침대 옆에서 대결을 벌인 지 몇 주가 지났지만 나는 전혀 모르고 천진난만한 상태다.

승의 가족을 처음 본 순간 나는 모두에게 고개 숙여 인사한다. 그들의 가슴 아래까지 고개를 낮추는 나를 보고 승의 여동생이 웃으며 자기보다 더 아시아 사람 같다고 말한다. 손을 뻗어 내 손을 잡고 흔들며 일으켜세워 집안으로 안내한다. 그리고 목소리를 낮춰 나에게 한국식으로 하느라 너무 힘 빼지 말라고 말한다.

지금 우리 둘이 비밀스레 속닥인 거야? 이런 분위기 좋다! 은이('으니'라고 발음)가 내 편을 들어주는 것 같아 너무 신이 나서 손을 놓지 않는다. 너무 오래 잡고 있었다. 이젠 놓아주어야 하는데 그럴 수가 없다. 얼어붙은 듯, 은이가 내 엉덩이를 치며 "얼른 들어가!" 하기만 기다린다. 결국 은이가 내 손을 억지로 빼낸다. 나는 신발을 벗고 거실로 올라가며 은이가 이 일을 잊어주길 바란다.

'백인' 팀 감점 1점.

승의 친척들을 만나며 그 모든 고생을 겪은 데 비해 승의 엄마 아빠는 나를 따뜻하고 다정하게 맞아준다. 아들에게도 다정하다. '아마'(승과 은이가 둘 다 한국말로 '마미'에 해당하는 이 단어를 사용하므로 우리도 그렇게 부르자)는 다 자란 아들에게 키스를 하는데 알고 보니 승도 내가 도착하기 바로 전에 도착했단다. '아파'(그렇다, '대디'라는 뜻의 한국말이니 우리 역시 그걸로 불러주자) 역시 승을 덥석 안는다. 외동딸인 내가 부모한테 받던 것보다 더 큰 애정 표현이다. 그렇게 품에 안기면서 부모한테 들은 말을 승이 나한테 통역해주는데 승의 머리가 너무 길어서 부랑자처럼 보인다고 했단다. (한국말로 '거지'라고 했단다. 나중에 승에게 이 말을 꼭 써먹어 보고 싶다.) 이제 승의 부모는 나를 예쁜 소파에서 제일 좋은 자리에 앉히고 음식과 음료를 준다. 이들은 분명 흥분해 있고, 외람되지만, 나를 만나는 게 많이 긴장되는 듯하다. 이 모든 난리 속에 잊고 있었지만, 그들 역시 인간인 것이다.

오후가 깊어가며, 많은 사실들을 알게 된다. 승의 어머니는 영어가 유창하지 못하기 때문에 내가 그녀의 말을 정확히 알아들었는지, 혹은 그녀가 내 말을 백 퍼센트 이해했는지 확신할 수가 없다. 그래서 우리 둘 다 직접적인 대화는 피하고 미소를 많이 지으며 승에게 조용히 말을 전한다. 승이 우리를 대신해 말을 해준다. 승의 아빠는 영어를 하지 않는다. 승은 부모에게 한국어로 말하며 모르는 단어는 영어를 섞는다. 반면에 은이는 영어로만 말해서 부모는 어떻게든 딸의 말을 알아들어야 하지만 대답은 한국어로 한다. 이런 식으로 각자 필요한 의사소통을 한다.

나의 가족이 모였을 때에 비해 침묵의 순간이 이렇게 많아지는 건 그 때문일 것이다. 아, 젠장, 솔직해지자. 우리 엄마네 집 불협화음에 비하면 승의 가족네 집은 평온 그 자체다. 이것도 참 괜찮다. 승의 여동생은 내 동생들보다 훨씬 조용하고 친절하다. 내가 괜찮은 사람인지 탐색하고 캐묻는 분위기를 전혀 느낄 수 없지만 내 물건들을 하나씩 언급한다. 가방, 신발, 귀걸이, 셔츠. 다 칭찬하며 어디서 구했는지 얼마인지 궁금해한다. 문간에서 벌어진 당혹스런 손 움켜잡기 상황에서 잘 회복된 것 같다. 그러니까, 은이가 가족 모두 앞에서 이렇게 묻기 전까지는 말이다. "대니얼 선재터랑 키스하는 건 어땠어?"

맙소사. 대니얼 선재터는 지금 찍는 드라마의 배우다. 나와 그의 역할은 연인관계라 키스보다 더 나간다. 거의 나신에 가깝게 뜨거워지는, 공중파에는 나오지 않을 법한 애정 장면이 나온다. 이 얘기를 엄마 앞에서 하자고? 그리고, 아하, 아빠도 있지! 게다가 혼비백산한 오빠도. 대니얼 선재터는 지구별에서 무척 매력적인 사람 축에 속하므로 이런 질문은 수도 없이 받아봤고 재치 있게 넘길 수도 있지만, 이 집 거실에서만큼은 그러고 싶지 않다. 정말로. 내 눈이 안

구에서 튀어나올 만큼 커지자 은이는 다음과 같이 수습한다. "걱정 마. 우리 얘길 못 알아들을 거야."

아하. 하지만 이해하면? 조금이라도!

상관없다. 이렇게 공들인 모든 일을 다른 배우랑 키스가 어땠느니 하는 얘기로 망칠 순 없다. 나는 웃음을 터뜨린다. 이 엉뚱한 반응을 보고 승의 부모님이 은이의 말을 잘못 해석하기를 염원하면서. 그러고 나서 아주 쾌활한 투로 말한다. "그래도 부모님 앞에서 얘기할 순 없지. 그러니까 지금은 너도 웃어. 나중에 부모님 주무실 때 자세히 얘기해줄게." 웃음과는 전혀 어울리지 않는 말을 하며 힘을 주어 쳐다보자, 은이는 어리둥절한 표정을 하다가…… 웃어준다. 그런 다음 오빠를 쳐다본다. 승은 고개를 절레절레 흔들더니 나를 보고 말한다. "잘 빠져나왔네." 여동생은 나중에 상대해줘야겠다. 지금은 '아마'한테 저녁식사 초대를 받고 온 자리니까.

승의 아버지는 표현력이 풍부하고 재미있는 분이어서 승이 통역해주지 않아도 무슨 말을 하는지 이해될 때가 많다. 이렇게 좌중을 들었다 놓았다 하는 재담가일 거라곤 상상도 못했다. 그가 한마디 할 때마다 나도 모두를 따라 웃게 된다. 승의 부모는 재미있고 유쾌한 분들이다. 이런 형용사를 이분들을 묘사하는 데 사용하게 될 줄은 정말 몰랐다. 식사를 시작하며 막 젓가락을 집어드는데 승의 어머니가 몸을 기울이더니 내가 고기를 안 먹는다고 해서 음식에 소고기를 넣지 않았다고 속삭인다. 손님 초대에 비싼 음식을 내놓지 않은 이유를 설명하려는 듯하다. 황송할 뿐이다. 그러고 나서 '아마'가 또 나한테 속삭인다. "우리집 김치 아주 매워. 못 먹으면 거기 물 부어."

'아마'는 미소를 지으며 나에게 여러 차례 고개를 끄덕인다. 매번 작은 절이라도 받는 듯 황송해서 당장 뛰어가 포옹하고 싶다. 하지만 정말 절을 하는 거라는 확신은 안 들고 아까 은이의 손을 놓지 못했던 나 자신을 믿을 수도 없다. 게다가 이제 겨우 처음 만났는데 벌써 친밀한 접촉을 시작하면 '아마'는 금방 질려할지도 모른다. 그래서 나는 대신 승에게 뿌듯하면서도 절제된 미소를 보낸다.

전쟁 영화에서 착한 미국 여자친구 역할을 맡은 기분이다. 승은 그런 나를 보더니 웃음을 꾹 참는다. 나는 한쪽 눈썹을 올리며 뭐? 나 정말 착한 애인인데! 표정을 해 보인다. 정말 그렇게 생각한다(비록 오늘 하루가 좀 초현실적이라는 생각에, 나도 혼자 화장실에서 웃음을 터뜨리고 말지만). 내가 여기 식탁에 앉아 있다는 것이 중요하지, 어떤 나인가는 중요하지 않다. 그리고 아무도 나한테 고함을 치거나 뛰쳐나가지 않는다는 게 중요하다. 승은 나의 역할극에 어깨를 으쓱하고 가족들과 한국어로 얘기한다. 그런데 이게 꽤 섹시하다.

승은 식사를 하며 섹시한 짓을 아주 많이 한다. 이 자리의 남주인공인 셈이다. 모두를 위해 통역하고 예우하고 유흥을 제공한다. 긴장감을 환상적으로 누그러뜨리고 조절한다. 지금은 아버지에게 나의 말레이시아 여행 이야기를 하고 있는데, 친구 약혼식에서 내가 승에게 추파를 던질 당시 해준 이야기 같다. 이야기해준 기억이 전혀 없는 세부 사항까지 들려주고 있는데, 아무도 모르는 일화였으니 내가 해준 게 맞는 것도 같다. 내가 어느 조그만 섬의 독실한 무슬림

들이 처음으로 만난 미국인이 되었던 인상적인 일화를 소개하고 나서, 승이 윙크를 보낸다. 그가 '아마'와 '아파'를 만나러 가자고 청했던 어제보다도 오늘 조금 더 그를 사랑하게 된 것 같다.

식사가 끝나고 나는 소파에서 승의 옆자리로 안내된다. 부모님은 우리 맞은편에 앉고 여동생 은이는 의자를 끌어와 우리는 삼각 편대로 자리잡는다. 승의 어머니와 아버지는 나와 몹시 얘기하고 싶어할 뿐 아니라 결혼 사십 년이 지난 지금도 서로 깊이 사랑하는 듯하다. 얘기하는 동안 서로 손을 잡고 있다. 그러자 승도 내 손을 잡는다. '아파'는 아내를 통해 나에게 질문을 한다. 한동안 그렇게, 영화 등에 대해 얘기를 나눈다. 너무도 느긋한 분위기라 대화에 신경이 별로 많이 쓰이지도 않는다. 얼마나 환대를 받고 있는지, 시작도 해보기 전에 포기하지 않아 얼마나 다행인지, 기쁨에 사로잡혀 있다. 이게 바로 승의 가족이다, 다른 친척들 때문에 마음 무거워지지 말자고 다짐한다. 승의 부모는 따뜻하고 유쾌한 사람들이다. 승이라는 남자에 보너스가 붙은 것이다. 거기에 승의 디스코 실력까지.

디저트가 나오고 거의 다 먹었을 즈음, 나는 격식을 차리며 일어나 다 마신 찻잔을 주방으로 치우려 한다. '아마'가 아무리 나를 좋아해도 자기 주방에 들어가도록 허락할 리는 없지만 이 '설거지 시험'은 최종 관문인 것이다. '아마'와 은이는 활짝 웃으며 단호하게 나를 소파에 도로 앉힌다. "괜히 그러는 거 아냐. 넌 거기 승 옆에 앉아 있어. 이 집에선 그게 네 할 일이야." 나는 얌전히 물러서며 확신한다…… 합격이다.

승의 부모 집에서 차린 격식과 예의 때문에 나는 욕정에 가득찬다. 남자친구네 집에서 부모가 주변에 있을 때 성에 무관심하고 공부하는 척했던 여고생처럼 말이다. 부모가 안 보이자마자 승과 끝없이 애무하고 싶어진다. '가족 산책'을 나가기 전 아래층 욕실에서 내 공격을 당한 승이 불안하게 웃으며 더 일찍 집에 데려올 걸 그랬다고 말한다.

계속 더듬는데 승이 부모를 둘 다 만난 사람은 내가 처음이라고 말한다. 그럴 리 없다. 사귄 사람이 많았던 걸 알고 있는데. 대학 때 여자친구 하나는 승이 재학 당시 자기 친구들 모두와 키스를 했단다. 잠깐, 그런데 승이 집에 데려온 여자는 내가 처음이라고?

이건 별로 고마운 과거가 아니다. 꺼림칙한 과거다. 물어봐야 할 수많은 질문이 있지만 지금은 참고 다시 무성애자가 되어, 고교생 여자친구가 되어…… 문을 나선다. 하지만 오늘밤 완전히 다른 형태의 더듬기와 뒤지기를 속행하리라.

다들 방으로 들어가고 나는 승의 방에 안전하게 갇힌다. 승은 소파로 쫓겨났지만, 채 여섯도 세기 전에 몰래 들어온다. 나는 승을 바닥으로 끌어내려 대화를 해보려 하지만 승이 아랑곳없이 덮치려 하자 짜증까지 난다. 오, 안 돼, 승용 정씨. 오늘밤 우리에겐 중요한 과업이 있단 말이야. 한국의 관습과 미국, 아일랜드, 이탈리아, 백인 혹은 뭐가 됐든 내 관습 사이를 이어줄 가교를 만들어야 한다. 왜 젊은 여성들이 이 집에 드나들지 못했는지, 자세한 이유를 밝혀내야 한다.

부분적으로는, 승의 상대가 아시아계가 아닌 경우가 많았기 때문인 듯하지만, 아시아계인 경우에도 아버지에게 소개하지 않았다. 알고 보니 연애라는 것은 아버지와 터놓고 의논할 문제가 아니었고 어떤 아시아 가정에서는 어머니에게 역시, 결혼하려는 사람이 아니면 보여주지 않는다. 아홉 달 동안 이 가족의 문화를 겪으며 온갖 난리를 친 끝에 알게 된 새로운 점들 중에서도 제일 슬픈 내용일 듯하다. 그리하여 나는 내 남자를 마구 닦달하며, 가족의 전통 중에서 어떤 걸 지키고 싶은지, 그리고 어떤 것을 시대에 뒤떨어졌다고, 심지어 오늘날 아이들에게 위험하다고 생각하는지 캐묻는다.

나의 엄마도 주변 누구보다 엄한 편이었지만 나는 자라면서 희망과 환멸을 동시에 품고 사귀었던 멍청이들을 엄마에게 늘 모두 보여주었다. 아이의 마음이 어디를 헤매는지 부모가 지켜보지 않는다면 아이가 자기도 모르는 새 나쁜 상황에 빠져들기란 얼마나 쉬운가 말이다. 물론 내가 아는 대부분의 한국계 미국인 성인들이 내 또래의 다른 미국인들에 비해 일에도 대단히 성공하고 결혼생활도 잘해나간다는 사실을 무시할 만큼 나 자신의 경험에만 골몰해 있진 않다. 그렇더라도 이건 내가 기꺼이 받아들일 만한 문화적 전통이 아니다.

입국 심사원이 진실을 알아내기 위해 심리 게임을 통해 교란 취조를 하는 것처럼 나는 승에게 다양한 방식으로 질문을 던진다. 자기 아이들과 그런 형식적인 경계선을 지키고 싶지 않은 게 확실한지 말이다. 승은 친밀한 관계보다 격식을 지키는 관계를 더 중시할 생각이 없다고 약속한다. 여자아이보다 남자아이를 더 중시한다거나 가족과 보내는 시간보다 일을 더 중시한다거나 하는 것 말이다. 결국 난 승을 믿기 시작하고 승의 고등학교 1학년 때 미식축구 경기 사진 바로 아래서 게걸스런 애무로 돌아간다. 20세기에 함께 자라난, 우리에게 약속된 모든 것을 누리고자 하는 두 명의 미국인으로서 굳건한 사랑을 다시금 느끼며, 벗은 몸에 걸쳐본 내 남자의 중학교 군악대 제복을 쉽게 포기할 생각은 없다. 승은 곧 앙갚음을 당할 거라고 경고한다. 나의 엄마 그리고 아빠를 만날 때 말이다.

Six

일리노이에서 팔레스타인계 영국인을 사랑한 멕시코계 미국인

"후후, 우린 네가 어떤 상황인지 알아."

—데이비드 주에이터

일요일 아침 승이 와서 가자고 깨운다. 주말은 순조롭게 흘러갔지만 이렇게 떠나게 되니 내가 빠진 잡채 아침식사 때 뭔가 끔찍한 일이 일어나기라도 했나 불안하다. 이십 분도 안 돼 우리는 기차역으로 출발하고 차 안의 승과 나 사이엔 침묵이 흐른다. 뭐가 그리 잘못됐을까 알아내려 내 남자의 얼굴을 찬찬히 들여다본다. 기차역에서 승은 나랑 같이 뉴욕으로 가겠다고 한다. 저녁식사에 친구들을 몇몇 초대해 나랑 만나게 해주고 나서 밤에 워싱턴으로 돌아와 부모와 마지막 담판을 짓고 내일 로스앤젤레스로 간단다.

나에 대해서 담판을 짓겠다는 건가 아니면 승의 인생에 대해 담판을 짓겠다는 건가? 한국인이냐 한국인이 아니냐가 문제가 되는 상황에 대해 처음 들었을 때처럼 너무 혼란스럽다. 그런데 이번에는 절체절명의 기로에 서 있다. 승의 행복이, 그리고 이렇게 기차역에서서 뼛속까지 떨리기 시작하며 깨닫게 됐는데, 이제는 그와 단단히 얽힌 나의 행복까지도 위기에 처해 있기 때문이다.

"부모님과 무슨 일 있었어? 잘됐는 줄 알았는데." 나는 주저하며 묻는다.

승은 내 손을 잡는다. "아, 끝내줬지. 너무 잘돼서 대단한 러브스토리가 있는 친구들과 같이 저녁 먹으면서 얘기도 듣고 자축하려고. 그런 다음에 부모님한테 돌아가서 아버지와 우리 상황을 결판내려고."

나는 승을 딱 때린다. 팔을 때렸을 뿐이지만 있는 힘을 다했다. 그러고 나서 울기 시작한다. 승이 방금 한 말은, 남자와 여자는 근본적으로 너무 달라서 한집이 아닌 옆집에 살며 가끔씩만 만나야 한다는 캐서린 헵번의 주장에 대한 최고의 논거가 된다. 성공을 축하하며 즐거운 시간을 보내려고 했을 뿐인 승은 화들짝 놀란다. 우리의 회합 결과에 너무 기분이 좋아 기꺼이 워싱턴에서 뉴욕 사이 길고 비싼 왕복 여행을 마다하지 않고 나랑 식사도 하고 친구들도 만나려 한 것이다.

하지만 승이 이런 말을 미리 해주지 않았기 때문에 나는 실패한 줄 알았다. 결국 나는 받아들여질 수 없는 사람인 줄 알았다. 그러다 보니 유머도 없는 심리 게임에서 이런 상황에 처한 여자는 울음을 터뜨리게 될 수밖에. 물론 내가 감정 과잉이긴 하다. 아침의 이 오해 속에 정말 사랑한다면 놔줘야 하는 게 아닐까, 연인과 가족 사이에서 선택을 해야 할 필요가 없는 한국인들한테로 보내줘야 하는 게 아닐까 하는 생각마저 스쳐지나갔을 정도니. 그동안 얘기를 들었던 다른 인종 간 커플들이 생각났다. 그들이라면 승이 나를 택할 경우 내가 느낄 죄책감을 이해할 것이다. 왜냐하면 내가 떠나줬으면 하고 바라는 사람들 역시 승이 사랑하는 사람들이니까. 비록 인정할 순 없어도 미안함이 느껴지는 건 어쩔 수 없다.

또한 내가 화를 내거나 이 괴상한 미인대회에서 승을 잃는 줄 알았다고 투정을 부릴 수도 없는 것이, 담판을 짓겠다는 건 부모에게 내가 평생의 반려자라고 말하겠다는 뜻이기 때문이다. 그렇지 않을까? 분명 우리가 이런저런 곡절을 겪으며 원했던 목표는 그것이었지만 내 남자의 청혼이 이런 식일 거라고는 상상하지 못했다. 내가 그려온 장면은 이렇다. 남자가 자기 부모에게 나를 너무나 사랑한다고 말하고 난 다음 나의 부모에게도 그렇게 말하고 나서 나에게 마법의 상자를 건넨다. 그 상자 안에는 신비로운 반지가 들어 있고, 나는 그 반지를 영원히 끼며 우리는 그후로 오래오래 행복하게 산다. 승은 결국 이 말을 하는 거 아닌가? 그러니 역시 난 울어도 된다.

*

나의 뉴욕 아파트에서 승의 친구 수잰을 맞이한다. 어떤 남자에게 받았던 것보다 커다란 꽃다발을 들고 오는 그녀가 만나자마자 마음에 든다. 데이비드 역시 매력적이지만 빈손이어서 수잰이 더 좋다. 놀리타(뉴욕 '리틀 이탈리아 북부' 지역의 준말이다)의 아파트

복도에 그대로 선 채 수잰이 말을 꺼낸다. "부모님을 통과했다며!" 그리고 열렬히 나를 껴안는다. 나는 어깨 너머로 승용에게 엇, 벌써 다 아는 거야? 하는 표정을 짓는다. 내 생각을 귀신같이 이해한 수잰의 남편 데이비드는 이렇게 말한다. "후후, 우린 네가 어떤 상황인지 알아. 어머니 아버지 만날 걱정을 하느라 이 키 큰 몽고 인종이 정말 내 남자인지 생각도 안 해봤지?" 나는 이제 아예 몸을 돌려 승을 바라보면서 인종 간 결승전을 앞둔 판국에 데이비드를 꼭 만나야 하는지 의아해한다. 그러자 데이비드가 재빨리 앞으로 나서며 "지금은 그 생각 하지 마. 너희 어머니 나라에서 온 이 성물이 결정에 도움을 줄 테니까"라면서 배낭을 여는데 적포도주 네 병이 들어 있다.

미국을 돌아다니면서 '불워스'*의 주문에 따라 살라고 사람들을 설득하도록, 워런 비티가 이 부부를 고용한 게 아닐까 싶다. 우리 모두 계속 짝짓기를 해서 이 나라에 피부색의 차이가 사라질 때까지 말이다. 그게 아니라면 이들은 대체 누구란 말인가?

데이비드가 깜짝 선물한 포도주 가운데 첫번째 병을 마시며 이 부부와 그들의 부모에 대해 알아낸 것은 다음과 같다. 빠뜨린 부분이 없는지 애써 기억을 더듬을 필요가 없다. 아주, 너무 놀라운 이야기라서다.

수잰의 아버지는 멕시코에서 자랐다. 열네 살 때 수잰의 할아버

---

* 워런 비티가 주연 및 감독을 맡은 영화 〈불워스〉의 주인공. 재선 실패 위기에 처한 상원의원이 자포자기하여 힙합 복장을 하는 등 하고 싶은 대로 말하고 행동하다가 오히려 인기가 올라가고 젊은 흑인 여성과 사랑에 빠지는 이야기.

지가 죽고, 수잰의 아버지는 살기 위해 멕시코 군대에 들어갔다. 거기서 대학도 갔고 의대에도 입학했다. 그리고 하버드에서 장학금을 받았다. 보스턴의 한 병원에서 레지던트를 끝내며 거기서 간호사로 일하던 수잰의 어머니를 만났다. 그들은 사랑에 빠져 결혼했고 신혼여행 겸 매사추세츠 주에서 멕시코시티까지 자동차로 이사를 가 병원을 개업했다.

교육받은 백인인 수잰의 어머니는 영어를 하는 사람이 아무도 없는 멕시코의 시댁으로 이사 가서 자신도 스페인어를 못하는 신세로 가족은 물론 친구, 언어, 자유 등 미국에서의 삶을 모두 잃고 만날 집구석에서 울며 세월을 보냈다.

데이비드의 아버지는 팔레스타인에서 자랐다. 이집트에서 공부를 하고 영국의 로열칼리지 의대에 들어갔다. 런던의 병원에서 레지던트를 끝내며 거기 간호사로 일하던 데이비드의 어머니를 만났다. 사랑에 빠져 결혼하고 바로 팔레스타인으로 가서 병원을 개업했다.

교육받은 백인, 영국인인 데이비드의 어머니는 영어를 하는 사람이 아무도 없는 팔레스타인의 시댁으로 이사를 간데다 자신도 아랍어를 못하는 신세였다. 남편은 아내에게 중동이 싫거든 떠나겠다고 약속했지만, 데이비드의 엄마는 아무 말 없이 집구석에서 조용히 울며 세월을 보냈다. 수잰의 어머니와 같은 이유에서였다. "엄마는 오랜 세월 매일 울었어." 데이비드가 회상에 잠겼다가 덧붙인다. "하지만 삼십 년이 지난 지금도 팔레스타인에서 살고 있지. 뭔가 있나봐."

일리노이 주 오대호 부근에서 이 두 부부의 아이들이 서로를 찾아내어 사랑에 빠지다니 얼마나 신기한 일인가. 데이비드와 승이 함께 대학원을 졸업한 직후였다. 그러고 나서 데이비드와 수잰은 결혼했고 지금은 두 아이가 있다. 게다가 오늘 아침 승에게 전화해서 뉴욕이나 로스앤젤레스로 직장을 구해 이사 가는 문제에 조언을 구했다니, 얼마나 신기한 일인가? 승은 두 도시에서 다 살아봤으니까. 그렇게 해서 다섯 시간 후 세 명의 오랜 친구가 뉴욕 시내의 내 집 식탁에 모였고, 수잰과 데이비드가 가족을 만들어가면서 맞닥뜨렸던 각종 장애물에 대해 토론할 기회가 생긴 것이다. 하지만 나는 이 기회를 제대로 활용하지 못할 것 같다. 이 놀라운 이야기를 듣는 내내 다음과 같은 질문이 머릿속을 떠나지 않기 때문이다.

팔레스타인이 실제로 존재하는 나라인가?

나는 정말 많은 곳을 여행 다녔다. 이스라엘도 가보았는데, 점령지역 경계가 보였다. 그 너머가 팔레스타인이었을까? 나는 그저 미국 언론에 세뇌당한 눈먼 어린양일 뿐이고 팔레스타인은 이제 실제 국가인가? 그렇다 해도, 삼십 년 전 데이비드가 자랄 때도 국가였나?

물어보기가 겁난다. 난생처음 거창한 국제 문제에 나도 모르게 빠져들어 뉴스에서 매일 보는 특정 문화권이 정말 자기 나라를 가지고 있는지 의아해하고 있는 것이다. 아는 척하면서 위기를 모면해야겠다. 그래, 중동 분쟁에 대해 전부 알고 있는 척하다가 나의 새로 사귄 팔레스타인 친구가 떠난 다음 인터넷에서 찾아봐야지. 위치를 익히고 기반은 어느 정도 갖춰졌는지 얼마나 오래됐는지 알아봐야지. 웹사이트 세 개 정도 보면 되겠지.

데이비드를 보아서는 이런 질문들에 아무 단서도 얻을 수 없다. 팔레스타인 사람이 어떤 생김새인지 잘 모르지만 데이비드의 외모는 당황스럽다. 검고 가는 머릿결에 피부색은 아주 옅고 대체적으로 유럽인 같다. 약간 이집트인처럼 보이기도 하고 말투는 좀 영국인 같다. 어휘는 대부분 미국식 표현을 쓰고 있지만 발음에서는 영국식 억양이 느껴진다는 말이다. 그래도 생김새와 말투만 보아서는 데이비드가 아랍인이나 영국인이라고 생각할 수 없을 것이다. 하지만 이것 역시 미국 언론 때문일 수 있다. 팔레스타인 사람도 아랍인인가? 인터넷을 검색해도 안 나올 것 같다. 수잰을 주방으로 불러 물어봐야겠다.

수잰과 함께 두번째 포도주를 따면서 나는 사실대로 고백하고 팔레스타인 출신 삼십대 남자의 배경이란 어떤 것인지 알려달라고 부탁한다. 싱크대에서 수잰의 설명을 이 분 남짓 들으니, 내가 여행중 이집트, 이스라엘, 카타르, 아랍에미리트에서 느낀 것과는 전혀 다르다.

팔레스타인 사람들은 고유의 문화와 전통을 가진 민족이지만 1967년 이후 현대사 속에서 자신들의 땅을 지키기 위한 싸움을 계속해왔다. 미국에서는 팔레스타인을 이스라엘 양쪽의 '점령 지역'이라고 부르는 편이다. 모든 팔레스타인 사람이 아랍인은 아니다. 아랍인은 엄밀히 말해 아프리카와 아시아가 만나는 아라비아반도의 사람들이다. (아라비아반도 내 국가로는 쿠웨이트, 오만, 카타르, 사우디아라비아, 아랍에미리트, 예멘, 바레인이 있으며 바레인은 섬나라지만 해안에서 무척 가깝다.) 지리학적으로 시리아사막의 일부는 아라비아로 간주될 수 있다. (여기에 이라크, 레바논, 요르단, 시리아뿐 아니라 이스라엘과 팔레스타인이 포함된다.) 하지만 이 사람들에게 아랍인으로 불린다는 것은 감정적인 문제다. 그러니 이들이 스스로를 아랍인으로 간주하리라는 가정은 안전하지 못하다. 마치 미국에서 텍사스 사람들이 자기들을 남부 사람이라 생각하지 않는 것과 비슷하다. 자기들은 그냥 텍사스 사람인 것이다. 내가 세계의 중요 지역에 대해 이렇게나 모르고 지냈던 걸 알게 되니, 영국 신문이라도 매주 받아봐야겠다는 생각이 든다.

아니면 수잰을 계속 주방에 잡아둘 이유를 찾아내 정보를 얻어내든지. 수잰을 보다보니, 그녀의 인종도 도무지 알아낼 수 없을 것 같다. 반은 멕시코인이고 반은 미국인이라고 해도, 수잰에게선 북미 원주민의 특징이 조금도 안 보인다. 아르헨티나 사람은 물론 남유럽이나 덴마크 사람이라 해도 무리 없이 통할 것 같다. 하지만 이제 시간이 다 됐고 이렇게 둘만의 질문 시간을 계속 갖다간 내가 자기한테 작업을 걸고 있는 줄…… 돌아가자.

데이비드는 다른 사람과 어울리길 좋아하고 불편한 농담도 서슴없이 하지만 어쩐지 완벽하게 예의바른 사람으로 보인다. 영국식 교육을 받았기 때문이라고 승이 설명한다. 데이비드와 수잰은 눈썹을 치켜세운다. 왜 그러나 궁금해하고 있는데 수잰이 대답한다. "그만

한 대가를 치렀지." 나는 여전히 이 부부가 정말 다인종 가족 구성의 전문적 대변인이 아닐까 궁금하다. 그래서 그 증거, 대답, 역사, 매력을 알아내고자 내밀한 질문을 던진다.

팔레스타인에서 세 아이 중 둘째로 태어난 데이비드는 이스라엘에서 학업을 시작했다. 하고많은 곳 중에서도 가톨릭 수녀회에서 운영하는 유아원에 다녔고 그다음에는 짧은 기간 팔레스타인 학교에 다녔지만 상황이 악화돼 엄마 아빠가 끊임없이 데리러 와야 했다. "점령 지역에서 나이든 애들은 지나가는 차에 돌을 던졌고 순식간에 아수라장이 되곤 했지." 데이비드가 구체적으로 설명한다. 하루도 학교가 폐쇄되지 않는 날이 없게 되자 데이비드는 여덟 살에 상류층 영국 기숙학교에 가게 된다.

영국에 간 첫날, 데이비드는 부모와 떨어져 도서관에서 영화를 한 편 봤다. "스누피 영화였는데 데이비드는 절대 잊지 못하지." 수잰이 이야기를 하고 남편은 갑자기 말이 없어진다. "영화가 끝나고 보니 데이비드의 부모님은 가버리고 없었대." 그리고 데이비드는 아버지 어머니를 오랫동안 다시 보지 못했다. 편지 쓰는 것도 허락되지 않았다. 이 시절의 데이비드 사진이 있는데 작은 소년이 교복을 입고 외국 기차역에 당당하게 혼자 서 있었다. 오늘밤 나의 집 식탁에서 이 사진을 보는 우리 넷의 마음은 찢어진다. 수잰은 이제 다 자란 사랑하는 남자를 대신해 이 이야기를 하면서 데이비드의 손을 잡는다. 데이비드는 아직도 자리를 뜰 때 사랑하는 사람들이 뒷문으로 몰래 빠져나가는 게 아닌지 확인하러 돌아본다고 한다.

나는 간밤의 우리 대화가 생각나 승을 본다. 부모와 대화를 하도록 아이들에게 용기를 주는 게 얼마나 중요한지에 대한 대화였다. 이런 고립감이 승에게 얼마나 낯익은 감정일지 표정에서 읽을 수 있다. 여름이 되면 승과 여동생은 한국의 조부모에게 보내졌다. 조부모님을 진심으로 사랑하긴 했지만, 모든 아이들은 가장 내밀한 두려움과 질문들을 부모에게 기댈 때가 제일 좋은 것 같다. 승의 어머니가 늘 집에 있긴 했지만 십대 시절 아버지는 대부분 외국에 있었다. 어머니하고는 전형적인 어린 시절 성장통 문제에 대해 의논하기 힘들 때가 많았다. 그래서 이 두 소년은 깊이 사랑해주는 가족이 있음에도 어쩔 수 없이 혼자라고 느꼈다. 나는 승의 손을 잡고, 위로를 건네고 싶은 마음을 참는다.

데이비드는 계속 영국에 있다가 워싱턴 D.C.의 조지워싱턴 인터내셔널 프로그램에 들어가 미국으로 왔다. 그와 승은 거기 대학원에서 같이 공부했고 데이비드는 미국에 자리잡았다. 학위를 마치고 시카고에 살 때 수잰을 만났다.

수잰은 열두 살 때 멕시코에서 시카고로 이사 왔다. 수잰은 집에서 어머니와 영어를 썼고 늘 사람들과 잘 어울렸다. 그러다보니 다른 나라로 이민 왔어도 데이비드처럼 힘들지 않았다. 대학을 마치고 부모님과 같이 살며 일을 시작했다. 가족 전통이 그랬다. 소개로 데이비드와 만났을 때 수잰은 스물다섯이었고 데이비드는 스물일곱이었다.

"수잰의 친구랑 내 친구가 사귀고 있었어." 데이비드가 설명한다. "내 친구가 우리 유머 감각이 잘 어울릴 거라고 생각했지. 근데 우리가 만나기로 한 날 우리 친구들이 헤어졌어."

데이비드는 만남을 취소하기 위해 수잰에게 정중히 전화했는데 수잰은 그래도 만나자고 했다. 수잰이 털어놓는다. "한 번도 마른 남자를 좋아한 적 없는데 데이비드는 말랐고, 한 번도 중동 사람이랑 데이트해본 적 없는데 데이비드는…… 영국 사람 같았고 재밌고 어딘지 편했어. 자꾸 보게 되더라고."

데이비드의 이름이 자꾸 나오자 수잰의 엄마가 '스펙'을 대라고 했다. 수잰은 당황스러웠다. 더구나 어머니가 "무슬림이라고?" 하며 소리를 지르자 경악했다. 9·11 이전 대부분의 미국인들이 그랬듯 수잰 역시 중동 사람, 팔레스타인 사람, 무슬림 들이 서방 세계에서 종종 어떻게 인식되고 있는지 전혀 몰랐다. 친절하고 교양 있어 보이는 데이비드의 가족들이 얼마나 편견을 경험하고 사는지 몰랐다. "하지만 우리 부모님은 데이비드를 만나보고 안심했지." 함께 만나고 나서 수잰은 아버지에게 데이비드를 어떻게 생각하느냐고 물었다. 아빠는 수잰에게 스페인어로 대충 다음과 같이 말했다. "신발을 신고 있는 건 그놈뿐이더라." 즉 지금까지 본 남자친구 중에 유일하게 쓸 만하다는 뜻이었다.

승과 나는 다시 한번 서로 마주보며 웃을 수밖에 없었다. 한 시간만 있으면 승은 워싱턴으로 돌아가야 했다. 아마도 똑같은 대화를 아버지와 하겠지. 주말 내내 신발을 신고 있지 않았지만 승의 부모가 나를 괜찮게 생각했으면 좋겠다. 승의 부모가 뭐라고 할지 너무 궁금하다. 내일 밤은 남자친구한테서 사실을 캐내려고 입씨름을 벌이게 될지 몰라도 오늘밤은 수잰과 데이브를 위한 자리다. 아무래도 승은 가족들이 할 말에 나를 미리 대비시키거나 적어도 내 기대치를 낮추기 위해 수잰과 데이브를 초대한 것 같다. 그렇다면 열심히 들어줘야지.

수잰은 (자신과 데이브의) 이야기를 들려주면서 자기는 피부색에 대해 전혀 위화감이 없지만 멕시코 사람들은 늘 그녀가 진짜 멕시코인이 아니라며 책망했다고 한다. 피부색이 밝고 잘사는 수잰이 가장 모욕을 느끼는 건 라티노들의 비난을 받을 때다. 수잰은 스페인어를 유창하게 하며 멕시코에서 대부분의 유년 시절을 보냈다. 그런데도 멕시코인들은 수잰을 외국인이라고 한다. 라틴 커뮤니티에서는 피부색으로 서로를 판단하는 것이다. 밝은 피부의 멕시코인은 상류층으로 간주된다. 분명 노동계급은 아니고 조상이 유럽계일 테니까. 피부색이 옅은 상당수의 쿠바인들이 검은 피부의 시골 사람들보다 상층이라고 생각되는 것처럼 푸에르토리코, 도미니카 등에서도 마찬가지다. 수잰이 보기엔 속단 내릴 수 없는 문제지만 말이다. 그러나 수잰도 약간 창피해하며, 피부색이 옅은 중동 남자가 아니라 피부색이 짙은 멕시코 남자와 사랑에 빠졌으면 부모가 문제삼았을지 모른다고 말한다.

우리집에서도 비슷한 이야기를 들었다. 북부 이탈리아인들은 남부 이탈리아인들을 '라 젠테 데 무라la gente de mura' 즉 '흙 사람들'이라고 부른다. 피부색이 더 검기 때문이다. 아일랜드에서도 '검은 아일랜드인'이라는 표현의 기원에 대해 논란이 있지만 내가 이해하기로 담긴 뜻은 명확하다. 검은 머리의 아일랜드인은 유전적으로 아프리카인과 섞였다는 것이다. 데이비드도 끼어들어 명암과 관련된 가족 경험이 중동 문화 내에서도 똑같다고 말한다. 데이비드는 피부색이 옅지만 아버지는 어둡다. 그래서 아버지는 열심히 태양을 피하는데, 병원장을 할 정도로 성공한 분이 한번은 필사적으로 햇빛을 피하려고 노점의 천막 속으로 뛰어드는 모습을 보고 수잰이 깜짝 놀랐단다.

피부색은 다른 인종 사이에서는 물론 같은 인종 내에서도 가치판단의 기준이 되는 것이다. 피부색의 밝기가 그토록 노골적으로 중요하다니. 계급이라고 할 수도 있겠지만 사람들을 부적절하게 나누는 피부색은 계급도 아니고 돈도 아니고 신분제도 아니다. 그것은 실제 거의 '가치'를 의미한다. 세계 도처에서 그렇다. 오늘밤 나의 아파트에 모인 라틴, 중동, 유럽 문화에서뿐 아니라 우리 모두 가끔 마주치는 동남아시아, 이란, 아랍, 아프리카 문화에서도 마찬가지다. 그렇다면 어째서 검은 피부가 '열등'하게 되었을까? 만일 고대로부터, 주요 종교들이 처음 생겨날 때나 노예제가 공공연히 성행할 때부터 유래되었다면 왜 오늘날 문화에까지 스며들어 있는 걸까?

골치 아픈 문제는 미뤄두고, 인종도, 문화도, 고국도, 종교도, 가족 언어도 서로 전혀 다르지만 동등한 피부색 덕택에 문제가 되지 않았던, 내가 아는 유일한 두 사람의 이야기를 더 들어보자.

"우리 부모님은 다른 인종에 대해 전혀 문제가 없어." 데이비드가 말한다. 수잰을 만나기 위해 북아프리카에서 시카고까지 가족들이 날아왔고 즉시 그녀를 마음에 들어했다. "나보다 더 좋아했지." 수잰은 팔레스타인 음식 만드는 법을 배웠는데 너무 잘해서 데이비드의 할머니가 그랬단다. "팔레스타인 사람이나 마찬가지야!"

내가 만난 모든 인종 간 커플은 이렇게 상대 가족과 관계를 시작하고 싶어한다. 또다른 다인종 러브스토리를 들을 때마다 가족에게 짐작만으로 싫어하지 말고 내가 사랑하는 사람을 한 번만 만나달라고 설득하느라 수년을 허비한 사연을 접하고 매번 마음이 아파지는 것도 바로 이 지점이다. 정말 피부색이 문제일까?

지나친 단순화일 것이다. 이 커플은 피부색도 같았지만 세 가지 요건에서 유리했다. 두 부모 다 자기네 문화권 밖의 사람과 결혼했고 또 두 부모 다 고등교육을 받았으며 외국 경험을 했다. 두 요건만 충족되도 타인종, 타종교, 타문화 수용에 문제가 없었을 테지만 셋이나 되니 더할 나위 없었을 것이다. 내 경험을 볼 때도 승의 가족에게 피부색은 우리 결합의 문제 요소가 아니었다. '인종'을 얘기하긴 해도 승의 부모가 정말 지키려고 하는 것은 문화라고 생각한다. 인종 간 커플의 문제가 피부색과 문화 때문이라고 생각하는 것이 인종이라는 예민한 주제를 부각시키는 것보다 덜 공격적으로 느껴지는지 궁금하다.

데이비드의 아버지는 아들과 얘기하면서 새로운 각도의 질문을 던졌다. 자식들이 어느 인종 혹은 종교를 가진 사람과 결혼하는지는 상관하지 않는다고 말했다. 단지 그쪽 부모도 결혼에 찬성하는지를 물었다. "아버지는 살다보면 결혼을 와해시킬 수도 있는 고난이 나타나기 마련이라고 했어. 돈, 스트레스, 아이들, 일, 뭐든지. 그런데다 부모 한쪽이라도 찬성하지 않는 결혼이라면 지탱될 수가 없다는 거지."

부모 넷 모두의 축복을 받으며 수잰과 데이비드는 아홉 달 후로 결혼 날짜를 잡았다. 그러고 나서 재빨리 모든 것을 원하는 대로 처리할 방법을 찾아냈다. 이쪽이나 저쪽 나이든 친척들이 불쾌하게 느낄 만한 의례들은 살짝 바꾸기도 했다.

예를 들어 결혼식은 교회에서 열렸는데(수잰이나 수잰의 부모도 가톨릭교도가 아니었고 데이비드도 물론 예수가 신인 건지 어쩐지도 잘 몰랐지만) 수잰이 교회에서 하는 결혼식을 늘 마음속에 그려왔기 때문이다. 그래서 수업을 듣거나 개종 혹은 입교를 하지 않더라도 예식을 올려줄 장로교회를 찾아냈다. 그런 다음 두 종류의 청첩장을 찍었다. 하나는 교회 위치가 표시돼 있었고 또하나는 팔레스타인의 데이비드 친척들이 데이비드가 믿음을 저버렸다고 오해하지 않도록 장소 부분을 뺐다.

위선적으로 보일지 모르지만 나는 사려 깊다고 생각한다. 처음 승의 가족 문제를 알았을 때 내 생각도 비슷했다. 전쟁이 시작되기 전엔 승의 친척들이 원하는 대로 행동 양식을 맞춰주는 게 전혀 부담이 아니라고 생각했다. 그 정도일지 몰랐으니까. 지금 수잰의 이야기를 듣고 있자니 정말 힘들었던 기억에 전율하게 된다. '이종 간 가족 전쟁'에 한번 참전을 하고 났더니 나의 영토가 너무 침식당한 기분이 들 땐 균형을 되찾기 위해 고래고래 반격을 가해도 될 것 같은 심정이다.

교회에서 예식을 올리면서 수잰의 오빠가 성경을 낭독하고 데이비드의 친구가 아랍 시를 암송했다. "목사는 예식 끝에 아메리카 인디언 노래를 불렀는데 모두들 좋아했지." 수잰이 말하고 데이비드가 정정한다. "직접 참석한 사람들은 좋아했지. 팔레스타인 버전 동영상에서는 삭제됐으니까." 손님들이 교회를 떠나 파티장으로 향하자 멕시코 전통 마리아치 악단이 득달같이 나타났다. 저녁식사 동안 수잰의 아버지와 삼촌은 멕시코 가극 노래를 불렀고 중동의 벨리 댄서가 뒤이어 등장했다. 음악은 내내 미국식 빅밴드가 연주했다.

나도 수잰과 데이비드처럼 됐으면 원이 없겠다. 나는 승을 쳐다보는데, 이야기 때문인지 세 병째인 포도주 때문인지 표정 관리가 전혀 안 된다. 하지만 뭐라 말을 꺼낼 새도 없이 승이 일어선다. "난 가야겠다. 친척들이야 어떻든 부모님이 중요한데, 나만큼이나 당신을 좋아하는 것 같으니까. 가서 계획을 말씀드려야지. 그리고 우리 새로운 절친들은 오늘 여기서 잘 거야. 괜찮지?"

승 정은 나를 위해 베이비시터까지 구해준 것이다. 내가 불안해할까봐 걱정이 돼서? 떠나기 전에 그냥 몰래 화장실 가서 애무나 한

번 더 하면 안 될까? 나는 넘쳐흐르는 사랑과 희망과…… 포도주를 주체 못한다. 내 사랑에게 열정적으로 키스하며 친구들이 맞은편에 앉아 있다는 것도 잊는다.

승은 가려고 일어나고 데이비드도 함께 나간다. (아이들은 시카고 집에 있지만 데이비드는 어느 도시에서 직장을 구할지 조언을 아직 듣지 못했다. 그래서 펜 역까지 걸으며 승을 데려다주고 오려는 것이다. 수잰과 나는 파자마 파티를 벌인다.) 남자들에게 손을 흔들어 인사하자마자 곧바로 수잰이 묻는다.

"인종 간 결혼에 대해 제일 물어보기 두려운 질문이 뭐야?"

우와. 먼저, 물 좀 갖다달라고 부탁한다. 이 기회를 날려버리지 않도록 시간을 좀 가질 필요가 있다. 수잰이 수분을 가지고 돌아오자, 나는 질문이 두 가지 있다고 말한다.

"학교에서 아이들이 무슬림이나 팔레스타인 사람이라고 놀림당한 적 있어?"

수잰네 가족을 모독하려는 게 아니다. 지난 아홉 달 동안 나도 어린 시절 들어본 온갖 '동양인 농담'을 기억해내곤 했다. 기울어진 눈, 눈초리, 납작 얼굴, 국gook, 칭크chink 같은 말들을 파보았다. 막대기를 가지고 괴상하게 먹는 괴상한 음식 때문에 괴상한 냄새가 나는 아이들이라고, 바지도 너무 추켜 입고, (째진 눈으로 제대로 볼 수가 없기 때문에) 두꺼운 안경을 쓰고, 하도 꼴통들이라 정상적인 시험 점수 분포도를 혼자 망가뜨려놓는다고. 다 자라서 캘리포니아로 이사 와 째진 눈 때문에 운전도 못하고. 나는 또한 중국인들의 지저분한 무릎, 일본인 변신 표정*에 대해 지어 부르던 온갖 노래들을, 롱 덕 동**이 등장하는 텔레비전 드라마, 영화, 뉴스를, 그리고 몽둥이를 휘두르는 싱가포르 경찰들, 치아나 팔다리가 없는 라오스 아이들, 게이샤, 타이 창녀, 베트남 포주, 캄보디아 살인 청부업자, 그리고 '일본놈들처럼 누구를 미치게 만들다Jap-ing' 등의 표현을 기억해냈다. 나는 이런 폄하와 비하의 말들을 모두 되새겨보았다. 이런 말들이 내가 사랑하는 남자와 우리의 미래 아이들을 얼마나 상처 입힐지 미리 대비하고 싶지만 소수자라 놀림받는 아이의 어머니가 직접 돼보지 않은 다음에야 그 심정을 알 길이 없다.

수잰의 아이들 역시 나름의 특징을 혼합해 가지고 있다. 현 세계 정세에 따라 공격을 받을 가능성이 큰 특정 집단 특유의 성도 그중 하나다. (그렇다. 분명 나는 이 생각을 꽤 했다. 생각보다 훨씬 현실적인 문제다. 수잰은 십 년에 걸친 무슬림 혐오, 이십 년에 걸친 미국의 이스라엘 편들기 같은 상황을 감당해야 했다. 그것도 이 나라 안에서. 그리고 나는 내 아이들이 클 때쯤 미국이 아시아의 어떤 나라, 특히 한국이나 중국과 전쟁을 일으켜 남편이나 아이들이 포로수용소로 끌려가면 어떻게 하나 하는 극심한 공포에 떨고 있다. 터무니없는 걱정으로 들릴 수도 있지만, 중동계 미국인들이 끌려갔던 관타나모를 생각해보라.)

---

* 자위하다 절정에 이르러 일그러지는 얼굴을 일컫는 말.

** Long Duck Dong. 1980년대 영화에 등장한 우스꽝스런 아시아 교환학생 캐릭터.

수잰은 자기 아이들이 놀림을 당한 적은 없다고 말한다. 하지만 몇 가지 가벼운 예방 조치를 취했다. 결혼 후 얼마 지나지 않아 임신하자 수잰과 데이비드는 아들에게 데이비드의 아버지에 대한 존경을 나타내는 아랍식 중간 이름을 지어줄 생각을 했다. 하지만 데이비드의 아버지는 "그러지 말라"고 부탁했다. 할아버지는 세계 여러 나라를 다닐 때마다 팔레스타인 출신으로서 감수해야 하는 경계의 시선을 느꼈다고 한다. 공항 입국 심사 때마다 꼭 나오는 질문이 "가정에서 어떤 명절을 지내냐?"는 것이었다. 데이비드의 아버지는 자신의 손주들이 팔레스타인 문화를 얼마든지 즐길 수 있지만 여권에 자신들의 문화유산을 드러내는 꼬리표를 붙일 필요는 없다는 신념을 가지고 있었다.

수잰과 데이비드는 아들의 이름을 알렉산더 제임스 주에이터라고 지었다. 이집트, 무슬림, 기독교가 멋지게 혼합된 이름이면서 어떤 것도 딱히 어느 쪽이라 단정하기 힘든 이름이다. 공항에서뿐 아니다. 축구장에서 코치가 고함쳐 부르거나 여자애가 밸런타인데이 카드를 보낼 때, 혹은 알렉산더 자신이 대학에 지원할 때, 어떤 이름도 괜한 편견을 불러일으킬 가능성이 거의 없다. 사 년 후 알렉산더의 여동생이 태어났을 때 수잰과 데이비드는 예전 생각에 좀더 자신감을 갖게 되었다. 두 사람은 할아버지의 인생에 대한 존경의 마음을 담아 소피아 이만 주에이터라고 이름 지었다(아랍어로 이만은 '믿음'을 의미한다). 아름다운 이름이라고 생각했기 때문이기도 하다. 나도 동의한다.

알렉산더와 소피아가 지금 일곱 살, 네 살이니 문화적 배경 때문에 놀림을 받기엔 좀 어린 나이이긴 하다. 어쨌든 나는 또 한 가지 특별한 질문을 던진다.

"시댁에서 딸보다 아들을 더 좋아하진 않아?"

"별로." 수잰이 대답한다.

우리는 고개를 끄덕인다. 수잰이 뭔가 생각하고 나도 마찬가지다. 나와 같은 생각인지 알 수 없지만 그냥 말없이 기다리며 자세한 얘기를 들려주길 바란다. 처음으로 수잰이 솔직하지 않다는 느낌이 들기 때문이다.

"중동에 방문하러 가면 남편의 할머니가 물어봐. '언제 아이를 더 낳을 거니, 수잰? 언제 아들을 더 낳을 거니, 수잰? 알렉산더 같은 아들을 열 명 더 낳아야 돼." 설상가상으로 이 여인의 며느리가 이 말도 안 되는 소리를 통역한다. 수잰은 아이를 더 낳을 생각이 없다. 팔십 대 할머니와 그런 일로 문화 논쟁을 벌일 순 없지만, 아들이 딸보다 중요하다는 사고방식을 그냥 묵과할 수도 없다. 그래서 수잰은 데이비드의 할머니에게 조용히 묻는다. 할머니의 딸들도 할머니가 아들을 더 아끼는 걸 알고 있느냐고. 할머니는 대답한다. "물론이지!"

팔레스타인 문화에서 딸은 결혼시켜 떠나보내야 하는 존재이기 때문이다. 그러려면 오늘날까지도 금전적 선물, 즉 지참금이 필요하다. 또한 딸들은 평생에 걸쳐 언제든 집안에 치욕을 줄 수 있는 여러 가지 가능성을 가지고 있다. 유산을 상속받을 수도 없고 땅을 소유할 수도 없다. 일반적으로 돈을 벌어 오지도 못한다. 아이를 낳지 못하면 버림받아 가족이 다시 데려와야 한다. 무엇보다 아들은 여성 노동력을 데려오고 좋은 사회적 입지를 만들 수 있다. 슬프게도 미국 외의 많은 문화권에 이런 사고방식이 퍼져 있다. 다른 방식이긴 하지만 한국도 마찬가지로 남아를 선호한다. 수잰은 딸이나 다른 누구에게 이런 세상을 물려줄 생각도 없고, 그렇다고 그런 세계관을 가진 노부인과 싸울 마음도 없지만, 나에게 다음과 같은 조언을 해준다.

"다이앤, 보고 들은 얘기만 가지고 결혼과 양육의 안 좋은 면만 생각하진 마. 정말 힘든 일은 그런 거창한 문제들이 아니니까. 갑자기 벌어지는 사소한 일들이 힘들어."

수잰은 아들이 태어나자마자 가톨릭 세례를 받게 하고 싶었지만 왜 그런지는 설명할 수 없었다. 결혼하기 전에 어떤 종교로 아이를 키울 건지 대화를 해보는 게 좋을 거라고 수잰의 부모가 경고했지만 수잰도 데이비드도 기성 종교에 전혀 관심이 없었기 때문에 그러지 않았다. 수잰이 아들에게 세례를 주고 싶어질 거라곤 상상도 못했다. 데이비드만큼이나 본인도 놀랐다. 그리고 남편이 "그럴 순 없어"라고 했을 때는 놀람 이상이었다.

무슬림 법에 의하면 유산을 물려받기 위해서는 좋은 무슬림으로 생활했어야 한다. 즉 데이비드의 아버지가 돌아가시고 집이나 책이나 구두 한 켤레라도 아들 혹은 손자에게 물려주려 할 때, 다른 친척들이 권리를 주장하고 나서 경쟁을 벌일 수 있다. 세례를 받는 등 알렉산더가 무슬림으로 양육되지 않았다는 사실을 증명하면 정부에 의해 유언은 무효가 되고 유산 상속이 불가능해질 수 있는 것이다.

가족 문제에 이런 외부 개입을 겪어본 적 없는 수잰으로서는 엄청나게 부당하다고 생각했다. 세례를 극히 중요하게 여기는 가톨릭 교회는 죄를 짓지 않았다 해도 성사를 치르지 않은 아기들은 모두 죽어서 연옥에 간다고 하니(2007년 초 교황이 이 주장을 철회했다) 수잰은 불안한 것이다. 칠 년이 지난 지금도 수잰은 아들과 딸이 결국 세례를 받지 않았다고 하면서 이를 꽉 문다.

서부나 동부의 대도시로 데이비드의 직장을 옮기고 이사를 가려 하니, 수잰은 지금이라도 적당한 곳을 찾아 일주일에 한 번 아이들이 보다 높은 곳의 존재에 대해 관심을 키울 수 있게 되었으면 좋겠다고 생각한다. 무슬림을 위한 토요일 학교가 될지, 기독교의 일요일 학교가 될지는 잘 모르겠지만 양쪽 다 고려하고 있다. 집에서는 추수감사절과 핼러윈을 비롯한 미국 명절은 물론 크리스마스와 부활절도 챙긴다. 팔레스타인 문화를 기리기 위해서는 음식과 음악을 챙기고 거의 격년으로 고대 도시를 여행한다. "이슬람 명절은 지내지 않지만 다른 명절도 그렇게 열심히 지내는 편은 아냐. 연중 내내 친척들을 챙기려고 노력하니까." 수잰과 데이비드의 아이들은 엄마 덕분에 스페인어를 유창하게 하고 아빠 덕분에 영국 표준 영어와 미국 영어가 혼합된 영어를 쓴다.

그런 다음 수잰은 이런 게 별로 중요하지 않다고 말한다. 그리고 조심스럽게 조언한다. 내가 혹은 내 아이들이 누구와 사랑에 빠질지 알 수 없는 것과 마찬가지로, 막상 닥치기 전까진 누가 내 가족이 될지 내가 정할 수 있는 게 아니라고. 그리고 잔을 내려놓고 가까이 다가온다.

"네가 승을 위해 한 일들은 사려 깊고 진실되고 고마운 일이었지만 이제는 그만 내버려두어야 해. 너희는 그냥 너희대로 부부가 되어나가면 되는 거야. 이제 나머지 모든 사람들이 너희한테 맞춰야 해. 너희가 맞추는 게 아니라."

그러자 나는 할말이 없어진다. 아무 말 없이 수잰과 내 잔에 네번째 포도주 병의 마지막 몇 모금을 따르고 잔을 든다. 수잰은 잔을 부딪치며 말한다. "사랑을 위해."

Seven

내 가족 해결하기

"오, 다이앤, 승은 머릿결이 너무 예쁘다."
—퍼트리샤 파

우리집 사람들은 거칠다. 너그럽지도 않다. 남자는 남자답게 행동해야 하고 '남자다운 행동'의 범위도 좁다. 정원에 물 주는 호스만큼이나 좁다. 나의 남동생들이 생각하기에 예의바른 모습은 남자한테 어울리는 게 아니기 때문에 우리 가족과의 첫 만남에서 승은 그다지 성공적이지 못할 게 분명하다. 승이 다양한 면모를 가지고 있긴 하지만 민족문화 자체가 공경을 기본으로 하고 있으니까. 내가 보기엔, 이것을 승이나 다른 한국인들과 떼어놓고 생각할 수 없는 것 같다. 한국인들은 너무 공손해서 김정일도 암살하지 못하고 그가 북한 사람들을 굶겨 죽이게 놔둔다. 녹색 통옷을 입고 재클린 선글라스를 낀 작고 뚱뚱한 대머리 남자가 이탈리아 지도자라면 오래갈 수 있으리라 생각하는가? 뉴욕 시장이라면? 진작 광활한 숲속 어딘가에 파묻혔을 것이다.

그러므로 우리 가족 남자들과의 첫 만남이라고 해서 승이 내 아버지의 기호에 맞춰 자신의 습관을 완전히 떨쳐버릴 수 있을 거라고 생각하지 않는다. 그저 성실하고 정중하고 착한 면을 조금이라도 죽이고, 시가 피우고 스카치위스키 마시고 불법 개조 자동차를 타고 도박에 열을 내는 (내가 참 좋아하는) 사내 같은 면을 조금 더 드러낼 수 있도록 북돋워주려 한다. 우리 쪽 남자들은 무시할 수 없는 사내를 존중하니까 말이다. 그들은 새로운 강한 수컷이 무리 내에 들어와서 위세를 떨치기를 기대한다. 그러지 못하면 강제로라도 그렇게 만들 것이다.

우리 관계가 열 달째에 접어들 무렵, 워싱턴 D.C.에서 승의 가족을 만난 지 이 주 후, 나는 아직도 승이 자기 아버지와 어떤 대화를 나눴는지 자세히 알아내지 못했지만, 로스앤젤레스로 주말을 보내러 간다. 둘이 조용한 시간을 보내게 되면 정씨 가족 토론의 내막을 풀어볼 수 있을 것이다. 다만, 아빠와 남동생 둘이 제각각 플로리다, 뉴욕, 코스타리카에서 오기로 돼 있기 때문에 시간이 별로 없다. 나는 UCLA에서 열리는 '태양의 서커스' 비슷한 공연 표를 산다. 가족 남자들과 승이 처음으로 만나기에 괜찮은 방법이라고 생각했기 때문이다. 공연이 시간을 많이 잡아먹을 테니 얘기할 시간이 많지 않아서 좋은 것이다. 바로 그렇다. 두 가지 언어를 해서 나를 완전히 사로잡은 남자, 승이 입을 다물었으면 하는 것이다. 그래서 자그마치 450달러어치 현대무용 표를 샀다.

대화 불가능 일정으로 무장하고도 나는 승에게 아빠와 형제들을 만나기 전에 세 번이나 따로 경고를 했다(다섯 번이나 말하면 너무 긴장할 것 같고 세 번이면 장난이 아니라는 걸 깨달을 것 같았다). "무슨 일이 있어도 예의바르게 대하면 안 돼. 산 채로 잡아먹힐 거야."

가족들은 결국 승이 좋은 사람이라는 걸 알게 될 거다. 단지 승을 만나자마자 좋아하게 되었으면 해서 그런다. 그 목표를 향해, 우리는 어느 신비로운 극장에서 모인다. 남자들이 약간 에로틱하며 꽤 놀라운 솜씨로 여자들을 이리저리 집어던지는 모습을 지켜본다. 그런데 뭔가 잘못된 느낌이다. 엄청난 실수 같다.

오늘 이 공연을 보기 전에 연습하는 걸 구경하러 갔었다. 우리 가족들한테 보여줘도 괜찮을지 확인하려고 그랬던 것이다. 불행히도 특별히 이 공연 기획사 대표와 함께 연습을 보게 되어 두 시간 동안 좋은 말만 들어야 했다. 공연은 상당한 재정적 위기에 처해 있고 나는 텔레비전에 나오는 사람이다. 아마도 내가 유명한 친구들을 데려올 거라 생각했나보다. 그렇게 보는 동안은 괜찮아 보였다. 대표가 이성애자가 아니라는 점도 고려를 못했다. 성적 취향이 문제가 될 거라는 생각은 들지 않았던 것이다. 그런데 이토록 이성애적인 남자 가족들과 공연을 보다보니 문득 깨닫게 된다.

나의 남동생들한테는 오로지 한 무리의 남자들이 타이츠를 입고 토슈즈를 신고 뛰어다니는 모습만 보인다. 조금 전 서부에 도착한 불쌍한 아버지는 의자에 앉은 채 잠이 들었다. 승과 나는 만난 지 삼백 일이나 되었지만 여전히 갓 사랑에 빠진 연인 같은 상태라, 둘이 함께라면 뭐든 상관없지만, 그조차도 지루해 보인다. 중간 휴식 시간 때 로비로 나가 남동생들이 무용수들의 '안전모'에 대해 (큰 소리로) 부적절한 농담을 하고 나머지도 동조하자, 이 공연을 선택한 것은 나의 판단 착오였음이 분명해진다. 우리는 2막을 건너뛰고 저녁을 먹으러 간다.

저녁을 먹으면서 프릭과 프랙*(내 남동생들이 얼간이같이 굴 때 할머니가 붙여준 별명)은 나에 대해, 로스앤젤레스에 대해, 그리고 스타킹을 신은 남자들에 대해 이런저런 농담을 이어가며 신이 났다. 이제 승에게 결단의 시간이 왔다. 다음과 같은 선택지가 있다. 1) 내가 찾아내고 좋아해서 보자고 하고 돈까지 낸 공연을 웃음거리로 만든다. 2) 남동생들과 함께 나를 웃음거리로 만든다(그랬다가 동생들의 공격 방향이 바뀔지도 모르지만). 3) 가족들의 공격으로부터 나를 방어한다. 4) 무시하고 아무 말도 하지 않는다.

승은 더 나은 방법을 찾아낸 것 같다. 아빠와 중립적으로 보이는 주제에 대해 대화를 하기 시작한다. 마음을 좀 놓아도 되나 싶었지만 프릭과 프랙이 낌새를 챈다. 나는 녀석들을 안다. 승의 성숙한 태도를 그가 무서워서 저런다고 간주한 것이다. 그리고 사냥을 위해 움직이기 시작한다.

우린 아직 주문도 안 한 상태라, 남동생들은 '개'를 식사로 주문할 거라며 가족끼리 통하는 농담을 시작한다. 부끄럽지만 예전에 아

* 20세기 중반 스케이트 소동극을 공연한 남자 이인조.

버지가 한국인 여성에게 그 토속 별미를 먹느냐고 물어본 적이 있는 것이다. 아버지는 그게 모욕이라고 생각 못했고 남동생들도 마찬가지다. 나는 현기증을 느끼며 메뉴판에 얼굴을 파묻고 승에게 어떻게 무기를 던져주나 고심한다. 귀가 웅웅거려 확실하진 않지만 승이 웃은 것 같다. 흘긋 보니 정말 웃고 있다. 그래, 승! 그렇게 하는 거야!

마침 막냇동생의 기네스 잔이 도착한다. 승이 동생의 등뒤로 몸을 기울여 아버지에게 묻는다. 신이 왜 맥주를 만들었는지 아냐고. 아버지가 고개를 젓자 승이 속닥인다. “아일랜드 사람들이 세계를 정복하지 못하게 하려고요.” 그 소리를 듣고 다른 동생이 눈에 띄게 똑바로 앉으며 굳은 표정이 된다. 그토록 예의바른 나의 남자친구가 내 가족에게 인종적인 농담을 해야 하다니 슬픈 일이다. 하지만 이것이 누가 이기나 겨루는 유치한 게임이라면, 승은 방금 상대의 코를 납작하게 만들었다. 그리고 아일랜드 농담을 계속하겠다는 듯 우리 식구 모두가 싫어하는 오래 묵은 스카치위스키* 네 잔을 시키며 이걸 한 번에 마시지 못하는 남자가 오늘 식사비를 계산해야 한다고 주장한다. 우리 아버지가 무기를 내려놓으며, 아니 정확히는 손을 들어올리며 말한다. “난 못해. 내가 내지.” 그리고 웨이트리스가 얼른 몸을 피하기도 전에 승이 ‘푸들 파르메산 치즈’를 주문하며, 내 아버지에 대한 (그리고 한국인들에 대한) 남동생의 농담을 받아서 새로운 차원으로 전개한다. 나를 포함해 모두가 깜짝 놀라 웃음

---

* 스코틀랜드의 위스키로, 아일랜드와 스코틀랜드는 사이가 좋지 않다.

을 터뜨리고 만다. 뒤이어 저마다 농담조로 개 요리를 주문하자, 당황한 직원에게 아버지가 심심한 사과를 표한다.

그렇게 승은 파 가족의 사위가 되었다.

식사가 끝나고 직원이 승의 차를 가져오는 동안 나는 바로 아래 남동생과 둘이 서 있게 된다. 깜깜한 지하 주차장 안쪽을 건너다보며 남동생이 말한다. "우리 클 때 아시아 사람을 전부 '중국인'이라고 부른 거 기억나?" 남동생이 무슨 말을 하려는지 정확히 파악하기 위해 나는 고개를 돌려 얼굴을 들여다본다. 다음 말을 듣자 놀랍고도 기쁘다. "우리가 너무 멍청했어." 가족끼리 이따금씩 하는 인종적 농담도 나름의 역할이 있었을지 모른다. 남동생은 그렇게 할말을 다 하고 나서 보도에서 내려가 주차장의 어둠 속으로 들어간다. 우리 가족이 21세기로 한 발짝 더 내디딘 것이다.

승은 인정받는 데 성공했을 뿐 아니라 어떻게 그랬는지 우리 가족이 과거를 돌아보게 만들었다. 승 정의 혜택은 그뿐만이 아니다. 그의 터키옥색 1967년형 링컨 컨티넨털이 자살문*을 달고 내 앞에 멈춘다. 나는 차를 타고, 거지같은 렌트카에 올라타는 나의 가족들에게 손을 흔든다. 승은 그들의 자동차를 보고 크게 웃고 아버지는 나에게 엄지를 치켜 보인다. 승이 최고라는 말인지 프릭과 프랙을 입 닥치게 만든 것 때문인지 모르겠지만 인정을 받는 기분은 좋다.

---

* 보통 자동차 문과 달리 경첩이 앞이 아닌 뒤에 달려 있어 옆에서 차가 가까이 지나가면 문짝이 앞으로 꺾이는 게 아니라 그대로 닫혀 내리려던 사람이 다칠 수 있는 유형.

승이 내 문을 닫아주고 우리는 함께 할리우드힐스를 향해 떠나간다.

승과 내가 새로운 인생 항해를 시작하기 전에, 게임을 벌일 상대가 한 명 더 남아 있다. 물론 나의 어머니 말이다.

드디어 엄마가 승을 만나기로 한 날, 엄마는 너무 긴장한다. 승의 어머니와 달리 나의 엄마는 우리가 동거한다는 사실을 잘 알고 있다. 엄마는 내가 또 잘못된 선택을 했을까봐, 이번에도 결혼을 못하면 돌이킬 수 없는 상처를 입을까봐 너무 걱정하는 것이다. 남동생들이 괜찮은 사람이라고 해도 귀담아듣지 않는다. 부전자전이라고 생각하니까. 내가 현명한 여자라면 엄마는 나이가 많은 만큼 더욱 현명하고, 내가 성취욕 과다형이라면 엄마는 통제 전문가형이다. 엄마가 그러는 것만으로도 모자라 남동생은 오늘 엄마를 좀 골려주는 것도 재밌을 거라고 생각한다.

엄마가 승과 처음 저녁식사를 하기로 한 날, 남동생이 오후 네시에 전화를 걸어 한국인 발음을 있는 대로 흉내내며 말했다. "여봉세영, 파 부잉, 쳐는 씽 쩽입니당."

그러자 승이 영어를 잘 못하는 게 분명할 뿐 아니라 귀까지 먹었을 거라고 생각한 엄마가 천천히, 큰 소리로 대답한다. "아! 안, 녕, 하, 세, 요, 싱! 너어무 반가워요!" 남동생은 계속 승인 척하며 승과 내가 케네디 공항에 있는데 택시 탈 돈이 없다면서 "당신 차 탑니다. 다이앤과 승용 데려옵니까? 지금!" 하자 엄마는 바로 열쇠를 찾아 허둥대고 못된 아들은 그제야 웃음을 터뜨린다.

승이 영어를 유창하게 하지 못하는 사람이었으면 내가 어련히 말을 안 했을까봐! 엄마가 순진해서 이런 속임수에 넘어갔다고 봐주고 싶진 않다. 엄마는 이제 일단계 경계 태세에 돌입했다.

승과 나는 남동생이 이런 장난을 친 줄도 모른 채 실제로 비행기를 타고 뉴욕으로 오고 있었다. 나는 뉴욕에서 일을 막 끝내려던 참이었고 승은 나와 함께 그 주를 보내려던 참이었다. 그러면서 주말 동안 내가 자란 바닷가 마을에서 엄마와 엄마의 남자친구와 함께 막내 남동생을 또 만나기로 했다. 남동생의 여자친구도 처음으로 만나게 될 것이다. 그리고 우리한테는 택시 요금이 충분히 있다. 고맙기도 하지.

우리는 한 달 전보다도 더 깊은 사랑을 느끼고 있다. 내가 수잰의 충고를 마음으로 받아들였기 때문이다. 나는 가족에 대한 응어리는 치워두고 승과 함께 가능한 한 방해받지 않는 생활을 즐기려 노력한다. 승은 내가 마음이 많이 가벼워진 것을 느낀 듯 오늘에야 드디어 지난달에 아버지와 나눈 대화를 털어놓는다.

승이 워싱턴에 도착해 기차에서 내렸더니, 아버지가 역에서 기다리고 있어 깜짝 놀랐다. 차로 걸어가며 승이 뭔가 말을 시작하려는데, 아버지가 불쑥 우리가 결혼하면 결혼식에 아카포니도 오는 거냐고 물었다. 승은 아카포니가 한국말인지 영어 발음을 이상하게 한 것인지 알 수 없어서 몇 번 단어를 되풀이하다가 아카포니가 뭐냐고 물었다. 그러자 아버지는 "뭐가 아니라 누구!"라고 했고 승은 완전히 어리둥절해져서 물었다. "아카포니가 누구예요?" 그러자 아버지는 천천히 말했다. "아-카포-니, 몰라?"

"우리 결혼식에 '알 카포네'가 오느냐고 물으신 거야?" 내가 묻자 승이 웃으며 끄덕인다. "농담하신 거지?"

그랬다. '아파' 정은 그 밖에 다른 어떤 질문도, 요구도, 위협도, 약속도 하지 않았다. 그저 이탈리아 농담만 한 방 먹인 것이다.

하지만 난 그냥 넘어가지 않는다. "부모님이 걱정 안 하셔? 아무 말도 없어?"

"한 가지 있어." 승이 결국 실토한다. 내가 배우인 것 때문에 어머니가 걱정한다고 조심스럽게 설명한다. "배우…… 라는 건 그냥…… 핑계……" 하고 대꾸하려다가 나는 잠시 입을 다물고 리사를 생각한다. 그냥 이해한다고 고개를 끄덕이며 설명을 기다리기로 한다. 못돼 보이는 말은 하지 않도록 조심하는 것이다. 그러자 승도 계속 말을 해나갈 방법을 찾는다.

비록 내 눈을 마주치지는 못하지만 승은 부모님이 늘 배우가 표지에 등장하거나 이혼으로 화제가 되는 잡지에서 추문들을 본다고 말한다. 부모님은 나 역시도 미국이나 한국 텔레비전과 잡지에서 보았고 나는 '달라서' 승이 상처받지 않았으면 좋겠다고 말했단다.

타당한 걱정이라고 생각할 뿐 아니라 실은 나도 걱정이 된다. 승은 좋은 남자다. 만일 우리 중 하나가 관계를 망치게 된다면, 나조차도 나 때문에 그렇게 될 가능성이 높다는 데 걸겠다. 아무래도 내 직업 쪽이 불륜의 온상지이고, 또한 우리 둘 중에서 내가 더 정열적이니까. 승의 어머니의 걱정은 사실을 기반으로 하고 있다. 그녀가 침대에 누워 내가 착한 아들을 화려한 제트족 생활로 정신없이 만들다가 휙 버리고 어느 얼빠진 텔레비전 스타랑 도망가는 게 아닐까 걱정하는 모습이 눈에 보일 듯하다. 나는 심장이 쿵쿵거리며 속이 울렁거리는데 승은 이상하게 미소를 지으며 여전히 내 눈을 보지 못한다. 내가 어리둥절해 무슨 일인지 알아내려 애쓰는데, 승이 중얼거린다. "꽤 고루하시지, 응?"

나는 배우랑 사귄 적이 별로 없지만 우리 엄마는 유난히 배우라면 노골적으로 싫은 내색을 하며 자신이 배우들의 '끝내주는' 외모에 전혀 영향을 받지 않는다는 점을 알리고 싶어한다. 승의 어머니와 마찬가지 두려움을 가지고 있지만 우리 엄마는 맹비난으로 대처하고 승의 어머니는 겸손하고도 용감하게 걱정되는 변수들을 입에 올리는 것이다.

나는 승에게 기대며 속삭인다. "있지, 당신 어머니는 참 현명하신 분인 것 같아. 혹시 내가 결혼한 여자가 해서는 안 되는 행동을 하게 될 것 같으면…… 그때는 당신 어머니를 생각하도록 할게. 고루하다고 생각 안 해. 용감한 분이라고 생각해, 승용. 중요한 얘기고." 승은 그제야 눈을 들어 나를 보며 진심인지 살핀다. 나는 우리 두 사람의 머리에서 그 생각을 영원히 끄집어내기 위해 그의 귀를 확 물어버리며, 그렇다고 착한 여자가 될 생각은 없음을 밝힌다.

뉴욕에서 만나기로 한 남동생은 최근 엄격한 유대인으로 자라난 여자친구와 동거에 들어갔다. 그것 때문에 여자친구는 가족으로부터 의절당했다. 한편 아버지와의 삼십 년 결혼생활을 끝낸 나의 어머니는 최근 고등학교 1학년 때 이후 첫 남자친구와 동거에 들어갔다. 그는 전형적인 시칠리아 사람이기 때문에 우리는 장난스레 '은퇴한 조폭'이라고 부른다. 그리고 물론 나는 덩치 큰 한국인과 함께 간다. 우리 여섯은 대체 어디서 첫 만남을 갖는 게 좋을까? 맨해튼 미드타운의 브라질 식당에서 엄마는 세비체*와 스테이크를 앞에 두고 취해버린다. 너무 긴장해서 전채가 나오는 동안 승에게 열심히 질문을 던지며 마티니 세 잔을 빠르게 연속으로 마신 것이다. 주요리가 나오자 엄마는 질문을 멈추고 승을 분석할 지성이 마비되기 전에 잠자코 듣기 시작한다. 그리고 내가 디저트를 주문할 때쯤 엄마는 네번째 술을 시킨다. 엄마는 분명 승 때문에 기분이 들떴고 보드카도 잔뜩 마셨다.

엄마는 사실 대놓고 승한테 열광한다. 승이 무슨 말만 하면 너무 크게 웃어서 남동생과 나는 엄마를 정 부인이라고 부르기 시작한다. 승은 어찌할 바를 몰라 미소만 짓고 있다. 나는 승을 구해주기 위해, 엄마한테 내 남자를 가만두지 않으면 엄마 남자친구 무릎에 올라앉겠다고 경고한다. 하지만 승은 정말이지 귀염받을 자격이 있기 때문에, 이 과장된 환대의 분위기를 좀 오래 그냥 놔두었다. 웨이터가 마지막 접시를 치우자 거치적거리는 것이 없어진 엄마는 즉시 손을 뻗어 승의 머리를 쓰다듬는다. "오, 다이앤, 승은 머릿결이 너무 예

* 날 해산물을 작게 잘라 레몬즙에 재운 후 야채 등과 함께 먹는 남미 음식.

쁘다."

나는 엄마를 무시하고 곧장 엄마 앞에 놓인 보드카 잔을 들어 치워버린다.

"내 남자친구 건드리지 마, 엄마." 엄마가 술을 도로 빼앗으려고 가까이 오자 나는 '아일랜드식으로' 속삭인다.* 승이 오늘 영어를 너무 많이 해서 이젠 좀 휴식 시간을 주어야 한다고. 엄마 파는 순순히 고개를 끄덕이고는 그윽한 눈으로 승을 보며 미소 짓는다. 그리고 기쁨에 차서 내 뺨에 키스한다. 그렇게 문화 전쟁 놀이는 끝난다.

적어도 내 직계가족 내에서는.

그리고 나 모르는 사이 승 정은 오래 모은 저축을 헐어 약혼반지를 샀다. 이제부터 더욱 깊은 물속으로 모험을 떠나니 아직 안전띠를 풀지는 말기 바란다. 자칫하면 변화를 막으려는 절박한 파도가 당신을 덮칠 수 있으니.

---

* 술 취한 사람이 목소리를 제대로 줄이지 못하고 속삭여서 주변 사람이 다 듣게 되는 것을 말한다.

Eight
내 손가락의 울타리

"왜 매머드에서 결혼식을 하는 거냐? 너희만 빼고 모두 불편해하는데."

—태 정

승과 나는 매머드에 작은 스키 별장을 같이 샀다. 시장가가 최고조일 때 스키 시즌 직후에 샀기 때문에 지금은 은행에서 받은 대출이 별장 가격보다 더 나간다. 하지만 조그만 방 세 개가 딸린 이 휴가지 주택에서 내 인생에 결정적인 세 가지 사건이 일어났기 때문에 이 집에 들어간 돈이 한푼도 아깝지 않다.

나는 서른여섯까지 십오 년 동안 쉬지 않고 일해왔지만 혼자서 별장을 살 정도로 돈을 모으진 못했다. 친구들과 함께 그 스키 타운에 있는 파티 주택을 거의 살 뻔도 했지만 친구들 틈에 끼어 자는 생활은 청산할 때가 되지 않았나 하는 생각이 들었다. 사귄 지 일곱 달 정도 되었을 때 별 기대 없이 승에게 묻는다. 투자 삼아 집을 한 채 구입할 생각 없느냐고, 실은 내가 사려는 집이……

"좋아!" 승은 바로 대답한다. "사! 나도 낄게!"

"정말? 한번 보지도 않고?"

"응."

나는 이 남자를 사랑한다. 나를 너무나 믿기에 보지도 않은 집을 공동 명의로 사려는 것이다. 우리가 너무나 많은 추억을 나눈 산에 별장을 같이 구입한다는 게 정말 낭만적으로 느껴진다. 처음 맞는 새해를 이곳에서 같이 보내며 내가 승에게 스노보드를 가르쳐주었다. 고지대라서 그랬는지 처음으로 서로의 앞에서 방귀를 뀌게 되었고, 내가 1미터 깊이의 눈에 빠져 헤어나오지 못한 채 미친듯 발작하는 모습을 보고도 승은 나를 사랑해주었다.

나는 마침 서부를 방문한 아빠랑 이 콘도미니엄을 계약하기 위해 같이 간다. 매머드까지 한참 운전을 하면서 아빠는 나보고 승의 재정 상태에 대해 얼마나 아느냐고 묻는다. 이곳을 사기 위해 승이 내놓은 계약금 수표 액수 말고는 별로. 아빠는 만일 승이 갑자기 자기 몫의 담보대출을 감당 못하게 되면 어떻게 할 거냐고 조심스럽게 묻는다. 나는 미소를 지어 보인다. 남자친구한테 맹목적 믿음을 가지고 있기 때문이 아니다. 내가 철저한 현실주의자이기 때문이다. 부동산을 누구랑 공동 구입한다는 건 싸움을 시작하기 딱 좋은 출발점이다. 만난 지 일 년도 안 된, 같이 자는 사람과 부동산을 공동 구매하는 건, 바보라고 이마에 붙이고 다니는 거나 마찬가지다. 안전책을 준비해두지 않았을 경우에 말이다.

이번 계약을 하러 가기 전에 승과 나는 이미, 만일 우리가 연인관계를 청산하게 되면 이 콘도의 공동 소유권을 어떻게 청산할 것인지 변호사와 부가 계약을 해두었다. 싸움이나 어색한 감정 같은 거 없이 작성한 이 서류는, 다른 모든 수고와 마찬가지로 참으로 낭만적으로 느껴졌다.

그리하여 우리는 멕시코에서의 첫번째 키스 일주년 기념일 일주일 전, 이 조그만 우리만의 휴가지로 함께 왔다. 나의 인생은 승과 함께하며 너무나 달라졌다. 뉴욕을 완전히 떠났고 로스앤젤레스 집에서 팔 분 거리 떨어진 곳에서 새 텔레비전 배역을 따냈다. 〈레스큐 미〉를 그만둔 지 이틀 후에 〈넘버스〉 제안을 받은 것이다. FBI 요원 역이다. 심리학자 요원이기 때문에 주로 책상에 앉아 연기를 하고, 그것은 즉, 이 역을 맡은 동안 임신을 해도 된다는 뜻이다. 그렇게 해서 나는 덩치 큰 한국인과 로스앤젤레스에서 본격적으로 같이 살게 되었고 주말에도 휴가지에 같이 왔다. 벽을 녹색으로 칠하다가 거의 완성됐을 때쯤, 승이 이백 년은 된 것 같은 접이식 소파와 벽 사이에서 꼼짝 못하게 된 것을 보고 나는 미친듯 웃음을 터뜨린다.

스키 별장의 가구들은 1970년대 유물로 투박(이라 쓰고 후지다고 읽는다)할 뿐 아니라 산과 곰 그림이 그려져 있다(후짐의 끝장이다!). 우리는 이 분위기를 키치적인 걸로 위장해보려고 모든 방의 벽을 하나씩 페인트칠하고 있다. 이번에 또 크게 웃는 이유는 구닥다리 소파를 옮기려 했는데 알고 보니 우리 둘이 힘을 합쳐도 못 움직일 만큼 무거웠기 때문이다. 승이 나를 덮쳐 소파로 쓰러뜨려서 예정에 없던 애무가 시작되고 나는 인생이 너무나 완벽하게 느껴져 동작을 멈춘다.

나는 몸을 빼 승을 바라보며 내 인생이 늘 이렇게 하던 일을 멈추고 웃고 키스하고 장미 냄새를 맡는 아름다운 곡조의 차트 상위 뮤직비디오처럼 흘러가지는 않는다고 고백한다. 승이 내 블라우스 단추를 풀기 시작하자 내 진짜 성격에 대해 경고를 해주어야 할 것 같다. 이 콘도의 모든 방을 다 칠하고 가구도 같은 날 하루 만에 모두 바꿀 때까지 먹지도 않고 화장실도 안 가고 섹스 따위도 할 생각이 없다고 말이다. 특히나 벽을 반쯤 칠하다 말고 소파도 엉뚱한 곳에 놓여 있는 지금은. 그러자 승은 그래서 우리가 음양의 조화가 완벽한 거라고 말한다. 자기는 이 거대한 의자에 앉아서 시즌이 끝나도록 미식축구를 보고 나서야 겨우 벽이나 가구가 눈에 들어올 거라고 한다. 그런데 둘이 같이 살면 승은 내가 일을 덜 하게 말릴 테고 나는 승한테 몽땅 시킬 테니, 그래서 커플이 좋은 거 아닐까?

우리가 서로에게 최고의 짝이라는 주장을 펼친 후 나머지 옷을 벗기려는 줄 알았더니, 승이 스타벅스에서 차를 사올까 묻는다. 승이 나를 침대로 데려가는 대신 전혀 다른 데로 관심을 돌리고 싶어 할 정도로 '여성적'일 때가 있다니 얼떨떨해진 나는 그러라고, 그러면 좋겠다고 대답한다. 그가 우리에게 필요한 설탕과 차를 구하러 나간 동안, 나는 거실의 페인트칠을 끝내고 주방에는 선물 포장지를 붙여 '벽지'로 삼는다. 나 혼자서 공간을 독차지하는 게 너무 신나, 내 마음대로 일을 마무리하는 데만 골몰한 나머지, 승이 일부러 나갔다는 데에 생각이 미치지 못한다.

우리가 사귄 지 아홉 달이 되었을 때 승이 약혼반지를 샀다는 걸 나는 몰랐다. 하지만 이제 와 돌이켜보면, 정확히 언제 샀는지 짐작할 수 있다. 반지를 사고 온 날 승이 굉장히 암울해 보였기 때문이다. 승은 아이를 낳고 로스앤젤레스에서 좋은 학교에 보내고 게다가 주택담보대출과 대학 등록금까지 감당할 돈을 벌 수 있을까, 그러면서도 나를 위해 쓸 시간이 남아 있을까 너무 걱정을 했다. 천만다행히도 나는 승을 자리에 앉히고, 자식 대학 등록금 걱정을 하려면 적어도 십구 년은 있어야 하며 매머드 별장의 다음 대출금 상환까진 한 달이 꼬박 남아 있다고 한참 동안 안심시켰다. 게다가 우리가 인생에서 하고 싶은 모든 것들에 필요한 자금을 마련할 노동 연한, 경제활동 가능 햇수도 앞으로 삼십오 년은 남았다. 승이 그렇게 불안해했다는 건, 감당하기 힘든 가격대의 어마어마하게 아름다운 반지를 샀다는 뜻이었다.

그때부터 승은 이 작지 않은 보석을 주머니 속에 가지고 다녔던 것이다! 평생에 걸쳐 모은 저축을, 사귄 지 일 년째 되는 기념일을 일주일 남겨놓은 오늘까지 십일 주 동안 바지 속에서 굴리다가, 보석이 결국 주머니에서 빠져나오고 싶어 안달이 난 것이 틀림없다. 왜냐하면 차를 산다며 스타벅스로 가던 길에 승은 산길 한쪽에 자동차를 세우고 내 아버지에게 전화를 걸었기 때문이다.

물론 나는 이 모든 사정을 나중에 들었다. 안부 인사를 주고받은 다음, 승이 아빠에게 정중히 결혼 허락을 구하는데, 전화가 뚝 끊어졌다. 아빠도 승도 당황해서 서로에게 전화를 거는데, 계속 음성 메시지함으로 넘어갔다. 세 번이나. 승이 겨우 아빠한테 전화 거는 데 성공했고, 아빠는 자기가 승의 말을 듣고 전화를 일부러 끊은 게 아니라고 했다. 가족들이 승에 대해 어떻게 생각하는지 얘기하고 안심시킨 다음, 아빠는 승에게 나에 대해서 경고를 해주어야 할 시점이라고 판단했다.

아빠는 승에게 나랑 오래 운전을 해본 적이 있느냐고 심각하게 물었다. 나의 착한 남자친구는 아빠가 이런 와중에 농담을 하리라곤 꿈에도 생각지 못했을 것이다. 그래서 얼마나 많이 자동차며 비행기 여행을 같이 다녔는지 정직하게 털어놓으며 납득시키기 시작했다(비행기 시간에 늦으면 내가 좀 끔찍해지는 경향이 있다). 아빠는 유도신문을 하면서 그런 행동들을 보고도 나랑 결혼하고 싶으냐고 진지하게 물었다.

이걸 알고 나만큼 화가 난 사람이 있을까? 더구나 나는 누가 내 인생에 관계된 일로 내 아버지의 허락을 구해야 하는, 그런 문화권에 살고 있는 게 아니니까. 이건 그냥 예의상 하는 정감 어린 전화였을 뿐이다. 아빠가 나의 덜 매력적인 행동들에 대해 불만을 쏟아내는 자리가 아니다. 아빠가 구혼자에게 이런 전화를 받고 똑같은 농담을 늘어놓은 게 이번이 처음이 아니라고 하면 동정을 좀더 받을 수 있으려나?

밤이 오자 승은 우리가 좋아하는 근처 식당에 가려고 샤워할 준비를 하지만 나는 목욕을 안 하겠다고 고집을 부린다. 머리에, 팔에, 옷에 온통 페인트가 묻었지만 최대한 시간이 될 때까지 정리를 하고 액자를 걸다가 옷만 갈아입으려는 것이다. 승이 내 팔에 묻은 녹색과 파란색 페인트 자국만이라도 닦아내자고 구슬리지만 나는 스키 장비 중에서 긴팔 장갑을 꺼낸다. 팔꿈치 위까지 올라오는 장갑이다. 그러고 나니 손가락에 반지를 끼울 수도 없게 됐다.

내가 정조대까지 꺼내기 전에 설득을 단념한 승은 샤워를 하고 정장을 모두 갖춰 입고 욕실에서 나온다. 나는 슬슬 승이 왜 저러나 의문이 들기 시작한다. 우리는 매머드 산을 '아쉬운 대로 괜찮다'고 즐겨 말한다. 눈은 끝내주지만, 거기까지다. 산 부근의 모든 시설이 최악이다. 너무 형편없어서 혹시 슬로프 아래 거대한 얼음 동굴 속에서 마리화나를 기르는 게 아닐까 하는 의심도 생긴다. 그래서 모두들 그리 흐리멍덩한 게 아닐까. 일 처리 시간이 정상보다 열 배는 더 걸리는데다, 미리 예약을 하거나 선금을 내도 아예 일이 되어 있지 않은 경우도 많으니 말이다. 그러다보니 접객 서비스가 구제불능이라고 단정내리기보다 모두 마리화나에 취해서 그렇다고 상상하려 애쓰는 것이다. 그래도 스키장에서 멀어질수록 상황이 좀 나아졌다. 지금 우리가 가는 식당은 세상에서 제일 좋아하는 곳 중 하나다. 하지만 그래도, 아무도 정장을 입지는 않는다. 그날 아침 법정 출두라도 하지 않은 다음에야.

승은 지난 주말 결혼식에 가지고 갔던 가방을 그대로 들고 매머드에 왔다며 의심을 피해보려 노력한다. 승이 짐 싸기를 무척 귀찮아하는 걸 아는지라 그 말을 믿어준다. 의자에 올라서서 가짜 벽난로 위 석고보드에 드릴로 구멍을 뚫는데, 승이 문밖으로 나간다. 나는 입에 나사들을 물고 어디 가느냐고 고함을 친다. 승은 산장의 안내 창구에 수정 페인트를 돌려주러 간다고 대답한다. 이런 콘도의 소유주 대부분은 매머드에 그저 주말 휴식을 즐기러 올 뿐이라 건물 로비에는 작게나마 손님들의 편의를 봐주는 시설이 있다. 하지만 승이 정말 잠이 부족한가보다 생각할 수밖에 없는 게, 지금은 밤 여덟시라 문을 닫았을 것이기 때문이다. 승은 재빨리 덧붙인다. "괜찮아!" 그러고는 허겁지겁 나간다. 그런데도 왜 나는 의심을 하지 않았는가? 정말, 정말, 그림을 마저 걸고 싶었기 때문이다. 얼마나 절박했던지 최대한 외출 준비 시간을 줄이려고 팔뚝까지 오는 장갑도 그대로 낀 채다.

천만다행히도 승이 돌아온 것은 나사들이 내 입에서 다 나와 벽으로 들어간 이후다. 아니면 내가 삼켜버렸는지도. 승은 한 손에는 샴페인 병을 들고 다른 손에는 반지 상자를 들었지만 나는 아직도 상황 파악이 안 된 상태다. 승의 얼굴에서 눈물이 흘러내리는 걸 보고서야 걱정이 된다. 아니, 어리둥절해진다. 승이 실크 넥타이를 매고 있는 것을 보고서야 기겁을 하며 드릴을 떨어뜨린다.

나는 의자에 그대로 서서 겁에 질린 아이처럼 양손으로 입을 막고 "뭐하는 거야? 뭐하는 거야?" 하고 자꾸자꾸 외친다. 물론 망할 장갑이 모직이었기 때문에 개털을 먹는 느낌이라 즉시 캑캑거리기 시작한다. 승은 너무 감정이 북받쳐 말을 하지 못하고 나는 웩웩거리며 침까지 좀 흘리면서, 서른다섯과 서른여섯의 우리는 곰 그림 가구가 엉망으로 쌓인 방 가운데에 서 있다.

승은 무릎을 꿇고 많은 아름다운 말들을 풀어놓지만 나에겐 잘 들리지 않는다. 그리고 상자가 열리자 더이상 어떤 말도 들리지 않는다.

고등학교, 대학교 친구들 가운데 결혼하지 않은 사람은 나뿐이었다. 로스앤젤레스의 친구들 가운데 약혼이라도 한 사람은 둘뿐이었지만 나머지 중에는 내가 제일 나이가 많았다. 나를 반려자로 선택하는 사람이 있을까 오랜 세월 궁금했고 남몰래 괴롭기도 했다. 그렇다. 나는 이룬 것도 많고 호탕한 여자지만, 내면에는 누구보다도 앞으로의 인생을 함께할 사람의 댄스 신청을 기다리는 여린 소녀가 살고 있다.

너무나 결혼을 원했기 때문에 몇 년간 결혼식에 참석을 못하기도 했다. 불안감이 커졌기 때문이다. 심지어 요가도 그만두었는데, 엎드린 자세를 하고 옆자리를 쭉 훑어보면 반지 낀 손가락들밖에 보이지 않았기 때문이다. 텅 빈 내 손가락을 쭉 펼쳐놓고는 도저히 마음이 편해지지 않았다. 장신구를 별로 좋아하는 편은 아니었지만 약혼반지가 의미하는 것에 대해 점점 커져가는 갈망은 다이아몬드나 보석의 크기와는 아무 상관이 없었다. 그것은 어떤 사람이 기꺼이 마음을 약속하고 모든 기대를 걸고 자신을, 재산을 그럴 가치가 있다고 느끼는 사람을 위해 온전히 투자한다는 뜻이었다. 내가 누구에게도 그런 사람이 아니라는 사실이 당혹스럽고 고통스럽게 느껴졌다. 특히나 아이를 가질 수 있는 나이가 점점 지나감에 따라 더더욱.

또다른 고리가, 좌절의 테두리가 내 심장 주위에 자라나기 시작했고 계절이 지날 때마다 조금씩 두꺼워졌다. 그런데 여기 내 앞에 사랑하는 남자가, 저 질문을, 저 제안을, 저 반지를 내밀고 있는 것이다. 나의 심장을 최고의 행복으로 감싸고 나의 절박한 공포를 날려버릴 크립토나이트가 되어줄 반지를.

나는 승 앞으로 내려가 그를 끌어안고 함께 울음을 터뜨린다. 그의 질문에, 그의 귀에 대고 헐떡이며 "예스"를 외친다. 똑똑히 들려야 하니까. 나는 잘 놀라는 여자가 아니다. 특히나 누가 정성을 기울였을 경우 그에 상응하는 반응을 보여주어야 하기 때문에 부담스러워하는 편이다. 정말 기습을 당했을 경우에도 적절히 열광적인 모습을 보여줄 수가 없는 것이다. 승이 이런 이벤트를 벌이느라 애썼는데도 나는 비단 상자 안에 담긴 아름다운 보석을 바라보며 얼어붙어, 호들갑을 떨며 치하할 생각도 못하고 있다. 이 작은 의례에서 내 쪽이 담당해야 하는 대답 한마디를 마치곤 그대로 얼이 빠져버렸다. 상자 안을 홀린 듯 바라보느라 이제 약혼자가 된 남자가 옆에 있다는 것도 잊어버린다. 심지어 반지를 꺼내는 것도 두렵다. 언젠가 엄마가 다른 사람의 약혼반지를 끼어보면 재수가 없다고 말해주었던 것이다. 승이 방금 나에게 준 것이 명백한데도, 어쩐지 이 아름다운 물건이 내 것이라고는 믿기지 않는다.

나는 정신이 없고 손은 땀에 푹 젖어 망할 장갑이 벗겨지지 않는다. 승도 너무 긴장해 주방까지 비틀비틀 가더니 샴페인을 혼자 따서 병째 마시기 시작한다. 이런 혼미한 와중에도 나는 결국 상자 속 반지를 꺼내 손가락에 낀다. 그러고 나서 우리는 좀비처럼 소파에 그냥 앉아 내 손만 들여다본다. 그제야 나는 승이 아직 나의 남자친구였을 때, 샤워 좀 하고 손가락에서 페인트 자국을 씻어내라던 부탁을 들어줄 걸 하고 후회한다.

우리가 가장 좋아하는 식당에서 단둘이 조용히 저녁을 보내고 다시 소파로 돌아와 왼손을 조금 더 들여다본다. 나는 승에게 이렇게, 이런 식으로 하려고 했던 거냐고 묻는다. 그러자 승은 그냥 소박하게, 우리 둘이 인생을 약속하는 자리를 만들고 싶었다고 말한다. 어차피 이제부터 온갖 난리들이 포함된 행사와 사건들이 줄줄이 이어질 테니까. 약혼 때는 단둘이 있고 싶었다고. 그런다고 차분하거나 쉽게 지나갈 수는 없겠지만.

그날 밤 내내 심장은 쉼 없이 두근거리고 머리는 좀처럼 현재에 머물지 못한다. 우리는 승이 들고 있던 샴페인 한 병을 쪽쪽 비우고 한 병 더 마셨지만 정신은 말똥하다. 말해줄 사람도 너무 많고 내려야 할 결정도 너무 많고 해치워야 할 일도 너무 많아서 거의 숨이 막힐 지경이다. 나는 목록 만들기를 좋아하는 사람인데, 이번 결정으로 내 인생 최대의 목록을 만들게 되었다. 실제 결혼식 당일뿐 아니라 앞으로의 우리 인생 전체에 대해서 말이다. 게다가 물론, 다른 사람들이 기대하는 것도 많다. 결혼식에 대한 일반적인 기대뿐 아니라 우리 가족들의 아주 특별한 기대들까지. 손가락에서 아름답게 반짝이는 보석을 따라, 가슴은 새로운 가정을 만들 작정으로 부풀어오른다.

우리는 잠시 반지 쳐다보기를 멈추고 각자의 부모에게 전화를 걸기로 한다. 모두 기뻐 날뛴다. 승의 아버지만 빼고. 전화를 받지 않아서 메시지만 남긴다. 곧바로 전화가 오진 않지만, 한국은 지금 한밤중이라 괜한 걱정을 하진 않는다. 우리는 결국 결혼식에 참석하게 될 사람들 모두에게 전화를 걸고 다들 기뻐서 펄펄 뛴다. 우리는 또 반지를 쳐다보다가 잠이 든다. 아니, 승은 잠이 들고 나는 불안에 싸여 말똥말똥 누워 있다.

옆에서 잠든 승을 보니, 그저 애인이 아닌 인생의 동반자를 갈망해왔던 모든 세월이 일시에 사라지고 결혼에 따르는 모든 어려움들이 눈앞에 떠오른다. 실패할 수도 있는 많은 어려움들. 내 안의 (겁에 질린) 아이가 몇 시간 전만 해도 가득했던 행복감을 조금씩 갉아먹으며 자기가 숨어 있을 공간을 만들어낸다. 영원히 혼자로 남아 있을, 그러나 환멸과 변화의 두려움 그리고 타인에 대한 실망으로부터 나를 지켜줄 장소. 그 입구에는 불신이라 깊이 새겨져 있어, 그 안에 들어서면 쉽사리 갈피를 잃을 것이다.

사실 불신은 좋지 않은 말이다. 수준 이하의 행동을 낳는다. 두려움은 도망치고 숨고 서두를 필요가 있을 때를 알려주는 중요한 감정이지만, 불신은 별 이유 없이 도망치고 숨고 고함치고 속이고 시험하고 의심하는 등 다른 흉한 행동들까지 고려하도록 만든다. 그렇게 불신이 나를 속속들이 사로잡아버려 나는 꼼짝할 수 없는 상태가 된다.

승이 아침에 일어나보니 내가 옆에 앉아 내려다보고 있다. 활짝 미소 짓는 승에게 나는 반지에 달린 보석이 너무 크니 즉시 매머드를 떠나 오늘 내로 보석상에 가서 알맹이를 잃어버리지 않게 반지에다 갈고리를 추가해야 한다고 주장한다. 맙소사. 대체 무슨 두려움이 이렇단 말인가?

승은 떠나기 전에 뭐라도 좀 먹자고 나를 설득한다. 나는 승에게 아침을 만들어주기로 한다. 우리가 사귄 이래 처음으로. 약혼한 지 반나절쯤 됐으니 가정주부 노릇도 좀 해야 할 것 같다. 아침을 먹으며 결혼식에 승의 친척들 중 누구를 초대할지 결정권을 가지고 싶다고 말한다. 승은 하룻밤 사이 나한테 무슨 악령이 씐 건가 싶어 의아해한다. 나는 눈썹을 치켜세우며 한번 해볼 거냐는 표정을 지어 보인다. 내 남자는 똑똑하기에 이런 미끼를 덥석 물진 않지만 한가롭던 우리의 주말 휴가지 분위기는 확실하게 바뀐다.

얼른 가자고 짐을 싸는 동안 나는 침대에 앉아 아무렇지도 않게 아이는 언제 가질까 말하고는, 이름은 승이 고를 수 있다고…… 다만 이 목록 중에서…… 하면서 종이를 건넨다. 승은 웃음을 터뜨린다. 하도 어처구니없는 일이라 농담이라고 생각하는 것이다. 목록은 대체 언제 만든 거람? 음, 뭐, 당신이 자는 여덟 시간 동안 나는 옆에서 괴물 신부로 변했을 수도. 종이랑 펜만 있으면 되고…… 이런 콘도엔 둘 다 구비되어 있으니까. 그러니, 자, 여기 당신 아이들 예비 이름.

승은 분명 참을성이 많은 남자다(이전에도 스스로 다 말했던 내 모든 행동들을 생각해볼 때). 그러므로 승은 화를 내는 대신 그냥 낙담한다. 뭐라고 말은 하지 않지만, 어제의 빛나던 눈빛이 사라졌음을 알 수 있다. 하지만 이 특별한 주말을 끝내고 차를 타고 가면서, 결혼 후에도 우리 둘 다 다른 사람과 데이트할 수 있게 하는 건 어떠냐고 물어보자, 승은 이성을 잃는다. 승이 운전대를 마구 내리치며 대체 무슨 짓이냐, 일 년 동안 나를 가지고 논 거냐고 묻자, 나조차 내가 싫어진다.

처음 세 가지 요구를 자세히 보면 나의 자기 불신이 어디서 시작되었는지 알 수 있다. 승을 잃어버릴까봐 두려운 마음, 친척들이 나를 배척할 거라는 두려움, 공동 육아에 대한 두려움. 이 세 가지 미사일이 싸움을 일으키는 데 실패하자, '열린' 결혼 제안이라는 원자폭탄을 발사한 것이다. 내가 싸움거리를 찾고 있다거나 불신이 자라나 제정신이 아닌 상태가 돼버렸다고 스스로 의식하고 있었던 건 아니다. 하지만 승의 분노를 보자 내가 우리 관계를 부수고 있다는 사실을 즉시 깨달았다. 승은 나의 한심한 행동들 뒤에 도사린 두려움을 알아보기에 이미 너무 많은 걸 아낌없이 쏟아부은 상태였고 나와 함께 바닥을 드러내기 시작한다. 우리는 싸웠고 나는 매머드에서 집으로 오는 내내 운다. 비록 지지 않고 언쟁을 벌이긴 했지만 나는 내가 문제라는 걸 알고 있었다.

승이 날 위해 준비한 마법 같던 순간에서 열두 시간도 지나지 않아 내가 완벽하게 망가뜨린 그 끔찍한 날이 지나가고, 어느 정도 거리가 생기자, 나의 결혼에 대한 공포가 대부분 내 문제 때문이라고 말할 수 있게 된다. 내가 한국인이 아니라는 이유로 겪었던 우리의 짧은 장애물 경주는 이 감정적 파국에 거의 영향을 미치지 못했다. (인종 문제를 이용해먹는 수많은 사람들이 그러듯) 이 결혼에 원래 장애물이 있지 않느냐고 핑계를 대보지만, 너무나 다행히도 나에겐 오랜 친구들이 있다. 그들은 잘 짜맞춘 나의 이야기를 꿰뚫어보고 그저 너는 두려워하고 있을 뿐이라고, 그리고 그 두려움에 제대로 대처를 못하고 있다고 말해준다. 어쩔 수 없이, 승과 나의 끝내주는 관계를 내가 돌이킬 수 없이 손상시키기 전에, 상담가에게 달려간다. 걸어가지 않았다.

상담가는 당연히 승과의 결혼에서 문화 충돌이 얼마나 위험한 문제인지에 대한 나의 주장을 조금도 들으려 하지 않는다. 그는 지난번 약혼 이야기를 들려달라고 한다. 백오십 년도 더 된 이야기 같은데 말이다. 하지만 결혼과 관계됐던 문제들을 모두 자세히 끄집어내기 시작하자, 전 약혼자를 포함, 지난 십 년간의 남자친구들 모두가 나랑 같은 문화적 배경을 갖고 있지 않았다는 걸 처음으로 깨닫는다. 심지어 나의 이전 상대들 대부분이 가족 내에서 영어를 쓰지 않았다. 그러니 내가 다른 인종 혹은 문화권 남자와의 결혼이 삐걱거릴 수도 있다는 내재적 두려움을 안고 있다는 핑계는 더이상 통하지 않는다. 나는 바로 다른 문화에서 공통점을 찾아내는 데 매력을 느켰던 것이다.

사실 상담가와 내가 내 안에서 찾아낼 수 있는 유일한 공포는 (인종과 관련된 문제를 찾아내려는 끊임없는 몸부림에도 불구하고) 나 자신의 실패에 대한 공포다. 이것은 지난번 약혼과 상관없다. 그 역시 미국 대륙 밖에서 태어나긴 했는데, 나의 아주 좋은 친구였다가 내가 그를 남자로 좋아하기로 결정했던 것이다. 겨우 육 주 사귀고서 그가 청혼을 했는데, 지금 생각하면 나를 얼마나 중요하게 생각하는지 보여주려고 그랬던 것 같다. 또 육 주가 지나 자신이 결혼에 따르는 모든 약속을 지키며 살 수 없다는 걸 깨닫자, 그는 남자답게 즉시 인정했다. 이 년 반이 지난 지금의 나는 그가 참 존경스럽다.

한편 실패에 대한 나의 공포는 전적으로 개인적인 문제다. 즉 성취욕 과다에 일중독에 돌아온 미인대회 입상자가, 마치 헤로인 중독자가 주삿바늘을 찾듯, 온갖 일을 다 잘하려 달려드는 것 말이다. 그리고 결혼의 벼랑 끝에 서 있는 이때 내가 사랑에 빠진 남자가 나와 마찬가지로 성취하고 이기고 호감을 사려는 내적 욕구를 가졌다는 건, (매우 많은 면에서) 좋은 일이지만 또한 좋지 않은 면도 있다. 승은 나처럼 만이이며 사람들의 기분을 신경쓰고 지나치게 체계적인 처녀자리로 태어났을 뿐 아니라 아시아인인 것이다. 일반화의 오류일 수도 있지만 내 경험상 아시아인은 먼저 어머니와 아버지한테, 그런 다음엔 나머지 모두에게 잘하려는 세 배쯤 되는 욕망을 가지고 있다.

그러니 승과 나는 어디서 어머니와 아버지의 욕구가 끝나고 우리의 욕구가 시작되는지 단순히 구분하기 힘들다. 우리 둘 다, 함께 그리고 각자, 이 문제를 풀기 위해 많은 노력이 필요하므로 나는 매주 상담을 같이 받자고 승을 설득한다. 내가 원하는 결혼과 타인들의 기대 사이에 경계선을 긋기란 같은 인종 사이 결혼에서든 다른 인종과의 결혼에서든 불가능한 경우가 많지만, 우리의 결혼이 인종 문제 등으로 인해 승의 가족에게 미칠 영향을, 승도 나도 생각하지 않을 수가 없다. 그의 부모가 현재 딱히 어떤 행동이나 태도를 취해서가 아니라, 우리가 그런 사람들이기 때문이다.

승의 부모가 결혼식에 대해 별달리 요구한 건 없다. 승이 매머드에서 아버지에게 음성 메시지를 남긴 후 일주일이 지나서야 통화가 됐는데, 우리는 좀 불안해하긴 했지만, '아파'랑 전화를 해보니 승이 한국으로 전화를 잘못 건 거였다! 아버지는 우리 사이에서 진행된 일에 대해 전혀 모르고 있었고 약혼 소식을 알리자 기뻐서 어쩔 줄 모른다. 나는 그 전화 통화 동안, 그리고 약혼 직후부터 대부분 계속…… 무슨 안 좋은 결말이 나지 않을까 좌불안석이었지만, 승의 부모는 처음 만났을 때부터 늘 나를 놀라고 기쁘게 만든다.

결혼식과 파티를 하루에 다 하는 게 아니라 주말 이틀 동안 하고 싶은 건 승과 나 둘 다 분명하다. 적어도 우리 하객 3분의 2가 비행기로 결혼식에 와야 한다. 하루를 지내러 오기에는 너무 큰 여행이다. 게다가 우린 멕시코에서 열린 결혼식에 참석했다가 사귀게 되었고 하객들이 그렇게 유대감을 가지게 될 수도 있음을 안다. 승과 나는 우리 가족들 역시 새로운 장소에서 삼 일간의 행사를 함께하는 동안 유대감을 쌓기를 바라는 것이다. 모두들 매머드에서의 예행식 저녁식사 때 처음 만날 테니까.

결혼식을 준비하면서 승의 최우선 과제는 친척들이 최대한 많이 참석하도록 하는 것이고, 나의 최우선 과제는 모든 사람을 한 호텔에 몰아넣어 음주운전의 필요를(혹은 그럴 수 있다면, 가능성을) 원천 차단하는 것이다.

우리는 뉴욕이나 워싱턴 혹은 로스앤젤레스에서 결혼식을 올리는 방안에 대해서도 의논한다. 하지만 그럴 경우 비용 때문에 우리가 원하는 방식들이 불가능하다. 사귀기 시작한 완전 초창기에 우리는 서울로 여행은 안 가기로 했다. 그때 승이 말했듯이 "결혼하면 어차피 갈 테니까". 그러니 결혼식을 아예 한국에서 할까도 잠시 생각해보지만, 친구들과 가족들을 돌보느라 너무 바빠서 제대로 여행을 즐기지 못할 것 같아 재빨리 접는다. 그러고 나니 우리가 집이라 부르는 곳들은 모두 결혼식 장소로 기각된 것 같다. 그래서 나온 결론은 너무나 당연하게 느껴진다.

매머드에서 결혼식을 올리기로 한다. 여름에 눈이 녹아서 티오가 도로가 열리면 매머드는 요세미티 국립공원에서 이십 분밖에 안 걸린다. 이 계절에도 나는 지난 십 년간 7월 4일 독립기념일이면 거의 매년 매머드에서 스키를 탔다. 그러니 6월 말이면 친지들이 낮에는 스키를 타고 밤에는 결혼식에 참석할 수 있을 것이다. 그리고 제물낚시, 등산, 승마, 오토바이, 스노모빌 등을 시에라 산맥과 호수 등에서 즐길 수 있다. 최고의 여름과 겨울을 동시에 누릴 수 있는 것이다. 그뿐만 아니라 주변은 국립공원들로 넘쳐나니 결혼식 전후에 중부와 북부 캘리포니아 휴가지들을 다녀오기도 좋다. 산중 여름 결혼식이 우리에게나 손님들에게나 아주 즐거울 것 같다.

안타깝게도 매머드에는 공항이 없다. 하지만 손님들을 모두 산 위로 한꺼번에 데려올 교통편만 찾는다면, 음주운전 없는 결혼식이라는 나의 꿈을 현실로 만들 수 있을 듯하다. 로스앤젤레스에서 버스를 대절하면 되지 않을까? 다섯 시간밖에 안 걸리니까! 그런 다음 모두 같은 산장에 묵게 하고 결혼식장까지 걸어오면 되지 않나?

그래, 그렇게 많은 수는 곤란하다. 몇 군데 전화를 해봤더니, 매머드에는 백 명이 한꺼번에 식사할 수 있는 식당이나 장소가 없단다. 우리는 세 번의 식사를 대접해야 한다. 금요일 저녁 예행식, 토요일 저녁 본식(그러고 나서 파티와 댄스), 그리고 일요일 아침 브런치. 그리고 이 동네 접객업자들이 마리화나에 취한 것처럼 보인다는 사실을 떠올리면, 우리 결혼을 위해 새삼 업그레이드를 할 것 같지는 않다. 이런 점들을 고려하다보니, 정말로 여기서 결혼식을 치르려 작정한다면 한 가지 엄청난 방법밖에 남지 않는다. 하객을 모두 버스로 데려와야 할 뿐 아니라…… 모든 음식과 일꾼도 실어와야 하며, 산 주변 공터에 텐트를 치고 모든 행사를 진행해야 한다.

솔직히, 이런 야심 찬 계획을 세우려면 줄리어스 시저 정도는 돼야 하는 거 아닐까? 이런 과업을 수행하자면 새신부가 감당할 수 없는 골치를 앓아야 한다는 것을 당시에는 그저 어렴풋이만 알았다. 육백 개의 젓가락뿐 아니라 이동식 화장실을 국유림으로 옮겨와야 하는 것 같은 골치 말이다. 또한 산골 동네에 사십인승 관광버스의 안전한 주차 장소를 마련하고 고산지대에서 결혼식 케이크의 적절한 보관법을 익혀야 한다. 희박한 공기 속 생화의 수명 문제도 잊지 말아야 함은 물론이다. 거기다 해발 3000미터에서 임산부와 노인 하객에 대비한 응급의료책, 곰 대책용 호루라기, 풀밭에서 여성들이 갈아 신을 신발, 갑작스런 기온 강하시 쓸 담요, 적설 지역 간 이동 리프트, 주말 내내 이런저런 행사 장소로 이동시킬 수 있는 조명 장비도 있다. 참, 그리고 발전기, 나무로 된 댄스 플로어, 디제이와 야외용 디제잉 장비도 필요하고 그 밖에 내가 신경쓸 이유가 하등 없었던 믿을 수 없을 만큼 엄청난 것들이 너무나 많이 필요할 것이다.

이런 정말로 신경쓰이는 문제들보다 더 중요한 점은 최근 이혼한 나의 엄마와 아빠가 처음으로 한자리에 있게 되며, 결혼식을 주례하는 동시에 우리의 남은 생을 의탁할 종교를 선택해야 하고, 한국 사람들도 아들, 조카, 사촌에게 무슨 일이 일어나고 있는지 이해할 수 있도록 결혼식 동안 그들의 언어를 끼워넣을 방법을 연구해야 한다는 것이다. 그러고 나서도 이 조그만 화산 자락 마을에서 다음날 아시아까지 어떻게 가느냐 하는 문제가 남는다.

그때 엄마가 나서서 매머드에서 결혼식을 하지 말라고 말린다! 승에게나 나에게나 짐이 될 일을 벌이는 이유는 내가 결혼을 하기 싫기 때문이라고 주장한다. 어쩌면 그럴지도. 하지만 엄마의 반대는 텐트 대여 보증금을 송금시킨 것이나 다름없다. 왜냐하면 나한테 들리는 말이라곤 "넌 감당 못해"뿐이기 때문이다. 그 말만으로도 시작에 필요한 용기는 다 생겼다.

이게 바로 나란 여자고 실제로 엄마의 충고를 듣는 즉시 보증금을 지불해버렸다. 미국의 웨딩플래너들은 부자 여성과 그들의 엄마를 위한 베이비시터 같다. 모든 사람에게 똑같은 결혼식 서비스를, 재정에 따라 포장만 조금씩 다르게 제공한다. 신부가 직접 법석을 떨 필요가 없다. 나는 전화 다섯 통 만에 '결혼식'이라는 말만 들어가면 냅킨 한 장에서부터 쓰레기 처리까지 뭐든 가격이 자동으로 두 배, 세 배 뛴다는 점을 확실히 알게 된다! 그래서 모든 걸 스스로 처리하기로 결심하고, 텔레비전 드라마를 찍는 사이사이 상인들에게 내가 시에라 산지에서 '콘퍼런스'를 개최할 거라고 말하기 시작한다.

매머드나 주변 동네에서 우리가 가본 가장 큰 행사는 백오십 명 규모였다. 승과 나는 이백 명까지 밀어붙여보기로 결정한다. 더이상은 절대 안 되지만, 승의 최우선 과제는 충족될 것이고 내 목표도 해결될 것이다.

우리 행사 중 하나만 스키장 같은 걸 운영하는 약쟁이들에게 맡겨보는 모험을 하기로 결정한다. 비록 그것이 제일 중요한 결혼 본식이긴 하지만, 삼십 분밖에 안 걸리고 음식도, 음료도 필요 없으니까, 할 수 있지 않을까 싶다. 성공하면, 우리는 산 가운데 유리벽으로 둘러싸인 야외 테라스에서 부부가 된다. 하객들은 식장에서 25도 기온을 누리면서도 사방에서 눈 덮인 산지 전체를 감상할 수 있다. '케이터링 매니저'(해당 여성을 이런 직책명으로 부르는 것은 '산타클로스' 정도의 현실성을 띤다)는 그저 하객들을 위해 리프트를 작동시켜주고, 예식날 아침 의자 백오십 개를 준비했다가 진행자들과 남동생들이 의자를 펴놓을 수 있게 해주고, 예식 때 누구를 대기시켰다가 '재생' 단추를 두 번 눌러 음악을 두 번 틀면 되는 것이다. 행사 진행 따위에는 젬병인 마약쟁이라도 쉬울 것 같지 않나?

방 세 개짜리 콘도에서 페인트칠한다며 난리를 치는 새신부에겐 어림없는 소리일지 모른다! 서른여섯 살이 되도록 기다려온 결혼식을 얼마나 꼼꼼하게 계획할지 모르겠나? 내 안의 통제광이 발작을 일으키지 않도록, 내가 아는 최고의 제작자에게 주말 보수를 줄 테니 결혼식을 '제작'해줄 수 있느냐고 부탁한다. 그날의 연출자가 될 여자에게 금요일부터 일요일까지의 모든 일정이 십오 분 단위로 적힌 공책과, 나와 함께 텔레비전 드라마 일을 하는 제작부, 서로 연락할 FBI 수준의 무전기, 파티 버스 네 대와 조합에 가입된 운전사들, 그리고 거기 몰아넣을 하객들을 모두 맡긴다. 또한 믿을 수 없을 만큼 능력 있는 근면의 표상, 나의 아일랜드 친척들도 보탠다. 다섯 명의 제작 보조와 함께 열 명을 더 부릴 수 있게 되는 것이다. 행사 준비에 착수하기도 전에. 그렇다, 사람을 다루는 일은 힘들다. 정말, 정말 잘 조직돼 있지 않은 경우라면 더욱. 그래도 예비 신부는 자신만만하다.

힘들 거 없어!

그리고 정말, 우리가 다 해낼 수 있을 줄 알았다. 나는 파티를 많이 해봤고 승은 조직에 강하니까. 그리고 부모 세대의 결혼생활과 달리 우리는 적극적으로 대화하는 법을 배우려 하니까. 그래서 결혼식 때문에 처음으로 싸우고 나서 나는 광대 가면 두 개를 사온다. 앞으로는 결혼식에 대해 얘기할 때 무조건 이 커다란 빨간 코와 귀, 대머리 가발을 써야 한다. 엄청난 파티가 될 것 같긴 하지만 그렇다고 준비 과정에서 너무 심각해질 필요는 없다. 이 가면이 도움이 될 거다.

*

승과 내가 가면 없이 토론한 중요한 문제 중 하나는 종교다. 수잰과 데이비드뿐 아니라 제니퍼와 소누의 이야기를 듣고 꼭 의논을 해야겠다고 생각했다.

승은 가톨릭 신자고 나도 어릴 때는 매주 미사에 참석했다. 하지만 가톨릭을 내가 만들어갈 가족의 믿음으로 삼고 싶지 않았다. 그래서 승에게 불교 결혼식은 어떠냐고 물어보았다. 승은 즉시 질색하고 그의 입에선 다음과 같은 말이 반사적으로 튀어나온다. "가톨릭 미사를 해야지. 부모님들이 원하시니까." 이래서 결혼하기 전에 모두 커플 상담을 받아봐야 하는 것이다. 승과 나는 최근 상담에서 부모의 욕구와 우리 자신의 욕구를 분리할 줄 알아야 한다는 것을 배웠다. 절대 부모의 바람과 요청을 무시하라는 말이 아니다. 다만 우리의 것과 혼동해서는 안 된다는 말이다.

이 점을 일깨워주자 승은 다시 대화를 시작하며, 자기는 사실 개인적으로 결혼식을 꼭 어떻게 해야 한다는 생각은 없다고 말한다. 승에게 성사는 다 마쳤느냐고 묻자 대답한다. "성사가 뭐야?" 이러니 가톨릭 방식은 기각될 수밖에.

나는 일곱 가지 성사(가톨릭에서 신자로 인정받기 위해 치러야 하는 이정표 같은 것들)를 다 마쳤지만, 많은 교구에서 성당 내 혹은 사제의 주례하에 결혼하기 위해서는, 승도 수업을 듣고 비용을 들여 성사들을 이수해야 할 뿐 아니라, 우리 둘 다 혼전 수업을 또 들을 것을 요구한다. 내가 딱히 비판을 시작할 필요도 없이 승이 외친다. "안 되겠네!"

이 시점에서 나는 우리 침대 밑을 뒤져 승의 가족 사진첩(또는 구두 상자)을 꺼낸다. 할아버지 장례식 사진들을 찾아낸다. 내가 오래 생각해온 문제를 본격적으로 얘기해볼 때가 되었다. 승이 할아버지 장례식에 참석하기 위해 아버지와 함께 미국에서 한국으로 날아간 것은 중학교 때였다. 승과 여동생은 초등학교 때 여름방학마다 조부모님과 지냈기 때문에 할아버지와 아주 가까웠다. 그러니 할아버지의 장례식은 승에게도 중요했다.

이제 나는 승과 나란히 앉아서, 늘 그의 가족이 불교도로 느껴졌다고 지적하며 이유를 꼽는다. 할아버지의 장례식은 불교식이었고, 모든 가족이 절차를 잘 아는 게 분명했다. 또한 승의 가족이 죽은 친척들을 기리는 몇 가지 명절을 아직도 지내고 있다는 걸 나는 알고 있다. 물론 미국에 살게 되면서 승의 어머니는 교회를 가게 되었고 가족끼리 크리스마스도 지내고 있다는 걸 안다. 하지만 그건 '아마'가 자신의 모국어로도 할 수 있는 일이었기 때문이거나 나름의 미국 적응 수단으로 받아들인 거라고 생각한다. 이유야 어쨌든, 승의 할아버지 장례식 사진에 나타난 과정들, 모습들로 보아, 우리 결혼식을 불교 승려들이 집전해도 가족들이 기겁할 이유는 없다고 나는 확신한다. 승은 수긍하지만, 한 가지 타당한 문제를 제기한다. 내가 '나만의 부처'를 따른다고는 해도, 절에 나가지도 않는데?

그래서 우리는 같이 불교 사원을, 우리 가족이 참여할 정신적 공동체를 찾기로 하고, 다섯 명의 승려에게 우리 결혼을 축복하러 와 달라고 요청한다. (장례식은 세 명의 승려가 주관하며 넷은 예식을 하기 좋은 숫자가 아니라 다섯이 이상적인 숫자이지만, 기꺼이 매머드까지 와줄 분들을 찾아내야 한다.) 승은 가족이 '미국식'으로 크리스마스를 지낼 수만 있다면 이런 것들도 다 좋다고 한다. 나도 원하는 바이며 부활절도 마찬가지로 지냈으면 좋겠다. 또한 유대인이 대부분인 고등학교를 다닐 때 제일 좋았던 건, 토요일 안식일 때 친구들의 집에 놀러갔던 거라는 점을 덧붙이고 싶다. 촛불을 켜고 저녁 식탁에 둘러앉아서 가족이 함께 얘기하는 게 너무 좋아 보였다. 우리 가족도 이 전통을 빌려 왔으면 좋겠다고 승에게 말한다. 이렇게 불교, 기독교, 유대교가 뒤죽박죽된 우리 가족의 전통이 태어난다. 문화적 난장판이라고 보는 사람이 있을지도 모르겠지만 우리는 또한 네 끼에 한 번은 한국 음식과 이탈리아 음식을 먹으며 초밥도 그만큼 자주 먹는다. 나는 이것을 미국식이라 생각하고 싶다.

그러고 나자 승은 선수를 쳐, 승려들이 결혼식을 주례하는 거냐, 아니면 그냥 좋은 기원을 하며 관망하는 거냐고 묻는다. 나는 후자를 예상한 거지만 이건 또 새로운 문제가 될 수 있다. 인터넷으로 등록만 하면 누구나 결혼 주례자가 될 수 있다. 우리가 사귀게 된 결혼식에서 신랑과 신부의 친구로 주례를 선 사람은 직업이 무용수였다. 나의 가장 오래되고 친한 친구 배리는 초등학교 때 만났는데, 로스앤젤레스에서도 한동네에 살게 됐다. 굉장히 똑똑하고 배려심이 많은 사람이라 주례로는 그만일 것이다. 승도 배리를 형제처럼 생각하며 매년 각자 팬인 대학 미식축구팀을 보러 같이 멀리 여행까지 떠날 정도다. 그러니 승도 찬성할 것이지만…… 승의 친척 중에 진짜 목회자들이 있어서 걱정이다. 승의 어머니 사촌들이고 많이 만나지는 못하지만 참 좋은 사람들이다. 내가 두 번밖에 못 만난 사람들에게 불쾌감을 줄까봐 두려워진다면 승은 어떨까? 두 명의 가톨릭 신자를 유대인 변호사가 불교식으로 결혼시키는 광경을, 세 명의 실제 종교 지도자가 하객으로 지켜보게 해도 되는 걸까?

"배리라니 좋은 생각이야!" 승이 말한다.

"하지만 당신 당숙들이……"

"배리가 딱 좋아. 우리 둘 다 잘 알고, 이 일을 중요하게 생각하면서도 너무 진지하게 굴지도 않을 거야. 그리고 축사도 당신이랑 같이 쓸 수 있잖아. 아니, 우리 다 같이 쓰면 되겠네."

"그래, 그런데 말이야……"

"됐어!" 승이 너무 신나해서 나는 의지를 잃고 만다.

마지막으로 한 가지 걱정은 피력해본다. "다 영어로만 진행하면 당신 부모님이 한마디도 못 알아들을 텐데 괜찮아?"

승은 즉시 대답한다. "한국 결혼식에서 알아들으면 되지."

뭐라고?

*

우리는 승의 친척들과 저녁을 먹기로 한다. 지난번의 (그다지 따뜻하지 않았던) 친척들과 한국에서 온 새로운 사람들이다. 이번에 방문한 승의 삼촌은 아버지의 형제들 중 가장 나이가 많은 사람이라, 그와 그의 아내가 이 집안의 대장이다. 그들과 그들의 장성한 딸 둘은 모두 집에서 최소한 네 가지 언어를 한다. 딸들은 승과 나보다 약간 나이가 많고 예전 대통령의 자녀들과 같은 기숙학교에 다녔다. 두 여성 다 미국 최고의 대학들에서 인상적인 졸업장을 딴 다음 바로 한국으로 호출되어 가족이 고른 남자와 결혼했다. 이런 것들 때문에 나는 '까, 까, 까만 양' 하는 노래*를 부르고 싶어진다. 오늘 저녁 나도 그런 취급을 받을 것 같기 때문이다.

나랑 결혼할 남자가 장손이라는 점이 변수인데, 나한테 이점이 될지 오히려 일을 불리하게 만들지 알 수가 없다. 어쩌면 '제로 세

---

* 하얀 양 무리에서 한 마리씩 태어나는 검은 양은 착한 자녀들 가운데서 유독 못나거나 비뚤어진 자녀를 의미한다.

대' 인종 간 결혼 이야기의 신데렐라가 될지도 모르겠다!

나는 또한 이 정씨 집안의 장남에게 흥미가 좀 당긴다. 이 '쿤 아파'(승의 아버지의 형)는 몇 년 전에 뇌졸중을 앓았는데, 높은 교육을 받은 그의 두 딸이, 적절한 남편과의 사이에서 낳은 자식들도 하나씩 있는 상황에서, 날마다 아버지의 병구완을 했다고 한다. 한국 문화는 가족을 극히 중요하게 생각한다 해도, 집에 어린아이도 있는 일하는 여성이, 간병인을 구할 능력도 있는데 모든 것을 버리고 아버지를 돌보기로 했다는 점은 잘 이해가 가지 않는다. 이런 희생에 경외감을 느낀다. 감탄스럽기도 하고. 저녁을 먹으러 가면서, 승은 큰아빠가 소름 끼치도록 똑똑하고 세련된 어른이었으며 가족 중 골프도 제일 잘 쳤다고 추억한다. 그러나 뇌졸중으로 언어 능력이 쇠퇴했을 거라고 걱정하며 엄청난 손실이라고 '도서관이 불에 타버린' 것 같다는 창조적 비유를 사용한다. 그래서 나는 내키지 않는 자리에 가면서도 상당한 기대에 부푼다.

하지만 만나는 친척들 생각에만 집중하기 힘든 것이, 승이 지금 '한국 결혼식'에서 해야 하는 모든 일들에 대해서도 알려주고 있기 때문이다. 오늘밤에서야 처음 듣는데, 벌써 다 정해진 것 같다. 이국적인, 조용한 아시아 예식으로 비단옷을 입고 하객들 모두 앞에서 거행하는 것이니, 그런 일에 전문가인 내게도 간단해 보이진 않는다. 이틀에 걸쳐 스무 가지 정도의 의례로 이뤄진 예식이지만, 우리는 다섯 가지 정도만 하면 될 거란다. 다섯 가지라고? 스무 가지가 이틀이 걸린다면 한 가지당 시간이 얼마나 걸린다는 거지? 내가 궁금한 건 그거지만 기분좋은 질문은 아닌 것 같아서 다음과 같이 묻는다. "다섯 가지가 어떤 건데?"

뭔가 내가 승의 가족에게 선물들을 주면 승이 내 가족에게 절을 하는 것만 생각난다고 한다. 그리고 또 여러 번 절을 하고 승이 나를 업는 게 있단다. 또 예식에 필요한 차와 과일이 있단다. 뭔가 케이크와 공물 같은 것도 준비해야 한다. 결혼식에만 나오는 음식도 있다. 아, 그리고 승의 친척들이 나에게 뭐라고 말하면 나는 그 앞에서 머리를 바닥까지 조아려야 한다.

잠깐! 그럼 매머드 산에서 올리기로 한 우리의 원래 결혼식, 삼십 분밖에 안 걸릴 예정이었던 결혼식 중간에 옷을 갈아입고 음식과 차를 내놓은 다음 바닥에 엎드려 있어야 한다고? 그리고 나의 예비 시부모가 나한테 음식을 집어던지면 내가 받아내는 의례도 있다고? 혹시 입으로? 개처럼?

지금 몰래카메라야? 농담하는 거지?

몰래카메라가 아니라고 한다. 그리고 입으로 받는 게 아니라 옷으로 음식을 받는다고 한다. 그렇다고 해서 모멸적인 기분이 훨씬 나아지진 않는다.

숨 들이쉬고, 숨 내쉬고.

저녁식사 장소에 거의 다 왔고, 재밌고 멋진 사촌들도 참석할 테니까 지금은 참자. 쏟아져나오는 질문들도 눌러두자. 더구나 승도 내가 출연하게 될 이 예식에 대해 잘 모르는 것 같고 대본이 나온 것도 아니니까.

식당에 도착해 특실로 들어간 나는 웃음을 터뜨리고 만다. 이번 연회를 주도하는 큰엄마(로스앤젤레스에 사는, 아버지의 형의 아내)가 승과 사촌들을 위해 '아이들 테이블'을 따로 마련한 것이다. 아이들 자리에 앉은 사람 중에 스물여덟 살 이하는 없지만, 우리는 모두 시베리아 유형지로 쫓겨난 신세다. 혹시 승의 가족들이 나 없이 편하게 얘기하려고 아이들 자리를 만든 건가 잠시 의심하지만, 어차피 어른들은 내가 있든 없든 한국어로 얘기할 것이다. 그러니 우리가 쫓겨난 건 나 때문이 아니니다.

미국을 방문한 큰아빠와 큰엄마의 대단한 딸들은 한국에서 가족과 살고 있어, 오늘밤은 남자 사촌들뿐이다. 그리고 정씨 부인들에 대한 나의 모든 불안감에도 불구하고, 아들들은 친절하고 예의바르며 유쾌해서 어울리는 자리가 즐겁다. 그리고 사촌들이 웬만하면 그러듯 서로를 마냥 좋아한다. 승의 친척들에 대해 아무리 좋지 않은 감정을 가졌더라도, 그 아들들에 대해서는 마땅히 최고점을 주지 않을 수 없다. 게다가 예비 신부인 나를 공주처럼 떠받들어준다.

아들들은 모두 승의 결혼에 들떠 있다. 나는 한국 결혼식에 대해 캐묻기 시작하지만, 아무도 아는 게 없어 충격을 받는다. 모두 결혼 전 남자들이긴 하다. 그렇더라도 그동안 참석했던 한국 결혼식에 대해 아무도 아무것도 기억하지 못하다니. 어떻게 그럴 수 있느냐고 물으니, 쉰 살 미만은 한국 전통 결혼식에 참석해본 적이 없단다.

그럼 나는 한국인들조차 참석해보지 못한 문화적 유물 같은 예식을 준비하고 수행해야 하는 거야?

이렇게 묻고 싶지만, 나도 대답을 알고 이유를 안다. 한국인끼리나 한국계 미국인끼리 결혼하는 거라면 전통적인 결혼식을 안 해도 큰 문제가 없지만, 승은 한국인과 결혼하는 것이 아니기 때문에 한국 전통 결혼식이 중요해졌다. 나도 이 점에 동의한다. 이 예식은 우리가 앞으로 승의 가족 문화도 받아들여 가족을 만들겠다는 의지의 피력인 것이다. 그래서 나는 '아이들'한테 더 질문하지 않고 '어른들' 쪽으로 고개를 돌린다. 이들이 바로 이 예식의 존재 이유이기 때문이다. 하지만 솔직히 내가 미래에 관해, 이 예식을 통해 그들에게 정말 무엇을 약속할 수 있을지 모르겠다. 그렇다 하더라도 할 때는 제대로 하고 싶다. 내 앞의 이 많은 사람들이 도끼눈을 뜨고 지켜볼 테니까. 이 예식 때 조금이라도 잘못하면, 이들이 가차없이 야유를 퍼부을 테니까.

필요한 정보를 모두 가지고 있는 건 어른들인데, 어떻게 얻어내야 하지? 그냥 사무적인 질문만 하면서 "당신네 결혼식 절차만 간단명료하게 알려주면 미국 결혼식 중간에 집어넣어 대충 해치우고 나서 승과 나는 완전 미국식으로 잘 살아갈게요" 이럴 수는 없다.

제니퍼의 모범을 따라야 할지도 모르겠다. 나 자신의 불안감을 타인에게 투사하는 대신, 이 친척들을 일단 믿고 결과를 기다려야 한다. 승의 인생에 중요한 영향력을 행사해온 이들의 전통을 존중하려 노력한다면, 나를 격추시키려 할 이유가 없지 않나? 깊이 숨을 들이마시고 똑바로 앉으며, 가장 가까이 앉은 숙모에게 말을 걸 용기를 끌어모으는데, 갑자기 어르신 하나가 내 이름을 부른다.

엄숙한 어조로 내 이름을 부르는 목소리를 듣자, 즉시 어릴 적 가톨릭 학교 때 기억이 떠오른다. 나는 겁에 질려 휘둥그레진 눈으로 그 남자를 바라본다. 부모님의 결혼 실패를 가지고 나를 공격했던 큰엄마의 남편이다. 어르신의 다음 명령을 기다리는 동안, 우리가 처음 만난 자리라는 데에 생각이 미친다. 이분은 큰아빠이고 대부분 아시아에서 지내며 (앞서 본 규범에 따라) 가족을 위해 가능한 한 많은 돈을 버는 분이다. 한국에 있는 나의 예비 시아버지를 포함해 이 세대의 많은 남자들이 그러듯 말이다. 어른이 하찮은 구성원에게 말을 건네려 하므로 방안은 조용해진다. 나는 다리를 꽉 꼬집으며 공포에서 벗어나려 애쓴다. 1970년대는 끝났어, 이제 나를 자로 때리러 오는 사람은 없어! 난 다 자란 여성이고 이 사람들은 내 부모도 아니잖아. 심지어 승의 부모도 아냐. 이 하얀 머리 남자가 붐비는 식당에서 무슨 말을 하든 나를 해칠 수는 없잖아?

하지만 오늘의 주빈, 한국에서 온 큰엄마가 큰아빠의 말을 자른다. 그리고 완벽하고도 다정한 영어로 말한다. "다이앤, 비행기에서 잡지에 난 사진을 봤어."

신이시여, 옛날 〈맥심〉에 반쯤 벗고 나왔던 사진은 아닌가? 혹시 〈에스콰이어〉?

"너랑 승용이 크게 실렸더라. 결혼한다고 반지도 보여주고."

감사하기도 하지. 모두들 웃으며 그 기사를 본 이야기를 한다. 사촌들은 승을 보고 너무 웃었단다. 그러고 나서 다들 정중히 입을 다

문다. 이번에는 내가 이야기할 차례인 것이다. 내 어머니도 잡지에서 승을 보고 흥분해서 음성 메시지를 남겼다는, 무해한 사연을 좌중에 공개한다. 절대 '내' 기사라는 말은 없이 승을 보고 너무 기뻤다는 말만 하더라고. 사촌들은 깔깔대지만 부모들이 웃지 않는 것을 깨닫고 웃음을 멈춘다.

내가 방금 약혼자를 '싱'이라고 불렀다는 걸 깨닫는 데 시간이 좀 걸린다. 여동생과 사촌들을 포함해 모두가 그렇게 부르지만, 어른들은 아니다. 어른들은 내가 누구를 말하는지 몰라서 이야기를 알아듣지 못했거나, 이름을 미국식으로 불러서 못마땅한 것이다. 어른들의 침묵이 너무 당황스러워, 내 평생 승의 친척들 앞에서는 꼭 한국어 발음을 정확히 하겠노라 다짐한다. 워낙 까다로워 제대로 할 수 있을진 모르겠지만 최선을 다할 거다. 승용 정은 '성-영-청' 비슷하게 발음이 된다. 그렇다, 모두 각운이 맞는다. 놀림받기 딱 좋을 뿐 아니라 한꺼번에 발음하기 정말 힘들다. 너무 어려워서 승이 메릴랜드에 살던 다섯 살 때 동네 아이들이 '싱'이라고 부르기 시작했다. 그 이후 승의 이름은 싱이 되었지만, 이 자리에서는 그렇게 불러선 안 된다.

하지만 나는 연기자이자 방송 진행자다. 이런 폭탄 맞은 상황을 수습하는 것도 처음이 아니다. 그래서 완벽한 미소로 무장하고 모두를 다음 화제로 이끈다. 한국에서 온 큰아빠와 큰엄마에게 딸들을 너무 만나고 싶다고, 우리 결혼식에 왔으면 좋겠다고 말한다. 그러자 모두들 웃는다. 뭐 때문이지? 정말 모르겠다. 그러고 나서 한국어로 재빨리 말들이 오가고 다들 나를 빤히 쳐다본다. 그리고 드디어, 처음 내 이름을 호명했던 큰아빠가 입을 연다.

"왜 매머드에서 결혼식을 하는 거냐? 너희만 빼고 모두 불편해하는데."

이것이 나와 승의 임박한 결혼식에 대한 첫번째 언급이다. 아무도 사실상 축하의 말을 건넨 적이 없고, 우리 계획에 대해 물어보거나 나의 가족이 좋아하는지도 물어보지 않았다.

"사실 우리도 불편해요." 내가 대답한다.

그리고 거기서 멈춘다. 더 좋은 소리가 나올 것 같지 않기 때문이다. 그러나 눈은 예비 큰아빠를 바라보며 미소를 멈추지 않는다. 시간이 꽤 흐르고 그의 아내가, 자신이 주최한 연회가 침묵에 빠지는 게 싫었는지 분위기를 전환한다. "좋아, 얘들아, 너희끼리 다시 얘기하렴." 나도 어린이 자리로 돌아가고, 일은 그렇게 마무리된다.

그리하여, 사실상, 약혼했다고 해서 달라진 건 없다. 승의 친척들은 여전히 자기중심적으로 생각하고 전달 방식도 무례하다.

내가 성을 바꾸지 않을 거라는 말을 했던가?

*

거대한 호텔 로비를 지나 차를 타러 가면서, 한국에서 온 큰엄마와 나란히 걷게 된다. 정씨 집안 아내들이 다 그렇듯이, 매우 아름답다. 또한 고풍스런 품위가 있다. 멋진 몸가짐 때문인지 나한테 진심으로 관심을 보여주어서인지, 그녀에게서 눈을 뗄 수가 없다. 큰엄마는 나에게 결혼 후 한국으로 여행 올 건지, 승의 여동생은 건강한지 친절하게 묻고 자기 딸들을 만나게 해주고 싶다고 말한다. 나는 큰엄마가 베풀어주는 따뜻함에 너무 놀라, 승에게 꼭 물어보리라 머리에 입력해둔다. 혹시 이분은 장남의 아내이기 때문에 권력 암투를 벌일 필요가 없어서 친절할 수 있는 거냐고.

이 새로운 큰엄마에게 감동한 나는 어린애처럼 솔직히, 그날 너무 물어보고 싶었던 질문을 던지고 만다. 다른 큰엄마와 '차근 아마'(승의 아버지의 남동생의 아내)도 함께 차를 기다리고 있는데 말이다.

"멋진 저녁식사 너무 감사해요. 오늘 다들 뵙길 너무 기대하고 나왔어요. 승이 한국 결혼식도 할 거라고 해서요. (다들 고개를 끄덕인다. 내 말을 듣고 있는 것이다.) 그런데 어려운 예식들이 많은 것 같아서 너무 걱정돼요. 특히 중요하게 배워야 할 점이 있는지 알려주실 수 있을까요?"

한국에서 온 큰엄마는 그냥 미소를 짓고, 나머지 둘은 웃음을 터뜨린다.

오늘밤 내가 한 농담은 사실상 하나뿐이었는데 아무도 웃지 않았으면서 다른 말은 다 이렇게 재미있어하다니, 흥미롭다. 그래, 화를 내기 전에, 언어 장벽 때문은 아닌지 생각해보자. 좀더 구체적인 질문을 해야겠다.

"음식에 대해서라도 말씀해주실 수 있지 않나요? 무슨 케이크가 있다던데요? 결혼식에 준비해야 하는 특별한 후식인가요?"

숙모들은 듣고 있지 않다. 깔깔대며 자기들끼리 한국어로 얘기한다. 구명보트라도 찾는 심정으로 한국에서 온 큰엄마를 본다. 점점 바보가 되는 기분이다. 아까 이 여인의 말투 때문에 또다시 조심성 없이 희망에 부푼다. 다른 숙모들은 나를, 무슨 직접 말을 걸어선 안 되는 하층민처럼 대하지만 그래도 그녀는 내 체면을 세워줄 거라고 생각한다. "그 케이크 이름이나 명칭을 알려주시면 제가 살 수 있지 않나요? 저도 몇 개 언어를 하거든요. 이름을 기억할 수 있을 거예요. 아니면 승한테 말해주거나……"

한국에서 온 큰엄마는 이제 그냥 미소만 짓고 있다. 내 말을 듣고 있지 않다. 나는 배우로 일하면서 상대 출연자가 내 말을 듣고 있는지 아니면 그냥 자기 대사만 준비하고 있는지 바로 알아챌 수 있게 되었다. 지금 이 여인은 벌써 대답을 준비해놓고 자기 입을 열 기회만 노리고 있다.

"케이크를 그냥 살 수는 없단다. 복잡한 예식이고 우리 문화에서는 아주 중요하지. 네가 잘할 수 있을지 모르겠구나."

그러고 나서 그녀는, 방금 전까지만 해도 너무나 친절했던 큰엄마는, 몸을 돌려 동서들과 차를 타고 가버리고, 나는 평생 잊지 못할 방식으로 보도에 홀로 팽개쳐진다.

나에게는 여러 면이 있지만 싸움꾼이야말로 가장 높은 순위에 올라 있는 면모 중 하나라고 할 수 있다. 승의 숙모들은 나의 정보에 대한 욕구를 잘못 해석하고 평가절하의 구실로 사용했는데, 그리하여 이제 막 선포되려는 전쟁에서 나는 믿을 수 없을 만큼 유리한 고지를 점유하게 되었다. (내가 '전쟁'이라는 단어를 썼던가? '결혼식'이라는 뜻이었지만 취지를 알아들었으리라 믿는다.)

나는 떠나가는 친척들을 향해 미소를 지으며 손을 흔든다. 여기서 돌아선다면 그들의 단죄에 나만 따귀를 한 대 맞은 셈이겠지만, 나도 손을 들어올려 휘두르는 것이다. 그러고 나서 결혼식 때 한국 예식을 살짝 끼워넣는 것이 아니라 금요일 예행식으로 떡 벌어지게 치러서, 이 편협한 사람들을 한 방에 침묵시킬 것이다. 그리고 그들의 한국 예식은 훨씬 크고 더 좋은 다음날 나의 미국 예식에 비해 상당히 초라해질 것이다.

나는 승의 스포츠카 안으로 성질을 내며 문을 쾅 닫고 들어가 분노를 있는 대로 표출하지 않으려 조심한다. 어쨌든 시뻘겋게 달아오른 얼굴을 본 승은 서둘러 주차장을 빠져나온다. 승에게 화를 내거나 털어놓으면 이 여자들에게 지는 거다. 대신 나는 전화를 돌린다. 이제 익명성 뒤에 숨어 모르는 사람들의 조언을 구하던 시기는 끝났다. 있는 그대로 솔직하게 얘기할 수 있는, 어쩌면 새삼 깨달은 분노도 조금은 내보일 수 있는 친구들에게 전화를 거는 것이다. 첫번째 전화는 나탈리아에게 건다. 왜냐하면 저들만의 왕따 게임을 박살낼 수 있는 방법을 알려줄 싸가지 없는 뉴요커가 필요하기 때문이다.

이제 시작이다.

Nine

뉴욕의 백인 형제를 사랑한 아프리카계 멋쟁이

"제이크랑 나는 될 줄 알았어. 제이크의 어머니에 대해서는 확신이 없었지만.
아직도 제이크의 어머니가 우리 결혼식에 오다가
심장마비 걸려서 급사라도 했으면 하고 생각을 해."
—나탈리아

나탈리아와 제이크는 승과 나랑 많이 비슷하다. 제이크는 순하고 이해심 많은 남자로, 똑똑하고 능력 있고 재미있지만 '고약한 말버릇을 가진' 나탈리아를 감당할 수 있는 지구상 유일의 존재일 것이다. 정말이지 나탈리아 옆에 있으면 나는 주눅들어 보일 정도다. 그러니 기대하시라.

나탈리아를 처음 만난 건 그녀가 영국 여왕의 사촌 올케이자 인테리어 디자이너인 마리 크리스틴, 즉 프린세스 마이클 오브 켄트와 벌인 한판 승부에 대해 저녁 뉴스 인터뷰를 하고 있을 때였다. 우리를 같이 아는 친구가 나탈리아의 불꽃 쇼를 구경하라고 나를 초대해주었다. 나는 방음 스튜디오에 들어가서 한 여자가 내뿜는 놀라운 힘을 입을 딱 벌리고 지켜보았다. 저 여자를 꼭 친구로 삼고 싶었다.

인터뷰를 지켜보면서 나탈리아가 그 전날 뉴욕 시내 음식점인 다 실바노에서 친구들과 식사를 했다는 것을 알게 되었다. 여섯 명의 일행은 모두 미디어계에서 일하는 유력 인사들로 방송 연예 기자 두 명이 포함돼 있었는데, 막 창간한 흑인 잡지를 돕는 자문단으로 일해달라는 요청을 받았다. 여섯 명 모두 흑인이기도 했던 것이다. "내가 흑인 여성이긴 하지만 뉴욕이 워낙 다인종 도시이다보니, 모두 흑인뿐인 자리에 참석해본 적은 한 번도 없었어요. 하지만 우리 여섯이 그렇게 모였고 물론, 즐거운 시간을 보냈죠." 나탈리아는 뉴스 진행자에게 그렇게 말했다.

나탈리아와 친구들이 내는 소음에 옆 테이블 손님이 씩씩거렸다. 눈치를 주고 커다랗게 한숨을 쉬다가, 여섯 명이 일제히 폭소를 터뜨리자, 그다지 친화력 좋지 못한 이 여성은 결국 손을 뻗어 나탈리아네 테이블을 내리치며 고함을 쳤다. "그마아안 좀 해요!" 그 위세에 식당 전체가 동작을 멈추고 쳐다보자, 여자는 나탈리아와 친구들에게 조용히 하라고 말했다. "당신들 전부!"

"식당 전체가 일시에 숨이 멎는 듯했죠." 그러고 나서 이 여자는 식당 주인에게 나탈리아와 일행을 다른 데로 옮겨달라고 요구했다. 실바노가 속물 관광객의 명령 때문에 여섯 명의 언론계 소식통 단골들의 자리를 옮길 리는 만무했다. 어떤 손님이 그녀가 영국 왕가의 일원임을 알아보고, 또다른 손님이 "윔블던 테니스에서 트로피 주는 여자잖아!" 하고 덧붙였지만 그래도 소용없었다. 자리를 옮겨야 했던 사람은 속물 왕족이었다.

하지만 그녀는 일어서서 새로운 자리로 가며 한마디를 더 해야 직성이 풀렸다. 나탈리아 테이블의 두 사람 사이로 비집고 들어가서 말이다. "당신들 모두 식민지로 돌아가!"

정말 그랬다. 21세기 뉴욕 시에서, 영국 왕가의 일원이 여섯 명의 미국인을 피부색 때문에 추방하노라고 선언한 것이다. 식당 안의 모든 사람이 이 말을 들은 직후, 나탈리아의 테이블은 누가 살인이라도 당한 것처럼 비명을 질렀고, 식당 종업원들은 너무 놀라 꼼짝도 못하고 서 있었으며, 다른 손님들도 고함을 지르기 시작했다. "설마, 내가 잘못 들은 거지?" 하지만, 정말이지, 영국 왕족은 그렇게 말했다.

나탈리아는 심장마비가 올까봐 진지하게 걱정하면서 식당 밖으로 나가 부모에게 전화를 걸었다. 나탈리아의 엄마는 그저 들어주는 수밖에 없었다. 나탈리아가 혼자 떠든 지 오래지 않아 누가 잘못했고, 잘못을 바로잡기 위해 무엇을 해야 하는지 상황을 스스로 정리했기 때문이다. 엄마는 나탈리아에게 매일 밤 침대에 누워 어떻게 대꾸를 해주었어야 했는지를 뜬눈으로 되새기지 않도록, 그 왕족에게 직접 가서 말을 하라고 격려해주었다.

친구들과 종업원들에게 둘러싸여, 나탈리아는 왕족에게 다가가 식민지로 돌아가라니, 무슨 뜻이냐고 물었다. 왕족은 나탈리아를 정면으로 바라보면서 아프리카 식민지들에는 규범이 있었노라고 했다. 그리고 그것은 좋은 규범이었다고, 당신도 생각해봐야 할 거라고.

나 같으면 그 여자 얼굴에 주먹을 먹여주었을 테지만, 신이 보호하사 나탈리아는 여기는 영국이, 그녀의 영지가 아니라고 당당하게 말해주었다. "여긴 뉴욕이고 지금은 21세기야. 당신은 무례한 사람이고 방금과 같은 행동은 용납되지 않아." 그리고 나탈리아는 얼굴을 들이대며 말했다. "자, 내 얼굴 똑똑히 봐둬. 당신이 오늘 일을 후회하게 될 때 기억이 나야 하니까."

이 사건은 단지 가십 면이 아니라 다음날 〈뉴욕 포스트〉 전면에 등장했다. 그다음날엔 미국의 여러 유력 일간지와 영국의 뉴스 매체에서도 기사를 실었을 뿐 아니라 전 유럽과 중국에까지 소식이 전해졌다. 내가 나탈리아를 만났을 당시 그녀는 위성으로 영국 토크쇼와 인터뷰를 하고 있었다. 어떤 곳들은 다음해에 그녀를 다시 초대해서 인종차별주의자 왕족과, 적어도 이런 행동이 다시는 일어나지 않길 바라는 뉴요커의 이야기를 재탕하기도 했다.

멋지다, 나탈리아.

*

나탈리아도 나처럼 브루클린에서 태어났지만 내가 온 세상을 돌아다니다가 로스앤젤레스에 정착한 반면 나탈리아는 뉴요커로 남아, 그 도시가 보여주는 모든 가능성의 완벽한 표본이 되었다. 그녀는 여러 분야의 예술가였다. 처음 만났을 때는 홍보 일을 하고 있었는데 그러고 나서 의상 디자인을 시작했다. 지금 그녀는 보석 디자인도 하고 있다. 나탈리아는 유머 감각이 뛰어났지만 승의 친척들과 맞장을 뜨고 난 지금 내게 필요한 것은 그녀의 공평무사한 감각이었다.

나탈리아를 인터뷰에서 만난 지 오 년 후, 보석과 드레스를 새로 선보이러 이번주 로스앤젤레스에 오는 그녀에게 나는 저녁식사 한 번만 같이 해달라고 애걸했다. 누군가에게 이 얘기를 해야 했기 때문이다. 내가 아무리 화를 내도 두려워하지 않을 사람에게 말이다. 나탈리아는 그러자고 했고, 나는 그녀를 만나러 가는 길에 그녀가 제이크와 만나게 된 이야기를 되짚으며 지난 오 년간 다른 인종의 남자와 사귀며 잊을 만하면 맞닥뜨렸던 못된 행동들에 정확히 어떻게 대처해왔는지 질문할 준비를 한다.

나탈리아는 나이트클럽 업계에서 일할 때 분야는 달랐지만 같은 업계에서 일하던 제이크의 남자 형제, 주다와 아주 친하게 지냈다. 제이크의 여자 형제와 어머니, 다른 친구들과도 모두 친하게 지냈지만 제이크에게만은 "안녕" 혹은 "잘 있어요" 정도밖에 말을 해보지 못했다. 그러다 어느 날 무슨 행사장 앞에서 한참을 같이 기다리게 되었고 불꽃이 튀었다. 밤새도록 얘기를 하고 집까지 걸어서 갔다. 그리고 그날 밤 이후로 쭉 함께 지내고 있다.

처음에는 제이크랑 사귄다는 사실을 주변에 알리고 싶지 않았다. 나탈리아가 흑인이고 제이크가 백인이기 때문은 전혀 아니었고, 사생활을 너무 드러내고 싶지 않았기 때문이다. 제이크는 그들의 사랑을 온 세상에 알리고 싶어했지만 나탈리아가 두 달까지는 비밀로 해달라고 요구했다. 그후에도 계속 사귀기로 하면, 그때는 "온 세상에 지껄여도 된다"는 것이었다.

이처럼 형식이나 겉치레에 집착하지 않는 여성을 어떻게 사랑하지 않을 수 있나.

나탈리아의 생일이 새해 첫날 바로 다음날이었고 그녀는 제이크와 같이 저녁식사를 하기로 했다. 그 자리에서 그녀는 드디어 제이크에게 주다를 비롯한 다른 형제자매(총 다섯 명!)들에게 둘의 사이를 말해도 된다고 허락해주었다. 제이크는 안도하면서도 고백하지 않을 수 없었다. "우리 엄마가 좋아하지 않으실 거야."

로스앤젤레스에서는 모든 사람이 자가용을 타고 다니지만, 나는 나탈리아를 졸라서 마련한 저녁 자리에 술을 양껏 마실 작정으로 택시를 타고 간다. 뒷좌석에 앉아서 창문을 내다보며 제이크의 이 말에 나탈리아가 처음 보였을 반응을 상상해본다. 이것만 생각하면 눈물이 나지만, 도착하기도 전에 울지는 않으려 노력한다. 친구가 사랑하는 남자와 처음으로 마음을 터놓고 대화한 내용이 매번 나를 울린다는 사실을 알리지 않는 편이 나을 것 같다.

"어째서 좋아하지 않을 거란 말이야?" 나탈리아가 물었다.

전혀 짐작도 못한 나탈리아가 어린아이 같다. 네 살쯤 되는 나탈리아가 모래밭에서 같이 놀자고 하지만 제이크가 엄마 때문에 친구할 수 없다고 말하는 모습이 떠오른다. 그래서 나탈리아가 왜냐고 물으면 제이크는 대답하는 것이다. "네가 흑인이라서." 제이크의 가족은 나탈리아와 못 놀게 하지는 않았지만, 정말, 커서는 사랑하지 못하게 했다. 나는 속이 울렁거린다. 그리니치빌리지의 아파트에서 이런 말도 안 되는 대화를 감내해야 하는 성인 여성을 생각하면, 그리고 모래밭에서 놀던 네 살 소녀를, 사랑과 교육을 듬뿍 받으며 자신감과 회복력이 충만한 성인으로 자라도록 애써 키운 부모를 생각하면 너무 괴롭다. 부모는 또한 나탈리아가 자라서 어떤 꿈이든 이룰 수 있다고 말해주었을 것이다. 하지만 삼십 년 후 어느 수요일 저녁, 그동안 이룬 모든 것에도 불구하고 그녀는 자신이 이 남자의 가족에게 받아들여질 수 없는 존재라는 사실을 알게 된 것이다.

나탈리아와 그녀의 부모가 공들여 쌓아올린 모든 것이 타인의 배척 앞에 송두리째 무너지고, 제이크가 절대 찬성하거나 인정하지는 않지만 그의 삶의 일부로 엄연히 존재하는 경계선 앞에서, 나는 눈물을 닦는다. 두 사람 모두에게 너무나 당혹스러운 이 대화를 절대 무시할 수 없는 이유는, 그것이 제이크를 낳고 기른 사람들의 말이기 때문이다. 그리하여 두 사람 다 부끄러움과 당혹감과 상처를 느끼며, 그 무엇도 이 대화를, 이 감정들을 깨끗이 지워버리지 못한다.

제이크가 자신의 어머니가 타인종과의 연애를 좋아하지 않을지도 모른다는 얘기를 하자, 나탈리아는 "정말?" 하고 물을 수밖에 없었다. 그러고 나서 잠시 있다가 또 물었다. "아직도 그런 사람들이 있단 말이야?" 제이크는 역시 '적절한' 피부색이 아니었던 예전 여자친구에 대해 들려주었다. 그의 어머니는 칠 년이나 아들을 보지 않았다.

이들의 이야기에서 가장 답답한 점은 나탈리아가 제이크뿐 아니라 미국의 일면을 너무 몰랐다는 것이다. 심지어 나탈리아가 정말 처음에 그런 반응을 보였을까 의심도 갔다. 이 나라에서 자라난 여성이라면 솔직히 타인종과의 연애가 박해를 불러올 수 있다는 것을 모를 수 없다고 생각한다. 미국은 오랫동안 인종, 종교, 문화로 갈등을 겪은 역사를 가지고 있으니까. 게다가 그 대부분은 피부색 문제였다.

그러나 나 역시 이 나라에서 어떤 남자의 가족이 나를 다른 인종이라는 이유로 반대하리라는 생각은 해보지 못했다. 그리고 솔직히, 내가 얼마나 잘못 생각했는지 호되게 깨달았다. 심지어 승을 만나기 전에도 두 번이나. 그럼에도 불구하고 승의 가족이 내보이는 감정들에 나는 여전히 너무나 충격을 받는다.

개인적으로 거의 이십 년 전에, 나랑 사귀는 게 금지였던 남자 둘을 좋아한 적이 있다. 첫번째 남자에게 나는 색깔 때문에, 혹은 색깔의 결핍 때문에 불가였다. 아프리카계 미국인인 그와 대학 2학년 때 만났다. 피부색과 연애 문제에 그의 가족이 우리 가족보다도 훨씬 관심이 많다는 게 분명해졌다. 처음 만났을 때 그는 나에게 이브라는 별명을 붙여줬다. 자신이 자란 가정에서 나는 금지된 과일이었기 때문이다. 귀엽고도 섹시한 별명 같지만 그 안에 담긴 감정은 그렇지 않다는 걸 알 수 있었다. 겁나진 않았다. 좀 놀라긴 했지만. 사실 시적이라는 느낌까지 받았다. 그 친구 부모의 인종 혐오와 내 부모의 인종 혐오는 서로 정확히 양극이었다. 같은 양을 더하고 빼면 우주는 평형을 이룰 것이다. 그래도 내가 '절대 안 돼' 목록에 올라 있다는 데 완전 충격을 받았다는 사실을 부정할 수는 없다.

물론 우리도 노력했다. 맷(물론 나는 아담이라 불렀지만)의 기숙사에서 깨어난 첫 아침, 그는 나의 맨 어깨 위로 손가락을 움직이며 중얼거렸다. "피부색도 없이 태어난 불쌍한 여자야." 정말이지 우리는 깔깔 웃고 말았다. 물론 우리 둘 다 부모에게서 받은 명령에 동의하지는 않았지만 열아홉 살이라는 나이는 관계를 더이상 진전시키지 못하게 만들었고 우리 사이는 오래가지 못했다.

다음해 나는 영국에 있는 대학으로 옮겼고 한 영국 남자한테 반했다. 대대로 북부에 있는 남자 사립 중고등학교를 졸업한 집안 출신이었다. 그는 충격을 완화시키려 최선을 다했지만 그와 친구들은 미국인을 좋아하지 않는 게 분명했다. 이것 역시 충격이었지만 개인적으로 너무 신경쓰지 않으려 했던 이유는, 솔직히 터무니없이 느껴졌기 때문이다. 미국은 정말 크다! 어떻게 우리 모두를 싫어할 수가 있나? 또 어떤 문화권이 이런 어린 나이에 미국과 미국인에 대해 안 좋은 감정을 갖게 만들 수 있다는 게 상상이 가지 않았다. 하지만 영국에서 십팔 개월, 다른 유럽 나라들에서 또 육 개월을 보내고 나니 서방 세계조차도 미국인에 대해 편견을 가지고 싫어할 수 있다는 걸 아주 잘 알게 되었다.

그래도 스무 살 때 나는 사람들의 생각을 바꿀 수 있다고 생각했다. 이 친구와 놀면서 내 매력을 보여주려고 최선을 다했다. 결국 그는 나를 좋아했지만 생각을 바꿀 마음은 전혀 없음이 분명해졌다.

당시에 나는 미국인이 모두 '지저분한 양키'는 아니라는 인상을 심어준 데 우선 만족했다. 지금 생각하면 당시 내 노력은 엄청났다. 다시 또 나와 내 동포들에 대한 누군가의 의견을 바꾸기 위해 그토록 노력할 수 있을지 회의적이다. 어찌 보면 슬픈 일이다. 나는 시도라도 해보았지만, 피부색에 관한 편견은 노력한다고 극복되는 게 아니었다.

사회 활동 영역과 교육 수준이 나와 비슷한 사람이 "백인, 흑인, 미국인은 모든 면에서 평등하지만 이 집에서 서로 데이트, 사랑, 결혼하는 것은 불가능하다"는 말을 부모에게 들으며 자란다는 건 상상도 할 수 없다고 생각했지만, 우리집에서도 한 세대 전에는 그랬다! 우리 부모도, 승이나 제이크의 부모와 마찬가지로, 누구랑 친구를 하고 일을 하는지에 대해서는 규제가 없었다. 하지만 우리 셋의 부모 모두 적어도 한쪽은 연애에 대해 공공연하게 선을 그었다. 미안하지만 그래서 나탈리아가 받은 충격에 대해 의심이 든 것이다.

하지만 오늘 저녁 나탈리아가 식당에서 나를 향해 걸어오는 모습을 이전과는 달리 보게 된다. 그녀의 피부색과 생김새를 보며, 제이크의 어머니 같은 사람이 대체 그녀의 어떤 점을 '모자라다'고 판단 내리게 된 걸까 의아하다. 이것은 복잡하고 근본적이며 역사적이자 무지한 질문이지만 나는 정신없이 빠져든다. 내 경험을 돌이켜볼 때 자신이 자라난 작은 테두리 바깥으로 모험을 떠나본 모든 사람은 누군가에게 '부적절한 상대'가 된 경험을 해보기 마련이라고 확신한다. 그리고 매일 아침 부모가 아이의 체력과 자신감을 키워주기 위해 시리얼 그릇을 우유와 사랑으로 채워준 가정에서 자랐음에도 불구하고 누군가의 인종 목록에서 바닥에 있게 된 처지를 발견하게 된다면 머리를 한 방 맞은 기분이 들 것이다.

나탈리아가 자리로 다가오는 모습을 보고 나는 미소를 짓는다. 승의 가족과 있었던 일에 대한 나의 분노를 그녀가 철저히 밝혀줄 거다. 일어나서 포옹까지 하는 이유는 사랑하는 사람의 가족한테서 나와 전혀 상관없는 이유로 배척당하는 기분을 최근 너무나 잘 알게 되었기 때문이다. 나탈리아가 겪은 일들을 생각하면, 그녀가 전부 너무나 우아하게 대처해내긴 했지만, 정말 안됐다.

나탈리아와 제이크는 약혼한 지 이 년이나 됐지만 아직도 결혼하지 않았다. 그래서 약간 걱정된다. 나탈리아와 '까마귀'(꽥꽥거리는 날카로운 성격의 예비 시어머니 별명)에 대해 여러 번 토론해보아도, 나탈리아는 늘 결혼이 늦어지는 것이 까마귀와 상관없다고 주장하기 때문이다. 하지만 오늘 저녁엔 정중하게 물어볼 생각이다. 살로메(까마귀의 실제 이름)가 정말로 나탈리아와 제이크의 관계에 안 좋은 영향을 미치거나 적어도 다음 단계로 나아가는 데 방해가 되지 않았느냐고. 문장을 채 끝맺기도 전에 나탈리아가 답변을 시작한다.

"그래, 그랬지. 결혼이 늦어지는 건 모두 살로메 때문이야. 그리고 그 가족도 문제지. 내가 원하는 결혼식은 분명히 있지만 그 사람들이 어떤지도 잘 알고 있으니까. 그 둘을 합칠 수가 없어. 제이크는 내일이라도 시청에 가서 결혼하고 파티는 나중에 하자고 하지만, 나는 이 사람들 때문에 내 결혼식을 포기하고 싶지 않거든."

내 결혼식에 대해서도 경고등이 켜진 게 보이는가? 내 머릿속에서만 그런 건가?

나탈리아는 처음 제이크랑 같이 여행을 가서 처음 '사랑한다'는 말을 나눈 섬의 해변에서 사흘에 걸쳐 결혼식을 올리고 싶어한다. (어디서 많이 듣던 얘기라고? 우리는 자신이 너무나 독특하다고 생각하지만 실은 모두 '시대정신'의 산물일 뿐이다.) 하지만 끊임없이 나탈리아를 열받게 만드는 제이크의 가족과 삼 일을 보낼 수는 없다.

나탈리아는 제이크한테서 어머니의 인종 혐오에 대해 처음 듣고는 역시 흑인이었던 전 여자친구 때문에 그렇게 됐을 거라고 단정했다. "말도 안 돼. 이전 여자가 어떻게 행동했는지 모르지만 나만 제대로 하면 되잖아. 이번엔 괜찮을지 모르니 부딪쳐보지 뭐, 하고 생각했어."

당당하고도 성숙한 자세인 것 같지만, 나탈리아뿐 아니라 제이크에게도 좋지 못한 전략이었다. 편견은 실제 행동과 별 상관이 없으니까.

"제이크는 어떻게 될지 알고 있었어." 나탈리아가 하는 이야기는 내가 많이 듣던 것이지만 최근 경험 덕분에 완전히 새롭게 들린다. "상대가 누가 됐든 문제는 자기 어머니와 가족한테 있다는 걸. 그리고 모른 척하거나 회피하지도 않았지. '당신한테 솔직하고 싶어서 말해주는 거야. 난 언제나 당신을 지킬 거니까, 당신도 그래줘' 하고 말했지. 그런데도 난 미래에 벌어질 일을 상상도 못했어."

나탈리아는 적극적으로 나서서 제이크의 가족에게 최선을 다하려 했지만 곧바로 자신이 집안 출입을 금지당했다는 사실을 알게 되었다. "초대하지 않고, 무시하고 배척하고 등등, 까마귀는 다른 아들딸들한테도 명령을 내렸지. 나를 떼어내라고."

제이크의 가족은 나탈리아와 종교도 달랐다. 원래 까마귀는 나탈리아가 안 되는 이유가 이것 때문이라고 주장했지만 제이크의 맏형은 종교가 다른 아시아인과 결혼했고 까마귀는 이 경우 전혀 문제삼지 않았다. 그리고 제이크의 여자 형제 중 하나는 같은 종교의 남자랑 결혼했지만 까마귀는 그를 별로 좋아하지 않았고 그들 역시 거의 초대를 받지 못했다. 그래도 출입금지는 아니었다. 반면 제이크의 전 여자친구는 출입금지였고 검은 피부의 사람과 사귀었던 다른 남자 형제 역시 비슷한 파문을 경험했다. 그러니 종교와 관련된 문제가 아닌 게 분명했다.

그럼에도 불구하고 나탈리아는 가능한 한 갈등 없이 지내보려고 노력했다. "나에 대해 알지도 못하면서. 역겹고 흉한 태도이긴 하지만, 제이크에게 혼자서 가족을 보러 가라고 말했지."

소누와 마찬가지로 '인종 간 연애 문제의 배트맨'인 나탈리아는 물러설 줄 모르는 사람이다. 그래도 제이크의 가족과 싸우지 않는 이유는 그래봐야 자기만 손해이기 때문이다. 이건 나에게도 해당한다고 생각한다. (거만한 친척들이 없는 곳에서는 오늘 저녁처럼 하소연을 잔뜩 하거나 내 결혼식을 '전쟁'이라고 부르길 주저하지 않겠지만.) 대신에 나탈리아는 자신의 남자에게 생각을 있는 그대로 털어놓았다. 다행히 그런 대화를 통해 제이크는 나탈리아의 상처가 매우 크며 풀어놓을 자리가 필요하다는 점을 잘 이해하게 되었다. 그래서 나탈리아가 원할 때는 언제든 감정을 표출할 수 있게 배려해 주었고 둘은 차근차근 미래를 설계해나갔다. 너무 아름다운 광경이다. 이토록 안타까운 상황에서 대견하게도 둘의 관계가 오히려 공고해진 건, 부분적으로는 이런 탄압 때문이었다.

이런 이야기를 듣고 나니, 나의 경우엔 어떻게 해야 할지 난감하다. 원래는 승과 싸우거나 승에게 불평을 하는 건 미숙한 행동이라고 생각했지만, 관계 밖의 감정 때문에 관계에까지 악감정을 가지게 되어서는 좋을 게 없다.

"말을 참으면 안 돼. 그래봐야 별로 좋을 것도 없고 잘되지도 않을 거야. 숨기고 좋게만 말한다고 해서 문제가 사라지는 건 아니니까. 문제를 절대 두려워해선 안 돼." 나탈리아가 말한다. "이 사람과 인생을 함께하기 위해서 기꺼이 싸울 각오가 돼 있는지 스스로에게 물어봐. 때로는 그래야만 할 때가 오니까."

제이크는 나탈리아 없이 가족 모임에 두 번 참석하고 나서 잘 가지 않게 되었다. 자신의 삶에서 그녀를 제외시키는 게 옳지 않게 느껴졌기 때문이다. 그러자 왜 안 오느냐고 제이크의 가족이 당당히 불만을 표출하기 시작했다. 그러면서도 제이크를 위해, 혹은 피부색 때문에 사람을 배척해도 되느냐고, 어머니에게 맞서는 형제자매는 아무도 없었다. 특히나 나탈리아는 전 친구 주다에게 섭섭함을 느꼈다.

"오랫동안 절친이었는데, 한 번도 내 편을 안 들어주더라. 아예 그 문제에 대해 언급을 안 해. 그러고 나니 정말이지 우리가 친구이긴 했나 싶더라."

격론이 오간 뒤 제이크와 대가족은 현재까지 대부분 침묵의 시간을 보내고 있다. 열을 내던 나탈리아 역시 한동안 말이 없더니 제이크가 이것 때문에 가끔 얼마나 힘들어하는지 말한다. 사랑과 가족 가운데 하나를 선택하도록 강요받는 자식이 있어서는 안 되지만, 어쩔 수 없는 상황이라면 용기 있게 선택을 해야 한다고 나탈리아는 말한다. "초기에 나는, 내가 제이크가 가족과 말을 안 하게 되는 이유가 되고 싶지 않다고 했는데, 진심이었어. 사랑에 푹 빠지고 나서는 생각했지, 에라 모르겠다. 내가 이유네. 그렇더라도 원인은, 문제는 내가 아니야. 문제는 까마귀지."

*

맙소사. 친구가 겪은 끔찍한 이야기를 들으며, 한편으론 제이크도 걱정이 된다. 나탈리아와 제이크의 집에는 기도문이 있다고 한다. '값진 것은 어렵게 얻어진다.' 자신의 감정을 설명하고 반격하는 나탈리아의 능력이 부럽다. 나도 그녀처럼 가슴을 쫙 펴고 당당하게 맞서 상황을 장악하고 싶다. 정말 그러고 싶다. 그렇게 하는 것이 내 본래 성격이기도 하지만, 왠지 앙갚음이나 반격은 옳지 않은 느낌이다. 인종차별이 야기한 감정 문제들을 먼저 해결하지 못하기 때문에 인종 문제 토론이, 특히나 부모 자식 간에 꽉 막히는 걸까?

나탈리아가 제이크의 가족 모임에 참석하게 된 전환점이 있다는 걸 알고 있다. "어떻게 제이크의 어머니와 말을 하게 된 거야? 제이크나 아버지가 역할을 한 거야?"

뛰어난 외과의사이자 가족의 가장이었던 제이크의 아버지가 돌아가신 지 오 년이 되던 해, 나탈리아의 가족이 제이크를 추수감사절에 초대했다. 명절을 처음으로 가족과 같이 보내지 않기로 한 제이크 때문에 형제자매들은 난리가 났고 결국 제이크의 맏형 조너선이 나섰다.

결혼도 하고 아이도 낳은 조너선이 어머니에게 "이제 그만"이라고 했다. 그 자신이 수년 전 흑인 여성과 사귈 때 어머니가 자기들을 피해 길을 건너가버린 경험도 있지만, 제이크가 상처받는 걸 더이상 두고볼 수 없었기 때문이다. 게다가 이제 주다도 흑인 여성과 사귀기 시작했는데 어머니에게는 그리스인이라고 하고 있었다. 흑인보다는 나을 것이기 때문에!

"온갖 출신의, 온갖 피부색의 사람들이 있지만 분명한 건," 나탈리아가 분통을 터뜨린다. "주다가 사귀는 이 여자는 흑인이라고. 갈색 종이봉투보다 피부색이 짙은 사람하고 사귀면 어머니가 어떻게 나올지 빤하니까 이 년이나 거짓말을 한 거야."

조너선은 마침내 어머니에게 제이크와 반려자를 받아들이지 않으면 자신은 제이크 편을 들 것이며, 그뿐만 아니라 자신의 아이가 인종차별주의에 물드는 사태도 막을 것이라고 했다. 또한 아무리 가족이 합심해 배척해봤자 전혀 소용이 없었다는 점을 지적했다. 제이크와 나탈리아의 관계만 더 단단해졌고 형제자매들은 분열되었다는 것이다. 제이크를 완전히 잃기 전에 나탈리아에게 기회를 주자고 제안했다.

지금 다시 들으니 예전보다 좋게 들리는 이유는 뭘까?

"왜냐하면 까마귀가 마침내 나를 그 망할 집에 들여보내주었으니까. 그리고 하하, 까마귀는 좋은 얼굴을 하고 예의바르고 품위 있게 행동하려 최선을 다했어. 하지만 당장이라도 돌아버릴 지경인 게 분명했지." 나탈리아가 말한다. 이때부터 다음해 봄까지 제이크의 어머니는 나탈리아를 가족 모임에 초대해서 그녀가 전혀 싫지 않은 양 행동했다. 마침내 나탈리아가 폭발할 때까지.

"내가 인생을 다시 시작하는 전과자도 아니고. 능력 있고 성공한 여자라고. 까마귀는 왜 그렇게 나를 참아야 하는 거지? 잘 참는다고 칭찬이라도 해줘야 하나? 난 정말 까마귀가 지긋지긋해졌고 제이크의 다른 가족에 대해서도 적대감을 참기 힘들었어. 나랑 친구가 될 기회를 놓쳐버린 사람들이야. 스스로 내던졌지. 제이크랑 나는 될 줄 알았어. 제이크의 어머니에 대해서는 확신이 없었지만. 아직도 제이크의 어머니가 우리 결혼식에 오다가 심장마비 걸려서 급사라도 했으면 하고 생각을 해."

나탈리아는 그 이후 제이크와 함께할 미래에 자신을 보호하기 위한 경계선들을 설정했다. 제이크에게 아이가 생기면 흑인으로 키울 거라며 이렇게 말했다. "당신 어머니가 아이들에게 끔찍한 소리를 하지 않을 거라는 생각이 안 들어." 그리고 이렇게 덧붙였다. "내 아이가 할머니와 같이 있다가 '왜 나랑 피부색이 달라요?' 하고 물어보면 어떻게 되겠어? 나한테도, 자기 자식한테도 해준 적 없는 현명하거나 합리적인 대답을 손주에게 해줄 거라고 믿을 수 있을까?"

제이크는 자신의 어머니에 대해 나탈리아가 필요하다고 생각하는 어떤 제한이든 설정할 수 있다고 했다. 너무 잘됐고 어떤 면에선 낭만적으로 보인다. 하지만 제이크의 가족을 배제시킨다는 건, 나쁜 사람 역할을 한다는 건, 나탈리아에게 상당한 스트레스가 된다. 그러나 제이크의 가족이 나탈리아와 제이크의 생활에 개입하도록 계속 내버려두면 그들은 온갖 상처가 되는 말들을 거리낌없이 할 것이다.

"남자랑 결혼하는 거지 그 가족이랑 결혼하는 건 아니지 않냐고 하는 사람들은 뭘 몰라." 나탈리아가 결론짓는다.

나는 할말을 잃는다. 인종 간 결혼의 장애물들에 대해 이론적으로는 더이상 겁을 먹고 있지 않지만, 막상 현실이 닥치면 너무 무서운 것이다. 나탈리아와 나는 둘 다 약혼한 여자고 우리 약혼자 가족들은 우리 '부적절한' 인종의 여자친구들을 배에 태워 버뮤다 삼각지로 보내버리고 싶어한다. 나탈리아는 모든 전투에 홀로 나서서, 자신을 배척하는 사람들을 상대로 훌륭하게 처신했지만, 여전히 답보 상태다. 전혀 진전이 없다. 나는 나탈리아 커플이 미래의 시어머니 때문에 이러지도 저러지도 못하다가 지쳐버리는 건 아닐지 걱정된다. 그러니 그 모든 외교적 행동들로 나탈리아가 정말 얻어낸 것이 뭐란 말인가?

잠깐! 나탈리아는 예비 시어머니와 '공개 회개'와도 같은 대화를 나눴다고 했다. 그때 그녀는 예비 시어머니의 과거 모든 못된 행동에 대해 확실히 짚고 넘어갔다. 그래서 지난번에 얘기할 땐 드디어 제이크와 아이를 가져도 되겠다는 생각이 들었다고 했다. 그러니 물어봐야겠다. 애걸해야겠다. 그 일은 어떻게 되었고, 정말 상황이 바뀐 거냐고.

"상황 파악은 확실히 됐지."

제이크가 프러포즈하고 이틀 후, 나탈리아는 전화 한 통을 받았다. "축하한다! 정말 기쁘겠구나!" 고맙다고 대답한 뒤 누구냐고 물었다. "너의 미래 시어머니, 살로메야!" 나탈리아는 입을 떡 벌리고 말았다.

살로메는 나탈리아 어머니의 전화번호를 알려달라고 했다.

"음, 그건 안 되겠네요. 다음주쯤 우리 만날 수 있을까요?"

나탈리아는 제이크의 어머니를 만나 툭 터놓고 말하려 했다. "삼 년 동안이나 나한테 잘못하셨죠. 그래놓고 내 어머니와 친구하겠다고 요구할 순 없어요. 엄마도 내가 겪어온 일에 대해 잘 알고 엄청 화가 나 있으니 달가워하지 않을 거고요."

하지만 까마귀에게는 자기만의 계획이 있었다. 음식과 음료를 준비해놓고 나탈리아를 집으로 초대해 오후 내내 자기 얘기만 했다.

두 시간이 지나서야 틈이 생겼고 나탈리아는 속내를 드러냈다. 자기가 방문한 이유를 털어놓고 하려던 얘기를 다 했다. 처음에 살로메는 다 옛날 일 아니냐는 식으로 반응했다.

"마치 그동안 내가 아들을 볼모로 잡고 있었지만 이제는 가족이 되어 하룻밤 만에 키스하고 화해하면 되는 것처럼. 허, 안 되지. 그럴 순 없었어. 과거사도 꺼내지 않고 단박에 축배로 달려갈 순 없지. 이 정도 다과가 이 집에서 배척당했던 그 모든 식사 시간들을 보상해줄 수 있는 것도 아니고."

결국 살로메는 자식이 다른 인종과 사귀는 게 어머니한테는 아주 힘든 일일 수 있다고 말했다. 또 허튼소리가 나오기 전에 나탈리아가 얼른 끼어들어 역시 인종도 종교도 다른 살로메의 다른 며느리의 피부색도 '다른' 거냐, 아니면 '이' 피부색을 '다른' 거라고 하는 거냐 물으면서 자기 팔을 가리켰다.

살로메는 대답했다. "내가 처신을 아주 잘하지는 못한 것 같구나."

그렇게 해서 만난 지 다섯 시간이 지나, 나탈리아는 미래의 시어머니가 자신의 부모에게 전화를 걸지 못하게 하고 미래의 시어머니는 나탈리아를 거부했던 삼 년의 세월을 얼버무리려는 데에서 둘의 대화는 교착상태에 빠졌다. 나탈리아는 미래의 시어머니에게 앞으로 그들 커플의 미래에 진정으로 참여하려면 지금부터 그만큼의 시간을 더 들여 노력해야 할 거라고 말했다.

우리 테이블에서 웃음이 가셨다. 왜 그런지 잘 모르겠다. 물어보기 싫지만, 왜 이렇게…… 갑자기 공허하게 느껴지는지 정말 알 수가 없다.

"'내가 처신을 아주 잘하지는 못한 것 같구나' 하는 말이 전부였어. 그것도 정말 할 수 없이 나온 말이었고 앞으로도 그럴 거야. 미안하다는 말은 없었지. 생각에도, 행동에도 진짜 변화는 없었어. 배척을 끝내려 전화를 걸었지만 깨달음은 없었던 거지. 내가 대놓고 말을 해도 소용없었어. 바뀐 척할 수도 있었겠지만 그 쓰레기 같은 사고방식을 어디 보낼 수 없었던 거야. 이 년이 지난 지금도 제이크의 가족 누구한테서도 진심 어린 사과를 받지 못했어. 달라진 게 있다면, 이제 그들이 내 눈치를 보기는 한다는 거지. 하지만 아무것도 달라진 건 없어."

하지만 달라진 게 있다. 내가 보기에 할말을 다 한 나탈리아는 더이상 제이크 가족의 속마음을 공격할 권리가 없다. 딱히 대환영을 받지는 못한다 해도, 더이상 배척당하고 있지도 않다. 여기서 불평을 하면 나탈리아가 문제적인 사람, 혹은 과거를 덮어두지 못하는 사람이 되는 것이다. 그러니 상처는 남아 있어도 사과를 받아낼 권리는 물건너갔다. 이래서 내가 싸움을 겁내는 것이다. 내가 승에게 올바른 짝이 아닌 이유는 절대 바뀌지 않기 때문이다. '한국인들이 얼마나 힘들게 살아왔는지 이해하고 그 문화를 존중하지 않으면 결혼생활이 실패할 것'이라는 훈계(저녁식사 자리에서 들은 말을 그대로 옮긴 것이다)를 친척 어른들에게 듣고 그 뒤에 숨은 명백한 의미를 따지려 하면 나만 찍히게 되는 것이다. 그러고 나서도 아무것도 바뀌지 않을 것이며, 나는 그후로도 계속 말없이, 그들의 '말 속 의미'를 참아내며 살아가야 할 것이다.

"정치인이 '검둥이' 따위의 단어를 쓰거나 그런 말을 하는 사람들을 공개적으로 규탄하지 않으면 당장 목이 달아나겠지. 경찰이나 법 집행 기관이 인종차별을 했다가는 망신을 톡톡히 당하고 재판을 받겠지. 하지만 부모가 아이에게 '흑인이랑 사귀지 마라'고 하는 건 제재를 받지 않아. 공개적으로, 똑똑히 얘기하고 싶어. 그건 인종차별이야. 자기 집구석에서만 그런 말을 했다고 해도 말이야."

나탈리아는 괄괄한 여성이고 나도 그렇다. 우리 같은 사람들은 화를 내는 것이 상처를 표현하는 유일한 방법인 경우가 많다. "가끔 너무 화가 나서 사람을 때릴 수도 있을 것 같아. 정말 그러고 싶지 않은데 말이야. 내가 그들한테 바라는 건 편안함뿐이야. 내 남자의 가족들이 자기들이 선택하지 않은 아들이나 형제의 배우자도 예의 바르게 대하고 존중해주었으면 좋겠어. 내가 그 정도 요구할 자격도 없는 걸까? 이번 주말은 원래 내가 잡았던 결혼 날짜였어. 그런데 여기서 너랑 이런 얘기나 하고 있네. 난 제이크랑 결혼할 거야. 하지만 그 가족들이 불러일으킨 온갖 문제 때문에 그들을 증오해."

*

물론 나탈리아가 삼십대까지 이런 편견을 느끼거나 경험한 적이 없다는 건 좋은 일이다. 나탈리아의 멋진 가족이 그런 괴로움의 시간 없이 그녀를 지금의 빛나는 여성으로 키워냈다. 그래서 사랑하는 남자를 위해 맹렬히 싸울 힘도 있는 것이다. 하지만 감정을 분명히 표현하고 필요하면 싸울 줄 아는 능력보다 더 중요한 것은 타인의 편견에 직면해서도 자신의 가치를 잊어버리지 않는 것이다. 화를 제대로 내는 방법보다는, 바로 이것이 내가 배우고 모범으로 삼아야 할 재능인지 모른다.

특히나, 타인의 영역에 뛰어들어 싸움을 하는 것보다는 최대한 수준 높게 처신하는 게 좋지 않겠나. 편견과 직접 충돌을 경험한 이후 영국 왕족에게 무시를 당했을 때, 그냥 넘어갔다간 삼 일 동안 잠을 못 이룰 것 같아서 나탈리아는 작정하고 조치를 취했다. 하지만 그럼에도 불구하고 나탈리아는 정확히 삼 일 동안 잠을 이루지 못했다. 그리고 나탈리아와 제이크가 아무리 가족에게서 벗어나 자신들만의 안전한 고치를 짓고 살아가려 해도 나탈리아는 여전히 그들의 무신경한 행동에 상처를 받는다. 하고 싶은 말을 다 하고 나서도 말이다. 그러니 대항 사격으로는 장기전에서 이기기 힘들다. 상대는 재빨리 전력을 수습할 것이고 우리 밑천만 영영 노출될지도 모른다.

나탈리아가 무력화됐다고 생각하는 게 아니다. 하지만 나탈리아조차도 이렇게 말한다. "가끔은 내가 이상해질지도 모르겠다는 생각이 들어. 하지만 그러게 놔두지 않을 거야. 우리 관계에서 제일 중요한 부분은 '우리'니까. 그래, 나도 불안하고 제이크의 가족 문제를 해결하기 전까진 더 나가고 싶지 않아. 하지만 그럴 땐 제이크랑 손을 꼭 잡고 키스하면서 우리가 중요한 거라고 서로를 격려해. 그럼 아무 일도 없었던 것 같아."

하지만 그건 나탈리아가 똑똑해서 남자친구에게 당신 가족과 같이 있으면 한 시간 이상 버티기 힘들다고 솔직히 말할 수 있기 때문이다. 또한 험한 말이 튀어나오지 않도록 엄청나게 억제를 해야 한다. 그래서 제이크와 나탈리아가 까마귀의 집에서 버틸 수 있는 시간은 칠십 분이 한계다.

나탈리아가 주다의 사과를, 다시 친구가 되기를 기다리고 있는 게 느껴진다. 다른 형제자매 중에서 누구라도 자신들이나 어머니의 행동에 대해 사과의 말을 하면 참 좋을 것이다. 우리가 까마귀의 못된 말버릇에 대해 신나게 농담하며 웃긴 했지만 그러고 나서 남는 것은 괴로움뿐이다. 나의 기 센 친구를 안아주며 말하고 싶다. 이 사람들의 단점이 너한테까지 옮지 않도록 그만 포기하고 모두 놓아주라고. 하지만 나는 나탈리아를 초라하게 만들고 싶지 않으며 포기하는 게 쉬울 거라고 생각하지도 않는다. 나도 못하고 있는데. 더구나 나탈리아의 상황은 나보다 훨씬 속상해 보인다.

나탈리아는 다음과 같은 작별인사를 남겼다.

"나 자신을 보면, 다이앤, 나는 아주 구체적인 것들이 보여. 구두, 옷, 귀여운 얼굴 같은 것들. 자존심에 엄청난 충격을 입었던 건, 한 번도 다른 사람들에겐 다른 게 보일 거라는 생각을 해본 적이 없기 때문이지. 너무나 다른 무언가, 제미마 아줌마*라든지, 하녀, 가정부를 떠올릴 거라고는 생각 못했어. 그 사실을 가르쳐준 건 그 중뿔난 왕족 여자가 아니었어. 제이크의 어머니였지. 나의 미래 아이의 할머니 말이야. 그녀가 내 심장을 찌른 장본인이야."

---

* 흑인 여자 요리사의 얼굴을 내세운 팬케이크 가루 등을 만든 식품 브랜드.

Ten

나한테 잘못해도 비난받지 않을 사람들

"총 가지고 뭐하는 거야?"
—결혼반지를 결정하던 날, 승 정

나는 코치를 고용했다.

마음의 평화를 얻기 위해선 또다른 도구가 필요하다는 걸, 누가 나한테 무슨 말을 하는지 일일이 신경쓰는 대신 상황을 주도적으로 이끌어나갈 방법을 찾아야 한다는 걸 안다. 승의 가족이 보이는 태도에 맞서 싸우기 위해 내가 보유한 작전이라곤 나탈리아의 방식 정도다. 즉 못된 가족한테도 언제나 '적절하게' 처신해서 빌미를 주지 않기. 하지만 내 남자한테는 최대한 솔직하고 각각의 장애물을 어떻게 넘을지 함께 작전을 짜기.

그러나 친구 나탈리아가 오 년 동안 제이크와 모두 터놓고 의논하고 시어머니가 거는 진흙탕 싸움에 뛰어들지 않는 등 모든 방법을 총동원하고도 여전히 상처받고 화나고 불안한 상태라는 생각에 너무 초조하다. 게다가 나탈리아는 제이크의 가족 때문에 아직도 결혼식을 올리지 못하고 있다. 특히 나는 결혼 날짜가 여섯 달밖에 남지 않았는데도 아직 승의 친척들을 어떻게 할지 합의점을 찾지 못한 상태라 압박이 심하다.

장애물을 제거하고 올바른 길을 찾기 위해 매일 다음 사항들을 마음에 새기고 있다. 1) 나를 기죽게 만드는 사람들은 승의 부모가 아니다. 2) 승의 부모보다 친척들을 더 자주 보고 상대해야 하지만 그건 언어와 사는 곳 때문일 뿐이다. 3) 이 친척들이 나를 싫어하는, 혹은 우리 결혼을 싫어하는 이유는 자기 자식들에 대한 소망 때문이지, 나와는 상관이 없다. 그러다보니 다음과 같은 결론에 도달한다. 승의 친척들 중 나이든 일원에게서 내가 느끼는 편견은 내 탓이 아니다.

하지만 내 탓처럼 느껴진다. 혹은 적어도, 일말의 책임감을 느낀다. 누가 '특정 인종은 우리와 사랑할 수 없어'라고 할 때 아무 말 없이 가만히 있을 수는 없는 것이다. 내 어머니와도 이 문제로 싸워서 엄마는 오래전에 전향했다. 하지만 다른 사람의 어머니 혹은 남편의 친척들과 싸울 수는 없다. 그렇더라도 이런 사람들의 관점이 바뀌기를 바라는 마음은 여전하다.

잘못된 편견을 바로잡는 가장 좋은 방법은 끊임없이 굴하지 않는 모습을 보여주는 거라고 알고 있다. '내 탓'도 아닌 것을 바꾸려고 노력하는 데는 어마어마한 에너지가 들 게 분명하다. 또한 곤란한 것이, 이 사람들을 중요하지 않다고 애써 무시하고 싶지만, 사실상 그들은 중요하다. 약혼자의 친척이니까. 이러다보면 이 쳇바퀴의 맨 처음으로 다시 돌아간다. 신경쓸 것이냐, 신경쓰지 않을 것이냐? 싸울 것이냐, 싸우지 않을 것이냐? 그래서 앞서 말한 세 가지 사항을 기억하려고 애쓰며 명상을 하다가 어느 날 아침, 너무 화가 나고 만다.

오늘 엄마랑 웨딩드레스를 사러 가기로 했다. 일부러 뉴욕에서 로스앤젤레스까지 날아온 엄마한테, 나를 좋아하지 않는 사람들에 대해 분통을 터뜨리며 시간을 낭비하고 있다. 대체 왜? 그리고 더 중요하게는, 승과 나의 인생 및 결혼식에 참여할 다른 사람들에 대해 생각하며 시간을 보내려 한다면, 누구에 대해 생각하는 게 좋겠나?

내가 승과 결혼해서 아주 좋아하는 나의 부모, 그리고 승이 결혼해서 아주 좋아하며 그 상대가 나인 건 상관치 않는 승의 부모.

흠, 승의 부모가 나를 아주 좋아한다고는 말하지 못하겠다. 하지만 나에 대해서 잘 모르기도 하니까. 그들이 날 알고 싶어한다고 생각한다. 그리고 내가 자신들의 문화에 대해 잘 모르는 건 어쩔 수 없다고 여기고, 나와 승이 어떤 방식으로 살아가든 괘념치 않을 것이다. 하지만 나는 그들의 문화를 좋아한다. 명절도 좋고, 음식과 정신도, 교육과 유학에 쏟는 열정도 좋다. 전자기기와 여행가방도. 한국에 가서 관광하고 승의 문화가 담긴 모든 의식들을 즐길 일이 기대된다. 우리 결혼식에서도 그렇고 나중에 우리 아이들과도. 하지만 물론 승의 부모는 이런 내 생각을 모른다. 그렇다면 그들과 유대감을 쌓을 방법을 찾아봐야겠다.

그래서 코치를 고용한 것이다.

*

승과 나는 내가 '유명 아시아인의 밤'이라고 명명한 종류의 모임을 자주 가진다. 로스앤젤레스는 미국 내에서 아시아계가 가장 집중된 곳이고 세계에서 가장 많은 수의 한국 이민자가 모인 곳이다. 물론 예술가들도 많다. 그러다보니 자연히 승과 나는 많은 아시아계 배우 및 방송인들과 친구가 되었다. 참석한 모든 커플 중 한쪽은 연예계 종사자인 파티에 참석할 일이 많다. 그런 저녁 테이블에서 내가 유일한 비아시아인인 경우가 자주 있다.

우리 둘 다 특히 칼 윤과 친밀감을 느낀다. 칼은 한국계지만 한국어를 하면서 자라지 못했다. 아마도 두번째로 크게 히트한 아시아계 미국 책일 『게이샤의 추억』이 영화화돼서 세계 홍보 여행을 떠나기 몇 달 전부터, 한국에 가게 된 칼은 매일 한국어를 배웠다. 어느 날 코리아타운의 작은 식당에 모두 모여 식사를 할 때 칼이 웨이트리스에게 한국어로 유창하게 말하는 것을 보고 그가 얼마나 열심히 공부했는지 알 수 있었다. 일 년 전만 해도 자기 음식 주문조차 못할 정도였다. 승이 전화를 받으려 일어설 때 나는 칼에게 한국어 선생의 전화번호를 물었다. 전화기에 정보를 입력하면서 그녀가 문화에 대해서도 가르쳐줄 수 있는지 물었다. 특히 내 결혼식과 임박한 서울행도 도와줄 수 있는지. 칼은 말없이 백만 불짜리 미소만 지었다. 그리고 한국인 특유의 발음을 흉내내며 말했다. "넌 후울륭한 한국의 아내가 될 거야, 다이-안!"

나는 결혼 전에 세 달 동안 승 몰래 '언니'(빅 시스터라는 뜻이라며 그렇게 부르라고 했다)를 일주일에 세 번 두 시간씩 만난다.

처음 만난 날 나는 언니에게 글 한 페이지와 테이프 레코더를 준다. 결혼식 때 미래의 시집 식구들에게 들려주고 싶은 기념사다. 언니에게 이 글을 번역해서 녹음해달라고 부탁한다. 소리를 듣고 외울 작정이다. 언니는 그러겠다고 하지만 너무 발음이 달라서 한국어의 기본을 먼저 좀 배워둬야 외우기도 쉬울 것 같다.

새로 빅 시스터를 얻은 나는 회심의 미소를 짓는다. 승의 부모를 포섭하고자 하는 나의 적극적이고 긍정적인 노력에 의해 그들의 그토록 '중요한 문화의 비밀들'이 모두 밝혀지고 올바로 수행되면 나머지 친척들은 모두 말문이 막힐 것이다.

한국어에서는 '앤트'와 '엉클'을 열여섯 개의 단어로, 사촌은 네 가지 단어로 구분해서 부른다. 가족 구성원에게 존경을 나타내는 방법이기 때문에 모두 아주 중요하다. 또한 친구인 여자와 남자를 부르는 네 가지 다른 방법이 있다. 작별인사를 할 때도 누구의 집을 떠나느냐에 따라 두 가지 다른 방법이 있다. 한국에서 승의 친척들을 만날 때 가져가야 하는 성별과 나이에 맞는 선물들이 있다. 여기서 구할 수 있는 건 모두 구해서 별도의 가방을 벌써 싸두었다. 또한 어떤 선물(결혼 선물도 포함)을 받을 때 취하는 적절한 두 가지 태도가 있다. 그리고 고개를 숙여 인사하는 방식도 세 가지가 있는데, 이제 난 다 안다.

아시아 전역에서 사람들은 악수 대신 고개를 숙여 인사한다. 오늘날 내 나이 대의 사람들 사이에선, 미국의 악수와 마찬가지로, 다양한 인사 방식들이 의미를 잃고 혼란스러워졌다. 악수란 우호를 나타내기 위해 칼 없는 오른손을 내민다는 의미였다. 고개를 숙인다는 것은 내 머리를 상대방의 심장 아래로 낮춤으로써 인정과 존경을 나타내는 것이었다.

비슷한 지위의 두 아시아인이 격식 없는 자리에서 만났을 경우엔 둘 다 고개를 끄덕한다(쉰 살 이하면 악수를 하면서 고개를 끄덕하거나 때로는 그냥 악수만 하는 듯하다). 보다 격식 있는 자리에서는 나이가 많은 사람이 고개를 작게 끄덕이고 나이가 적은 사람은 깊이 고개를 숙인다. 그리고 세번째 종류의 고개 숙임은 거의 결혼식 때만, 혹은 극동의 나라들에서 왕이나 왕비를 알현했을 경우 쓰인다.

언니는 일어나서 발 하나를 뒤로 놓더니 그 발을 바깥으로 향하게 돌린다. 양 무릎을 구부리고 뒤쪽 다리의 무릎이 땅에 닿도록 앉는다. 그리고 허리부터 쭉 숙여 이마를 바닥에 댄다. 완전히 엎드렸다가 벌떡 일어나더니 이번엔 기울어지는 피사의 사탑처럼 허리를 숙인다. 아시아의 인사법은 아주 우아해 보인다. 한국 결혼식 때 그렇게 최대한 서른 번의 인사를 해야 한다. 승의 여자 친척들이 도와줄 거라고 한다. 과연 그럴까 싶은 생각이 들지만 입 밖에 내어 말하진 않는다.

언니는 결혼을 하지 않았기 때문에 내가 한국 결혼식에서 어떤 의례를 해야 하는지 잘 모른다. 하지만 특정 의례에 대해 내가 듣거나 조사를 하면 정확히 어떻게 되어야 하는지 알려줄 수 있다. 미국에 사는 쉰 살 미만 아시아인 가운데 한국 전통 결혼식을 본 사람을 만난 적이 없기 때문에 나는 어떤 의례를 할지 직접 고르고서 만족하련다. 그렇다면 미래의 친척들도 도와주길 꺼리는 고대의 촌극에 대해 어디서 정보를 얻어야 할까? 인터넷이다.

한국 문화에 대한 오래된 웹사이트에서가 아니다. 나는 그동안 단편적 정보만 주워들었던 한국 결혼식의 전체 모습을 이케아 홈페이지에서 마침내 확인할 수 있었다. 그렇다. 스웨덴의 십대가 창립한, 열다섯 시간만 들이면 누구나 조립할 수 있는 저렴하지만 매력적인 가구가게 말이다. 이들은 인테리어계의 세계적 유행으로 번졌고 나의 결혼식에 가장 정확하고 철저하고 핵심적인 정보까지 제공해주기에 이르렀다.

그들 홈페이지의 어느 메뉴에서 세계 전역의 다양한 가정의 모습을 보여주며 전통 결혼식 페이지를 링크해놓았다. 나는 여기서 다섯 가지 의례를 골랐고 전체 행사의 골격으로 사용하기로 한다.

정작 곤란한 점은, 승의 문화에 대한 이 모든 정보를 어디서 얻었다고 해야 언어 및 문화 개인 교습을 승에게 들키지 않느냐 하는 것이다. 나의 한국 빅 시스터는 또한 읽을거리를 잔뜩 주었다. 그중엔 서울로 이민 가서 인기 있는 뉴스 진행자가 된 미국인의 책도 포함돼 있는데, 그의 책은 말하자면 '바보들을 위한 한국 문화와 언어 안내서' 같은 것이다. 나는 승에게 이 책에서 너무 많이 배우고 있다고 계속 말하지만 실은 읽지도 못하고 있다.

승과 나는 늘 그렇듯 열심히 공부하면서 세 가지 결혼식 행사와 신혼여행을 계획하고 부모들과 거의 매일 의논을 하느라 허우적거리기 때문에 둘이 서로 얘기할 시간이 별로 없다. 좋은 날엔 결혼식 준비를 하며 데이트도 하고, 나쁜 날엔 결혼식 준비를 하며 싸운다. 대부분은 그 중간쯤이다.

드디어 결혼반지를 사는 날*, 하필 내 일도 정신없이 바쁘다. 하지만 내가 점심때 빠져나와 반지를 보러 가기로 했기 때문에 우리 둘 다 아주 신나 있다. 밸리에서 찾은 보석상이 우리가 원한 반지를 둘 다 만들고 안쪽에 비밀스런 문구도 새겨줄 것이다. 오늘 그 문구를 서로에게 밝히기로 했다. 결혼식 날은 중요한 의례가 너무나 많을 테고, 준비 기간 동안에도 이 행사가 우리의 사랑을 축복하기 위한 자리라는 걸 기억할 무언가가 필요하니까.

하지만 나는 오늘 FBI '작전실' 세트에서 총 여덟 장면의 촬영이 있다. 읽고 외우고 카메라 앞에서 연기해야 할 대본 양이 너무 많다. 보통은 쉽게 해내지만 이름을 기억하는 게 쉽지 않다. 그리고 범죄물의 경우 매 회마다 늘 수많은 인물이 나온다. 악당, 악당의 친구, 정보를 주는 악당의 친구, 악당으로 호도되는 예전 친구, 희생자, 희생자에 대해 말해주는 친구, 악당으로 판명될 가능성이 있는 희생자의 사악한 친구 등. 나는 여기저기 이름들을 적어놓는다. 극중에

* 서양에서 남자는 청혼하면서 여자에게 다이아몬드가 달린 약혼반지를 주고 결혼식 때는 주로 간단히 금반지(결혼반지) 두 개를 나눠 낀다.

서 가지고 다니는 서류철이나 수첩, 컴퓨터 화면, 심지어 상황이 허락하면 손에도 적는다. 화면에 손 하나만 나오면 되는 경우엔 안 나오는 다른 손에 적는 식이다. 이런 날엔 왼손 여기저기에 이름 다섯 개가 아로새겨져 있다. 점심때가 되자 왼손이 마치 소설 『모든 것이 밝혀졌다』 표지의 타이포그래피 디자인 같다.

점심 후까지 이어진 마지막 장면을 끝내자마자 나는 차로 달려간다. 사십팔 분의 휴식 시간 동안 보석가게로 달려가며 적어도 삼십 분은 길에서 허비할 것이다. 머리와 분장을 맡은 내 친구들이 이따 굳이 분장을 고칠 필요가 없을 거라고 하니, 조감독이 내 트레일러를 두드리며 최대한 예의바른 방식으로 "촬영 시작!"을 알릴 때까지 팔 분에서 십 분 더 확보할 수 있다.

보석상에 도착해 두번째 금속 철창, 즉 출입문이 열리자 보안 카메라를 올려다보면서 나는 의상뿐 아니라 소품, 즉 권총까지 차고 나왔다는 사실을 깨닫는다.

마지막 보안 관문을 거쳐 안으로 들어서서 개별 상담실로 들어가자 나의 상당히 진짜 같은 권총에 대해 실토하고픈 충동에 휩싸인다. 계산대 뒤의 사람들에게 장전이 돼 있지 않으니 안심하라고 설명하기 위해 다이아몬드로 가득한 방에서 '권총을 뽑아야' 하는 것이다. 그래서 대신 나는 정신없이 지껄이기 시작한다.

승 옆에 앉아 미친 사람처럼 떠든다. 승이 왜 그러느냐고 물어도 내가 대답도 않고 숨도 못 쉴 정도로 말을 멈추지 않자 '반지의 날' 때문에 결혼 공포가 다시 찾아온 게 아닌가 승은 걱정했을 것이다.

그리고 내 손을 봤더니 남자 이름 다섯 개가 가득 적혀 있다. 온통 페인트 자국을 묻히고 있던 것과 비슷했을 것 같다. 그리고 내 아름다운 약혼반지는 어디 있지? 승은 의아했을 것이다. 촬영중엔 늘 그랬듯 속옷 안에 옷핀으로 달아놓았다.

바지 속에 손을 넣어 옷핀을 풀고, 내 보물 옆에 보관해둔 내 보석을 꺼내면 권총이 보일 게 뻔하다. 하지만 여기까지 겨우 왔는데. 게다가 십오 분 후엔 다시 돌아가야 한다. 그러니 그냥 약혼반지를 꺼내기로 한다.* 하지만 내 어깨의 멜빵을 보더니 승 역시 혼비백산하며 이를 악물고 말한다. "총 가지고 뭐하는 거야?"

"점심시간에 나온 거잖아!"

하지만 승은 나와 다른 방식으로 행동한다. 타고나길 정직한 그는 나처럼 태연한 척하지 못하고 실토하고 만다. 물론 말을 하면 어떻게 될지 예상을 못했기 때문이다.

"약혼자가 총을 가지고 있는데 왜냐하면……"

그렇다. 순간 모두가 동작을 정지하고 나는 주의를 내 쪽으로 끌기 위해 승보다 더 큰 소리로 말하기 시작한다. 보석상이 소리 없이 비상 버튼을 눌러 감시카메라들이 일제히 우리 쪽을 향하고 나는 가짜 FBI 배지를 꺼낸다. 그다음 역시 가짜 FBI 신분증을 꺼내 테이블 위에 놓고 웃옷을 들춰 총을 꺼내 FBI 신분증 옆에 놓는다. 설마 누가 쏘진 않겠지. 다시 한번 이 모든 것들에 대한 설명을 마치고 나자 말

---

* 결혼반지를 맞출 때 약혼반지도 가져가 용접 등으로 결합시키는 경우가 많다.

할 필요도 없이 실제 경찰은 짜증이 잔뜩 났지만 동시에 점심시간에 결혼반지를 고르러 와야 하는 고군분투에 동정심을 느꼈는지 훈계만 하고 보내준다. 이제 메시지를 볼 시간은 잠시밖에 남지 않았다.

'다이앤을 위한 노래'처럼 '다이앤을 위한 승'이라고 내 반지에 적혀 있다. 나는 승에게 키스하고 오늘밤 집에 가면 노래를 불러달라고 속삭인다. 그리고 반지 두 개를 다 승에게 주고 다시 권총을 차고 문을 박차고 나가 일터로 돌아간다.

일단 밖으로 나와서 창문 쪽을 돌아본다. 승은 드디어 한숨 돌리고 내 비밀 메시지를 읽을 것이다. 백금에 새겨진 'K-파워 포에버'. 승이 어릴 때 했던 '갱단' 이름이다. 승의 가족은 처음 이민 왔을 때 친척들과 함께 살았다. (조금) 적응할 수 있게 되자 독립해 아파트를 얻었는데, 침실 하나짜리여서 엄마, 아빠, 승, 여동생이 함께 살기에 너무 작았을 뿐 아니라 다른 한국 사람은 살지 않는 저소득층 공공주택이라 승에게 꽤 위험했다.

초등학교에서도 겨우 몇 살 많은 갱단 멤버들이 승을 괴롭히고 때로는 육체적으로도 공격했다. 이렇게 어릴 때 학교에 갈 힘을 내기 위해 승은 자기가 K-파워라는 한국인 갱단에 속해 있다고 생각하기로 했다. 언젠가 부하들을 많이 모을 거라고. 몇 년 지나서야 승의 부모는 좀더 큰, 또다른 방 하나짜리 집으로 이사 갈 수 있었다. 다행히 새로 이사 간 버지니아 주택가에선 인종 때문에 괴롭힘을 당하지는 않았다. 더 안전한 환경에서 잘 지내게 되었지만 여전히 주변에 한국인이나 한국계 미국인 친구는 없었다. 승은 남몰래 갱단

상상을 계속했다. 한 명뿐이긴 하지만 그래도 갱단이었다. 승이 나한테 프러포즈를 하고 나서, 혹시 나도 K-파워 멤버가 되는 거냐고 승에게 물은 적이 있다. 승은 즉시 나를 입단시켰다. 그후 우리를 만나게 해준 커플 역시 멤버가 되었다. 둘 다 한국인은 아니었지만 우리 모두 승과 함께하고 싶었다. 승이 정말 원했던 게 그거였으니까.

권총 사건보다 더 바보 같은 일이 일어나 결혼식을 준비하면서 두번째로 체포당할 뻔했다. 금요일 밤 예행식 때 버려진 농가 앞마당에 텐트를 골조만 세우고 꼬마전구로 장식해(아주 예쁠 것 같지?) 떠들썩하게 한국 예식을 치를 예정이다. 그런데 불행히도 지형이 너무 밋밋하다. 스무 개의 테이블을 둥글게 배치하고 가운데서 승과 내가 부모님들과 함께 예식을 할 텐데, 대부분 바닥에서 진행된다. 그러니 하객들이 볼 수 있게 하려면 무대를 설치해 바닥을 좀 높여야 한다. 다음날 산꼭대기 테라스에서 미국 예식을 할 때도 같은 문제가 있다. 배리가 주례를 맡아주기로 했고 경전을 읽고 축복을 내려줄 불교 승려들은 아직 찾고 있다. 하지만 그들 모두와 신부 들러리와 신랑 들러리, 두 낭독자들 가운데에 두 단계로 된 제단이 필요하다. 안 그러면 U2 콘서트의 무대 뒤처럼 너무 많은 사람들이 예식 내내 서 있어야 할 것이다.

주말 동안 이리저리 운반도 가능하고 다시 조립할 수 있는 무대를 만드는 가장 좋은 방법은 방치된 팔레트를 가져오는 것이다. 팔레트란 가로 1.5미터, 세로 1.5미터에 높이 20센티미터가량의 목재

받침대로, 타일이나 페인트 혹은 다른 무거운 화물을 지게차로 트럭에 실을 때 쓰인다. 사용된 다음에는 보통 방치되는데, 매우 낡은 경우도 많지만 대도시를 샅샅이 훑어서 좋은 상태의 물건을 구하면 어른들을 위한 레고나 다름없다.

동네 소매점들 뒤편 적치물 더미에서 팔레트를 꼭 훔치려는 건 아니지만 달라고 정식으로 부탁할 생각도 아니다. 거의 매일 밤 가게 된 어느 홈디포Home Depot* 바깥의 쓰레기장에서 승과 나는 청첩장 때문에 싸우기 시작한다. 그날 밤에만 네 개째인가 다섯 개째 팔레트를 내 SUV에 싣다가(나중에 버스들 밑에 싣고 가려고 벌써 차고에 서른 개쯤 모아놓았다) 둘 다 감정이 격해져, 분명 우리의 좀도둑질을 여러 번 목격한 것 같은 경비원이 오는 것을 보지 못한다.

경비원이 우리를 향해 빠르게 다가오는 것을 본 나는 승에게 차에 얼른 타라고 하고 내가 먼저 탄다. 승은 물론 맹렬히 무전기에 대고 말하는 경비원한테 뭔가 해명을 하고 싶어한다. 나는 차를 승 옆에 세우고 그쪽 창을 내린다. 그런 다음 차에 타라고 다시 한번 '부탁'한다. 하지만 내 말투가 '부탁'과는 꽤 거리가 있을 수밖에 없는 상황이다. 내가 고함쳐도 승이 듣지 않자 나는 애원조로 지금 당장 차에 타주면 앞으로 다시는 팔레트를 주우러 가자고 하지 않겠다고 약속한다. 승이 차에 타고 경비원들이 진입로를 잠가버리려는 찰나 우리는 번개같이 홈디포 주차장을 빠져나간다.

---

* 대형 철물점 체인.

승과 나는 그뒤로도 한참 동안 이 탈출극을 농담거리로 삼지 못했다. 그리고 다시는 분노로 이성을 잃는 일은 없도록 하자는 굳건한 원칙을 세웠다. 법과 충돌할 뻔한 이 두번째 사건 후에는 내가 좀 기세를 누그러뜨리거나 웨딩플래너를 고용할 거라 생각할지 모르겠다. 감옥행도 위협적이지만 난 가십난에 이따금씩 오르내리는 여배우인 것이다. 잘하면 산업 자재지만 쓰레기라고 보도될 가능성이 높은 물건을 절도하다 걸렸다고 기사가 날 테니 좋은 모양새가 전혀 못 된다. 하지만 이때 난 이미 승에게 약혼 전에 경고했던 상태가 되어 있었다. 과제를 수행해내는 데만 몰두한 나머지 본래의 목적을 잊고 눈앞의 일에만 매달리는 상태 말이다. 승은 '결혼 아니면 죽기' 상태에서 나를 구해내려 갖은 애를 썼지만, 결국 내가 왜 이 모든 미친 작전을 세우고 있는지 깨닫고 나서야 집착에서 나를 깨워낼 수 있었다.

승의 부모가 단 한 번 언급한 사람들까지 초대하고, 하객들에게 대접할 아주 비싼 약주를 수입하고, 한국 행사들에서 본 2미터 크기의 꽃꽂이를 준비하는(솔직히 어떻게 구할지는 알 수 없지만) 등 승에게 목록을 주며 내가 뭘 더 하면 좋을지 부모님한테 연락해서 물어보라고 하자 승이 말한다. "이제 그만해."

승이 내 양어깨를 잡고 왜 내 부모랑도 의논하지 않는 일을 승의 부모한테 허락을 구하려 하느냐고 묻는다. 승과 밤새도록 대화를 해보고서야 승의 부모가 나를 자랑스러워하게 만들려고, 받아들여줘서 감사하다는 표현을 하려고 내가 무진 애를 쓰고 있었다는 걸 깨닫는다. 그렇다. 꿈꾸던 결혼식을 모두 이루고 싶고 늘 스스로 즐기기 위해 파티를 했지만, 결혼식이 혹은 그에 따르는 파티가 나를 정의한다고 생각해본 적은 없었다. 그런데 확대가족들로부터 왕따를 당했다고 느끼는 내 안의 경쟁자가 결혼식을 '아마'와 '아파'를 위한 쇼로 이용하려는 것이다. 나를 믿어준 그들을 부끄럽게 만들지 않을까 끊임없이 걱정하며 신부용 고속도로의 과잉보상 차선으로 나를 마구 몰아갔다.

그러니 이제 심리학자의 상담실로 돌아가, 다시 한번 인정해야겠다. 친척들의 생각이 잘못됐다는 걸 증명하려 지나치게 애썼다고 말이다. 결혼식은 그런 것을 하는 날이 아니다. 전혀 아니다. 어느 날 촬영장에서 일찍 나와 구해 온, 한국 식품점에서 제안하는 메뉴 목록을 주방 식탁에 내던지면서 나는 결국 내 조바심을 시인하고, 승은 잠시 모든 걸 중단하자고 요청한다. 한 달 동안 어른들을 만나지 않을 거고 주말 내내 결혼식 계획도 세우지 않을 거란다. 또한 토요일에 자기 사촌 찰스와 여자친구 브리나를 같이 만나잔다.

*

찰스는 승의 사촌이고 브리나는 수년 전 나랑 같이 일했던 여배우로, 승과 내가 가라오케에서 두번째로 만났을 때 나한테 말을 걸라고 승을 부추긴 사람이다. 이 둘은 거의 오 년째 사귀는 중이지만 가족 모임에 많이 참석하지 않기 때문에 오랫동안 브리나를 보지 못했다. 약혼하기 전까지는 애인을 가족 모임에 데려오지 않는 한국인과 한국계 미국인들의 관습 때문일 것이다.

아니면 브리나가 아시아인이 아니기 때문이거나. 그녀는 아시아인을 뺀 거의 모든 인종의 혼혈이다. 흑인, 백인, 미국 원주민 등등. 그런데 언뜻 보기엔 놀랄 만큼 아름다운 흑인 여성이다. 일하면서, 그리고 사촌들이 모인 자리에서 브리나와 많이 만났지만, 찰스와 둘만 있는 걸 본 적은 거의 없다. 오늘 찰스의 옆에서 브리나는 음전하고 협조적이며 은근히 권력도 있어 보인다. 적어도 지금은, 찰스와 승이 있어서 그런지, 찰스 혼자 말을 다 하게 놔두고, 어쩐지 나는 그런 그녀의 모습에 매혹된다.

우리 넷은 나와 승이 하게 될 결혼식의 재밌는 면에 대해 대화를 나누고 찰스에게 금요일 한국 결혼식 때 하객들에게 우리를 소개해 달라고 부탁한다. 어쩌면 이 가족이 왜 이렇게들 키가 큰지도 설명해줄 수 있을 거다. 찰스는 그러겠다고 한다. 브리나는 초대해줘서 고맙다고 친절하게 치하하며 벌써 입고 갈 옷을 정했다고 말한다. 한편으로 나는 우리 결혼식에서 브리나가 가족들 앞에 공식적으로 처음 선을 보여도 괜찮을까 걱정한다. 전 가족이 참석하는 가운데 승용은 '백인' 여자와 결혼하고 찰스는 (결혼이 기대되는) '흑인' 여자를 데리고 오는 것이다. 하지만 이틀 후에, 친척들 중 거의 아무도 오지 않을 거라는 말을 듣는다.

우리 침실에서 승이 뭔가 분주하게 하는 척하며 나를 쳐다보지도 않고 로스앤젤레스 인근에 사는 숙모와 숙부들이 모두 오지 않을 거라고 말한다. 한국에 사는 친척들도 아무도 오지 않을 거란다. 듣자 하니 아버지 쪽 친척들은 고모(하와이에 살며 나를 찬양했다고 하지만 아직도 믿기지 않는)만 빼고 모두 오지 않을 거라고 한다.

정씨 집안은 대가족이다. 대가족 대부분이 그렇듯 나름의 굴곡이 있다. 승은 이 대규모 불참에 매우 화가 나 있는 게 분명하지만 나까지 끌어들이지 않으려 무진 애를 쓴다. 어차피 끝난 일이다. 형제자매들이 균열을 봉합하고 다 같이 동의할 수 있는 방법을 찾으려고 의논했지만 실패했단다. 물론 아무도 우리에게 이 문제를 설명하는 역할을 맡으려 하지 않았다. 우리가 친척들과 기쁘게 나누려 했던 이 큰 행사에 아무도 참석하지 않을 거라는 소식을 승의 어머니와 아버지를 통해 전해 들었을 뿐이다. 승은 이것이 자기들 문제 때문이며 내가 서양인인 것과는 상관이 없다고 하지만 별로 믿기지 않는다.

일 년 반 전에 승의 가족의 지지가 나에게는 그렇게 중요하지 않다고 처음 말했던 목소리를 다시 내려 아주 열심히 노력해본다. 내가 신경쓰는 건 승뿐이라고. 그래도 최선을 다해 승이 가족과 잘 지내도록 돕겠다고. 하지만 이젠 소용없는 듯하다. 왜냐하면 이 사람들이 승에게 상처 주는 것을 보았으니까. 어떤 일이 있어도 불평하지 않는 너무나 착한 나의 남자를.

왜 아무도 이게 승의 다섯 살 생일 파티가 아니라는 것을 모르는 걸까? 승은 자기 생각과 감정을 가진 어른이다. 그리고 내가 목격한 이들의 모든 행동에도 불구하고 승은 이들을 사랑한다. 아무튼 정확히 무엇 때문에 이러는 걸까? 장성한 형제자매 간의 의견 차이 때문일까? 그럼 아내들도 빠지는 건가? 지금까지 관찰한 한국 문화를 생각하면 분명 그럴 것이다. 하지만 아내들도 다른 친척 및 그 아이들, 특히 승용과 별도의 관계를 맺고 있다. 그러니 우리가 인종이 달라서 그러는 거라고 의심하지 않을 수 없다. 문제를 해결할 길이 없을까? 앞으로 다른 아들들도 비아시아 애인을 데려오면 또 어떻게 될지 보이는데 말이다.

아침에 승이 출근하자 나는 독자적으로 문제를 해결해보기로 하고 사촌 찰스에게 전화를 한다. 찰스는 예술과 돈을 절충시키지 않고도 협업을 이끌어내는 무시무시한 능력을 가진, 출세가도를 달리는 사업가다. 거래 성사 지점까지 의뢰인을 방어할 때든, 말이 거의 통하지 않는 자기 할머니를 지치지도 않고 돌볼 때든 타인의 요구를 존중하는 신비한 능력을 발휘한다.

처음 통화에서 찰스는 승과 마찬가지로 충격과 상처를 받는다. 하지만 이 남자들은 너무 공경심이 강해, 슬픔과 당혹 이외에는 부모들을 향해 어떤 분노도 드러내지 않는다. 나는 단도직입적으로, 이 결정이 바뀌도록, 그리고 우리 세대가 미래의 아이들에게 자랑스러운 한국계 미국인이 된다는 것의 의미를 다르게 전할 수 있도록 도와주겠느냐고 묻는다. 내가 어른들에게서 느낀 편협한 사고를 아이들에게 물려주고 싶지 않다. 찰스에게 나와 함께 우리 미래의 가족 모두를 위해 '한국인다움에 대한 신화'를 다시 쓰자고 제안한다.

나는 거의 십 년 전에 신화 구축에 대해 강의를 한 적이 있다. 장기 복역을 해야 하지만 아직 성인이 안 된 청소년들을 위한 최고 보안 등급 교도소에서 연기를 가르쳤다. 로스앤젤레스에 살면서 배역을 따내기 위해 오디션을 보러 다니는 동안, 무슨 운명인지는 모르겠지만 이것이 나의 생계용 직업이었다. 그 일을 한 지 이 년이 지났을 때 로스앤젤레스 중남부의 열네 살에서 열여덟 살 사이 비혼 어머니들에게 강의를 해달라는 제의를 받았다. 그동안 가르쳤던 십대 수감자들 중에서 아이가 아이를 낳은 경우들이었다. 십대 어머니들의 교육 지속을 위한 주정부 보조 프로그램의 일환으로 '삶의 신화 다시 쓰기'라는 제목의 짧은 세미나를 진행했다. 부모에게서 배운 것과는 다른 신화를 아이에게 가르칠 수 있도록 어린 어머니들에게 영감을 불어넣자는 취지였다.

소녀들이 믿지 않는 부모들의 '사실' 혹은 '법칙'을 모두 신선한 것으로 바꿔보자고 독려하면서 수업은 시작되었다. 예를 들어 아기를 가졌다면 열다섯 살에 하는 남미식 성인식 때 성대한 파티를 열거나 하얀 드레스를 입으면 안 된다고 하는 말들. 혹은 아이가 나쁜 짓을 하면 때려도 된다는 말들. 혹은 열 살이나 열한 살이 되면 스스로 일과 먹거리를 찾도록 거리로 내몰려도 괜찮다는 말들. 그러고 나서 자신의 아이들에게 어떤 말을 해주고 싶은지, 우리가 옳다고 믿는 말이 무엇인지 생각해보자고 했다. 수업을 끝낼 즈음엔 자신의 아이에게도 물려주고 싶은 가치 있는 가족 문화를 골라내어 집단적 '어머니 신화'를 써보았다. 이것은 소녀들뿐 아니라 나에게도 큰 힘을 주었다. 내가 지금까지 한 일 가운데 가장 자랑스러운 것 중 하나다.

이제 나는 아이비리그에서 교육받은 남자에게 새로운 신화를 함께 쓰자고 부탁하고 있다. 그리하여 우리 미래의 가족에게 '제로 세대'를 괴롭히는 어떤 경계선이나 편견도 없는 한국 문화의 아름다움을 알려주자고. 제로 세대에는 어릴 때 한국에서 온 승과 같은 사람들, 찰스처럼 미국에서 태어난 사람들이 모두 포함된다. 둘 다 온전히 한국적인 집안에서 자랐으나 그 바깥에서는 매우 미국적인 삶을 살아온 사람들이다.

또한 찰스에게 어머니가 우리 결혼식 참석을 다시 생각해보도록 전화 좀 해달라고 부탁한다. 찰스의 어머니가 마음을 바꾸면 다른 친척들도 그럴 것 같기 때문이다. 그리고 승이 내색은 안 해도 너무 슬퍼한다고 말해달라고 부탁한다. 찰스는 그러겠다고 하지만 승과 상관없는 문제도 있는 것 같다고 알려준다. 그래도 해달라고 간곡히 부탁하며 문득, 내가 잘못하고 있나 하는 생각이 든다. 내가 만난 승의 사촌 형제들이 모두 그렇듯이 찰스도 참 성실한 사람이다. 그에게 이 모든 문제를 다 해결해달라고 부탁하다니 마치 임종하면서 사제 한 명에게 모든 죄를 사해달라고 하는 것 같다. 찰스가 최선을 다 해주리라는 건 알지만, 결국 난 그에게 자기 어머니와 다퉈달라고 부탁한 것이다. 갑자기 내가 일을 엉망진창으로 만들어버렸다는 생각이 들어, 부리나케 전화를 걸어 잡혀 있던 저녁 스케줄을 취소해버린다. 승에게 자백해야겠다. 그래도 찰스에게 한 부탁은 취소하지 않는다. 자백해도 무사하길 바랄 뿐이다. 그리고 찰스가 잘해내길 진심으로 빈다.

승이 나에게 고함을 친다. 승이 큰 소리를 내는 것은 두 번밖에 보지 못했다. 승은 즉시 소리를 낮추지만 머리에서 김이 나는 듯하다.

의도는 이해하지만 대체 왜 그런 신경을 쓰냐고 한다. 내가 잘못했다. 도를 넘었다. 승조차도 관여하지 못하는 부모의 문제에 내가 끼어든 것이다. 만일 승도 질문조차 허락받지 못하는 영역이라면 나는 말할 것도 없다. 더구나 승을 위해서 혹은 나를 위해서, 찰스에게 알아봐달라고 부탁했으니…… 인종 문제도 걸려 있는 것 같긴 하지만 승은 신경쓰지 않을 거란다. 그리고 뉴저지의 숙부 하나도 참석한다고 오늘 연락이 왔다. 숙부 하나와 고모 하나, 그리고 거의 모든 사촌이 다섯 개 주에서 날아와 참석한다니 승은 기분이 좋아졌다. 다시는 자기 친척들을 어떻게 해보려 하지 말라고 하려다가 말을 삼키지만, 나는 알아듣는다. 선은 그어졌다. 넘어가지 않을 거다.

나는 자신을 돌아보며 내가 정말 서운한 게 무엇인지 생각한다. 그저 승이 상처받는 게 싫어서 그랬나, 아니면 몇 달을 들여 비밀스레 배운 한국어와 한국 문화에 대한 지식을 과시할 기회를 잃는 게 싫어서 그랬던 걸까?

그 둘을 분리하지 못하는 나 자신이 너무 싫어진다.

Eleven

워싱턴에서 트리니다드 이방인을 사랑한 이스라엘 유대인

"아무와도 결혼할 수 없었지. 이 남자한테 완전히 빠졌으니까."
—엘리 골드

지난번 내 행동이 너무 부끄러워서 시애틀행 비행기를 탔다. 승의 사촌 찰스에게 전화해서 결혼식에 부모님이 참석하도록 설득해 달라고 한, 그들 가족 문제에 월권을 행사한 나 때문에 나뿐 아니라 승도 창피하게 됐다. 너무 부끄러워서 내 집에서, 내 결혼식 준비에서, 나 자신의 관점에서 잠시 벗어나야 했다. 믿음직한 사람을 만나 죄를 고백하고 나름의 참회를 한 다음 승과 더 좋은 관계를 준비해야 할 필요가 있었다. 승은 화를 풀었지만 나는 아직 나 자신을 용서할 수가 없다. 다급해지면 내가 저지르는 짓들이 정말 마음에 들지 않는다. 또다시 이런 일을 벌이지 않으리라 장담할 수도 없다. 그래서 엘리를 만나 조언을 얻으러 가는 이 여행은 일종의 예방책이기도 하다.

촬영장에서 엘리 골드를 만난 건 지금으로부터 거의 십 년 전이다. 그녀에겐 털어놓지 못할 일이 없다. 승과 결혼하고 싶은 마음은 확고하지만 꽤 오랜 세월 사랑과 인종의 기로에 서 있던 사람의 조언이 필요하다. 한국판 하비트레일* 속을 달리고 있는 기분이니까. 달리고 또 달리며 아무 이유 없이 엄청난 에너지를 쏟고 있다. 나를 배척하던 친척 중 누구도 바꿔놓지 못했고 심지어 나를 좋아하던 사람들조차 짜증나게 만들고 있다. 어디에도 도달하지 못하는 쳇바퀴 경주에서 손을 떼자고 생각하지만 그래도…… 다시 한번만 더, 워싱턴 주로 달려가 그의 유산과 나의 유산, 그의 친척들과 우리의 서로 좋지 못했던 행동들에 대해 토론을 해보려 한다. 그래서 혹시, 실상은 아무 문제 없는 나의 결혼에 그토록 끈질기게 제기되는 인종이라는 문제에서 벗어날 방법을 알아낼 수 있지 않을까 희망을 품어본다. 시애틀로 날아가 엘리네 집에 숨어 주말을 보내는 것이 괜한 법석을 떠는 것처럼 보일지도 모르지만 늘 비가 훌쩍이는 도시에 오십 시간 동안 나 자신을 고립시켜두는 것도 내 문제를 해결하는 한 방편이 될 수 있다.

엘리는 내 또래들 중 처음으로 인종 간 결혼을 하는 불안감에 대해 털어놓은 사람이다. 엘리의 부모가 그녀의 동반자 선택을 문제삼긴 했지만 엘리가 신중했던 이유는 그 때문만은 아니었다. 엘리와 마주앉는 게 얼마 만인지 모르겠다. 시애틀의 독신생활을 청산할 때

* 햄스터 등을 위해 투명한 플라스틱으로 만든 집.

쯤, 엘리가 진지하게 하는 말에 나는 할말을 잃었더랬다. “만일 내가 제임스와 결혼하면, 미국에서 편안히 살 수 있는 곳은 대략 네 군데 정도밖에 안 될 거야. 그게 너무 두려워.” 2005년에, 내가 아는 그 어떤 미국인보다 세상과 다양한 문화에 대해 잘 아는 여자로부터 나온 발언은 충격적이었다. 그리고 아직도 엘리는 세상이 그녀와 제임스를 받아들일 준비가 됐는지 확신을 못하고 있다.

엘리와 제임스는 세계에서 가장 큰 인터넷 회사 중 하나에서 일하며 만났다. 지구상의 대부분의 사람들이 아직 블로그가 뭔지도 모르던 시절이었지만 엘리와 제임스는 시대를 앞서갔다. 둘 다 작가였고 제임스는 기자, 엘리는 소설가였다. 둘 다 대중에게 팝 컬처를 소개하는 일에 재능을 팔고 있었다. 제임스는 초창기부터 시작해 당시 최고참이 돼 있었고 엘리는 신참 편집 기자였다.

제임스는 활기차고 재미있고 모두의 사랑을 받는 유형이었다. 그가 엘리에게 관심을 보이며 장난을 쳐도 별로 이상하지 않아 보였지만 내가 봤으면 그다지 엘리 타입은 아니라고 했을 것이다. 전에도 흑인 남자와 사귄 적은 있지만, 그녀는 이스라엘 출신 유대인으로, 같은 종교의 사람과 결혼할 거라 굳게 믿고 있었다. 물론 유대인에겐 여러 피부색이 가능하지만 미국 서북 해안 지방에서 짙은 피부색의 유대인을 찾기란 거의 불가능했다. 종교의 차이, 그리고 그들이 직장 동료라는 사실만 문제가 되는 건 아니었다.

제임스는 서인도제도 출신인데, 너무 다양한 지역을 포괄하는 명칭이라 지도와 역사책을 보고 나서도 엘리로부터 설명을 들어야 하는 내용이 많다. 서인도제도란 카리브 해의 여러 섬들을 말한다. 미국의 남동쪽이지만 크리스토퍼 콜럼버스가 상륙했을 때 인도인 줄 알았기 때문에, 유럽의 '서쪽'이자 '인도'라는 명칭이 붙은 것이다. 1700년대 중반부터 1960년대까지 대부분의 섬들이 영국을 비롯한 많은 유럽 국가의 식민지였다. 그래서 이 지역의 사람들은 대부분 제1언어로 영어를 하며 지리학적으로도 이 지역의 많은 나라들이 북미로 간주된다. 이런 이유로 피부색은 검으나 복합적인 문화적 배경을 지닌 많은 서인도제도 사람들이 미국 동부 해안에 살고 있다.

제임스의 조상들 가운데 한 명은 창백한 피부에 붉은 머리를 가진 스코틀랜드인이었고 증조할아버지 한 명은 중국인이었다. 서인도제도 사람들에게 이런 가족 구성은 드문 일이 아니다. 영국, 아시아, 토착 민족이 여기저기 퍼져 있지만, 트리니다드는 특히 더하다. 제임스의 피부색은 검지만 잘생긴 얼굴에선 아시아의 느낌도 난다. 제임스는 런던에서 태어나 일곱 살까지 살다가 가족과 함께 트리니다드로 돌아갔다. 거기서 십 년을 더 살다가 뉴욕 시의 컬럼비아 대학으로 유학 왔다. 다른 많은 이민자들과 달리 금세 화이트칼라 출세 가도에 들어선 제임스는 사랑과 직업생활 중에 도사리고 있을 함정들에 대해 잘 모르고 있었다. 그리고 아프리카인도 아니고 미국인도 아닌 자신이 미국의 특정 하위문화의 일원으로 분류되는 게 어떤 의미인지도 실감하지 못했다.

제임스는 대학을 졸업하고 미국에서도 큰 몇몇 신문사들에서 기자로 일하며 인상적인 이력을 쌓았고 조금씩 서부로 옮겨 시애틀까지 왔다. 엘리를 만날 때쯤엔 정착할 만반의 준비가 돼 있었다. 어느 오후 나머지 부서 사람들이 회의를 하는 동안 둘이 점심을 먹으며 시작된 완벽한 여름 로맨스를, 가을이 오자 제임스는 끝내야겠다고 생각했다. 제임스가 엘리를 찬 이유는 몇 달 후 그가 마흔이 되기 전에 아이를 가지고 싶었기 때문이다. 엘리는 제임스보다 열세 살이나 어렸다.

엘리는 스물여섯에 아이를 가지는 것이 그렇게 싫지는 않았지만, 헤어지는 것에 반대하지는 않았다. 둘 다 감정 정리가 전혀 안 된 상태였지만 엘리 역시 제임스의 시간을 낭비하고 싶지 않았다. 엘리도 피부색이 자신의 삶에 드리우는 영향력을 깨닫기 시작했던 것이다. 엘리는 세파르디 유대인과 아슈케나지 유대인* 사이에서 태어났는데, 어머니는 매우 흰 피부, 아버지는 짙은 색 피부였다. 이스라엘에서 태어나고 자란 아버지(오래전 가족이 스페인에서 이주했다)는 어릴 때 이스라엘로 이민 온 어머니(남미에서 태어난 노란 머리)를 만났다. 이스라엘 사람으로서 너무나 많은 공통점이 있었기에 두 사람에겐 피부색이 문제가 되지 않았다. 둘 다 스페인어, 히브리어, 영어를 했고 이스라엘 문화에 뿌리를 내리고 있었으며 유대인이었다. 둘은 미국에 와서 이스라엘을 위한 NGO 일을 하게 되었고 엘리가

* 유대인은 디아스포라 지역에 따라 포르투갈, 스페인, 북아프리카의 세파르디, 중동의 미즈라히, 독일, 폴란드, 러시아의 아슈케나지로 구분한다. 1948년 이스라엘 건국에 당시 미국에 살고 있던 아슈케나지가 큰 기여를 했는데, 이후 세파르디와 미즈라히를 낮은 계층으로 취급하며 불화를 일으켰다.

태어났다. 엘리보다 여덟 살 많은 오빠가 대학에 입학해 떠나자 부모는 전형적인 미국 서부 십대가 된 엘리를 데리고 여행을 떠났다. 엘리는 세상을 보는 게 재미있어서 그다지 반항하지 않았다. 그리고 십대의 대부분인 육 년 동안 싱가포르, 도쿄, 홍콩, 대만에서 지냈다.

아시아에서 살면서 엘리는 침례교 학교에 다녔다. 기도 시간, 그리고 급우들이 한 명만 빼고 모두 백인이라는 점 때문에 이방인 기분을 느낄 수도 있었지만, 영원히 기억에 남을 경험을 한 것은 주로 방과후였다.

엘리는 당시 이 나라들 중 많은 곳에서 짙은 피부색, 특히 인도인에 대한 편견을 목격했다. 짙은 피부의 아버지는 종종 인도인으로 오해를 받았고 때로 식당에서 거부를 당하기도 했다. 그러면 그곳을 떠났다가 오 분 후에 되돌아와 피부색이 밝은 어머니가 자리가 있느냐고 물어보았고, 가족은 즉시 자리를 제공받았다.

민족중심주의, 인종차별, 피부색에 대한 편견은 엘리의 초등학교와 중학교 정규 교과과정이나 마찬가지였다.

아버지는 이런 불관용의 행태에 대해 엘리와 토론을 하기보단 그저 엘리가 직접 교훈을 느끼도록 했다. 엘리의 부모는 이 나라에서 저 나라로 옮겨다니며 일을 하느라 친구를 그다지 열심히 사귈 수 없었다. 어디에서 살든 고유의 문화를 지키며 살았다. 엘리는 어머니와 매우 가깝게 지내며 당시 느낀 모든 것에 대해 대화를 나눴지만, 가장 오래 기억에 남은 건 엘리가 직접 목격한 행동들이었다. 그래서 엘리는 오늘 내 머릿속에서 소용돌이치고 있는 모든 질문의 전제를 잘 이해한다.

엘리는 어른이 되어서는 이 어릴 때 감정을 그다지 많이 생각하지 못했다. 하지만 제임스가 아이를 갖고 싶어하는 걸 알게 되자 자신이 경험했던, 너무나 남다른 존재가 되는 상황을 아이에게 겪게 하고 싶지 않다는 뿌리깊은 욕망에 눈을 뜨게 되었다. 그러나 엘리와 제임스는 정신없이 사랑에 빠져 있었고 바보가 되어버린 둘은 네 달 동안이나 한 주에 한 번씩 플라토닉한 데이트를 계속했다. 그런 관계는 새해 전야를 친구로서 함께 보내려고 하다가 공식적으로 끝났다. 그날 밤 제임스는 마침내 남은 생을 엘리 없이 보내고 싶지 않은 자신의 마음을 확인했고, 엘리도 마찬가지였지만, 흑인과 올리브색 피부, 유대인과 이방인, 이스라엘과 트리니다드 미국인 커플로 살아가면서 겪을 일들이 두려웠다.

그때 둘이 일하던 직장을 제임스가 그만두었고 엘리는 학력도 낮고 경력도 적은 올리브색 피부의 여성인 자신보다도 제임스가 얼마나 더 직장을 구하기가 힘든지 직접 목격했다. 당시 제임스는 석사 학위를 마쳤는데 여전히 일자리를 찾지 못했다. 충격적인 통계치 때문에 엘리는 이 상황을 더욱 사무치게 받아들였다. 클린턴 시대 경기 활황에도 불구하고 젊은 흑인 남성의 실업률은 백인 남성의 두 배였고, 어떤 지방에서는 세 배였다.[1] 조지 부시 집권 후에 미국의 실업률은 대공황 시대 수준인 10퍼센트 가까이 치솟았다. 많은 보도에 따르면 그 수치의 4분의 1 이상이 흑인 남성이었다. 2000년 〈뉴욕 타임스〉에 의하면 고등학교를 중퇴한 이십대 흑인 남성의 65퍼센트가 실업자였다. 2004년 그 비율은 72퍼센트까지 상승했다. 같은 조건의 백인은 34퍼센트, 히스패닉은 19퍼센트였다. 고등학교를 졸업한 사람을 포함해도, 2004년 이십대 흑인 남성의 절반이 실업자였다. 2000년의 46퍼센트보다 오른 수치였다.[2]

이십대 흑인 남성의 믿을 수 없을 만큼 높은 복역 비율을 생각해보자. 1995년에 대학에 다니지 않는 이십대 흑인 남성의 16퍼센트가 감옥에 있었고, 2004년에 그 비율은 21퍼센트로 상승했다. 학교를 중퇴한 삼십대 중반의 흑인 남성 열 명 중 여섯 명은 복역 경험이 있다는 사실을 보면 더욱 놀랍다. 이런 통계를 보며 엘리는 흑인 사회에서 대체 누가 일하고 있는지 의아했다. 일하는 흑인 남성들이 이렇게 오랜 기간 부족한 상황이 어떤 결과를 가져왔을까? 미국 노동통계국에 의하면 2009년 흑인 혹은 아프리카계 미국인의 실업률은 백인의 거의 두 배에 이르며 심지어 아시아인과의 차이는 더욱 크다.[3] 자라면서 많은 사회에서 이방인이 되어본 엘리의 경험도 미국에서 교육받은 흑인 남성으로 사는 어려움에는 비할 바가 아니었다. 공영라디오 웹사이트에 의하면 오늘날 이십대 이상 아프리카계 미국인 남성의 실업률은 17.1퍼센트로, 미국 전체의 실업률 급증을 견인한다.[4]

시애틀이 미국에서 인종 간 커플 비율이 가장 높은 도시라고 생각되지만 엘리는 둘 다 소수민족인 점 그리고 그 사실이 아이들에게 미칠 영향을 걱정한다. 이 모든 것을 생각할 때 시애틀 이외의 곳에서 사는 건 엄두가 나지 않는다. 그토록 많은 여행을 다니며 자랐던 그녀로서는 잔인한 현실이 아닐 수 없다.

나는 엘리의 아파트에 앉아 전면 창으로 비가 퍼붓는 바깥을 내다본다. 엘리가 창문에서 흘러내리는 빗방울의 궤적을 손가락으로 좇는다. 마치 그것이 한때 흘렸던 눈물이라도 되는 것처럼. 엘리는 제임스를 진심으로 사랑하며 그를 만나 행운이라고 생각하지만 자신들이 살 수 있는 곳은 시애틀, 브루클린, 워싱턴 D.C., 로스앤젤레스뿐이라고 생각한다. 이곳들에서는 다른 인종, 다른 종교, 다른 문화유산을 가진 존재라는 것이 인생의 모든 선택을 결정짓는 절대적 요인이 되진 않는다.

나는 처음 이 말을 듣고는 어리둥절하고 사실 좀 두려웠다. 샌프란시스코, 애틀랜타, 뉴올리언스, 마이애미, 시카고도 있는데. 엘리도 이 지역들에 대해 많이 생각해보았지만 각각 문제점이 있다고 했다. 흑인과 백인이 물을 사이에 두고 분리돼 살고 있는 도시가 있고 어떤 곳은 유대인 공동체가 없다. 또한 어떤 곳들은 내 생각보다 훨씬 더 남부적이거나 중서부적이라고 한다. 인종 간 사랑 문제에 관한 한 엘리는 나보다 훨씬 예민하다. 같은 자유주의적 관점이더라도 훨씬 경험이 많고 박식한 엘리는 나와 상대가 되지 않는다. 의욕적이고 용감하게 이 뜨겁고도 위험한 쟁점에 뛰어드는 엘리는 어쩌면 내가 개인적으로 아는 우리 또래 친구들 가운데서도 가장 진보적이고 세련된 여성이 아닐까.

엘리의 경우는 '진보'라는 단어가 어울리지 않을 수도 있다. 자유화의 단계를 생각해보면 처음엔 금기였다가 차차 선도적인 것이 되고 그다음은 기존 표준과 동등한 지위가 된다. 엘리는 밝은 피부와 어두운 피부가 동등하게 공존하는 가정에서 자라, 아시아로 이주해 살면서 주변 사람들과 다른 피부색과 종교를 가진다는 것이 얼마나 힘든 일인지 경험했다. 아이오와 주에서 대학에 다니며 미국인들이 얼마나 좁은 틀로 사람을 분류하는지 더 확실히 알게 되었다. 엘리와 같이 두 문화, 더 정확히는 두 피부색 사이에 양다리를 걸치려는 사람에게 얼마나 여지가 주어지지 않는지도. 그러므로 나처럼 좌편향 뉴요커이자 로스앤젤레스 거주자이며 불교도인 멍청이가 아무리 엘리와 제임스의 결합이 너무나 멋지고 옳은 것이라고 떠들어대도, 인생을 함께하고자 하는 둘의 결정이 여타 많은 선택도 결론지어버린다는 것을, 엘리는 자신의 과거 경험을 통해 뼈저리게 아는 것이다. 나는 개인적 진보만이 이 나라에서 사랑에 관한 인종 간 관계의 진면목을 응시하고 또 해결할 수 있는 길을 열어준다고 믿는다. 그리고 엘리는 기꺼이 그렇게 함으로써 마침내 승과의 관계에 영향을 미치는, 인종과 문화에 얽힌 나의 개인사를 들여다볼 수 있게 만들어주었다. 임박한 결혼에 나 자신의 경험이 정확히 어떤 영향을 미치고 있는 건지 궁금해진다.

*

여섯 살에 가톨릭 학교에 들어갔을 때 나는 겨우 1킬로미터 떨어진 공립학교에서 일어난 '인종 폭동' 이야기를 들었다. 흑인, 백인,

라틴계 십대들 간의 싸움 때문에 거의 매년 일어나는 일이었다. 우리 지역의 다른 동네에서 발생한 폭력 사태가 번지는 걸 막기 위해 주변 카운티에서 경찰 병력을 파견하곤 했다. 당시 우리 가족은 뉴욕 시내가 아니라 롱아일랜드 남쪽 해안가 작은 섬에 살고 있었다. 우리 부모님은 아이들이 가능하면 도시에서 떨어져 뛰어놀며 자라기를 바랐다. 그래서 선택한 교외 주택지는 다양한 출신 배경을 지닌 이민 1세대와 2세대로 가득했고 대부분은 우리와 같은 노동 계층으로, 아이들에게 더 많은 기회를 주고 싶어했다.

1학년 어느 날 우리가 살던 아일랜드인 거주 지역에서 버스를 내리니 백인 꼬마 둘이 흑인 남자애 하나를 부두까지 쫓아가고 있었다. 백인 소년들은 야구 방망이를 들고 있었다. 길이 끝나자 흑인 소년은 부두에서 뛰어내리는 수밖에 없었다. 나랑 친구는 덤불 뒤에 숨어서 방망이를 든 소년들이 어떻게 하는지 지켜보았다. 흑인 소년이 한겨울에 옷을 다 입고 바다 멀리 한참을 헤엄쳐나가는 동안 백인 소년들은 고함을 지르며 방망이를 휘둘렀다. 몇백 미터 떨어진 습지까지 헤엄쳐 간 소년을 헬리콥터가 구해주었다. 우리는 가로등이 켜질 때가 되어서야 집으로 돌아왔다.

다음해 2학년 때 나는 교복 위에 이탈리아의 어느 성인의 날을 나타내는 배지를 달고 있었다. 학교에서 운동장이라고 부르는 검정 타르 바닥 주차장에서 같이 사방치기를 하던 심술궂은 조그만 여자애 둘이 무슨 배지냐고 물어보았다. "이탈리아라고? 아일랜드 사람이 아니었어?" 한 명이 비웃는 소리를 냈다. 그러더니 그 스머페트들은 기름이니 돼지니 하는 알아듣지 못할 욕설을 줄줄이 쏟아냈다. 심장이 마구 뛰었다. 이 끔찍한 감정을 수치심이라 부르는 걸 알지 못했던 나는 이 기분을 얼른 없애버리고 싶었다. 반쪽만 그럴 뿐이라고, 나머지 반은 너희와 같다고 설명하면 될 것 같았다. 하지만 난 두려웠다. 무언가를, 엄마를, 내가 사랑하는 우리집의 어떤 것을, 이탈리아를, 그리고 '나'를 부정하기가 두려웠다.

나는 체크무늬 치마를 입고 꼼짝없이 서서, 어떻게 이토록 빨리 모든 것이 흉해질 수 있을까 궁금해했다. 특히나 이 나쁜 계집애들이 나를 놀리는데 예수님은 어디 있는 걸까 궁금했다. 이 아이들이 이러는 걸 보면 매니큐어를 잘 바른 그 엄마들이 뭐라고 할지 궁금했다. 어느 책에서도 읽어본 적 없는 말을 가르친 게 엄마 쪽인지 아빠 쪽인지 알 수가 없었다. 그러고 나서 기분이 엉망이 된 채 조그만 책상에 앉아 있는 동안 짜리몽땅하고 야비한 아일랜드 계집애들은 뒤에서 쑥덕이며 욕설이 적힌 쪽지를 집어던졌다. 이런 것들을 통과의례라고 하면 너무 슬프지만, 누구나 어린 시절 비슷한 경험을 하지 않을까? 뭔가 남다른 부분을 가지고 있다면 말이다. 하지만 내가 자라던 곳의 거친 생태계는 그 이빨을 방과후에 본격적으로 드러냈다.

그 두 조폭 소녀들은 사건을 거기서 끝내지 않고 그날 오후 한 떼의 아일랜드 여자애들과 남자애 둘까지 끌어들였다. 이 새파란 2학년짜리 갱단들이 교회 밖에서 나를 구석으로 몰고 가 이탈리아가 얼마나 안 좋은 것인지 가르치며 또다른 종류의 폭행을 가하려 했다.

미국에서 나의 문화 모험은 여기서 시작된 것이 아니고 처음 경험한 편견도 아니었지만 내가 겨냥된 것은 처음이었다. 그래서 잊을 수 없는 기억으로 남아 있다. 대부분의 사람은 눈치도 채지 못하는 두 문화의 혼혈이라는 이유로 어린 내가 고난을 겪게 된 이때 우리 가족은 이 나라에 온 지 오래되지 않은 상황이었다. 이제 비밀이 드러났고, 이번엔 내 차례가 닥친 것이다. 1977년 맨해튼에서 사십 분 거리의 마을에서 몽땅 백인이고 가톨릭교도이며 대부분 아일랜드인인 급우들과 나 사이의 아주 작은 차이는 슬프나마 웃어넘길 수 있는 것이었지만, 내가 자란 지역은 나의 민족 경험에 꽤 큰 흔적을 남겼다. 그리고 대부분의 미국인들도 비슷했다는 걸 알게 되었다.

내가 배우가 된 계기가 메릴 스트리프, 혹은 아카데미상을 받은 누구, 혹은 아이비리그 학위를 받은 누구의 영향 때문이라고 말하면 좋겠다. 하지만 실제로는 내가 자란 곳에서 뒷골목 생존법을 배우는 과정을 통해 무대 위로 올라가게 되었다. 그날 나는 급우들 발치에 쓰러져 흙을 먹으면서 내가 가진 무기를 깨닫고 다시 일어설 수 있었다. 바로 '말'이었다.

누군가가 먼저 나를 밀쳐 쓰러뜨리자마자, 나는 이야기를 시작했다. 공립학교에 우리 아일랜드 사촌이 스물다섯 명 있고 이탈리아 사촌은 쉰 명 있는데 흑인 아이들이랑 푸에르토리코 아이들이랑 싸우기 전에 연습 삼아 다른 백인 아이들이랑 싸운다고. 그러니 당장 물러나지 않으면 그 사촌 두 패를 여기 다 풀어서 너희를 혼내주겠다고. 그러자 아이들이 흩어졌다. 나는 그저 한 번 쓰러져 무릎에서 피가 났을 뿐이지만, 다시는 그렇게 당하지 않을 거라 다짐하며 청소년기를 보냈다.

남은 학창 시절 동안 어떤 집단을 만나든, 지배적 문화가 무엇인지 나는 아주 잘 알아두었다. 어떤 집단에든 잘 섞여드는 기술, 남자애들이든 여자애들이든 물리적 충돌을 피하는 기술을 궁리하며 많은 시간을 보냈다. 새로운 문화에 엄청 빨리 적응하게 되어서, 여름 캠프에서 로데오 경기를 하면 농장에서 자란 소녀들을 제치고 일등을 차지했고, 유대인이 많은 고등학교를 마치고는 키부츠에서 살아보려 이스라엘에 가려고 했다. 하지만 열일곱 살 때 결국 엄마가 어깨를 잡아 흔들며 중동으로 가는 것을 막았다. 엄마는 나의 카멜레온 같은 행보에 질색을 하며 너는 이탈리아인이라고 소리를 질렀다. 나는 몇 년 전 우리집에 살았던 이탈리아 교환학생네 집에 가거나 대학 입학 전까지 그냥 집에 있어야 했다. 그래서, 뭐, 선택은 간단했다.

로마에서 사는 동안 나는 미국의 생활 방식에 대해 많은 것을 배웠다. 특히 나의 가족 문화가 이탈리아와 거의 상관이 없다는 것을. 우리가 사용하던 이탈리아식 표현은 심지어 이탈리아어로 존재하지도 않았다. 먹는 음식도 그렇고 모든 것이 이탈리아의 어느 지방보다 뉴욕에 가까웠다. 내가 집에서 배운, 이국적이며 낭만적이라고 생각했던 문화의 조각들은 대부분 뉴욕 빈민가의 조악한 모조품이었다. 아일랜드 전통도 마찬가지일 거라고 생각됐다. 그렇게 눈을 뜨고 나서도 오늘날의 관점을 굳히기까지는 십 년간 세계를 돌아다니는 여행이 필요했다.

첫번째 단계는 명망 높은 연극학과에 들어가 영국 대학으로 편입했을 때였다. 첫날 어떤 여자애가 어디 출신이냐고 물었다. 늘 그랬듯 아일랜드 반 이탈리아 반이라고 대답했다. 그 학생은 미간을 찌푸리며 목소리를 한껏 높여 "정말?" 하고 런던 남부* 특유의 방식으로 놀라움을 표했다. 나는 두 발에 힘을 주고 무릎을 살짝 굽혔다. 발레 동작을 준비한 게 아니다. 뉴욕의 교육 환경이 가르쳐준 기술을 활용할 태세를 갖춘 것이다. 나는 어린아이였다면 확 밀치는 동작에 준하는 말투로 물었다. "뭐가?"

여자애가 대답했다. "미국인이 분명하다고 생각했거든."

이 웃기지도 않는 순간이, 내가 미국인이라는 것을 하나의 문화 정체성으로 인정받은 최초의 순간이었다. 일곱 살 때와 똑같은 이유로, 우아한 영국 대학에서 한심한 속물(이었지만)로 보이고 싶지 않았던 나는 그해 내내 뉴욕 색채를 많이 털어내려 애쓰며 살았다. 내 민족을, 우리 미국인을 부끄럽게 만들고 싶지 않았다.

그렇게 해서 자랑스럽게도 지금은 그 문제 혹은 두려움을 대부분 떨쳐냈다고 말할 수 있다. 지구를 종횡무진하며 이십대를 보내고 나서, 내가 임시로 사는 곳이든, 나의 문화적 배경의 하나가 된 곳이든 간에 대부분의 문화권에서 호감을 얻는 보편적인 여자가 되었다. 하지만 나는 언제나 부드러운 방식으로, 내가 완전한 미국인이라고 사람들에게 알려준다. 미국이 제공해준 기회들의 산물이라고 말이다.

---

* 가난한 인구 밀집 지역.

승과 사랑에 빠지기 전에는 그랬다.

세상을 그렇게 돌아다니고 나니, 타문화에 대한 애호는 키스로 봉할 때도 됐나 싶었다. 인생의 동반자로 고려했던 남자들 가운데 같은 국기에 대고 맹세를 한 사람은 거의 없었지만, 그들의 어머니 가운데 지금의 예비 시댁처럼 나에 대한 불신을 강하게 표한 경우도 없었다. 그리고 사실 승과 인생을 함께하려는 나의 소망을 뒤틀어 버린 것은 승의 어머니나 아버지 또는 친척 중 누군가가 아니다. 그것은 바로 피부색이 아닌 가슴을 따라 사랑을 택한 우리들을 단죄하고 싶어하는 내 나라, 미국의 모든 사람들이 가지고 있는 인종중심주의다.

사랑에 대한 내 부모의 인종주의도 지켜보았고, 인종을 이유로 나랑 데이트하는 걸 반대하는 남자의 부모 때문에 기분이 상한 적도 있었다. 나도 겪을 만큼 겪어보고 이골이 났다고 생각했다. 그런데 무엇 때문에 이렇게 어찌할 바를 모르고 승의 가족들과의 관계에서 진퇴양난에 처해 있을까?

해답을 찾기 위해서 분석은 이만 멈추고 좀더 이야기를 들어봐야 할 것 같다. 지금으로서는 그 방법밖에 없다.

*

엘리가 제임스와의 관계를 걱정한 이유는 또 있었다. 다른 문화 및 종교의 사람과 결혼하려 할 경우 엘리의 아버지가 승의 가족과 같은 부정적 반응을 보일 것이기 때문이었다. 게다가 인종까지 다르면 더욱 받아들이기 힘들어할 것이었다. 많은 이스라엘, 한국, 그리스, 크로아티아, 벨라루스, 아르메니아 이민자들이 비슷한 연유로 그런 태도를 지니게 되었을 거라고 생각한다. 우리 부모 혹은 조부모 세대에서 자신의 국토, 언어, 관습을 빼앗긴 경험이 있는 민족은 전통을 지켜내려는 강한 열망을 갖게 된다. 그래서 엘리는 거의 이 년이 지나서야 어머니에게 제임스에 대한 말을 꺼낼 수 있었다. 그때 엄마는 엘리가 제임스를 선택하더라도 지지해주겠노라고 했지만, 관계가 아주 진지해지기 전까지는 아버지에게 말하지 말자고 했다. 또 일 년이 지나서야 아버지가 알게 되었다.

"아버지는 내 이전 남자친구들을 만난 적이 한 번도 없었어. 제임스를 가족 저녁식사에 데리고 간 건 상당한 사건이었지. 결혼할 거라는 의미였으니까." 엘리와 물가의 커피숍에 앉아서 이런 이야기를 하자 비슷했던 승의 경우가 떠오른다. 상대적으로 얼마 안 된 승과의 관계에서 내가 느끼는 기진맥진함과 얼마 전 저지른 소동 이야기를 하는 건 이제 그만뒀다. 엘리는 계속, 지금 하고 있는 이야기들은 이제 다 끝난 걱정이기 때문에 말할 수 있는 거라고 상기시킨다. 제임스와 같이 살까 말까, 부모한테 말할까 말까, 결국 제임스나 부모 둘 중 하나와는 관계를 포기해야 하나 같은 그 모든 두려웠던 결정들에 대해 이젠 침착하게 회고할 수 있는 것이다.

엘리가 마침내 제임스와 함께 살기로 결정했을 때, 그들은 한배를 탄 커플로서 아버지에게도 알리고 좋은 관계를 구축하기 위해 노력하기로 합의했다. 아버지가 실망하리란 건 알았지만 이제는 엘리의 가족 앞에도 당당히 나설 때였다. 부모 집에서 함께한 첫번째 식사는 엄청나게 불편했지만 소동은 없었다.

"아버지와 나 사이엔 대화가 거의 오가지 않았지. 전에도 그렇게 말이 많은 사이는 아니었으니까." 하지만 그때의 침묵은 무거웠으며 해가 거듭될수록 더욱더 무거워졌다.

"너는 그러지 마, 다이앤. 지금처럼 자꾸 만나고 노력하고 가능한 한 말도 많이 해야 해. 그러면 분명 될 거야. 당연하잖아. 두려움이나 걱정이나 분노는 떨쳐버리고. 그건 네 문제니까. 그나마 네가 조절할 수 있는 문제니까. 승과 결혼하기로 한 이유만 생각하고 계속 앞으로 나아가. 그들을 믿을 수 없으면, 결국은 잘될 거라는 내 말을 믿어줘."

그러나 나는 그렇게 될 거라 보지 않는다. 그 꽉 막힌 쳇바퀴가 어느 날 갑자기 저절로 해체돼 미래를 향해 나아갈 거라고 상상할 수 없다. 그리고 솔직히 말해 엘리도 그렇지 못했다.

엘리는 나의 좋은 친구이고 나는 그녀의 사연을 잘 안다. 내가 편향되게 생각하는 걸 수 있으니 엘리에게 물어봐야겠다. 아버지에게 트리니다드 출신 흑인 무신론자를 사랑하는 남자라고 소개한 후, 정말 그렇게 잘 풀렸다고 생각하느냐고. 엘리는 잠시 뜸을 들인다.

아버지에게 처음 말하고 나서 제임스의 요구로 엘리는 상담을 받기 시작했다. 다인종 가정에서 자란 자신의 경험과 그에 대한 힘든 감정들을 표현할 방법을 배우기 위해서였다. 그러고 나면 자신의 어린 시절 경험과 제임스와의 미래의 경험을 분리하고 각각 별개로 대화를 시작할 수 있을 듯했다.

지금이야 다 훌륭하게 들린다. 하지만 수년 동안 그런 모습을 보며 나는 너무 답답했다. 차라리 아버지랑 싸우길, '조건부 사랑'을 하라는 거냐고 비난하길 바랐다. 엘리의 어머니도 딸의 선택을 위해 더 강하게 싸워주었으면 좋았을 것이다. 그리고 제임스는, 나 같은 제삼자가 보기엔 너무 시간이 오래 지났기에, 얼른 프러포즈를 했으면 했다. 물론 나도 직접 인종 문제를 겪고 해결하려 노력해보기 전이었다. 한번 부딪칠 때마다 조금 해결이 될 수도 있었지만 모든 것을 잃을 가능성도 있었다. 인종 간 결혼을 하거나 혼혈 아이를 가지기 전의 많은 가족에게 고유한 해법이 필요하다는 걸 몰랐다. 때로는…… 그후로도 마찬가지다.

자녀의 반려자를 즉시 받아들이지 못하는 사람들을 흑백논리로 바라보았던 나는 엘리한테 정말 미안하다. 하지만 승의 부모가 나에게 점점 더 다정하게 대해주었던 것처럼(비록 친척들은 점점 더 못돼졌지만), 내가 조언을 부탁했던, 편견을 가진 부모를 두었던 가족들이 제각각 행복한 인종 간 결혼으로 향하는 길을 점차 보여주었던 것처럼, 곧 다가올 거라 예상되는 '탈인종' 미국의 미래에 대해 나는 훨씬 폭넓은 관점을 갖게 되었다. 그때가 되면 미국은 인종에 덜 신경쓰는 나라가 될 테지만, 새로운 세기에 들어서 2008년의 희망과 변화의 물결에도 불구하고, 이런 경험을 하고 저런 토론을 하다보면 아직은 우리가 피부색과 계급에서 '벗어나지' 못했음을 알게 된다.

그래도 나는 우리가 그 시대에 훨씬 빨리 도착할 수 있으리라 믿는다. 대화도 중요한 수단 중 하나다. 2010년 추산에 의하면 세 명 중 한 명의 미국인이 인종 혹은 민족 간 혼혈이라고 한다. 2000년 조사 결과에 비해 25퍼센트 올라간 수치다. 하나 이상의 인종 칸에 표시하는 것이 처음으로 하나의 선택지가 된 것이다. 비율이 올라간 것은 이번 세기의 전환 때 민족 선택 칸에 하나 이상의 표시를 한 칠백만 미국인들의 아이들 때문이다.[5] 그렇게 이 미국인들이 자라서 각각 인생의 동반자를 찾을 때 선택의 여지가 넓어지고 있다. 그러므로 오래전에 금기에서 선도로, 그리고 표준으로 사회 분위기가 변해갈 때 엘리가 지적했던 경계선은 아마도 전환점에 가까워졌을 것이다.

엘리의 결혼 과정에 대해 납득하고 결국 그것이 그렇게 느렸던 건 아니라고, 오히려 자신의 경험을 돌아보도록 해주었다고 생각하게 되었음에도, 이 새로운 깨달음을 나의 상황에 적용하지는 못하고 있다. 시간이 흐르면 저절로 해결될 거라고는 믿지 못하는 것 같다. 부모가 변하기를 십칠 년 동안 기다려야 했던 제니퍼와 소누 생각이 나는 것이다. 나에겐 그 정도의 인내심이 없다.

승과 사귀기 오래전부터 나는 인내심이 부족했다. 인내심 부족은 우리 가족의 유전적 결함 같다. 아버지는 인내심이라곤 없는 천성을 나에게 물려주었고 나도 죄 없는 나의 아이들에게 그 천성을 물려줄 게 분명하다. 하지만 이렇게 엘리와 앉아 있자니, 내가 정말 느리고 자연스러운 해결을 기다리지 못하는 문제를 가지고 있는 건 아닌가 의문이 든다. 엘리의 말이 이해가 되기 때문이다. 그리고 진실이라 믿게 된다. 그동안 대화를 해본 커플들에게서도, 모두가 곤혹스러워하는 주제를 공격적으로 끄집어내봐야 아무 소용 없다는 걸 배웠다. 나의 경우는 그러지도 못했다. 아무리 화가 나도 말이다. 그러니 시간이 약이라는 엘리의 말이 옳다. 걱정은 좀 줄이고 새로운 가족이 나름의 방법으로 다가올 시간을 주어야 한다.

하지만 이제 와서 내가 입을 다물고 다른 이들이 스스로 깨닫도록 기다리는 일을 잘할 수 있을지 모르겠다. 처음 리사와 인터뷰했을 때도, 승의 가족을 한 명도 만나지 않았을 때였는데, 전화에 대고 모르는 사람한테 펑펑 울면서 하소연을 했더랬다. 그리고 행동을 취하기 전에 넓고 길게 보라는 충고를 들었지만 그렇게 할 자신이 없었다.

그런데 엘리는 완전히 다른 방법으로 이 부분을 해결했고, 이를 통해 그녀는 내가 상상도 못했던 일종의 평화를 얻었다. 엘리의 아들 대니얼이 우리 주변을 뛰어다니기 때문에, 커피 제조로 유명한 이 도시에서 나는 뜨거운 커피가 아닌 차가운 커피를 마신다. 갓 내린 커피를 마신다며 이 완벽한 아이를 다치게 할 가능성을 조금이라도 만들어선 안 되니까. 대니얼이 나한테 장난을 치려 할 때마다 나를 포함한 카페 안의 모두가 크게 웃게 된다. 세 살짜리 대니얼은 이 가게에서 가장 향기로운 존재일 것이다. 진열대 안에서 많은 페이스트리가 향기를 풍기고 있지만…… 이럴 때가 아니다.

그래서 엘리는 절대 제임스를 포기하지 않았다. 내가 그녀를 심하게 밀어붙여도 나를 포기하지 않았고 아버지가 침묵으로 엘리의 회의감에 불을 지필 때도 아버지를 포기하지 않았던 것처럼 말이다. 엘리와 제임스는 오 년 동안이나 결혼하지 않고 기다리며 버텨냈다. 마흔까지는 아이를 가지고 싶었던 제임스의 소망이 상당히 틀어졌을 때 엘리는 일생일대의 충고 한마디를 들었고, 미칠 지경으로 둘의 앞길을 꽉 막고 있던 장애물은 제거된 듯했다.

엘리의 오빠는 가족의 문화와 전통을 따랐다. 신실한 유대인 여성과 결혼하고 곧 아이를 가졌다. 그런 오빠가 엘리를 방문했을 때 엘리의 고민에 대해, 아버지가 계속 포기를 못하고 딸이 다른 사람을 만나기를 바라는 문제에 대해 들어주었다. 그러고 나서 직설적으로 충고를 건넸다.

"스스로 결단을 내려야 한다고 말했어. 부모가 뭐라든 변치 않을 관계인지 그렇지 않은지 말이야. 내가 조금의 망설임이라도 내비친다면 아빠는 계속 자기가 원하는 방향으로 날 설득하려 할 테니까. 내가 원하는 바에 대해 명확하고 확고하게 밝히기 전까지는 부모도 원하는 것을 얻기 위한 싸움을 멈추지 않을 거라고. 물론 나를 위해서 그러는 거지만."

너무 간단해 보이지만 이 신조로 결국 엘리는 지금 나에게 조언을 하고 있는 것이다. 자신이 찾아낸 삶의 주도권을 잡고, 누구의 축복을 받으려고 기다리지 말라는 것이다. 부모의 목표 혹은 꿈을 만족시키는 반려자를 만나려는 소망에는 작별을 고해야 한다. 그리고 엘리의 경우는 또한, 그녀의 기숙학교 동기들 대부분이 그랬듯 은행

가나 법률가와 결혼하지 않을까 했던 오랜 기대와도 작별을 고해야 했다. 동기들은 두 예술가의 결합보다는 훨씬 안락한 삶을 즐기고 있을까? 그럴지도 모르지만, 지금까지 엘리를 지지해주었고 앞으로도 그럴, 그 누구보다도 사랑하는 제임스와 함께 누리는 즐거움과 충만한 활력이 없다면 엘리의 삶은 과연 어땠을까?

엘리는 제임스와 처음 트리니다드에 갔을 때 나에게 전화를 걸어 반농담조로 말했다. 마침내 '나의 민족'을 찾았다고. 그 작은 섬 곳곳에 자신과 참 닮아 보이는 사람이 정말 많았단다. 수대에 걸쳐 인종 간 혼혈이 워낙 많이 이루어졌기 때문이다. 인도인? 남미인? 브라질인? 중동인? 딱히 뭐라고 꼬집어 말하기 힘든 혼혈인들이 그렇게 존재하고 있었다. 마침내 늘 남달라 보이던 소녀가 자기와 똑같은 사람들을 찾은 것이다. 엘리가 입만 열지 않으면 모두 엘리를 트리니다드 사람이라고 생각했다. 말투는 달랐지만 정신과 피부색은 같았다. 이상하지만 이것 역시 엘리가 제임스를 사랑하는 이유가 되었다.

모든 것을 깨닫고 나서 엘리는 결혼해서 자신만큼 멋진 혼종 아이의 엄마가 되기로 결심했다. 그러고 나면 부모의 실망도 해결될 것이라고. 엘리가 어떤 선택을 하든 어머니 아버지는 그녀를 사랑할 것이고 그녀의 삶에 참여할 게 분명했다. 하지만 이런 상황에 처한 많은 사람들이 부모를 실망시킨다는 걱정에 실제보다 상황을 더 심각하게 생각하는 경향이 있다. 그런 두려움을 떨치고 나니 엘리는 비로소 오래 사랑해온 남자를 온전히 받아들일 수 있게 되었고 엘리의 부모님도 거의 즉시 제임스를 받아들이게 되었다고 우리 둘 다 인정한다.

"드라마 같은 순간은 없었어. 처음엔 고함치다가 마지막엔 껴안는 그런 게 아니었지. 우린 그냥 계속 부모님을 만났고 결국은 그렇게 해결된 거야." 부럽게도 내 친구는 너무나 쉽게 말한다.

이 도시에 아주 잠시 비가 그친 동안, 가만 생각해보니 지금까지 이야기해본 거의 모든 사람이 이런 경험에 대해 말했던 것 같다. 가족과 등을 지게 되더라도 지금 이 사람과 평생을 함께하기로 결심을 굳히는 순간 말이다. 이 결정에 이르는(주례 앞까지 가는) 길에 극적인 사건이 벌어지는 경우도 있지만, 내가 원하던 결과를 낳는 데 결정적인 사건은 없다. 내가 바라는 것은 진정한 마음의 변화이기 때문이다. 이 변화는 너무 점진적이라 반전의 순간 같은 것이 없다. 그리고 마음이 변화할 뿐 아니라 삶이 바뀐다. 이 변화를 일으키려면 내면의 힘, 스스로에 대한 믿음, 신이 내려준 듯한 인내심을 길러야 한다.

*

대니얼이 잠자리에 든 뒤, 나는 엘리의 아름다웠던 결혼식에 대해 두 가지 중요한 질문을 한다. 내 결혼식에 대해서도 영감이 떠오를 것 같기 때문이다. 엘리와 제임스의 결혼식 때, 사랑과 포용의 의미에 관한 슬로모션 사진처럼 내 기억에 남은 두 장면이 있다. 어떻게 그런 결실을 맺었는지 알고 싶다.

제임스가 청혼을 하고 곧이어 둘은 북서 태평양 연안 지역에서 내가 본 것 중 가장 아름다운 날씨에 유니언 호숫가 부양식 부두에서 결혼식을 올렸다. 보트 클럽에서 분리된 부두가 수련 잎처럼 둥둥 뜨며 움직이기 시작하자 엘리가 하객들이 모인 곳으로 나왔다. 그녀의 아버지는 엘리와 함께 온 것이 아니라 우리 하객들과 같이 있었다. 엘리는 혼자서 걸어와 신랑 옆에 섰다.

혼자서 입장하는(실제로는 둥둥 뜬 데크 위로 올라온) 엘리의 모습은 숨이 막힐 정도로 아름다웠다. 그 모든 일을 해결해내고 여기에 이른 그녀는 스스로 이 길을 선택했고 한 걸음 또 한 걸음의 모든 주도권을 쥔 채 미래의 남편을 향해 가고 있었다. 나는 엘리가 너무 자랑스러워 아이처럼 울음을 터뜨렸다. 가족의 두려움 뒤로 숨지도 않고 자신이 자라온 현실을 무시하지도 않은 엘리가, 시간을 들여 이전 삶과 미래 삶에 대한 감정들을 충분히 곱씹어본 엘리가 자랑스러웠다. 마침내 엘리가 제단에, 여성 랍비 앞에 제임스와 나란히 서자, 아름다운 올리브색 피부에 눈부시게 하얀 드레스를 입은 그녀는 막 여왕으로 즉위하려는 공주 같아 보였다.

"우리는 결혼 행진에 이르기까지 모든 일을 챙겼고, 우리 둘만의 의식을 만들고 싶었어. 이건 우리 둘이서 해낸 거니까. 내가 저 남자에게 나를 주는 것이었으니 다른 사람의 인도는 필요 없었지." 엘리가 말한다.

결혼식 후 저녁 만찬 자리에서, 파티 음악이 그날 오후의 아름다움보다 더욱 큰 감동을 주었다. 오래 기다려온 결혼식을 위해 제임스의 가족들이 세계 각지에서 모였다. 흥을 더 돋우고 특히 춤을 즐기기 위해 신랑 신부는 스틸 드럼 열두 개짜리 밴드를 불렀다. 이스라엘 전통 결혼 축가 〈Hava Nagila〉도 연주해달라고 했다. 파티가 끝나고 내가 밴드 사람들에게 가서 악수를 청하며 정말 멋진 연주였다고 인사를 건네자, 그들은 이 곡을 연주하는 건 처음이라 정말 긴장했다고 말했다.

"나도 연주가 어떨지 정말 불안했어." 이 이야기를 하자 엘리도 회상에 잠긴다. "연습을 잘했기만 바랐지."

밴드는 잘해냈다. 너무 자신이 없어서 결혼식 전날 밤 밴드 전체가 장비를 실어놓고 주차장에 앉아서 그 곡을 몇 번이나 연습했노라고 리더는 말했다. 카리브 드럼 밴드에 맞춰 유대인 노래를 부르며 엘리의 가족들이 손을 잡고 손뼉을 치면서 이쪽저쪽으로 돌고 제임스의 가족들도 함께하는 모습은, 뭐랄까, 이제까지 본 사랑을 축복하는 의식 가운데 가장 감동적인 장면 중 하나였다.

*

이토록 진보적인 친구 엘리도 초대해, 덩치 큰 한국인과 빨리 결혼식을 올리고 싶어 죽겠다. 엘리의 오빠가 남긴 충고가 이제 내 머릿속에서 끊임없이 울리고 있다. 그 충고가 나에게 어떤 의미가 될지 꼭 알아내고 싶다. 엘리의 결혼식 때 나는 하도 울어서 창피할 지경이었는데 지금 또 울고 있다. 그래도 이번에는 대니얼한테 겁을 주면 안 되니까 조심하고 있다. 대니얼은 내가 찾아온 게 너무 신나 벌써 침대에서 세 번이나 빠져나왔다.

이 잘생긴 아이를 보고 있자니 이 아이가 태어났을 때 엘리에게 내가 처음 한 질문이 생각난다. 흑인, 백인, 올리브색, 중국, 스페인, 스코틀랜드 조상 중에 누구를 닮았어? 그러자 엘리가 대답했다. "우리 대니얼은 자기 자신처럼 생겼어. 눈은 꽤 중국인 같고."

대니얼은 인종 간 결혼 포스터에 나오는 전형적인 아이 같다. 머리는 사방으로 뻗어나간 초콜릿 스파게티 같고 눈은 아몬드 모양이며 입술은 도톰하다. 피부는 놀라울 정도로 따뜻하고 부드럽다. 지난해 엘리가 보내준 명절 카드는 대니얼이 우유를 마시고 있는 사진이었는데, 한쪽 옆에서 어느 멕시코 여인이 역시 대니얼의 사진을 찍고 있었다. 나는 이 사진이 너무 마음에 들었다. 엘리의 가족을 잘 아는 나는 이 멕시코 여인이 그냥 지나가던 사람인데 대니얼이 너무 예뻐서 홀린 듯 사진을 찍게 되었으리라는 걸 잘 알 수 있었다. 나로서는 대니얼이 바로 현대 미국의 얼굴이라는 생각이 든다.

이런 소중한 아이를 놀라게 하긴 싫지만, 오늘밤 도무지 울음을 멈출 수가 없다. 모든 고난을 딛고 여기까지 해낸 엘리 때문에 기뻐서 우는 건지, 아니면 이들을 보면서 나의 미래와 아이들에 대해 진정 희망을 가질 수 있게 되어서 우는 건지 모르겠다. 엘리는 언제나 그렇듯 무한한 인내심을 베풀며 내가 말을 할 때까지 기다려준다.

"너희 오빠 충고가 생각나서." 나는 무릎에 앉은 졸린 아이를 어르는 한편 훌쩍이며 말한다. 엘리는 다시 한번, 그 충고는 자신의 관계를 완전히 받아들이고 '그들'은 놓아두는 거였다고 상기시킨다. 나는 엘리의 말을 자르지만 좀처럼 내 말을 술술 풀어내지 못하고 더듬거린다.

나에게 '그들'은 누구인지 안다. 그리고 실은 '그들'이 나타나기 전부터 나는 승을 나의 것으로 받아들였다고 믿는다. 지금 '그들' 때문에 좀 벅찬 것 같긴 하지만, 그리고 잘못된 곳에 신경을 쓰고 있는 것 같긴 하지만 말이다. 이 지혜의 사슬에서 진주를 따라가자면 승과 내가 원하는 삶에만 집중해야 하겠지만 나는 자꾸 '그들'을 놀라게 하고 싶어하는 내 안의 아부꾼, 타인의 생각과 행동을 바꾸려 하는 내 안의 섬세한 통제광, 내 안의 '의심의 방'에 사는 '겁 많은 아이'를 상대하느라 중요한 문제들을 놓치고 있다. 내면의 이 모든 폭풍을 잠재울 수 있다면, '그들'에 대해 신경을 좀 끄면, 나를 위한 최고의 답이 나올 것이다.

이 모든 말을 하고 나자 내 호흡은 좀 차분해지고 엘리도 미소를 짓는다. 대니얼도 손뼉을 치더니 내 눈물을 닦아주며 말한다. "이제 그만 울어."

그래서 나는 현명한 이의 말에 귀를 기울인다.

이제 나는 엘리가 어디서 평화를 얻었는지 알 것 같다. 엘리와 제임스가 자신들의 과제를 모두 해내고 나서 엘리의 삶은 아들을 중심으로 재편되었다. 다들 그렇듯이 말이다.

제임스의 인내심에 하늘이 상을 내린 듯 대니얼은 세상에 나온 순간부터 보석 같은 아이였다. 엘리와 제임스는 아이가 탄생할 때까지 성별을 알려 하지 않았다. 아들이 태어나자 엘리의 부모는 당연히 유대인의 중요 통과의례인 포경 이야기를 꺼냈다. 둘은 임신 후기에 이 문제에 대해 의논했는데, 하지 않기로 결론을 내렸다. 엘리의 어머니가 아직 병원에 있는 딸에게 조심스레 다시 한번 생각해달라고 했다. 새로 할머니가 된 어머니는 아버지와 함께 포경이 대니얼에게 좋다고 생각하는 온갖 이유를 댔다. 엘리가 그만하시라고 하자 결국 아버지는 눈물을 보였다. 그때 제임스가 방으로 들어왔다. 조부모는 재빨리 감정을 수습한 후 방을 떠났고 신참 부모 둘만 남았다. 엘리는 집에 가서 이야기하자며 입을 다물었다.

아이가 태어난 후 제임스가 친구들을 만났더니 다들 축하를 건네며 언제 브리스(출생 팔 일째에 포경을 하는 유대교 할례 의식)를 할 거냐고 물었다. 제임스는 친구들이 모두, 대부분 유대인도 아니었는데 이 의식에 대해 아는 것을 보고 충격을 받았다. 유대인 여자랑 결혼을 해서 아들을 낳으면 반드시 일주일 뒤에 할례를 받아야 한다는 걸 모두 알고 있었던 것이다.

제임스는 집으로 와서 엘리에게 이 얘기를 했고 병원에서 부모와 있었던 일에 대해 물었다. 엘리가 설명하자 제임스는 즉시 장인에게 전화를 걸어 모헬(할례를 행하는 유대교 성직자)이 어떻게 시술을 하는지 자세히 물었는데, 그때 이미 그들의 요청을 들어주기로 마음을 바꾼 상태였다. 자기는 어떻게 해야 할지 잘 모르니까 엘리의 아버지와 오빠가 구체적인 진행을 맡아달라며, 그들의 전통대로 아들의 포경수술을 하기로 했다. 대니얼을 안고 뒤에 앉아 있던 엘리는 생각지도 못했던 모든 일들이 일어나고 변화하는 과정에 아득한 현기증과 감동을 느꼈다.

대니얼이 태어나고 삼 년 동안 엘리와 제임스가 지내온 과정을 지켜본 나도 그저 경이를 느낄 뿐이다. 엘리는 양쪽 세계의 장점을 둘 다 가지게 되었다. 사랑하는 남자와 인생을 함께하게 되었고, 자신의 가족과 남자의 가족 양쪽의 지원도 얻었다. 엘리가 얼마나 순조롭게 어머니가 되었고, 이 두 명의 예술가가 전업 작가로 얼마나 잘 살아가며, 자기들 도시를 사랑하고 당분간은 이사 갈 계획이 없고, 아들과 함께 얼마나 멋지게 사는지, 나는 종종 말문이 막힌다. 엘리는 '언젠가' 가족이 다른 곳에서 살아야 할 때 선택지가 얼마 없다는 '쓸데없는 걱정'을 했다고 반성한다. 엘리는 올해 서른일곱이 되었고 제임스는 쉰이 된다. 엘리는 둘째 아이를 낳고 싶어 정기적으로 '노력'을 한단다.

"그렇게 걱정을 했지만, 제임스가 종교가 없어서 오히려 잘됐어. 우리 가정이 내 종교나 마찬가지니까 우리집엔 크리스마스트리가 없어. 대니얼도 반 아이들 중에 흑인 혼혈이 네 명이나 있는 끝내주는 학교에 들어갔어. 그리고 때가 되면 외국에서 살 생각을 하고 있어. 대니얼이 자기 배경이 된 모든 문화권에서 직접 살아보도록 해주고 싶거든. 그러니까 제임스를 인생의 동반자로 얻으면서 딸려오는 덤으로, 내가 갖고 싶었던 걸 모두 얻었어. 그리고 제임스가 아니었다면 내 어린 시절의 경험을 되돌아볼 기회를 얻지 못했을 거야. 그가 나와는 다른 사람이었기에 나는 나 자신을 깊숙이 들여다볼 수 있었어. 우리 둘 다 진정한 자신을 발견하려 함께 노력했기에 평생을 함께할 수 있게 된 것 같아."

Twelve

한국의 밤+미국의 밤=평정된 싸움

"제가 (인터넷에서) 부여받은 권한으로,
이제 두 사람이 부부가 되었음을 선언합니다."
—배리 리트먼

승의 호텔방에서, 승의 어머니가 나에게 옷을 입혀주고 있다. 네 겹의 한국 결혼 예복을 펼쳐놓고 차례로 입혀준다. 승의 아버지는 다른 방에서 승에게 옷을 입혀주고 있다. 금요일 밤, 아래 로비에서 이백 명의 하객이 우리의 한국식 결혼식 장소로 버스를 타고 가기 위해 기다리고 있어, 우리 넷 모두 잔뜩 긴장하고 흥분한 상태다. 승의 부모는 긴장하긴 했지만 이 예식을 위해 우리를 준비시키면서 무척 뿌듯해하는 듯하다. 우리 엄마는 자기 호텔방에서 나를 보러 오는 중이다. 우리 둘 다 이런 의례가 내 결혼식에 포함될 거라고는 상상도 못했다.

승의 아버지 쪽 친척들의 불참 결정은 결국 바뀌지 않았다. 우리가 어쩔 수 없는 부분이라는 점을 받아들이고 나자, 그 사실은 더이상 우리 관계나 결혼식에 영향을 미치지 않는다. 그 충격으로 중요한 교훈 하나를 배우긴 했다. 결혼식은 결혼생활과 같아서, 가능한 한 최고의 계획을 세우려 애쓰지만 복병이 나타날 수밖에 없고 그러면 우리는 어떻게든 처리하고 나서 계속 앞으로 나아간다. 게다가 우리처럼 삼십대 후반에 결혼하는 경우 그 과정에서 최대한 우아하고 기분좋게 삶을 계속 진행시키는 법을 배워야 한다. 전적으로 엘리의 사례에서 배운 점이다. 승도 상처받은 마음을 금방 뒤로했다. 그들이 아니어도 참석해 축하해줄 친척은 많으니까. 특히 사촌들이. 나도 시애틀에서 주말을 보내고 로스앤젤레스로 돌아오기 전에 마음을 풀 수 있었다. 엘리가 제임스와 얼마나 잘 사는지 직접 보았으니까. 제임스 옆의 신성한 자리로 홀로 걸어들어가던 엘리의 모습이 떠오른다. 가족이라는, 가끔은 분리할 수 없어 좋기도 하고 나쁘기도 한 존재의 도움을 받지 않고 스스로의 힘으로 제임스에게 자신을 내주었던 엘리의 선택으로 인해 삶이 얼마나 더욱 풍성해졌는지 보았다. 나도 엘리처럼 되고 싶다. 수잰, 제니퍼, 리사처럼 되고 싶다. 나탈리아도 곧 그렇게 되어 결혼하면 너무 좋겠다. 그렇게 상담도 좀더 받고, 멋진 새 친구들은 물론 진솔한 옛친구들과 밤늦게까지 많은 대화를 나누며 나를 괴롭히던 상처들을 치유하고, 오늘 나는 이 방에 이르렀다. 불의를 바로잡거나 누구에게 인정받고자 하는 욕망은 내려놓았다. 그리고 친구들도 몇 명 더 초대할 수 있었다! 이제 한국 공주용 결혼 예복을 입고, 한 시간 정도 있으면 모두 볼 수 있다.

나의 한복(한국 전통 드레스)은 분홍과 파랑 비단으로, 목 밑에서 시작해 아래로 내려가며 점점 넓어진다. 속치마는 윗부분은 면인데 허리께에서 망사가 되어 아래로 종처럼 쫙 퍼진다. 그다음 두 옷은 길이가 다르다. 밝은색 비단이고 여기저기 나와 '아마'밖에 못 볼 곳에 꽃 자수가 있다. 금상첨화는 머리에 쓰는 비단 관이고, 조그만 윗도리는 왕족의 옷이라지만 금박 테두리 때문에 좀 유치해 보인다.

예비 시어머니의 도움 없이는 이 드레스를 조합해 입을 수 없을 거다. 시어머니가 사준 옷이지만 그녀는 특유의 사려 깊은 방식으로 내가 직접 고르도록 해주었다. 승과 나는 로스앤젤레스 코리아타운의 한복집 세 군데를 다녀 원하는 옷을 찾아냈다. 처음 간 한복집은 가족이 운영하는 전통적인 분위기의 가게로, 거기서 일하는 여성들이 한국인과 결혼을 앞두고 방문한 나에게 절대로 직접 말을 걸지도 않고 심지어 눈도 쳐다보지 않으며 더욱 분명하게 분위기를 드러냈다. 따뜻한 환대를 느끼지 못한 우리는 다른 집으로 갔다.

두번째 가게는 고급이어서 한복 가격이 내 하얀 웨딩드레스보다 수천 달러가 더 나갔다. 그곳 여성들은 기쁘게 나에게 옷을 입혀주었지만 내 키에 맞는 옷을 찾을 수가 없어 따로 맞춤 제작을 해야겠다고 걱정했다. 승은 그곳 디자인이 현대적이라 전통 의식을 하는 취지에 어울리지 않는다며 내키지 않아했다. 그리하여 우리는 세번째 가게로 갔다. 그런데 세번째 가게는 사실 식료품점으로, 수백만 달러어치의 드레스가 뒤쪽에 쌓여 있었다. 승이 여기서 한복을 샀다는 한국인 부부에게 이 후미진 골목 주소를 받은 바로 그날, 승의 아버지가 서울에서 전화해 같은 가게를 추천했다. 각종 라면과 야채가 쌓인 통로를 지나 안쪽으로 들어가며, 소누와 전통 인도식 결혼식을 올린 제니퍼가 된 기분을 느끼지 않을 수 없었다. 제니퍼도 버지니아 주 인도 식료품점에서 결혼 예복을 샀으니까.

한복의 색깔은 신부와 신랑의 나이와 관계가 있다. 빨강은 나한테 너무 어리고 복숭아색은 더 나이 많은 사람용이다. 분홍색 또한, 이미 한복을 산 후에 알게 됐는데, 더 젊은 사람용이지만 식료품점 겸 드레스가게에서 나를 스물네 살로 생각했다! 나중에 스물네 살의 텔레비전 배우가 그 집에서 한복을 샀다는 기사가 몇 군데 코리아타운 소식지에 실린 것을 보고 나는 이 사실을 알게 되었다. 승이 내 한복이 분홍색이라고 하자 '아마'는 서른여섯 신부에게 어울리지 않아 보일 거라고 걱정했다. 하지만 지금 맨 바깥 옷을 입혀주며, 늘 그렇듯 '아마'는 나직이 속삭인다. "완벽하다. 정말 잘 어울려, 다이앤." 그러자 나는 지금까지 살아오며 이 여성을 나의 시어머니로 맞이하기에 어울리는 행동을 정말 했는지 돌아보게 된다.

나의 모친은 이제 들어와 멋진 의상을 입은 나를 보며 눈물을 멈추지 못한다. 승의 아버지가 엄마의 어깨를 두드리며 달랜다. 어젯밤 나의 가족과 승의 가족만 참석한 저녁식사 자리에서 두 사람은 처음 만났다. 그렇게 긴장되는 자리도 없었다. 나의 부모는 삼십오 년 결혼생활 끝에 비교적 사이좋게 이혼했지만 엄마에 대한 아버지의 감정은 일 년 후부터 분노로 바뀌었다. 이번 주말까지 사 년 동안 서로 보지도 않고 말도 하지 않다가, 어젯밤에 마주앉게 된 것이다. 리사와 데이브의 예행식 날을 떠올리지 않을 수 없었다.

물론 승의 부모가 매우 과묵하고 식사 동안 별로 말이 없을 거란 예상은 했다. 반면 나의 가족에게 침묵이란 매우 낯선 풍경이었지만, 엄마와 아빠 사이 불화를 생각할 때 우리 가족 중에서 터질 듯한 긴장감을 느낀 것은 나뿐만이 아니었을 것이다. 설상가상으로 승이 가족에게 나에 대해 엄청난 거짓말을 했다. 식사 동안 나의 가족 중 누구라도 무심코 폭로할 수 있는 것이었다. 그래서 나는 저녁 내내 잔뜩 가슴을 졸여야 했다.

승의 생일과 내 생일은 겨우 삼 일 차이다. 한국에서는 길운이라고 생각한다. 그러나 내가 승보다 한 살 많은 것은 아주 좋지 않다. 실은 상당한 액운이라고 여긴다. 그래서 한국인 여자도 아닌데 더한 문젯거리로 부모에게 걱정을 끼치지 않으려고, 우리가 동갑이라고 거짓말을 했다는 것이다. 그래서 나는 승보다 삼 일 늦게 태어난 것이 되었다. 당시에는 괜찮은 방법이라고 여겼지만, 차차 생각해보니 언젠가는 들통나기 너무 쉬운 거짓말이었다. 그래서 나는 부디 오늘 밤, 결혼식 전날 밤만은 그날이 아니길 빌고 있는 것이다.

지난 십팔 개월 동안 적당한 시기에 이 거짓말을 바로잡으려고 두 번이나 물어보았지만 승이 원하지 않았다. 나이 차이는 우리한테 전혀 문젯거리가 아니었지만 승의 부모에게는 너무 중요한 문제였기 때문에, 나도 이런 문화적인 문제에서는 빠져 있는 편이 나을 것 같았다. 그러나 지금까지는 나이, 졸업, 동창회, 내가 태어난 날에 대한 대화를 피해, 굳이 승의 부모에게 거짓말을 할 필요가 없었다고 해도, 오늘밤은 결국 비밀이 폭로되고 말 것 같았다. 우리 가족 때문이다.

나는 상견례가 이뤄지는 식당 앞에 온 가족을 모아놓고 엄마를 손가락으로 가리키며 말한다. 누구의 나이도, 생일도, 심지어 막내가 태어난 1976년 이전에 대해서는 아예 말을 꺼내지 말라고. 오늘밤엔 우리 가족이(즉 엄마가) 대부분의 말을 하게 될 것이지만 만에 하나 승의 부모가 그런 화제를 꺼내면 내가 알아서 하겠노라고. 그러고 나서 나는 엄숙히 다짐한다. 혹시라도 실수를 하는 사람에게는 500달러의 벌금을 매길 거라고. 그러자 남동생들(기억하겠지만, 승을 처음 만난 날 개를 먹는 한국인에 대한 농담을 한 녀석들이다)이 묻는다. 내가 처녀인 척도 해야 하느냐고. 나와 섹스에 관계된 주제가 나온 것만으로도 질색을 한 아버지가 자리를 박차고 식당으로 들어간다. 남동생들과 할머니도 뒤따르지만, 나는 엄마의 팔을 잡고 따로 단속을 해둔다.

혹시 실수를 할까봐 정말 진지하게 걱정되는 것은 나의 할머니, 즉 나의 어머니의 여든일곱 살 된 어머니가 아니다. 칵테일 두 잔을 마시고 난 후의 엄마가 걱정되는 것이다. 엄마는 그다지 상냥하지는 않게, 시댁에 비밀을 만든 신부가 세상에 너뿐이냐며 적당히 좀 해두라고 한다.

지당해 보이는 말씀이나 칵테일 두 잔을 마시고 나자 엄마는 어느새 입을 열고 다음과 같은 말을 시작한다. "그래서, 다이앤이 태어난 해……" 나는 부활절 아침 예수그리스도처럼 자리에서 벌떡 일어나고, 결혼 준비를 거치며 점점 더 나의 친구가 되어가는 승의 여동생 은이가 우리 엄마에게 지금 화장실에 가시지 않겠느냐고 묻는다. 엄마는 그렇게 나랑 예비 시누이에 둘러싸이고도 아무렇지 않게 어깨만 으쓱한다. 알았다고!

*

오늘은 엄마와 승의 부모가 한국식 결혼식을 위해 로비로 내 아버지를 만나러 가고, 사방이 조용해졌다. 며칠 만에 승과 단둘이 호텔방에 있게 되었다. 나는 불안정한 에너지를 주체 못하는 십대처럼 펄쩍 뛰어 승의 등에 탄다. 오늘밤에 해야 하는 어부바 연습을 미리 해보자고 하지만, 승은 너무 긴장해서 내가 농담하는 줄도 모르고 나를 내려놓으며 연설 연습을 해야 한다고 말한다. 내가 미리 듣지 못하게 하려고 속으로 중얼거리며 왔다갔다하는 승을 보니, 〈고인돌 가족〉에서 아내와 싸우고 난 프레드 플린스톤이 생각난다. 나는 승을 진정시키려 애쓰며 여기까지 왔으니 이제 긴장을 좀 풀어도 되지 않느냐고 하지만, 승은 오늘밤 좀처럼 마음을 진정시키지 못한다. 반면 나는 걱정을 끝냈다.

내가 할 수 있는 숙제는 다 했다. 이 행사를 주관할 지휘봉은 나의 '프로듀서'와 프로덕션 스태프, 그리고 도움을 줄 친척들에게 넘겼다. 아주 홀가분하다. 이제부터는 내가 세상에서 제일 좋아하는, 오늘을 즐기러 여기까지 와준 사람들과 어울리기만 하면 된다.

오천 개의 꼬마전구로 장식한 텐트 안으로 예식을 위해 입장하는 나와 승을 맞이해줄 사촌 찰스와 함께, 승의 사촌 마이크와 각지에서 모인 절친한 친구 셋이 우리 모두 함께 쓴 대본에 맞춰 사회를 봐줄 것이다. 약혼 기간 동안 내가 배운, 다섯 가지 선택된 결혼 의식에 대해 설명을 해주고 이 엄숙한 예식이 사랑의 기쁨과 빛에 푹 젖게 해줄 것이다.

하지만 먼저 하객들은 한국식 전통 바비큐를 즐길 것이다. 나는 그렇게 믿고 있다. 만찬 시간까지 십오 분밖에 남지 않았는데 승의 다른 두 사촌, 브라이언과 에릭이 음식을 아직 가지고 오지 않았다는 사실을 모르기 때문에 기분이 좋다. 둘한테 음식을 날라달라고 부탁할 당시는 마침 오늘 한국이 월드컵에서 뛰게 될 줄 몰랐다.

매머드에 한국 음식이 없는 건 의외가 아니어서, 코리아타운에서 훌륭한 케이터링 업체를 하는 친구의 어머니에게 제일 인기 있는 한국 음식을 전부 주문했다. 오늘 새벽 다섯시부터 만든 음식들을 냉장 트럭으로 저녁까지 매머드 산에 실어오는 것이다. 이 지역 케이터링 업체는 대기하고 있다가 음식을 받아서 손님들에게 접대하고 건배 때마다 소주(일본 사케와 비슷한 한국의 쌀 증류주)를 따르고 난 다음, 내일 행사 장소까지 차로 싣고 갈 의자와 식기 등 모든 임대 장비들을 챙기면 된다.

함정은 승의 어린 이십대 사촌들에게 코리아타운에서 음식을 실은 트럭을 운전해 다섯시까지 지역 케이터링 업체에 가져다달라고 한 것이었다. 브라이언과 에릭은 한국말이 유창해 우리 친구의 어머니와도 의사소통이 원활할 것이고 용기에 쓰인 한국어도 케이터링 업체에 번역해줄 수 있으니 이 임무에 적역으로 보였다. 우리가 예상치 못한 점은 한국계 미국인으로서 자긍심 강한 그들이, 오는 도중 어느 술집에서 축구를 보며 세 시간을 쉬었다 올 거라는 점이었다. 그때 나의 프로듀서가 확인차 전화를 걸었고, 일곱시 삼십분에 시작하는 예식의 음식이 일곱시 이십구분에 간신히 도착한다.

후식이 나오자 찰스가 일어나 의식을 시작하며 정씨 가족이 이 나라까지 이른 여정에 대해 이야기한다. 놀라울 정도로 진지한 동시에 놀라울 정도로 실없는 태도다. 그는 남자 사촌들을 전부 일어나게 해 한국인들이 얼마나 큰지 보여주면서 치즈 크래커 덕분이라고 우긴다. 모든 정씨 집안 어머니들이 처음 미국에 왔을 때 치즈 크래커를 하도 먹어서 유제품의 영양이 더해진 덕분에 아이들이 이렇게 덩치가 커졌다는 것이다. 그러고 찰스는 소주잔을 들어올려 축배를 제안하며 외친다. "감파이!" 그렇게 많은 하객이 한국의 증류주를 처음 맛보는 동안, '코모'(하와이에서 온 승의 아버지의 누나)가 찰스를 뭐라고 나무라기 시작한다. 친척 몇이 의논을 하더니 결론을 내려 찰스에게 통역을 전하고, 찰스는 다시 마이크를 잡고 말한다.

"죄송합니다. '감파이'는 일본말이었네요. 한국말은 '검베이'랍니다. 자, 한 잔 더 합시다. 검베이!"

다들 웃고 한 잔 더 마시는 동안 나는 텐트 밖에서 승의 손을 꼭 쥔다. 우리는 입장을 하려고 기다리며 하객들에게 보이지 않게 서 있지만 소리는 들린다. 나는 승에게 말한다. "조금이라도 잘못했다간 난리 날 줄 알았어." 하지만 모두 제대로 할 자신이 있기 때문에 나는 웃으며 속삭인다.

승과 나는 이제 훔친 화물 운반 팔레트들 위로 걸음을 내디딘다. 팔레트들은 매머드 산과 오늘밤의 아시아 분위기에 어울리게 포대와 비단으로 예쁘게 싸놓았다. 우리 부모들도 각자 자리에서 일어나 중앙 무대 맞은편에 선다. 승과 나는 한 시간 넘게 이어질 수많은 절을 시작한다. 승의 어머니의 가족들이 자리에서 벌떡 일어나 나를 도와준다. 나는 '고개를 바닥까지' 숙이는 절을 승보다 두 배 가까이 더 한다. 우리 친구 칼(나에게 가정교사를 구해주고 이번 의식에서 설명을 맡았다)이 참석한 여성들에게 응분의 보상이 따를 거라고 안심시킨다. 오늘밤 내가 바친 과도한 겸양을 승이 평생토록 갚아야 한다고 말이다. 승은 나의 부모에게 손으로 깎은 나무 거위들을 선물한다. 거위는 한번 맺은 짝과 평생을 함께하는 동물이기 때문에 생긴 전통이다. 나는 치마로 대추 열 개와 대추야자 여덟 개를 받아낸다. 즉 승과 열여덟 명의 아이를 낳는다는 뜻이다. 또한 '아파'와 '아마'에게 차를 따라주는데, 나는 잔에 가득차게 차를 붓고 그들의 얼굴을 가만히 들여다본다. 내가 차에다 크라운로열 위스키를 탔기 때문이다. 깜짝 놀랄 거라 생각했지만 그들은 그저 웃기만 하고, 나는 윙크를 하고 물러난다. 우리 모두 축제를 진심으로 즐기고 있다.

마지막 의식은 승이 나를 등에 업고 텐트를 한 바퀴 도는 것이다.

그리고 나의 엄마도! 사람들이 아무리 부추겨도 엄마는 손사래를 치고 할 수 없이 내가 두 번 업힌다. 그리고 승이 마이크를 잡고 멋진 연설 솜씨를 뽐낸다. 부모의 사랑과 보살핌에, 완벽한 미국의 삶과 함께 풍부한 한국의 문화를 물려준 데 감사하고, 멀리까지 와준 친척과 친구들에게 감사하며, 모두에게 멋진 주말을 만들기 위해 애쓴 내 노력을 치하해 더욱 공주님이 된 기분을 만들어준다. 하객들에게 소주를(그리고 나의 문화적 배경을 나타내는 기네스 맥주와 키안티 포도주도 함께 곁들이도록) 권하고 또 권한 끝에, 승은 한번 더 건배를 제안한 후 나한테 마이크를 넘긴다.

나는 특별히 할머니에게 감사를 표한다. 뉴욕에서 결혼식까지 조카를 안고 날아왔기 때문만도, 해발 3000미터 마을까지 다섯 시간 동안 자동차를 타고 와서 최고의 사람들과 함께 축배를 들고 있어서만도 아니다. 우리 가족의 이민자인 할머니의 여정이 없었더라면 지금 나는 여기 없었을 것이기 때문이다. 다섯 아이 중 막내인 할머니가 1927년 아일랜드에서 미국으로 왔으며 맨해튼 125번가 이주민 밀집 동네에서 이탈리아 남자와 눈이 맞아 그녀의 어머니가 쓰러질 뻔했다고 설명한다. 오늘밤 이 자리에는 두 문화가 합쳐진 가정 덕택에 할머니의 삶이 (우리 엄마의 삶만큼이나) 얼마나 풍요로웠는지, 그분 품에 안겨 자라며 직접 지켜본 사람이 스물다섯 명도 넘게 있다.

그러고 나서 나는 이 팔십대 노인만큼 마시며 즐기지 못하는 사람은 전부 풋내기 취급을 당할 거라고 말한다. 하객들이 머물고 있는 호텔 로비에 있는, 가라오케가 설치된 바로 모두를 초대하며 다음날 실제 결혼식에서 모두 숙취에 시달려야 한다고 부추긴다. 승과 내가 만났던 결혼식에서처럼 토요일 우리 결혼식 전날 밤에도 마법 같은 일이 일어날 수 있으니 아무도 빠져서는 안 된다. 그렇게 농담을 끝내고, 또다른 이민자들을 향해 고개를 돌린다. 나의 새 시댁 식구들.

나는 한국어로 연설을 시작한다.

"아버지, 어머니, 오늘밤 두 분과 가족을 모시고 두 분의 아들과 결혼하게 되어 무척 기쁩니다. 승용이 저 같은 사람과 결혼할 줄 예상 못하신 걸 알기에 더욱, 저를 가족으로 받아주셔서 감사드립니다. 두 분은 친절과 사랑으로 저를 너무 따뜻하게 환영해주셨습니다. 두 분의 아들을 진정으로 사랑하며 꼭 함께 한국의 문화를 배우고 아이들에게도 물려주려 노력할 겁니다. 이제 우리는 모두 한마음입니다."

내가 첫 문장을 시작할 때부터 나의 시아버지는 소리 내어 흐느낀다. 승도 마찬가지로, 내가 말하는 한국어 대부분을 이해하지 못했음에도 눈물을 흘린다. 물론, 그가 내용 때문에 감동한 것은 아니다.

*

토요일 아침, 나는 결혼식 준비를 하는 동안 엄마와 할머니가 나랑 같이 좀 있어주기를 바란다. 지난 십오 년간 텔레비전 일을 하며 내가 사랑하게 된 최고의 미용사 두 명도 하객으로 와주어 아침 내

내 우리 셋을 동안으로 만들어주고 있다. 그들이 마법을 부리는 동안 나는 간밤 테이블 장식으로 쓰인 난꽃 스무 송이를 잘라 직접 신부 부케를 만든다. 한국식 결혼식에 쓰였던 것을 미국식 결혼식에도 가져오고 싶었는데, 모든 테이블에서 한 송이씩 가져오니 딱이다. 난꽃 줄기들을 웨딩드레스의 남는 레이스와 엄마의 아기 팔찌로 감싸고 세상을 떠난 고교 절친의 졸업반지로 한데 묶는다.

어제 우리는 모든 하객에게서 '사랑의 쪽지' 이백 개를 받았다. 한국 결혼식의 마지막 의식은 친척 어른들이 새 부부에게 충고를 해주고 보통 돈을 선물하는 것이다. 우리는 이 의식을 약간 변형해 모든 테이블에 쪽지를 적을 카드를 놓아두었다. 하객 전체에게 돈 대신 각자 가장 좋아하는, 사랑에 대한 격언을 적어달라고 요청한 것이다. 농담도 있지만 대부분은 진심 어린 내용이다. 우리의 친구이자 변호사이며 오늘밤 주례를 설 배리가 이중 셋을 골라 오후에 산중 테라스에서 '설교'를 할 때 좌중에 공개할 것이다. 하지만 내 친구이자 들러리인 리즈, 나한테 남편의 친구인 승을 소개해준 장본인이 이 사랑의 쪽지를 가지고 오기로 해놓고 늦었다. 리즈는 간밤 나의 충고를 진심으로 받아들여 오늘 심한 숙취에 시달리느라 두 시간이나 늦게 나타났다. 하지만 오히려 잘된 것이, 그녀를 기다리는 동안 나는 초대받지 않은 손님을 발견할 수 있었다.

"결혼식 날 생리를 하는 사람도 있나?" 화장실에서 투덜거리고서 나는 여성용품을 찾아 헤맨다. 하지만 구급함에도 웨딩드레스를 구제해줄 물품은 들어 있지 않다. 그래서 리즈가 간신히 몸을 끌고 나타나자마자, 곧바로 탐폰을 사오라고 내보낸다. 그녀가 말한다. "그럼 임신하진 않은 거네?"

서른여섯 나이에 아기 생각이 다급해진 나는 세 달 전부터 임신하려 애쓰기 시작했다. 결혼식 날 임신 십이 주가 된다 해도 티는 안 날 테니 괜찮다고 생각했던 것이다. 승의 어머니도, 우리 엄마도 약혼했을 때부터 아기를 가지라고 요구하기 시작했다. 두 사람 다 내 나이였을 땐 아이가 고등학교에 갔던 것이다. 그래서 우리가 서두르길 무척 바란다. 하지만 칠십오 일 동안 매일 진단기에 오줌을 눈 끝에 이 주 전 나의 들러리가 결혼식이 끝날 때까진 좀 참으라고 충고했다. 너무 일을 많이 벌이고 있다는 것이다. 거사를 앞두고 급하게 임신이 될 리도 없다고 했다. 게다가 신혼여행으로 한국과 스리랑카에 가기로 해서 정신없이 지낼 게 분명하므로, 이 주 전에 진단기는 치워버렸다. 그렇긴 해도 아직 아기가 들어서지 않았다는 사실을 확인하는 순간은 좀 슬프다고 인정을 해야겠다.

그리고 갑자기 리즈가 돌아와 나는 옷을 입고 같이 나간다. 먼저 엘리베이터를 타고, 그다음 차를 타고, 그리고 마침내 결혼식 행렬이 전부 모여 있는 장소까지 가는 곤돌라에 타서, 승과 나는 서로에게 모습을 드러낸다. 승은 처음으로 자신의 미국식 신부가 된 나의 모습을 보고 사진가들은 모든 순간을 필름에 담는다. 대규모 결혼식이다. 여덟 명의 남자, 여덟 명의 여자, 두 명의 화동, 주례, 그리고 낭독자 둘. 사진가 둘을 포함한 스물다섯 명의 결혼식 행렬은 나의 절친이자 근친들이다. 단체 사진을 찍으며 우리는 모두 엄청 웃는다. 이 순간에야 이 모든 의식이 얼마나 미국적인지 깨닫는다. 미국식 예식은 가족에 따라, 종교와 지역에 따라 제각각 다르지만 거기 깔린 감정들은 모두 전적으로 우리 문화의 일부다. 신부는 하얀 드레스를 입고 신랑은 가장 좋은 옷을 입는다. 가족이 딸을 새로운 가족이 될 신랑에게 인도해준다. 친구들은 미래를 약속하는 부부의 증인이 되어준다. 빵을 가르고 축하 파티가 뒤따른다.

모두가 곤돌라를 타고 도착하자 아빠와 나는 우리 예식장 옆의 주방 시설에 숨는다. 하객들은 산 아래서 샴페인을 마셨기 때문에 여기까지 올라오는 길이 즐거울 것이다. 십오 분 후에 다섯 명의 불교 승려들이 온 사방에 환상적인 메아리를 만드는 염불을 시작한다. 하객들이 모두 앉자 결혼식 진행자들이 레너드 코언의 〈Hallelujah〉에 맞춰 제단으로 행진을 시작한다. 그리고 성직자들이 앞에 서 있는 배리와 승 주변을 에워싼다. 나도 아빠의 팔짱을 끼고 승을 향해 걸어가기 시작한다.

내가 입구에 나타나자 모든 소리가 멈추고 하객들이 일어선다. 승을 보자 미소가 절로 나온다. 너무 긴장돼 보일 뿐 아니라 열여섯 살짜리 소년처럼 보인다. 장미 꽃잎을 밟으며 더 많은 천과 하얀 테두리를 두른 어제와 같은 화물 운반 팔레트 위를 걸어가는데, 아빠의 손이 떨리는 게 느껴진다. 아빠가 나의 베일을 들어올리고 볼에 키스하자 내가 속삭인다. "고마워요." 윙크도 곁들이며 아빠를 진정시키려 노력한다. 하지만 아빠가 가버리자 나도 머리가 멍해진다.

그러나 승을 향해 손을 뻗자, 처음 만났을 때부터 그랬던 것처럼 마음이 안정된다.

승과 나는 서로에 대해 가장 좋아하는 점 다섯 가지를 적었다. 우리가 혼인 서약을 하기 전에 배리가 단상에서 읽어줄 것이다. 서로 보여주지 않은 상태인데, 승의 절제하는 성격 덕분에, 그의 사랑이 내 사랑보다 덜 로맨틱해 보일까봐 걱정된다. 그런데 알고 보니, 다섯 개 중에 세 개나 서로 일치했다.

배리가 말한다. 승은 내가 중요하다고 생각되는 일을 해낼 때 보여주는 백인분의 괴력을, 승보다 아시아 문화를 더 잘 아는 점을 사랑한다고. 또한 나는 승을 본받아 더 친절하고 부드러운 사람이 될 수 있어서 승을 사랑한다고, 그리고 첫 데이트 때 승이 포르셰를 몰고 나와 내가 혹시 한국 조폭이냐고 물어봤다고. 승은 조용히 그렇다고 대답했고 난 진짜인지 신경쓰지 않았다고. 그러고 나서 배리가 우리의 세 가지 공통점을 들려준다. 먼저, 우린 똑같이 서로 완벽한 음양이기 때문에 사랑한다고 썼지만 구체적인 사례는 달랐다. 나는 몸이 차고 승은 너무 따뜻해서 밤에 둘이 같이 있어야 더 편하다고 쓴 것이다. 또한 우리는 기존의 가족을 소중하게 생각하며 새로운 가족을 열정적으로 만들어가고 싶어하는 모습이 좋다고 썼다. 그리고 천생연분을 만났을 때 바로 알 수 있을 만큼 자기 자신에 대해 잘 안다는 점도 꼽았다. 우리는 서로 아주 다른 방식으로 이런 공통점에 도달했기에, 나는 제단 앞에서 웃음보가 터지고 만다. 그리고 글쟁이는 나라고 해야 할 테지만, 승의 글이 훨씬 달콤하고 시적이다.

들러리가 새 둥지 속에 잘 담아 가지고 있는 우리 반지들을 배리가 사람들에게 돌린다. 오늘 참석한 하객들 하나하나가 증인이 되어 우리 결혼이 아름답게 지켜지도록 도와달라고 말한다. 그렇게 미국 전통 결혼식의 다섯 단계를 거치는 동안 단 한 번 차질이 생긴다. 승이 결혼반지를 손가락에 끼지 못한 것이다. 하객들이 훔쳐갔기 때문이 아니라 산의 고도 때문에 승의 손이 부풀었기 때문이다. 할 수 없이 새끼손가락에 반지를 끼워주며 나는 나중에 고쳐주겠다고 다독인다. 이제 배리가 주례를 마무리하며 말한다. "제가 (인터넷에서) 부여받은 권한으로, 이제 두 사람이 부부가 되었음을 선언합니다." 그러고 나서 한바탕 키스를 하며, 덩치 큰 한국인은 영원히 나의 것이 된다.

*

뒤풀이 파티에서, 승과 나는 공식 '첫 춤'을 춘다(처음 만난 약혼 파티 때, 크리스틴을 내 치마 밑으로 집어넣으며 눈꺼풀을 당겨 올려 승에게 오라고 손짓했던 실제 첫 춤은 뭉개버린다). 그러고 나서 내가 아빠와 춤을 춘다. 그다음 댄스 플로어 한켠에 우리를 위해 마련된 자리, 디스코 조명이 달린 나무 밑으로 물러나자, 승과 어머니가 춤을 춘다. '아마'가 이 풍습에 대해 알고 있었을까 궁금하다. 승을 올려다보는 어머니의 얼굴이 너무나 환하게 빛나, 그런 건 상관없다는 게 자명해진다. 나도 엄마와 잠시 둘이서만 춤을 춘다. 슬프게도 미국에서 별로 벗어나보지 못한 엄마는 새로운 문화를 배운다는 엄두는 내지 못했지만 아이들을 훌륭한 사람으로 키워내기 위해 열심히 노력했다. 우여곡절을 겪으며 우리를 키워낸 엄마 덕에, 나는 엄마와 다른 믿음을 가져볼 용기를 낼 수 있었다. 그 점이 가장 감사하다.

저녁식사 직전, 나는 들러리 리에게 화장실에 같이 가달라고 부탁한다. 리는 나의 가장 오랜 친구고 이런 일을 부탁할 유일한 친구다. 드레스 치맛단에 뭐가 너무 많이 달려서 온통 복슬복슬하기 때문에 탐폰을 어떻게 갈아야 할지 모르겠다. 그래도 리가 120센티미터 길이의 하얀 레이스 치마를 잡고 있어준 덕분에 그럭저럭 일을 해내는가 싶다. 그런데 이전 탐폰에 피가 하나도 묻어 있지 않은 것을 보고 나는 기겁한다. 리는 안심시키려 애쓰며, 드레스에는 아무것도 묻지 않았다고 알려준다. 내가 걱정하는 건 그게 아니다. 너무 흥분돼서 숨도 안 쉬어진다. 리는 오래전에 아이를 낳아서 이 상황을 잘 모르는 것 같다. 생리혈이 나오지 않은 것은 생리가 아니었기 때문이라는 확신이 든다. 하지만 갑자기 흥분해 난리를 치지 않도록, 구체적인 설명은 삼간다. 대신 여성용품이 더 필요하지는 않겠다고 말하자, 리는 몸이란 게 참 웃긴다고 논평한다. 정신이 신체 주기를 변화시키기도 하니 말이다. 나는 리를 껴안으며, 나의 몸에 그보다 더 큰 변화가 일어난 것이기를 진심으로 바란다.

후식이 나오고, 아빠가 담배 상자를 들고 쿠바산 시가를 돌린다. 내가 얼마 전 두바이에 갔다가 산 것이다. 지금까지 살아남아 여기까지 오다니 너무 반갑다. 승과 승의 여동생도 하나씩 받는다. 하지만 승의 아버지가 달려오더니 얼른 끄라고, 한국에서는 어른 앞에서 담배를 피우지 않는 법이라고, 불경스러운 짓이라고 꾸짖는다. 그러나 승은 아버지 어깨에 팔을 두르며 말한다. "'아파', 한국의 밤은 어제였어요. 오늘은 미국의 밤이고 우리도 다 미국 국민이니 그냥 피워요!" '아파'는 완전히 이해는 못하는 듯하지만 그래도 승을 내버려둔다. (그럼에도 불구하고 은이는 당장 꺼야 한다고 고집한다. 아무래도 승 역시 결혼식 이후로는 이런 불경을 허락받지 못할 것 같다.)

나의 테이블엔 내내 멋진 샴페인이 제공된다. 한국 테이블엔 크라운로열이, 아일랜드 친척들에겐 파란 딱지의 제임슨이 나온다. 내 친구들은 보드카를 부어대고 승의 친구들은 스카치위스키를 마신다. 모두 잔뜩 마시고 춤을 추다가 장소 주인들이 사정을 해서야 버스에 오른다. 버스 안에서 서로 모르던 사람들이 키스를 하고 두 남자가 돈 헨리의 노래 가사에 대해 열정적으로 토론한다. 웃고 떠들고 토하는 사람들을 보니, 모두 즐거운 시간을 보낸 증거인 듯해서 흐뭇하다.

다음날 아침 승과 함께 일어난 나는 어제의 생리 사고에 대해 이야기한다. 결혼식 날 태아가 자궁에 착상된 걸지도 모른다고. 간밤의 숙취에 시달리는 머리로 '태아'니 '자궁'이니 하는 말을 듣고 싶지 않은 승은 손을 들어 나를 막는다. 다시 한번 힘주어 정말 우리가 결혼식 날 임신한 걸 수도 있다고 주장하는 내 뺨을 토닥이며 승이 말한다. "그거 잘됐다, 자기." 믿지를 못하는 거다.

우리는 브런치 식당까지 달려가고 나는 텍사스에서 온 승의 사촌 댄과 함께 앉는다. 그의 딸과 리의 딸이 어제 우리 결혼식의 화동이었다. 곧 헤어지기 전에 댄의 가족과 시간을 좀 보내고 싶다. 댄은 어린 시절 승의 우상이었다. 한국 친척 가운데 처음으로 미식축구를 하고 미국 스포츠 팀을 응원한 사람이었던 것이다. 댄은 매력적인 사람이며 눈부신 세 딸의 아버지다. 아내 캔더스는 우아하고 친절하며, 우리 결혼식에서 막내 아이가 나의 대녀와 함께 행진하게 해달라는 요청도 흔쾌히 들어주었다. 갑자기, 오늘 아침에서야, 캔더스가 서양인이며 그것도 텍사스 사람이라는 걸 깨달았다. 이제야 '코모'(승의 아버지의 누나이자 캔더스의 시어머니)가 결혼에 반대하진 않았는지 물어볼 생각이 난다. 그렇진 않았다고 대답하면서 캔더스가 잠시 뜸을 들여, 나는 누구 다른 사람이 반대한 건가 하고 짐작한다.

우리는 서로 미소를 지어 보이며, 여기서 어떻게 해야 할지 망설인다. 내가 막 합류한 가족에 캔더스는 들어온 지 십 년이 된 것이다. 그래도 이런 대화에 많이 익숙해진 내가, 혹시 댄과의 사이를 반대한 게 캔더스의 가족이었는지, 둘은 관계를 지키기 위해 어떻게 했는지, 막 물으려 한다. 그리고 결혼식 당시 이런 문제들을 어떻게 해결했는지 온갖 거창한 대화를 이어가려 한다. 그러다 갑자기, 더 이상 물어볼 필요가 없다는 걸 깨닫는다.

왜냐하면 난 여기까지 왔으니까. 다른 인종과의 결혼을 좋아하지 않는 가족의 일원과 결혼하기까지 나만의 스토리가 생겼다. 승은 나의 남편이고 오늘 아침식사에 모인 양쪽 모두가 나의 가족이다. 이 모든 것에 대해 토론을 벌이는 대신, 딸에게 나를 '앤티'라 부르라고 말하는 캔더스에게 나는 그냥 미소를 지어 보인다. (행운이 함께한다면) 미래에 나의 가족 역시 저렇게 보일 거라는 생각에 몹시 기대가 되고, '양가의 지원을 받지 못하는 신혼부부가 잘 살아나갈 수 있을까' 걱정했던 고민들이 모두 해결되었다는 생각에 매우 기분이 좋다. 나의 왼쪽 손가락 아름다운 약혼반지 아래 끼워진 결혼반지로 인해, 나는 조언을 구하던 여자에서 조언을 줄 수 있는 여자로 위치가 바뀌었다. 지금까지 들은 것 중 가장 역경이 많은 결혼은 아니었어도 어쨌든 충분한 가족과 친구들의 지원을 받으며 결혼을 해냈다. 부디 사랑과 인종에 관한 모든 고난이 곧 끝나기를. 그때까지는 나도 저 솔직 담백하고 사랑 넘치는 커플들이 나에게 해주었듯이 다른 인종 간 커플들에게 도움을 줄 준비가 되었다.

*

일요일 밤 로스앤젤레스의 우리집으로 돌아와, 승이 나를 안고 문지방을 넘는다. 영국에서 룸메이트였던 친구가 사진을 찍어준다. 그녀와 뉴욕에서 온 친한 친구, 그리고 내 아버지와 할머니가 자고 갈 거다. 집에서 맞는 첫날이 꽤 붐빈다. 다음날 아침 여섯시, 나의 들러리였던 로리가 마지막 임무를 수행하여, 주방 뒷문으로 몰래 들어와 임신 진단기를 건넨다. 나는 화장실로 달려가 오줌을 누고 다시 밖으로 나가 로리에게 결과를 보여주기 전에, 달려가 승을 깨운다. 오줌 묻은 진단기를 승의 눈앞에 들이민다. 승은 아침 첫 오줌의 진한 냄새를 맡으며 깨어나 ×가 무슨 뜻이냐고 묻는다. 나는 진단기를 기울여 그것이 ×가 아니라 +라는 걸 알려준다. 양성, 즉 우리는 임신한 것이다.

승의 얼굴에서 다섯 가지 정도의 감정이 일렁이며 지나간다. 도저히 믿을 수 없다는 표정이 가장 마지막에 남는다. 꼼짝도 못하고 나를 노려보며 대체 어떻게 이런 일을 하는 거야? 결혼식 바로 다음날에 임신이라니? 하고 말하고 싶은 게 분명하다. 나는 속삭인다. "당신은 아일랜드 여자와 결혼했어. 이 정도는 보통이야."

당분간 로리와 승을 제외한 누구에게도 이 소식을 알리지 않을 거다. 양성 결과를 보고 로리는 즉시 진단기 다섯 개를 가방에 더 넣어준다. 하나로는 만족 못할 거라면서. 그리고 책 세 권을 티셔츠에 싸서 넣어준다. 뭐냐고 묻자, 임신에 대해 알아야 할 모든 게 들어 있는 책이라고 말한다. 시부모와 보안 검색을 같이 받다가 가방을 열어야 할까봐 셔츠에 감춘다는 것이다. 맙소사, 내가 대체 얼마나 최고의 들러리를 얻은 건가?

우리는 승의 부모와 함께 한국으로 가기 위해 한 시간 내로 공항에 가야 한다. '아마'와 '아파'가 우리와 같은 비행기가 아니라 다행이다. 비행기에 타서 안전띠를 매는 즉시 정신없이 책을 읽게 될 테니까. 그런데 승이 당혹스러워하는 것 같다. 정말 믿기지 않아서거나, 어제의 흥분에서 아직 빠져나오지 못해서일 거다. 아, 그래, 어제. 내 인생이 꽤 다른 목표에 집중하고 있었지.

몇 달 후에야 임신 초기 남자와 여자가 아주 다르다는 사실을 알게 되지만, 비행기를 타고 가는 동안 승의 기분도 맞춰주기로, 임신 이야기는 신혼여행 이후로 미루기로 한다. 적어도 노력은 해봐야겠다.

Thirteen

순회공연을 떠나자!

"내일 결혼 파티에 몇 명이나 오죠?"
—미즈 다이앤 파, 혹은 미시즈 다이앤 정

서울은 내가 가본 그 어느 곳과도 다르다. 홍콩이나 뉴욕처럼 도회적이지만 그 둘 같은 섬 느낌은 안 난다. 대부분의 건물이 하늘 높이 솟아 있긴 하다. 시내 거리는 시카고처럼 조용하며 사람들이 정중하고 큰 소리를 내지 않는다. 싱가포르처럼 깨끗하지만 여기 젊은이들을 보면 이곳이 철저한 민주국가임이 분명해 보인다. 서울의 십대들은 아시아의 어느 곳보다도 패션 감각이 높은 편이다. 도쿄 정도가 필적할 듯하다. 여기 애들은 나로선 처음 들어보는 음악을 들으며 세련된 대중 스타처럼 입고 다닌다. 애니메이션과 비디오게임은 완전히 다른 수준이다. 플레이스테이션 정도는 아타리 게임기처럼 보일 정도다.

끝이 안 보이는 이 수도의 활동적인 이십대 노동자들은 캘리포니아 사람들처럼 분주하지만, 할리우드 정도는 우스울 만큼 전자기기를 휘두르고 다닌다. 나는 지하철을 타고 다니다가, 모든 사람의 휴대전화가 어디서나 작동될 뿐 아니라 다들 고개 한 번 까닥여 전화를 끊고 다음 전화를 거는 걸 보고 깜짝 놀란다. 기사가 운전하는 차들이 넘쳐나는 쇼핑센터는 파리는 저리 가라인지라, 한반도 남쪽은 다 이렇게 부유하냐고 놀라 물어본다. 승은 내일 시골로 갈 테니 직접 보라고 한다. 승에게 커피숍에 잠시 앉아서 지켜보자고 부탁한다. 이 도시는 매우 빠르게 움직인다. 매우 분주하다. 그리고 가장 놀라운 건 아시아인이 아닌 사람을 한 명도 보지 않고 하루가 지날 수도 있다는 점이다. 고층 빌딩에 둘러싸인 곳에서 모두가 똑같은 인종인 사람들 사이를 걸어간다고 생각해보라. 기분이 정말 이상하다. 그러면서도 너무나 놀랍게도, 같은 인종이 아닌 나를 보고 신기해하는 사람은 전혀 없을 만큼 국제적인 분위기다. 타인종 애호가가 보기에 양 세계의 가장 좋은 점이 독특하게 조합된 것이다. 대중적으로 '발견'되지 않은 장소를 발견하고자 세상을 돌아다니는 우리들은 만족하는 일이 매우 드물다. 왜냐하면 새로운 땅과 문화권이 관광객들 주머니에 눈이 벌게지거나 관광객들에게 진절머리를 치기 전에 그곳을 발견하는 경우는 방랑자들조차 마주치는 일이 드문, 매우 희귀한 기회이기 때문이다. 여기서 말해두자면, 나는 방금 한국에서 그 기회를 잡은 듯하다.

다음날 승과 나는 승의 부모와 헤어져 빠른 기차를 타고 '부손'으로 간다. 남쪽 끝의 작은 도시로 영화제와 신혼여행으로 유명하다.

가는 길에 드디어 논을 발견한다. 계단식 땅에서 바닥에 쪼그리고 앉아 쌀 알곡을 하나하나 거두는, 등골 빠지게 일하는 사람들의 모습을 보자 가슴이 벅차온다. 뜨거운 태양 아래 신이 주신 일을 하는 노동을 보며 느끼는 본능적인 감정이다. 긴 풀이 자라는 이 아름다운 녹색 풍경의 배경이 산들이기 때문에 한국은 너무나 독특하게 아름답다. 커다란 산맥이 나라 전체에 뻗어 있다. 아래쪽 동양에서 본 가장 극적인 풍경 중 하나일 뿐 아니라 훨씬 큰 국토를 보는 기분이다. 게다가 '김정일'이 북한을 고립시킨 덕분에 이 땅덩이의 아름다움을 반밖에 보지 못하고 있다.

승과 나는 승의 부모가 거의 사십 년 전 신혼여행 때 묵었던 호텔에 든다. 호텔은 많이 바뀌었지만 해변은 그대로일 것이다. 우리는 바위와 모래 위를 한참 산책하며 그 지역에 죽 늘어선 가족 경영 식당에서 끝내주는 음식을 먹는다. 야외 상설시장에도 구경 갔는데, 거기서는 이방인이 된 기분을 제대로 느낀다. 미국인이라서가 아니다. 서양인이기 때문도 아니다. 주민들이 좋아하지 않는 티셔츠를 입었기 때문이다. 쇄골도 가리고 팔뚝까지 내려오며 허리께는 너풀거린다. 그런데 방을 나서기 전 승이 가슴에 너무 달라붙는다고 경고했다. 나는 괜찮다고, 사람들 옷차림을 유심히 봤는데 이 정도는 괜찮을 거라고 했다. 하지만 매대에서 음식을 파는 '아지마'(친척이 아닌 어른 여성을 부르는 말)들이 나를 꾸짖는다. 말은 이해 못해도 무슨 뜻인지 모를 순 없다. 더구나 자기들 가슴을 부여잡으며 가리라는 몸짓까지 해 보인다. 부리나케 골목으로 피해 들어가며 태양

빛이 내리쬐지 않는 그늘에서는 덜 드러나 보여 괜찮지 않을까 기대해본다.

해조류에서 개구리까지 모든 것을 말려놓은 식품 매대가 이어진다. 식품과 양념의 현란한 색깔에 눈이 휘둥그레진다. 하지만 여행깨나 해봤다는 나한테도 어떤 것은 끔찍해 보인다. 반면 나의 신랑은 배짱 두둑하게, 신기해 보이는 건 전부 사서 부모님께 갖다 드리려 한다(나로서는 그렇게 믿고 싶다). 이렇게 멀리까지 오니 정말 신혼여행 같다. 승과 나는 서로의 품으로 파고들어 잠이 들며 결혼식의 흥분을 모두 가라앉힌다.

이틀 후 다시 서울로 올라와 승과 나는 많은 친척들과 만남을 가진다. 그중에서도 승의 아버지 형제들 중 장남의 두 딸을 꼭 만나보고 싶다. 미국에서 자랐으면서도 대학을 졸업하고 한국으로 돌아와 할머니가 마음에 들어하는 사람과 결혼했을 뿐 아니라 뇌졸중으로 쓰러진 아버지를 간호해 건강을 되찾게 한 여성들이다. 어떻게 그녀들은 완전한 미국식 교육을 받고 미국에서 살았으면서도 가족과의 관계나 인생의 중요한 결정을 내릴 때는 그토록 전통적인 방식을 따를 수 있었을까? 그 간극을 어떻게 이을 수 있었을까? 동생인 주디는 지금 미국 동부에 있어서 리타만 만났는데, 역시나 나는 주저 없이 궁금한 것들을 모두 질문한다.

"처음에는 비참했지." 언니인 리타가 이십대에 혼자 미국을 떠나 한국으로 왔을 때 이야기를 들려준다. "정말 힘들었어. 하지만 나중엔 괜찮아지더라고." 승의 가족 내 우리 세대들이 다 그렇듯이, 리타 역시 가식이 없는 사람이다. 리타의 남편은 페퍼다인 대학을 나왔고 모든 영화를 다 보며 한국영화를 구매하고 제작하는 일을 하는 사람이다. 사실 리타는 가족들이 '만남'을 주선하기 전부터 남편을 알고 있었다고 한다. 같이 아는 친구들과 서울의 이런저런 자리에서 만났다. 그리고 어느 늦은 밤 파티 때는 "나 여기 있었다고 우리 할머니한테 말하면 안 돼"라는 말까지 나눴다고 한다. 우리 모두 웃음을 터뜨린다. 혹시 농담이었는지는 잘 모르겠지만, 리타가 참 멋지도록 솔직 담백한 여성인 건 분명하다. 그리고 자기 결혼식 얘기를 들려준다. 이번 주말에 우리가 치르게 될 파티에 대비하라는 의미인 듯하다. 흥청대며 춤을 추는 파티가 아니라고 한다. 한국에서 자식들은(승과 나처럼 삼십대 후반의 자식이라도) 부모들 앞에서 술을 마시지 않는다.

담배만이 아니었던 것이다. 아일랜드, 이탈리아, 뉴욕, 미국 사람으로서의 방자한 행동을 절대 여기 어른들 앞에서 보여선 안 된다. 허. 하지만 리타와 남편은 결혼식이 끝나자마자 가족들이 모였던 파티장에서 멀지 않은 곳에서 따로 친구들과 모여 연거푸 즐겁게 술을 마시며 충분히 즐겼다고 한다. 그러니 그렇게 다른 건 아닐지 모른다. 그저 외관상으로만 그렇달까?

오늘 리타는 서울 중심가 절에서 운영하는 4층짜리 식당에서 우리를 만났다. 음식은 대가족용처럼 푸짐하다. 도저히 다 먹을 수 없을 듯하다. 더구나 리타와 나는 수다를 쉬지 못한다. 리타는 아이들에게 자기가 아는 여러 언어를 가르치는 작은 학교를 열었다고 한다. 나는 그녀를 보며 승과 내가 여기서 살 수도 있을까 생각해본다. 리타의 남편은 내 영화를 제작하고 나는 촬영이 끝나면 작은 책상에 앉아 리타에게서 한국어를 배우고 말이다. 가는 곳마다 푹 빠져들어 삼 년이나 오 년쯤 머물고 싶어하고, 그러고 나서는 또다른 새로운 장소를 보고 싶어하는 욕망이 끝날 줄 모르기에 좀처럼 다시 예전의 장소로 돌아가지 못하는 나를 보며 승이 미소를 짓는다. 하지만 여기는 승의 가족의 고향이다. 나도 다시 돌아올 것이다. 여기 사람들이 마음에 들어 정말 기쁘다. 실은 리타에게서, 그리고 승의 모든 사촌들에게서 많은 영감을 받았다. 승의 친척들 가운데 우리 세대는 정말 편하고, 내 아이들이 그들과 어울렸으면 좋겠다.

중요하게 만나야 하는 또다른 친척은 승의 어머니 쪽 사촌이다. '아마'가 겨우 네 살 때 어머니가 돌아가셨고 아버지가 재혼해 더 많은 아이를 낳았다. '아마' 역시 여덟 남매 중 한 명이다. 내가 만나본 '아마'의 친척들은 늘 겸손하고 친절했던 것 같다. 한국에서 태어나 살고 있는 '아마'의 조카 역시 마찬가지이며 열심히 일하는 여성이다. 승의 부모가 우리를 투숙시킨 별 다섯 개 호텔의 매니저다. 내일 토요일 저녁 결혼 파티도 여기서 열릴 예정이다. 오늘 승과 나는 승의 부모와 함께 승의 사촌이기도 한 이 조카를 따라가고 있다. 아직 이름도 모르는데, 나보다 약간 나이가 많은 것 같으니 절대 이름이 뭔지 가르쳐주지 않을 것이다. 내가 그 이름을 부를 일이 없으니까. 그녀를 부르려면 '언니'라고 해야 한다(전에 한국인 코치 호칭과 마찬가지다. 나보다 나이 많은 자매라는 뜻이다). 우리 모두 언니를 따라 결혼식이 열릴 방을 보러 간다.

파티 홀 옆의 대기실이 엄청 크다. 언니는 여기서 나랑 승이 승의 어머니 아버지와 나란히 서서 모든 손님들에게 한 사람씩 인사를 해야 한다고 말한다. 그러고 나서 파티 홀로 안내한다. 너무 거대해 보여 어리둥절할 정도다. 언니는 영어 안내를 다 마치고 나서 나를 앉히고 승의 부모에게 한국어로 한참 말한다. 그리고 나에게 서울이 마음에 드냐고 물어본다. 나는 그렇다고, "아주 마음에 들어, 언니" 하고 말한다. 내가 올바른 명칭을 찾아 부르면 다들 그러듯이 언니도 즐거워하며 웃는다. 승은 그녀에게 여기서 얼마나 오래 일했느냐고 정중하게 묻고는 바로 이어서 이름을 부른다. 나는 이해를 못하고 제대로 듣질 못했다. 어쨌든 승은 언니의 이름을 불렀고 난리가 났다.

언니가 승에게 소리를 지른다. 정말 고함이다. 테이블 앞으로 몸을 기울이고 승의 얼굴에 손가락질하며 처음에는 한국말로 그다음에는 영어로 다시는 이름을 부르지 말라고 한다. 아내 좀 보고 배우라면서. 남편이 그렇게 혼이 나니 너무 당황스러워 웃지도 못하겠다. 승의 부모도 물론 연장자 우대의 엄격한 신봉자이니 말리지 않는다. 처음 만나는, 겨우 두 살 많은 사촌이지만 말이다. 주제를 바꾸기 위해 나는 '언니'에게(물론 나는 호칭을 실수하지 않는다) 내일 손님이 몇 명 참석하는지 물어본다.

언니는 내 질문에 대답을 안 하고 나의 시부모가 파티 때 뷔페 몇 군데를 불렀다고 설명한다. 한국 음식, 일본 음식, 미국 음식이 사방에 놓일 것이다. 한국 결혼식에서는 뷔페 음식을 내는 게 전통이다. 내놓는 음식의 가짓수는 성공과 자부심을 나타낸다. 그런데 20미터 길이로 뷔페 음식을 차려놓는다 해도, 이 방은 너무 크다. 나는 멍하니 묻는다. "내일 결혼 파티에 몇 명이나 오죠?"

대답을 듣고 의자에서 굴러떨어질 뻔한다. "이백 명."

*

토요일 저녁, 또다른 장중한 결혼식을 위해 나는 다시 한복을 입는다. 이 아름다운 드레스를 두 번이나 입게 됐다. 오늘 또 거행할 의식이 있나 싶어 시어머니에게 물어본다. 시어머니는 "오늘밤엔 의식 없어. 그냥 먹고 대화만" 하고 말한다.

어떤 걸 말하는지 잘 모르겠지만 상관없다. 파티라면 늘 환영이고 시댁 식구들도 정말 좋으니까. 준비하느라 직접 고생하지 않아서가 아니다. 서울에서의 첫날, 시부모가 우리를 차에 태워 두루 구경시켜주었는데, 하루가 반쯤 지나서 화장실 가며 쉬는 동안 승에게 물었더랬다. 차 안에서 아무도 말을 안 하는데 괜찮을까 하고. 내가 한국인이 아니다보니 시부모와 그들의 아들이 돈독한 시간을 보내는 데 방해가 되는 건 아닌지 신경이 많이 쓰인다. 내가 한국어를 못해서 가족 간 대화가 원활하지 못한 것 같다. 승은 웃으면서, 고등학교 때 이후 이렇게 말을 많이 한 적은 처음이라고 한다.

자기 부모가 조부모와 비슷하다고 보면 될 거라고 한다. 정말 사랑하지만 그다지 공통점은 없는. 그저 옆에 같이 있으면 좋을 뿐인. 그러자 갑자기 이해가 된다. 나도 할머니와 수많은 시간을 함께 보냈다. 대부분 음식과 관계된 시간이었고 내가 할머니는 별로 관심이 없을 온갖 이야기를 늘어놓아도 할머니는 홀린 듯 빠져들어 듣기를 좋아한다. 할머니가 나랑 할 수 있는 일 중에 제일 좋아하는 건 나를 꼭 안고 함께 텔레비전을 보는 것이다. 그래서 그때부터 나는 '아마'와 '아파'를 승의 조부모로 생각하고 한 주 내내 아주 잘 보낸다. 그들이 우리를 데리고 구경을 갈 때마다 나는 차 안에서 토막잠을 자고, 그들은 쿨쿨 자는 내가 편안해 보이므로 무척 기뻐한다.

솔직히 이 밤이 지나면 내일 우리가 실제 신혼여행을 떠나기 전에 '아마'에게 임신 소식을 알릴 수 있어 기쁘다. 서울에 도착한 즉시 알리고 싶었고 닷새 내내, 적어도 한국을 떠나기 전까지는 알리자고 승을 설득했다. 승은 아직도 별로 내켜하지 않는다. 병원에 가든지 해서 확실히 확인해야 한다는 것이다. 임신 사실을 믿고 싶지 않은 것처럼 보인다. 닷새 동안 매일 아침 진단을 해보고 매번 같은 결과가 나왔는데도 말이다.

오늘은 제발 떠나기 전에 말하자고 사정을 한다. 안 그러면 전화로 말해야 하니까. 승은 상상임신일지도 모르니 혈액검사라도 받아야 한다는 입장인 듯한데, 부모가 얼마나 기뻐할 소식인지는 그도 잘 알고 있다. 정말 임신한 건지도 모른다고 체념하면서도 지금 알리게 되면 아홉 달 동안 끝없는 전화 공세에 시달릴 일이 괴로운 것이다. 나야 '아마' '아파'와 겨우 일주일을 지내보았으니 "설마" 하고 만다. 어쨌든 더이상 숨길 순 없다. 내일 세번째 결혼식을 끝내고 나서 무슨 일이 있어도 알릴 거다.

*

나는 결혼식장 입구에서 '아마'와 승 사이에 선다. 예식장 입구에 정씨 집안 친구들이 보낸 수많은 3미터짜리 화환이 도열해 있어 깜짝 놀란다. '아마'인가 '아파'인가에게 어머니와 같은 여성을 한 명 만난다. 나이가 꽤 많지만 너무 멋진 차림이다. 누가 꽃장식을 주어 그녀가 옷 위에 달자 더욱 멋져 보인다. 그녀와 내가 인척이 되다니 너무 신난다. 가족 내 가장 연장자인 그녀가 입구에 우리와 같이 서고 손님들이 들어오기 시작한다. 나도 인사를 시작한다. 나는 '헬로'를 뜻하는 인사를 한국말로 하고 두 손을 내 가슴에 대며 '다이앤'이라고 말한다. 그러고 나서 선 채로 최대한 고개를 깊이 숙여 다시 인사한다. 거의 한 시간 동안 모든 손님에게 이렇게 한다. 승과 식장으로 들어갈 때가 되자 모든 자리가 꽉 찼다. 하객 위쪽으로 단상이 있어서 나와 승이 그 위로 올라가야 한다는 걸 알게 되자 웃음이 난다. 한국 결혼 케이크 위에 올라앉은 것 같다. 그리고 모두 우리가 인형이라도 되는 것처럼 뚫어지게 쳐다본다. 그래서 나는 머릿속으로 이런 공상을 시작한다. 한국의 대통령이나 그런 사람과 결혼을 해서 의미도 모르는 또다른 어떤 행사에 참석해 내내 미소를 지어 호의를 나타내야 하는 거라고. 저녁 내내 나는 이 배역에 충실하며 행사 자체도 그렇게 흘러간다.

이 분쯤 그렇게 앉아 있었을까, 언니의 남동생이 마이크 앞으로 나와서 말을 시작한다. 오늘밤 처음 만나는 이 사촌은 스탠드업 코미디언이다. 승과 비슷하지만 훨씬 잘생겼고 끝내주는 머리 모양을 하고 있다. 그가 이 결혼식의 사회자로 불려 나온 것임을 깨닫고 나는 깜짝 놀란다. 한국말로 나와 승에 대해 말하는 걸, 여기저기 섞인 영어로 짐작할 수 있다. 그러고 나서 승과 나의 과거 사진들을 음악에 맞춰 편집한 동영상을 보여준다.

이건 정말 마음에 든다. 몇 달 전 승이 어린 시절 사진을 달라고 한 적이 있는데, 결혼식과 관계있을 거라고 생각했으나 지금까지 나타나질 않아 까맣게 잊고 있었는데 이렇게 쓰이는 줄 몰랐다. 승의 어린 시절 사진과 번갈아 나타나는 나의 사진이 너무 귀엽다. 그리고 성인 시절 사진이 나타나기 시작했는데, 놀랍게도 승의 아버지는 인터넷에서 내 사진을 나보다 더 많이 찾아냈다. 승이 고개를 기울이며 자기 사진보다 내 사진이 너무 많다고 화난 척한다. 정말 사진이 좋다! 나도 갖고 싶다.

슬라이드 쇼가 끝나고, 민첩해 보이는 남자가 무대로 나와 한참 말한다. 듣고 있던 승이 나를 보며 미소 짓더니 또다른 '코모'의 남편이라고 속삭인다. 오래전에 사망한 고모는 가족의 사랑을 많이 받았다. 그녀의 남편은 서울 어느 대학의 존경받는 교수인데 우리 예식의 주 연설자다. 연설을 할 사람이 네 명이나 더 남아 있다. 사촌

사회자가 모두 소개를 해준다. 우와, '아마'가 말한 "먹고 얘기하고"가 이거였나보다.

승이 미소 짓는다. 승과 나의 문화가 많이 다른지 묻는 사람들에게 내가 늘 하는 이야기를 이 교수가 하고 있기 때문이다. 거의 일 년 동안 나는 사람들에게 한국은 아시아의 아일랜드 같다고 설명했다. 같은 반도 내에서 이념 때문에 형제들과 갈라진 조그만 나라로, 훨씬 큰 나라(한국의 경우엔 중국)의 변덕에 한 세기 동안 괴롭힘을 당했다. 그래서 공세적이고 생존 본능이 치열하지만 삶을 즐길 줄도 아는 사람들이라고. 잔뜩 먹고 즐기며 고꾸라질 때까지 마시는 일들이 언제나 벌어진다고. 여기 서울에서 홀 안 가득한 사람들에게 교수는 나와 같은 말을 하고 있다. 나보다 전문적인 용어를 사용하긴 하지만 전달하려는 정서는 같다. 그런 연설을 들으며 나는 잠시 개인적인 감상에 잠긴다. 이 결혼에 이르기까지 나의 공부들은 단지 승의 가족에 대한 것만은 아니었던 것 같다. 그것은 나 자신에 대한, 이 남자의 아내로서의 나에 대한 공부였다. 그리고 그 공부는 즐거웠다. 나라에 대한 것이든, 작가나 배역에 대한 것이든, 나의 개인적 세계관에 조금이라도 도움을 주지 않는 공부는 없었다. 오늘도 확신한다. 이 가족과, 이 문화와, 이 인종과 결혼하며 한 공부가 나를 더 좋은 아내로, 더 풍부한 사람으로 만들어주었다고.

그럼에도 불구하고 나는 단상 위에서 버릇없이 낄낄대고 만다. 교수가 뭐라고 하는 거냐고 물어보자, 승이 어깨를 으쓱하며 "나도 모르지" 했기 때문이다. 그 바람에 나는 승의 머리에 얹힌 모자를 보고 말았고, 웃음이 터졌다.

오늘 우리는 서울 전역을 돌아다녔다. 거의 여섯 시간 동안 차를 타고 승과 내가 써야 하는 모자를 찾아다녔다. 이 친척 저 친척을 방문한 끝에 드디어 이 교수의 집에서 추적을 마쳤다. 모자는 집안의 가보로 승의 아버지 가족들이 결혼할 때 써오던 것이다. '아파'가 오늘 우리도 이 모자를 쓰기 바랐다. 화려하게 장식된 어마어마한 겉옷도 있지만 '아마'가 너무 먼지가 많으니 입지 말자고 했다. 내 모자는 색색의 챙 없는 모자 같다. 둥글고 낮은 까만 기단에 색색의 장식들이 잔뜩 달려 있다. 이 모자를 써야 비로소 복장이 완성된다. 전체 드레스의 모습이 모자 때문에 바뀌었다. 이러니까 나랑 전혀 상관없는 사람의 차림 같다. 호텔방에서 핀으로 모자를 고정하면서 나는 십대 소녀처럼 이런 이상한 모자를 쓰고 있어도 승이 예쁘게 봐줄까 하는 의문을 품었다.

그러고 나서 모자를 쓰고 나온 승을 보니, 그 역시 바보 같아 보일까봐 걱정했을 것 같다. 나는 본능적으로, 승이 신경쓰지 않게, 다시는 모자 쪽을 쳐다보지 않기로 했다. 하지만 이렇게 앉아서 '우리' 결혼 파티에서 무슨 일이 벌어지는지 전혀 모르겠다고 승이 속삭이는 동안, 나도 모르게 웃음이 터져 멈출 수 없게 될까봐 걱정이다. 승이 어깨를 으쓱하고 눈을 조금 희번덕거리자 미키마우스의 친구 구피를 닮은 모습을 더이상 무시할 수 없게 된 것이다. 승의 모자는 커다란 검은 비니 같은데 양쪽으로 기다란 직물 날개가 늘어져 구피의 귀처럼 보인다. 그렇게 본 건 나뿐이 아니다. 내가 웃기 시작하자 승은 또 몸을 기울이며 구피의 목소리로 속닥인다. "이봐, 미니마우스, 미키는 버리고 나랑 남한에서 결혼할래?"

나는 폭소를 터뜨리다 드레스에 오줌까지 지린다.

연설자에게 들키지 않도록 웃음을 참으려 무진 애쓴다. 다행히 그때 연설이 끝나지만, 승이 또 고개와 상체를 구피처럼 건들거려 나는 화장실로라도 피해야 할 것 같다. 그때 웨이터가 다가와 우리 사이 바닥에 앉는다.

다음 연설 전까지 휴식 시간이며 우리가 홀을 돌며 하객들에게 와주셔서 감사하다고 인사할 차례라고 한다. 웨이터는 영어로 설명을 해준다. 승과 나는 누가 우리한테 설명을 해준다는 게 너무 놀랍다. 우리가 빤히 바라보기만 하자 웨이터는 한마디 덧붙인다. "무슨 일이 일어나는지 전혀 모르고 있는 것 같아 도와드려야겠다는 생각이 들었습니다."

그래요, 그래야지. 고마워요! 승과 나는 중얼거리며 일어나서 돌기 시작한다. 승의 부모는 벌써 준비하고 있다가 우리를 데리고 테이블마다 다니며 소개한다. 웨이터의 말이 맞았던 것이다.

돌아다니며 내가 한국말을 하자 다들 미소로 답해준다. 어떤 신사는 나에게 녹색 스카치위스키 병을 준다. 난생처음 보는 병이다. 내가 아일랜드인이라서 가져왔다며 자기랑 한잔하겠느냐고 묻는다. 냉큼 수락하고 나서야 승의 부모 앞에서 술을 마셔선 안 된다던 리타의 말이 생각난다. 안 되겠다고 말을 바꾸는데 승이 나서며 이 분과는 괜찮다고 한다. 나는 임신했다는 사실까지 떠올라 눈썹을 치켜세워 보인다. 그러자 승은 또 어깻짓을 하며 구피 흉내를 내고 나는 웃음을 참느라 말도 할 수 없게 된다.

우리가 (술은 먹지 않고) 단상으로 돌아오자, 웨이터가 다시 테이블보 뒤 바닥에서, 다른 사람들은 보지 못하게, 우리 둘을 위한 시라노 역할을 저녁 내내 해준다. 가끔 터무니없는 소리를 해서 우리 둘 다 그를 내려다보며 뭐요? 하다가 웨이터가 여기 올라와 있는 걸, 더구나 우리 사이 바닥에 앉아 있는 걸 들키면 안 된다는 걸 깨닫고 젓가락을 떨어뜨려 찾는 체한다.

그러고 나서 갑자기 웨이터가 말한다. "이제 신랑이 일어나서 연설을 하세요."

승이 대중 연설을 달가워하지 않는다는 건 새삼스러운 일이 아니다. 게다가 이백 명의 청중 가운데 아는 사람은 열다섯 명 정도에 불과하고, 파티 홀에는 종업원 삼십여 명이 오가고 있다. 또한 한국어로 연설을 해야 한다. 승은 부모와 꼭 필요한 일들을 의논할 정도의 한국어밖에 하지 못한다. 나는 늘 승의 한국어 실력으로는 나이트클럽에 가서 한국 여자를 꾈 수 없을 거라고 말하곤 했다. 미묘한 의미도 알지 못하고 농담할 정도의 어휘력도 없다. 그러니 연설을 위해 일어서는 승을 보며 처음 든 생각은 '큰일났네'다. 하지만 예상치 못한 즉석 웅변을 더듬더듬 이어가는 소리를 듣고 있자니, 영어를 할 때와 별반 다르지 않은 듯하다. 잘하고 있는 것 같다. 더할 수 없이 착해 보이는 부드러운 말투도 영어를 할 때와 마찬가지다. 그게 지금도 먹히는 것 같다. 승의 태도는 그만의 방식이긴 하지만, 왠지 우리 세대의, 우리 공통의 문화, 미국 문화의 산물이라는 생각이 든다. 나의 남편 승은 여전히, 지금 비록 다른 말을 하며 비단옷을 입고 디즈니 만화에 나오는 동물 같은 모자를 썼음에도 불구하고, 내가 파티에서 세 번이나 꼬리 친 끝에 키스하게 된 바로 그 남자로 보인다. 승의 인격이 복장을, 장소를, 말과 언어를, 그리고 가장 중요하게는 인종을 넘어선다. 그는 많은 흥미로운 특성으로 이루어진 남자이며, 많은 친구와 사랑하는 가족과 더불어 워싱턴 D.C.에서 자란 경험이 혼합된 사람이다. 대학 미식축구를 너무 좋아해 매번 나를 깜짝 놀라게 만들며 골프를 칠 때도 경쟁심이 강하다. 또한 운동화 수집가이자 힙합 중독자이며 대중문화에 빠삭해 대체 어디서 정보를 얻나 궁금해질 때가 있다. 하지만 무엇보다 승은 정말로 그냥 나의 승일 뿐이며 더이상 덩치 큰 한국인이 아니다. 한국에 오기까지 그 우여곡절을 거쳐 결국은 나의 남편이 얼마나 미국인다운가를 발견하다니, 삶이란 재미있지 않은가? 이번 여행은 여러 가지 의미에서 너무나 값진 것이었지만 무엇보다 승과 함께 집으로 돌아가 오래오래 행복하게 살 것이기 때문에 특히 의미 있는 여행이었다.

*

신혼여행을 떠나기 전날 밤, 승의 부모가 우리를 서울 산꼭대기의 비싼 식당으로 데려간다. 모두 기분이 좋고 배가 고프다. 하지만 우리 넷만을 위한 방에 들어가자, 마루에 쑥 들어간 공간이 있는 걸로 보아 초밥 식당이라는 걸 알 수 있다. 큰일났다. 임신하면 날생선을 먹어선 안 된다. 나는 승을 보며 "말씀드려"라고 큰 소리로 말하지만, 승은 무시하며 그냥 앉는다.

'아마'와 '아파'가 메뉴를 보며 추천하지만 나는 전부 안 된다고 대답한다. 나는 또 승을 보며 이러지 말라고 애걸한다. 마침내 옥신각신 끝에 승이 입을 연다. "어, 좋은 소식이 있어요." 승의 부모는 아무 표정 없이 승을 보는 것으로 보아 전혀 생각도 못하고 있는 게 분명하다.

"다이앤이 임신했어요." 말이 끝나자마자 커다란 비명소리가 터진다. 행복에 찬 비명이긴 하지만 어쨌든 비명소리다. 그리고 침묵. 그리고 '아파'가 뭐라 한국말을 하지만 통역은 필요 없다. "언제? 어떻게?"인 걸 알 수 있다.

임신에 대한 책을 읽었기 때문에 임신을 발견한 시점에서 사 주를 더해야 한다는 걸 알고 있다. 그러니 지금 임신 오 주째가 맞지만, 생리 주기를 한 달 더해야 한다는 생각에 사 주를 또 더해, 구 주째라고 부정확하게 말한다. 승의 부모는 내 배를 내려다보고, 승은 한국어로 빠르게 말을 한다. 두 분 다 내가 아홉 달째라고 생각하는 게 분명하다. 승은 사실 삼 주 정도 됐고 매머드에서 결혼식 이틀 후에 알았다고 설명한다.

이 가족은 포옹하는 일이 없고 말도 거의 없기 때문에 기쁨의 비명 이후 별다른 말은 없다. 나의 새 시부모는 너무나 행복하고 기뻐하며 우리 맞은편에 앉아서 저녁 내내 한마디 말도 하지 않는다. 정말로. 이것이 그들의 방식이니까. 나의 가족과는 정반대지만, 이 또한 사랑스럽다. 나도 이제 익숙해지고 있다.

식사를 끝내고 차로 가면서 나는 승에게 "이제 당신 어머니가 걱정돼서 신혼여행 가지 말라고 할걸" 하고 말한다. 승은 말도 안 되는 소리 말라고 한다. 하지만 '아파'가 나를 위해 문을 열어주고 '아마'는 문을 닫고, '아마'가 나를 보며 말한다. "그 섬에 안 가면 안 되겠니? 여기서 우리랑 조심하며 있자. 내가 돌봐줄게." 나는 간절하게 승을 바라보며 대신 대답을 해달라는 시선을 보낸다. 신혼여행을 취소하다니, 그런 일은 있을 수 없다!

다음날 아침 '아마'와 '아파'는 호텔로 우리를 데리러 와 공항으로 데려간다. 이번주는 내가 정말 그들의 어린아이가 된 듯 마법 같은 기분이었다. 이 호텔에 우리만의 작은 집을 마련해주고 전화기와 용돈까지 주었다. 내가 어떤 식으로든 준비할 필요도, 정리할 필요도 없는 성대한 파티를 열어주었다. 우리는 두 분께 이루 말할 수 없이 감사를 표하고 '아마'는 내내 울며 나한테서 손을 떼지 못한다. 아들의 아내로 나의 지위가 바뀐 것이다. 보안 검색대로 들어서는데, '아마'가 한번 더 나의 손을 잡으며 말한다.

"네 인생에 가장 중요한 일이야. 제발 몸조심해라. 우리 아기가 있으니, 다이앤." 나는 시어머니에게 고개 숙여 인사를 하고 시아버지에게도 인사를 한 다음, 승용 정의 손을 잡는다. 그리고 행복한 부처상처럼 다른 손으로는 배를 문지르자, 정씨 가족 모두 웃음을 터뜨린다.

Epilogue

“사랑할 가치가 없다고? 누가 그런 못된 소리를 하나?” 5세기 전에 쓰인 『리어 왕』에 나오는 말이다. 사랑에 관한 편견은 새로운 것이 아니다. 그럼에도 미국이라는 거대한 용광로 내 버젓한, 진보적으로 보이는 가족에서조차 사랑이, 가정에서 아이들에게 가르치는 마지막으로 남은 편견이 될 수 있다니 아이러니하다. 대부분의 미국인은 아이들에게 누구나 교육받고, 투표할 권리가 있으며, 피부색이 어떻든 간에 모든 아이가 모래밭에서 같이 놀 권리가 있다고 가르친다. 그런데 모래밭에서의 놀이가 끝난 후 연인을 사귈 나이가 되면, 사적으로는, 포용의 정서가 바뀐다. 너무나 많은 가정에서 부모가 아이들에게 “그들 중 하나를 사랑하면 안 된다”고 요구한다. 나의 세대 사람들이 동반자를 선택할 때 아직도 이런 어려움에 직면하고 있다는 건 슬픈 현실일 뿐 아니라, 제대로 따지자면, 비애국적이기도 하다.

그러니 나는 감히 말한다. 어디서나 모든 사람을 동등하게 대하지는 못하더라도, 만일 미국인으로서 이 나라가 제공하는 모든 기회를 누린 사람이라면 모든 미국인을, 이후 행동에 따라 별도의 판단을 내리기 전까지는, 동등하게 대우하려고 노력할 의무가 있다. 미국인으로서 애국심(세계 속 강대국으로서가 아니라 내부적인, 서로에 대한 정체성으로서의 애국심)이 강한 사람은 다른 이를 다른 팀의 멤버처럼 대하지는 않을 것이기 때문이다. 더구나 미국 밖에서는 우리 모두 다 같은 이교도로, 자본주의 종자로 간주되는 형편이니 말이다.

인종이란 국적과 마찬가지로 사회적 구성물이다. 인종 구분은 기본적으로 관념을 따라 그어진 경계선이다. 구분이란 우리가 허락했기에 존재하는 것이다. 나는 우리 국가의 유산을 있는 그대로, 우리 자신의 문화로 받아들여야만 국기에 대한 맹세에 나오는 것과 같이 "신의 보호 아래 모두를 위한 자유와 정의를 실현하는 갈라질 수 없는 하나의 국가"가 될 수 있을 거라고 굳게 믿는다.

피부색보다 문화를 우선시하는 새로운 패러다임을 시작할 가장 간단한 장소는 애정의 영역이라고 주장하고 싶다. 쉬운 일이라는 건 아니다. 극단적 혼혈 반대주의자가 아니더라도 미국 아이가 인종, 종교, 문화권을 넘어 연인을 사귀려 하면 많은 가족들이 '조지프 매카시 빙의 상태'라고 할 수 있는 것에 빠져드는 듯하다. 다른 때는 지적이던 사람들이 저녁 데이트 한 번 때문에 갑자기 자녀들에게 전해주던 모든 가치가 위기에 처해 있다고 믿는다. 이 빙의가 불러일으킨, 이방인들이 몰려온다는 불안감으로 인해 선한 사람들조차 잊어버리고 마는 것은, 모든 사람은 누군가의 소중한 아이라는 사실이다. 모두에겐 어딘가에서 자신의 아이가 안 좋은 일을 당할까봐 걱정하는 어머니가 있다. 종교의 차이 역시, 그런 광적인 상태에 빠진 일부 사람들이 아이의 내세를 위한다며 무자비한 일을 저지르도록 내버려두는 경향이 있다. 그들이 이승에서 얼마나 많은 다른 영혼들을 짓밟는지는 상관없이. 그리고 가장 슬픈 일은 그런 광적인 상태 때문에 자기가 사랑하는 이에 대한 믿음을 잃는다는 것이다. 그렇게 되면 어떤 종교, 배경, 피부색의 부모든지 자신의 아이가 부모의 고정관념에 영향받지 않고 타인에 대해, 특히 애정의 대상에 대해 올바른 판단을 내릴 능력을 가지고 있다는 걸 믿지 못하게 된다.

하지만 만일 모든 부모가 자식의 애인을 결국 다 같은 인류로(미국인이 아니더라도) 생각하고 그 기준에 맞춰 판단할 수 있다면 변화가 생기지 않을까? 한 사람씩 차례차례 변한다면?

수세기 전 허접한 식민지로 세계에 당당히 나타났을 때 영국과 유럽이 비웃었듯이, 어차피 우리 미국 문화는 늘 이민자들이 가지고 온 전통들의 용광로였기 때문이다. 그래서 영국과 아일랜드, 수니파와 시아파, 동티모르와 서티모르, 투치족과 후투족, 인도와 파키스탄 같은 곳에서 온 사람들과 미국 내에서 태어난 사람들은, 레드삭스 팬과 양키스 팬들처럼 공존해야 함을 배워왔다. 이런 문화와 기회의 풍부함이 오늘날 미국을 초강대국으로 만들었다. 우리가 세계에 보여야 할 모범이기도 하다. 이것이 바로 국방력보다 중요한 민주주의의 철학이다.

*

내 가족의 이야기와 함께 이 책에서 소개한 다섯 커플은 승과 만나기 시작해서 결혼할 때까지 내가 직접 대화를 나누고 정식으로 인터뷰를 한, 민족이 다르고 종교가 다른 커플들의 반의반밖에 안 된다. 이 책에 포함되지 않은 사람들 모두 놀랍도록 역동적이고 아름다운 배경을 가지고 있다. 월남에서 전쟁중 태어난 베트남계 미국인, 뉴저지의 네덜란드계 남아프리카인(보어인), 유타 주에서 가톨릭교도 멕시코인과 결혼한 모르몬교 필리핀인, 뉴욕에서 중서부 출신과 결혼한 푸에르토리코 흑인, 미국 중서부 원주민 보호구역에서 자란 아프리카계 미국인과 서양계 혼혈 여성이 오리건에서 짐바브웨 출신 영국인과 만난 경우, 텍사스의 크리스천사이언스교도와 결혼한 캘리포니아의 중국 여성, 네브래스카에서 온 브라질인과 아이오와에서 온 흑인 혼혈 남성, 조지아에서 온 흑인 남성과 결혼한 애리조나에서 온 멕시코 여성(둘 다 기독교도로 다시 태어났다), 위스콘신에 사는 조지아 사람과 마이애미에서 온 독일-인도인, 기독교도 스웨덴인 남성을 사랑한 오스트리아계 유대인 남성(대리모를 통해 4분의 1 라틴, 4분의 1 아시아, 2분의 1 서양인 아이를 얻었다),

결혼한 두 여성과 딸(한 명은 흑인, 한 명은 갈색, 한 명은 중국에서 입양), 서부 연안 출신 서양계 모르몬교 여성을 사랑한 동부 연안 출신 서양계 중동 남자 등…… 이들 모두가 다른 사람에게 도움이 될 수 있도록 기꺼이 자신의 경험을 나누어주었다. 그리고 나의 최고 강타자 둘, 이란 출신 시아파와 결혼해 애리조나에서 가정을 이룬 뉴욕 유대인, 그리고 아르메니아 남자와 결혼해 텍사스에서 가정을 이룬 터키 여성은, 몹시 힘든 과거의 고통 역시 사랑으로 치유될 수 있음을 보여준 살아 있는 증거다. 그들의 너무나 균형 잡히고 행복한 아이들은 내가 다인종 배경의 아이들을 기르면서 견지하게 된 모범이 되었다.

그러나 슬프게도 원래 열여섯 쌍이던 이 커플들 가운데 여전히 함께인 사람은 많지 않다. 그들이 헤어진 이유는 다양하지만, 정말 그것이 그들이 말한 이유 때문인지 아니면 우리가 토론했던 더 큰 문제, 즉 그들 관계를 허락하지 않는 가족들의 영향을 받은 것인지 단정하기가 어렵다. 친족들로부터 받는 외적 압력이 커플이 인지하고 있는 것보다도 그들의 이별에 더 많은 영향을 끼친 건 아니라고 믿기가 힘들어진다. 왜냐하면 헤어지게 된 결정적 사건은 다 달라도 시작된 지점, 계속된 문제들, 지쳐 떨어지게 만든 원인은 놀라울 정도로 동일했기 때문이다. 여기서 그 이야기들을 밝히고 싶다.

내가 인터뷰를 시작할 당시 만났던 사람들 가운데, 다른 인종과 결혼하겠다고 통보한 이후 다시는 부모한테서 연락을 받지 못한 인터뷰이가 둘 있었다. 이 가슴 찢어지는 이야기를 책에 포함하지 못하는 것 때문에 계속 괴로웠다. 그 이야기들을 빠뜨리고는 오늘날 미국의 인종 간 결혼의 '실향' 문제를 제대로 다룰 수 없을 듯했지만, 결국 조금도 쓰지 못했다.

내 개인적 경험은 제한적이며, 연락이 닿아 이야기를 나누게 된 사람들도, 나의 접근을 허락하고 삼 년 동안이나 반복된, 점점 더 취조에 가까워지는 질문들을 용감하게 수용할 수 있었던 소수였다. 내가 인터뷰했던 모든 커플들은 또한 나와 비슷한 계급과 교육 배경을 지닌 사람들이고, 여기 포함된 사람들은 대부분 미국 내 보수적인 지역보다는 인종 간 경계를 넘어선 사랑이 그다지 예민한 문제가 되지 않는, 대도시에 가까운 해안가 지역에 기반을 두고 있었다. 분명 내가 모르는 훨씬 더 힘들고 어려운 이야기들이 존재할 것이다.

하지만 몇몇 내밀한 이야기들을 직접 공유하도록 허락받을 수 있었던 나는 궁극적으로 왜 이런 질문을 하고 다니는지 이유를 마련해야 했다. 이 정보들을 모으는 목적이 무엇인지 말이다. 인터뷰하는 커플들에 감정적으로 점점 애착을 느끼게 되면서, 우리와 같은 종류의 결합에 이르는 데 유용한 지침서를 만드는 일에 깊은 관심을 갖게 되었다. 어느 가족 내부의 인종과 사랑의 교차로를 드러내고 극화하고 흥미진진한 읽을거리를 만들고자 하는 욕구는 점점 줄어들었다. 그보다는 인종 밖에서 사랑을 발견하고 지속시키려 할 때 직면하게 되는, 때로 적대적이고 종종 비윤리적인 경험들을 파악하는 것이 나의 목표였다. 너무나 많은 미국인들이 가정에서 배우는 편견의 근원과 해결책을, 오래 잘 지내고 있는 커플들에게서 찾아내고 마침내 그들이 이뤄내는 단단한 관계의 비법을, 그러면서도 가급적 가족이나 친구들과 멀어지지 않는 방법을 배우고자 했다.

인종 간 사랑이라는 분야에 고려돼야 할 정보들이 더 많고 아마 여기 쓰인 내용들에 반박도 나올 수 있겠지만, 무엇보다 가장 중요하게 논의해야 할 문제가 있다. 몇십 년 전 빌 클린턴이 처음 '인종에 대해' 시작한 논의로, 미국에서 모든 인종이 교육과 일과 삶에서 함께 조화로운 통합을 이루는 문제다. 하도 오래전 일이라, 집에서 만드는 이유식의 옹호자인 지금과는 너무나 거리가 먼 파티광 신인 여배우였던 나는 당시 나 자신을 하나의 개인으로만 보았다.

개인주의는 미국의 정신에서 핵심 요소다. 우리의 집단적 신조 중 하나는 우리 사회의 어떤 구성원이든 초라하게 시작해 성공을 거머쥘 수 있다는 것이다. 일에서든 사랑에서든 마찬가지다. 하지만 나이가 들고 아이가 생기면서 나는 자신을 무엇보다 공동체의 일원으로 바라보게 되었다. 나의 가족에서 시작해 우리가 사는 지구 전체로 뻗어나가는, 하나가 아닌 여러 공동체의 구성원 말이다. 이 책의 탐구는 나를 비롯한 너무나 많은 사람들이 자라면서 배운 경계선들을 다시 생각하고 지금 미국의 공동체를 아우르는 길을 찾는 것이었다. 그렇게 되면 피부색이나 경제적 상태나 이념, 문화, 종교만으로 어떤 가족이 다른 가족보다 더 훌륭하다고 주장할 수 없을 것이다.

이 책을 쓰면서 내 말이 오해를 사고, 잘못 사용되거나 인용되고, 혹은 '간과되는' 일이 있을까 걱정을 많이 했지만, 그런 위험을 무릅쓰고 내 가족의 어둡고 창피스럽고 때로는 도발적인 생각들을 밝히기로 결정했다. 우리의 집단적 진화의 궤적을 기록하고 견인하며 내 태생 안에도 남아 있었을 편향들을 확실히 도려내기 위한 작업이었다.

그리고 나를 위해 꼭 해야 하는 공부였다.

이 책의 시작 부분으로 돌아가 생각해보면, 친구의 약혼 파티에서 승을 처음 보았을 때 가장 먼저 든 생각은 '저 덩치 큰 한국 남자 귀엽네'였다. 그렇다. 잘생겼다고 생각했지만 또한 먼저, 무엇보다 그가 나와 다르다는 것을 느꼈다. 사귀기 시작하고 나서 몇 달 동안은 상당수가 서양 인종인 나의 친구들 사이에서 그의 인종에 대해 인식하고 싶지 않았다. 그런 언급을 하는 게 인종차별이 아닐까 걱정됐기 때문이다. 그런 다음엔 그렇게 인종 문제에 조심스러워하는 게 차이점이 있는 우리 사이에 불길한 징조가 되진 않을지 걱정됐다. 그래서 '한국'이나 '아시아'라는 말을 전투적으로 열심히 사용하기 시작했고 지금까지 계속 그러고 있다.

그러고 나서 아이가 생겼다. 아이가 유아원에 들어가게 되자 다시금 마주하게 된 너무나 다양한 가족들을 어떻게 불러야 할지 알 수 없게 되었다. 인종 간 부부와 그들의 아이들뿐 아니라 정말 다양한 구성의 가족이 많았다. 같은 성별의 부모, 한부모, 셋 혹은 넷으로 이뤄진 부모, 위탁 가정에서 사는 아이들, 유모가 돌보는 아이들, 영어를 못하는 유모가 돌보는 아이들, 그리고 자신이 영어를 못하는 아이들을 유아원 첫 주에 다 만났다!

다시 한번 시대에 뒤떨어지거나 나도 모르게 상처를 주는 말버릇을 걸러내는 노력을 해야 했다. 나의 맏아이가 이제 네 살이니 앞으로도 다른 가족에 대해 그리고 양육에 대해 배워야 할 게 참 많을 것이다. 그래서 인종 간, 종교 간, 민족 간 커플들과 나눴던 내밀한 토론과 비슷한 대화들을, 1973년에서 1985년 사이 인종 간 가정에서 태어난 사람들과 다시 시작했다. 이제 어른이 된 이 흥미롭고 놀라운 사람들에게, 그들의 부모가 여러 인종에 다리를 걸치고 있는 자녀를 위해 내린 결정 가운데 좋은 혹은 나쁜 것이 뭐가 있었는지 질문을 던지고 있다. (나의 다음 책이 뭐가 될지 짐작이 가지 않는가?) 그들로부터 우리 가족의 창조 신화를 다시 쓰는 데 필요한 그 밖의 모든 것을 배우고 있다. 십 년 전 십대 미혼모들을 가르치며 내주었던 숙제가 나에게 다시 돌아온 것이다. 오늘날 내가 보는 세상은 나의 가족이 가르쳐주었던 세상과 다르기 때문이다. 그래서 나도 내가 기존에 가지고 있던 어머니 신화를 다시 써야 한다.

*

내 아이들의 인종 구성이 그들의 삶을 전적으로 결정할 거라는 걱정은 더이상 하지 않는다. 나의 결혼과 가족 만들기는 21세기로 나아가는 미국과 이 세계의 전망의 일례일 뿐이라고 생각한다. 포용은 대세가 되었다. 사실 내가 승과 결혼한 해에 출연중이던 텔레비전 드라마 〈넘버스〉가 한국에 수출되었다. 드라마가 꽤 히트했다는 걸 알게 된 건, 갑자기 CBS가 해외 언론을 위해 마련한 자리마다 나를 불러서였다. 나보다 더 잘 알려진 배우들도 많은데 외국 언론 초대 행사에서 특별히 나와 말을 하기 위해 기다리는 사람들이 있었다. 그리고 다들 나의 결혼에 대해 알고 싶어했다. 그 이후로도 나의 아이들이 화제에 올랐다. 맏아들 베킷이 태어나고 처음 미국으로 날아온 시아버지의 여행가방엔 한국의 팬들이 시아버지의 사무실로 보낸 선물이 가득차 있었다. 우리의 결혼 소식이 서울에 알려지며 시아버지의 회사 이름도 함께 언급되었던 것이다. 승과 결혼한 덕에 나는 더 많은 팬을, 특히 한국인 공동체 내에서 확보하게 되었다.

마흔 살 생일 파티 때 많은 친구들에 둘러싸여 댄스 플로어에서(라고 쓰고, 지금쯤은 다들 짐작하시겠지만, 테이블 위라고 읽는다) 나의 남편 승용 정을 돌아보니, 그는 고개를 절레절레 젓고 있었다. 우리는 발리의 어느 집에서 가장 친하고 모험심 가득한 친구들과 함께 머물며 부모가 되기 전 승과 내가 함께하던 삶을 되살려보고 있었다.

또다른 가구 위에서 빙빙 몸을 돌리며 다시 한번 승이 나에게 오도록 꾀어보았다. 왜냐하면 처음 만난 날 밤 알게 되었듯이…… 승용 정은 놀라울 정도로 디스코를 잘 추기 때문이다. 그리고 춤을 출 때는 결코 미소를 잊지 않는다. 거기엔 자력이 있다. 주변의 사람들이 모두 덩치 큰 한국인이 용을 쓰는 것을 보려고 몰려든다. 그럴 때 승을 가리켜 '저기 있는 한국인'이라고 하면 못 알아듣는 사람이 없지만, 우리만의 세상에선, 우리가 함께하는 삶에서는, 승은 이미 오래전부터 한국인이나 아시아인이 아니다. 그는 그저 나의 승일 뿐이다. 그를 만나 복권에라도 당첨된 듯한 기분이 드는 이유는 그 누가 우리를 갈라놓으려 해도 그는 나에 대한 사랑을 멈추지 않을 것이기 때문이다.

한참을 꼬드기자 승도 테이블 위로 올라와 함박웃음을 지으며 춤을 춘다. 친구들이 승의 이름을 외쳐 부르며 눈부신 춤 실력을 칭송하고, 나는 내가 춤출 자리는 바로 이 남자의 옆이라고, 그의 아내라서 너무 행복하다고 생각한다.

감사의 말

크리스틴 존슨에게 한층 특별한 감사를 전하고 싶다! 내가 남편에게 작업을 건 세 번의 자리에 모두 함께했으며 글을 쓰는 동안 아이들을 봐주었을 뿐 아니라 이 책의 모든 초고를 읽고 잘될 거라고 믿어주었다. 작가는 주변의 솔직한 친구들의 수준만큼 좋아질 수 있는 거라고 확신한다. 네가 있어서 정말 다행이야, 크리스틴 존슨.

그리고 나에게 시간과 생각을 나눠주고, 그 생각들을 열심히 내 머릿속에 박아넣은 나의 똑똑하고, 대단하고, 능력 있는 친구 몇 명을 언급해야겠다. 제일가는 투사 데이비드 저커가 없었더라면 이 일을 그렇게 오래 계속할 수 없었을 것이다. 로리 베일리와 그레그 커벳은 그토록 여러 번 도움을 청하는 전화를 걸 때마다 어떻게든 응답을 해주어 늘 놀라웠다. 내가 일을 계속하도록 도와준 뉴요커들,

대니얼 레이컨드, 더브런 칼슨 스미스, 그리고 섹시한 여대생 제니퍼 제이컵슨과 제시카 시토머, 두 사람 다 사랑한다. 내가 잡지에서 만난 가장 똑똑한 편집자 로런 이어노티도 마찬가지다. 내가 아는 여배우 가운데 미모보다 지성이 더 빛나는 유일한 두 사람, 내비 러워트와 이버 애머리도 잊으면 안 되겠다.

이 일을 가능케 만들어준 마술 같은 사람들, 브룩 슬라빅, 커비 킴, 브룩 워너, 애비 와인트럽, 메릭 부시퍼클(정말 포상금 같았던 사람들!)에게도, 실Seal의 똑똑한 아가씨들 클럽도 더불어 감사하다. 당신들의 지원이 이메일을 통해서도 또렷이 드러났다. 하지만 커비 킴과 브룩 워너에게는 특별히 더 감사하고 싶다. 믿을 수 없을 만큼 '백인' 세상인 출판계를 나와 함께 돌고 또 돌아준 그와 출산 직전까지 함께 꼼꼼히 일해주다 양수가 터진 그녀를 위해!

내 말을 들어주고 심지어 내 컴퓨터에서 결과물이 나오기도 전에 프로그램으로 팔아준 텔레비전 관계자들. 피터 톨런, 맷 라이스, 애덤 바이런, 제이콥 펜턴, 카츠, 커머, 서들슨 형제들. 그리고 12만 단어의 원본 기록에서 견본을 주조해낼 수 있도록 도와준 나의 행동대원, 특히 마이크 바움, 조던 레빈, 피터 애런슨, 케이틀린 맥긴티, 마이클 손, 린지 슬론, 변치 않는 긍정과 자애를 보여준 존 왁스, 나의 친구 테런스 카터가 없었다면 이 작업을 시작조차 못했을 것이 분명하다.

나를 기꺼이 자신의 친구들에게 소개시켜준 너그러운 친구들, 그 사랑 이야기들을 듣고 나서는 그들의 친구들에게도 너무나 친밀감을 느끼게 되었다. 캔더스 에드워즈, 텔 래비노위츠, 미키 앤자이, 캐런 배러건, 리사 링, 앨리사 워커, 댄 맨로즈, 그리고 나의 영원한 해결사 캐서린 매코드와 로너 메카도.

그토록 선선히, 그리고 과감하게 계속 시간을 들여 이야기를 나눠주고 때로는 글을 써주고 더 많은 이야기를 들려준 우리의 커플들과 다문화 사람들에게 감사하다. 특히나 책에 포함시킬 수 없었지만 엄청나게 멋졌던 이들. 로렐라이와 제시, 카일, 커밀, 말린, 몬티, 데이비드, 배리, 그리고 특히 러네이와 롤리는 너무나 많은 정보를 주었고 내가 자신들에 대해 속속들이 아는 걸 허락해주었다. 모두에게 존경을 바치며 여기 쓸 수 있게 되어 진심으로 영광이다. 갬지, 캔디, 래-래, 티, 내비, 리즈, 제이스, 텔라는 다음 책에 넣을 거라 여기엔 쓰지 못해 미안하지만, 이들의 이야기는 너무 멋져서, 굳이 이 긴 여정의 말미에 덧붙이느라 조금이라도 줄이거나 변형시키고 싶지 않았다. 나와 가장 오래 알고 지낸 이들이 나의 요청을 들어주느라 가장 큰 위험을 무릅썼다는 걸 잘 알고 있다. 이들에게는 나를 너그러이 참아준 데 한번 더 감사를 드려도 넘치지 않겠다.

그리고 다음에 나오는 이들의 이름을 적으면서는 내가 열렬한 기립 박수를 보내고 있다는 점을 알아주시길. 리사(금발이라는 건 아직도 믿어지지 않지만), 제이제이와 소누(아이를 또 낳을 거라니 믿어지지 않지만!), 수잰과 데이비드(실은 헝클어진 머리와 화장 안 한 수잰이 보고 싶다는 소망을 남몰래 가지고 있지만), 나-탈-리아(100달러짜리 아침 꼭 빨리 사주길), 엘리 수퍼-플래티넘 골드(십 년의 우정을 쌓고 나니 가족처럼 생각되는). 나는 이제 타자를 멈추고 박수, 박수, 박수를 칠 거다. 이들 모두를 알게 되어 너무 뿌듯하고 이들의 끈기에 축복을 듬뿍 받았다.

우리 가족을 도와주었던 모든 멋진 여성들, 그중에서도 특히 세라 돌리어에게 감사한다. 그리고 다른 모든 일로 나를 도와주었던 엘리자베스 리친, 밍 첸, 킹 정, 그리고 캐시미어에이전시의 모든 분들에게도 감사하다.

그리고 지금의 나와 승을 만든 마술 같은 가족과, 내가 자존심 내려놓고 내밀한 이야기들을 잔뜩 털어놓아 세상을 조금이라도 바꿔보려 한 이유가 된 아이들의 조부모, 대부모, 숙부모 등 우리를 끊임없이 지지해준 모든 이들에게 감사 인사를 전한다. 자신들이 우스꽝스럽게 그려질 거라는 걸 알면서도 아이들을 봐주면서 이 책의 완성을 도와준 나의 아빠 토미와 끝내주는 할머니 에일린에게. 내가 평생을 그렇게 잔소리해도 꿈쩍도 안 하는 것으로 보아 가끔 강철로 만들어진 게 아닐까 생각이 드는…… 그리고 예나 지금이나 테이블 위에 올라가 춤을 추는 나의 용감하고 이상한 어머니 패디 파에게도. 나의 정 어머니와 아버지, 영자와 태화에게(비록 내가 그 이름을 부를 일은 결코 없으리라는 걸 우리 모두 알지만). 누군가를 처음 믿는 것은 믿을 수 없을 만큼 어려운 일이다. 먼저 무엇보다도 나를 믿는 큰 모험을 베풀어준 데 감사하다는 말을 하고 싶다. 친구이자 시누이인 은이의 인내심과 친절이 없었다면 나는 어린 세 아이를 데리고 살아남지 못했을 것이다. 그리고 내가 자기들 문화의 사람과 결혼을 생각한다고 하자 처음엔 마구 웃었던 멋진 나쁜 여자들. 그들의 유머와 솔직함이 아직도 나에게 깊은 울림으로 남아 있다.

그리고 나의 남자, 동반자, 마지막 남자친구, 남편, 초보 아빠, 싱, 싱이, 칭이, 칭구, 싱스터, 승용, SYC, K-파워의 대장이자 우리집의 '아파'. 당신을 인생의 동반자로 만난 것은 너무나 행운이야. 그날 밤 술집을 기억하는지? 웨스 앞에서 아기는 한 명만 갖기로 약속했는데, 결국 세 명의 아이를 낳게 되다니 재미있지?

그리고 우리의 작은 악동들, 베킷, 코코, 소여 정. 너희 존재란 마치 심장이 내 몸 밖에서 걸어다니게 놔둔 것 같아. 너희가 불어넣어준 모든 영감이 고맙고, 내가 집을 떠나 있는 동안 잘 지내주어, 너희에 대한 사랑 때문에 나 자신을 잃지 않게 해주어 고마워. 너희 꿈을 절대 포기하지 말길. 그게 인생에서 가장 소중한 것이란다.

주

3장

1 www.nytimes.com/2008/06/08/world/asia/08geesehtml?pagewanted=all

11장

1 2011년 1월 7일에 접속한 다음의 사이트를 참조하라. www.jobbankusa.com/News/Unemployment/unemploy120203a.html

2 같은 날 접속한 다음의 사이트를 참조하라. www.nytimes.com/2006/03/20/national/20blackmen.html

3 같은 날 접속한 다음의 사이트를 참조하라. www.bls.gov/news.release/empist.t02.htm

4 같은 날 접속한 다음의 사이트를 참조하라. www.npr.org/templates/story/story.php?storyId=120351534

5 같은 날 접속한 다음의 사이트를 참조하라. http://articles.sfgate.com/2008-07-21/news/17173099_1_mixed-race-multiracial-african-american 그리고 www.npr.org/templates/story/story.php?storyId=120209980 그리고 seattletimes.nwsource.com/html/localnews/2008210083_biracial280.html

꽤 잘나가던 할리우드 배우 다이앤 파는 점점 노처녀가 되어간다는 초조함에 시달리면서도 술과 디스코의 나날을 보내던 파티걸이었다. 그러다 친구의 약혼식에서 (역시나 광란의 파티를 벌이던 중) 호감 가는 한국인 남자를 만난다. 한눈에 반한 그를 세 번에 걸쳐 꼬시고, 결국 사귀게 되고, 평생의 동반자라는 느낌이 온 순간, 한국인 시댁이 그녀가 백인이라는 이유로 둘의 결혼을 반대할지 모른다는 충격적인 소식을 듣는다. 이렇게 예쁘고 똑똑하고 유명한(부유한) 나를 단지 인종 때문에, 만나보지도 않고 배척하다니!

사랑하는 남자를 잃을까 두려움에 떨던 다이앤은 한국인 코치(언니)를 섭외해 한국의 전통과 문화에 대한 공부를 시작하는 한편, 연애 칼럼니스트이기도 한 자신의 인적 네트워크를 가동해, 다양한 인종 간 연애를 경험한 커플들을 만나 고민을 나누고 이야기를 듣는다. 그러면서 인종의 용광로라 일컬어지는 미국의 21세기에도 인종 간 연애에 관한 상당한 박해가 존재하며, 이것이 단지 노골적 인종차별과 같은 과거의 관습이거나 일부 편협한 사람들의 특수 사례만은 아니라는 것을 깨닫는다. 그리고 자신의 가족과 개인사 내에서도 지속적으로 반복된, 인종과 문화와 종교에 대한 편견과 갈등의 복잡한 역학을 탐구해나간다.

처음 이 책의 번역을 제의 받았을 때, 저자가 이른바 '미드'의 주연 배우라는 걸 알고 크게 기대를 하지는 않았다. 예쁘고 연기까지 잘하는 사람이 글도 잘 쓰리라는 생각은 별로 들지 않았기 때문이다. 그런데 읽어보니 발칙하도록 유머가 넘치는 글솜씨에, 사회학 저서가 아닐까 싶은 지적 깊이가 있고, 몇 겹을 파고드는 정신분석학적 자기분석까지 솔직하게 시도한 책이었다. 그제야 뒤져본 자료들로, 그녀가 원래부터 글발과 말발이 뛰어나기로 유명한 칼럼니스트이자 토크쇼의 진행자라는 것, 첫 책 『걸 코드: 싱글 여성의 비밀언어』 역시 일찌감치 한국에 번역된 베스트셀러라는 것을 알게 되었다. 토크쇼 〈러브라인〉에서 이십대의 다이앤이 공동 진행을 맡은 사십대 남자 의사와 벌였던 입씨름 혹은 논쟁은 아직도 전설로 회자되는 모양이었다. 이 책 『국경 너머의 키스』 역시, 긴 참고문헌을 줄줄 인용한 학술서는 아니지만, 몇 시간 비행기를 타고 날아가서 하는 인터뷰까지 불사하는 전방위 수다, 즉 왕성한 인간관계와 의사소통으로 탄생한 작품이었다.

이민 1.5세인 남편과 아주 다르지는 않게, 다이앤 파는 뉴욕의 이탈리아계와 아일랜드계 부모 밑에서 이민 3세로 태어났다. 아일랜드 이민자들이 대부분인 초등학교에 다녔던 그녀는 어린 시절의 자신 역시 인종을 주제로 한 왕따의 대상이 되었던 경험을 기억해낸다. 외모상으로는 구별도 안 되는, 이탈리아의 피가 반쯤 섞였다는 이유로 말이다.

"누군가가 먼저 나를 밀쳐 쓰러뜨리자마자, 나는 이야기를 시작했다. 공립학교에 우리 아일랜드 사촌이 스물다섯 명 있고 이탈리아 사촌은 쉰 명 있는데 흑인 아이들이랑 푸에르토리코 아이들이랑 싸우기 전에 연습 삼아 다른 백인 아이들이랑 싸운다고. 그러니 당장 물러나지 않으면 그 사촌 두 패를 여기 다 풀어서 너희를 혼내주겠다고. 그러자 아이들이 흩어졌다. 나는 그저 한 번 쓰러져 무릎에서 피가 났을 뿐이지만, 다시는 그렇게 당하지 않을 거라 다짐하며 청소년기를 보냈다." (본문 249~250쪽)

그러고 나서 영국의 대학으로 편입해 연극을 공부하면서 또다시 생각지도 못한 편견을 겪는다. 노동 계층의 철없는 아이들에서부터 교육받은 상류층 성인에 이르기까지, 배타주의는 갖가지 구실로 작동했다.

"다음해 나는 영국에 있는 대학으로 옮겼고 한 영국 남자한테 반했다. 대대로 북부에 있는 남자 사립 중고등학교를 졸업한 집안 출신이었다. 그는 충격을 완화시키려 최선을 다했지만 그와 친구들은 미국인을 좋아하지 않는 게 분명했다. 이것 역시 충격이었지만 개인적으로 너무 신경쓰지 않으려 했던 이유는, 솔직히 터무니없이 느껴졌기 때문이다. 미국은 정말 크다! 어떻게 우리 모두를 싫어할 수가 있나?" (본문 200쪽)

다시 미국으로 돌아와 미스뉴욕에 뽑히고, 섹시한 소방서 드라마 〈레스큐 미〉에서는 소방관으로, 천재 수학자의 도움을 받는 수사물 〈넘버스〉에서는 FBI 심리학자 요원으로 출연하며 화려한 이삼십대를 보내던 다이앤은, 한국인 남자를 만나 사랑에 빠진 이후 고생스러운 '결혼 준비'를 시작하며 인종 갈등 문제뿐 아니라 이민자들의 정서에 대해서도 본격적인 성찰을 하게 된다.

"우리가 사용하던 이탈리아식 표현은 심지어 이탈리아어로 존재하지도 않았다. 먹는 음식도 그렇고 모든 것이 이탈리아의 어느 지방보다 뉴욕에 가까웠다. 내가 집에서 배운, 이국적이며 낭만적이라고 생각했던 문화의 조각들은 대부분 뉴욕 빈민가의 조악한 모조품이었다. (…) 많은 이스라엘, 한국, 그리스, 크로아티아, 벨라루스, 아르메니아 이민자들이 비슷한 연유로 그런 태도를 지니게 되었을 거라고 생각한다. (…) 자신의 국토, 언어, 관습을 빼앗긴 경험이 있는 민족은 전통을 지켜내려는 강한 열망을 갖게 된다." (본문 250~253쪽)

실제로 다이앤은 시댁 친척들의 압박과 무시를 동시에 받으며 한국식 결혼식을 직접 준비하면서, 주변의 한국계 미국인 가운데 전통 혼례의 절차를 제대로 아는 사람이 (당연히) 아무도 없다는 사실을 알게 된다. 그래서 인터넷을 뒤진 끝에 발견한 가장 완벽한 한국 결혼식 안내 페이지는 놀랍게도 이케아 웹사이트에 있었다. 전 세계로 뻗어가고자 하는 스웨덴의 가구회사가 다양한 문화권의 가족 모습과 함께 전통 결혼식 절차도 정리해놓았기 때문이다.

때로는 화나고 때로는 미안하며 종종 아이러니한 일화들을 겪으면서, 다이앤은 점차 우리 세대만의 '가족 신화 다시 만들기'가 필요하다는 사명감에 불탄다. 자신이 비록 좌파 뉴요커이자 로스앤젤레스 불교도라고 설치는 멍청이 미국인일지라도 "어른들에게서 느낀 편협한 사고를 아이들에게 물려주고 싶지 않"기 때문이며, '한국인다움'에 대한 신화 역시 다시 쓰여야 하는 것이 분명하기 때문이다.

"그들로부터 우리 가족의 창조 신화를 다시 쓰는 데 필요한 그 밖의 모든 것을 배우고 있다. 십 년 전 십대 미혼모들을 가르치며 내주었던 숙제가 나에게 다시 돌아온 것이다. 오늘날 내가 보는 세상은 나의 가족이 가르쳐주었던 세상과 다르기 때문이다. 그래서 나도 내가 기존에 가지고 있던 어머니 신화를 다시 써야 한다." (본문 317쪽)

다이앤 파와 정승용의 결혼은 한국 언론에서도 화제가 되었다.

당시 한국에서도 방영된 미드를 보고 그녀의 팬이 된 한국인들이 시아버지의 회사로 결혼 선물을 보내기도 했다고 한다. 지금은 남편과 아이들과 함께 로스앤젤레스 인근에 살면서 배우이자 방송인, 제작자로 활동하는 한편, 〈뉴욕타임스〉 〈코스모폴리탄〉 등에 칼럼도 계속 기고하고 있다. 다이앤의 다음 책은 다문화 가정에서 자라난 아이들의 정체성 찾기에 대한 것이란다.

개인 홈페이지(getdianefarr.com)의 설명에 의하면, 다이앤은 2008년 작가조합의 파업으로 출연하던 드라마의 제작이 중단된 상황에서 둘째(와 셋째) 아이를 임신하자, 이러다 일을 그만두고 전업주부로 살게 되는 게 아닌가 하는 두려움이 들어 글쓰기를 시작했다고 한다. 기본적으로 '나쁜 년'인 자신은 그 기질을 마음껏 발휘할 수 있는 '일'이 필요했다고 말이다. 그래서인지 이 책은 상당히 못된 어조(?)로 쓰였다. 독자 입장에서는 그 점이 매력이기도 하지만, 그녀의 시댁 친척들이 이 책을 보면 어쩌나 걱정되는 부분도 꽤 있다.

옮긴이는 이 책을 번역하다가 중반부, 갈등이 심화되는 부분을 지나며 문득, 다이앤이 인종 간 갈등이라기보다는 가벼운 한국의 시월드를 경험하고 있는 게 아닐까 하는 생각이 들었다. 시댁 친척들이 툭툭 던지는 말 몇 마디에 상처받아 펄펄 뛰는 미국 배우를 보며, 그녀가 제대로 된 시월드를 경험했으면 어쩔 뻔했나 싶어 쓴웃음이 나오기도 했다. 물론 한국의 시월드 역시 우리 민족 특유의 전통과 미국의 문화가 충돌하는 지점이기도 할 것이다. 다이앤도 자신이 결혼 과정에서 겪은 고난에 인종 문제뿐 아니라, 가부장적 문화도 포함되었다는 사실을 어렴풋이나마 눈치챈 것 같기도 하다. 시댁 친척들에게 '나한테 잘못해도 비난받지 않을 사람들'이라는 딱지를 붙인 것을 보면 말이다.

"'한국인들이 얼마나 힘들게 살아왔는지 이해하고 그 문화를 존중하지 않으면 결혼생활이 실패할 것'이라는 훈계(저녁식사 자리에서 들은 말을 그대로 옮긴 것이다)를 친척 어른들에게 듣고 그 뒤에 숨은 명백한 의미를 따지려 하면 나만 찍히게 되는 것이다. 그러고 나서도 아무것도 바뀌지 않을 것이며, 나는 그후로도 계속 말없이, 그들의 '말 속 의미'를 참아내며 살아가야 할 것이다." (본문 212쪽)

어쨌든 다이앤은 결국 세상이 변했고 변해가고 있다고 말한다. 성격 급한 자신이 보기에는 속도가 너무 느리지만, 변해간다는 사실은 분명하다고. "이 변화는 너무 점진적이라 반전의 순간 같은 것이 없다. 그리고 마음이 변화할 뿐 아니라 삶이 바뀐다"고 말이다. 또한 세상이 변하기 전에 개개인이 먼저 변해야 하며, 세상의 변화를 바랐던 사람, 즉 자기 자신도 예외는 아니라고 말한다. 그래서 다이앤은 한국에 대한 공부와 인종 간 사랑에 대한 공부를 했고 그 공부가 그녀를 "더 좋은 아내로, 더 풍부한 사람으로" 만들어주었단다.

"나는 자신을 무엇보다 공동체의 일원으로 바라보게 되었다. 나의 가족에서 시작해 우리가 사는 지구 전체로 뻗어나가는, 하나가 아닌 여러 공동체의 구성원 말이다. 이 책의 탐구는 나를 비롯한 너무나 많은 사람들이 자라면서 배운 경계선들을 다시 생각하고 지금 미국의 공동체를 아우르는 길을 찾는 것이었다. 그렇게 되면 피부색이나 경제적 상태나 이념, 문화, 종교만으로 어떤 가족이 다른 가족보다 더 훌륭하다고 주장할 수 없을 것이다." (본문 315쪽)

옮긴이에게도 지적으로나 감성적으로나 많은 공부가 된 고마운 작업이었다. 훌륭한 책을 기획하고 번역을 맡겨주었을 뿐 아니라 여러 군데 오역을 잡아준 편집진과, 번역 과정에서 마주친 여러 의문점들을 해결해주었으며, 그 자신도 멋진 인종 간 결혼을 한 알렉스 그랜트 씨께도 이 자리를 빌려 감사를 드리고 싶다.

이수영

옮긴이 **이수영**
연세대 국문과와 같은 대학원 비교문학과를 졸업했다. 편집자, 기자, 전시기획자로 일하며 『밴디트: 의적의 역사』 등 인문서로 번역을 시작했다. 지금은 문학 번역에 전념하고 있으며 소설 『화이트 나이트』 『지금 이 순간의 행운』 『야생종』, 회고록 『마이 코리안 델리』, 여행기 『헤밍웨이의 집에는 고양이가 산다』 등을 옮겼다.

국경 너머의 키스

초판인쇄 2016년 8월 30일 | 초판발행 2016년 9월 9일

지은이 다이앤 파 | 옮긴이 이수영 | 펴낸이 염현숙
책임편집 윤정민 | 편집 이현자 황현주 | 모니터링 이희연
디자인 김선미 이원경 | 저작권 한문숙 박혜연 김지영
마케팅 정민호 이미진 정진아 김혜연 | 홍보 김희숙 김상만 이천희
제작 강신은 김동욱 임현식 | 제작처 영신사

펴낸곳 (주)문학동네
출판등록 1993년 10월 22일 제406-2003-000045호
주소 10881 경기도 파주시 회동길 210
전자우편 editor@munhak.com | 대표전화 031) 955-8888 | 팩스 031) 955-8855
문의전화 031) 955-1927(마케팅) 031) 955-2634(편집)
문학동네카페 http://cafe.naver.com/mhdn | 트위터 @munhakdongne

ISBN 978-89-546-4218-7 03840

www.munhak.com